D0286114

L'ÉTANG DU DIABLE

Née à Paris, Catherine Hermary-Vieille, lauréate du Prix Femina 1981 pour *Le Grand Vizir de la nuit*, est l'auteur de plusieurs romans qui ont connu un grand succès : *L'Epiphanie des Dieux*, Prix Ulysse, *La Marquise des ombres, L'Infidèle*, Prix RTL Grand Public, *Romy, Le Rivage des adieux, Un amour fou*, Prix des Maisons de la Presse 1991 et *La Piste des turquoises*. *L'Etang du diable* est le deuxième volet de la trilogie *Les Dames de Brières*. Le tome 3, *La Fille du feu*, est aussi publié chez Albin Michel.

Paru dans Le Livre de Poche :

LA PISTE DES TURQUOISES
LA POINTE AUX TORTUES
LE RIVAGE DES ADIEUX
LES DAMES DE BRIÈRES

CATHERINE HERMARY-VIEILLE

LES DAMES DE BRIÈRES

**

L'Étang du diable

ROMAN

ALBIN MICHEL

À la mémoire de mon père.

Et la terre seule demeure, l'immortelle, la mère d'où nous sortons et où nous retournons, elle qu'on aime jusqu'au crime.

ZOLA, *La Terre*

Les Dames de Brières

Dans le nord de la Creuse, le domaine de Brières a traversé le temps. Derrière ses hauts murs de pierre, un château délicieux y a été construit jadis, qui donne l'illusion d'abriter encore des familles heureuses.

Quand il fait soleil, le mystérieux étang caché dans la verdure au débouché d'un sentier, le Bassin des Dames, offre ses eaux tranquilles aux baignades et parties de pêche mais, quand monte la brume ou quand souffle le vent, le bassin des fées ne devient-il pas plutôt l'étang du diable ? Venues d'un très lointain passé dont certaines mémoires au village gardent encore l'empreinte, des ombres semblent l'habiter. On parle même de malédiction. Celle proférée par une des trois sorcières brûlées vives durant l'hiver 1388 par les habitants du hameau, trois pauvresses survivant à l'écart des hommes dans une cabane édifiée sur ses rives ? Pourtant, dans le crépitement des flammes, nul ne paraît l'avoir entendue.

C. H.-V.

1.

Dès l'aube le vent commença à souffler en rafales. Immobile au fond de son lit, les yeux grands ouverts, Valentine tenta d'identifier les rumeurs qui semblaient provenir du fond du parc : craquements de branches ? piétinements de bêtes sauvages à la recherche d'un abri ? Plutôt des gémissements, des sons plaintifs exprimant douleur et désespoir ? La châtelaine de Brières sentit son cœur se serrer. Pourrait-ce être Robert et Jean-Claude qui souffraient et l'appelaient ? Mais les dépouilles mortelles de son deuxième mari et de leur fils reposaient au salon veillées par la fidèle Bernadette et, dans quelques heures, le père Marcoux viendrait dire la prière des morts. Soudain Valentine se redressa sur son lit. Les rideaux tirés laissaient filtrer un rayon de lune. « Comment savoir jusqu'à quel point Robert et Jean-Claude m'ont aimée ou haïe ? » se demanda-t-elle. À gestes saccadés, elle tira l'édredon sur sa poitrine. Les bruits avaient cessé. « Le domaine peut libérer ses sortilèges, je ne m'effondrerai pas, murmura Valentine. Tout ce que j'ai accompli dans ma vie, je l'ai payé comptant. » Le monde où elle était née n'avait que peu à lui offrir. Elle avait tenté de se

13

conformer à ses règles et avait échoué. « Un mari abandonné, deux amants, un fils adultérin, un domaine trop chéri dont on m'a expropriée, voilà où j'en suis... », songea-t-elle. Les hommes de sa vie morts, seule lui demeurait Renée, qui refusait son pardon. En dépit des illusions de Bernadette, sa vieille servante, Valentine se doutait bien que sa fille ne ferait pas le voyage de Paris pour assister aux obsèques de son beau-père et de son demi-frère, s'entêtant à la faire souffrir. Et pourtant, comme elle aurait eu besoin d'elle !

À pas légers, Valentine se dirigea vers la fenêtre et entrouvrit les rideaux. La perspective de l'allée de Diane qui s'enfonçait au cœur du parc était encore nimbée d'ombres mais le soleil se levait derrière le grand bois, jetant une pâle lueur. La mort de Robert et de Jean-Claude, Valentine ne l'ignorait pas, tournait une page définitive de son existence. Sa vie de femme, souffle l'ayant poussée toujours plus avant, battements de cœur, tourbillons des voyages, brûlures de la passion, tout était arrivé à son terme et elle en éprouvait curieusement un soulagement extrême. Désormais, elle n'aurait d'autre lumière que dans ses souvenirs.

Le froid fit revenir Valentine vers son lit. Allait-elle se coucher, tenter de s'assoupir jusqu'à l'arrivée du père Marcoux ? Le soleil montait à l'horizon, éclairant son bois, ses champs, ses pâturages, sa terre où, envers et contre tout, elle avait voulu rentrer, enceinte, amère, à bout de forces. Aurait-elle appris que Jean-Rémy, le mari de sa jeunesse, l'en avait dépossédée, elle serait quand même revenue à Brières. « Terre maudite », prononça Valentine à mi-voix. Son domaine lui avait tout offert, tout repris. Là, elle avait été plus heureuse et plus malheureuse que nulle part ailleurs.

Encore une fois, Valentine crut percevoir le léger bruit. Mais il ne ressemblait plus à une plainte, plutôt à des notes de piano s'envolant, légères, à peine audibles, de la cabane des métayers. C'était une mélodie douce qui semblait sourdre de la forêt, s'arrêtait sous sa fenêtre. Valentine tendit l'oreille mais seuls quelques chants d'oiseaux montaient des vieux tilleuls dépouillés par l'hiver. L'étang soufflait une brume laiteuse qui estompait maintenant l'allée, la statue de Diane. Tout paraissait étrange, comme un autre monde. Valentine pensa à Robert de Chabin. Jamais, en dépit de leur amour, son amant, devenu son mari quelques jours plus tôt, n'était parvenu à la comprendre. La musique avait accaparé sa vie. Il était fragile, fuyant, changeant. De Paris à Bruxelles, de Buenos Aires à Vienne, puis Munich et Londres, elle l'avait suivi. Le plus longtemps possible, elle s'était entêtée à croire que leur amour était unique et éternel. Une illusion après tant d'autres..., celle du talent de Jean-Rémy, de l'amour de sa belle-sœur Madeleine, de l'attachement de Renée. Peu à peu, ses chimères s'étaient dissipées.

À petits gestes précis, Valentine noua son chignon, y piqua quelques épingles. Elle allait redescendre au salon pour prendre la place de Bernadette jusqu'à l'arrivée du père Marcoux, donner des ordres à Émile pour qu'il prépare quelques chambres au cas où les Fortier se souviendraient de son existence. Sa belle-mère ne manquerait probablement pas une aussi belle occasion de la contempler au fond de l'abîme. Mais elle ferait le voyage pour rien. Elle n'avait plus de désirs, plus de larmes, plus d'inquiétude, plus de combativité, seulement de l'orgueil et de la patience.

La garde-robe sentait la poudre d'iris et cette horrible odeur de naphtaline dont Bernadette

15

s'ingéniait à imprégner chaque repli de ses vêtements. À droite étaient pendues les robes, à gauche les corsages, vestes et manteaux soigneusement rangés par sa vieille gouvernante. Alors qu'au hasard Valentine allait saisir un ensemble de deuil, ses yeux tombèrent sur la silhouette légère d'une robe de crêpe de Chine bleu pervenche. Elle avait oublié sa présence depuis des années. Quand l'avait-elle portée pour la dernière fois ? Avec Robert ? Non, c'était plus ancien, elle était jeune mariée alors. Presque timidement, Valentine décrocha le portemanteau. Fortement cintrée à la taille, la robe tombait aux chevilles en plis souples, moitié crêpe de Chine, moitié dentelles cousues sur un satin d'un bleu plus pâle. Soudain Valentine se souvint du chapeau qui l'accompagnait, une vaste capeline en paille d'Italie recouverte de roses et de plumes d'autruche. Elle l'avait achetée rue de l'Échiquier chez une modiste en vue en compagnie de Jean-Rémy dès le retour de leur premier été passé à Brières. Elle était déjà la maîtresse de Raymond, son beau-frère, mais elle croyait encore au succès du *Roi des cerfs* et souhaitait que ce livre, écrit si difficilement par Jean-Rémy, lui apporte la gloire et lui offre un fauteuil à l'Académie française. L'Académie française... Valentine fronça les sourcils. C'était chez Albert Michaud-Chenard, le délicieux académicien, qu'elle avait porté cette robe et le chapeau lors d'un déjeuner donné dans son hôtel particulier de la rue de l'Université. Elle y avait rencontré pour la première fois Madeleine Bertelin. Tout de suite elle avait été charmée par celle qui allait devenir sa belle-sœur, la femme de Raymond, sa meilleure amie et peut-être son âme damnée. Que serait-il advenu de sa vie si leurs routes ne s'étaient pas

16

croisées ? Mais pouvaient-elles ne pas se croiser ? « Les Dames de Brières se retrouvent toujours, affirmait Bernadette. Une force les réunit que nul ne peut contrôler. Où qu'elles soient dans le monde, un jour Brières les appelle et les reprend. »

Valentine entendait encore le rire de Madeleine, si clair, frondeur au temps de leur jeunesse, puis rauque, cassé, déchirant quand elle avait voulu venir mourir à Brières. Madeleine avait eu plus de courage qu'elle. Rien, personne ne l'avait arrêtée dans sa quête de liberté. À la veille de sa mort, pour cacher sa déchéance, elle n'avait pas même voulu revoir sa petite Colette, son unique enfant.

La robe entre les mains, Valentine laissa ses souvenirs l'envahir. Son cœur battait plus fort, comme si un peu de jeunesse et de bonheur lui revenait, ses fous rires avec Madeleine, le concert à Guéret où elle avait rencontré pour la première fois Robert de Chabin, sa petite Renée faisant ses premiers pas sur la terrasse, une partie de pêche sur l'étang avec Jean-Rémy, le soleil sur les allées de Hyde Park, le regard clair de Peter Groves, son ami anglais, les applaudissements frénétiques du public quand Robert quittait son piano, tout tournait dans ses souvenirs, s'entremêlait, flottant à la dérive pour se disloquer comme autant de fantomatiques apparitions. Était-ce cela une vie ? Des silhouettes fluides, des odeurs presque imperceptibles, une chaleur ténue que le froid gagne progressivement, le temps, la distance abolis, une ivresse légère qui tourne un peu le cœur ? Elle ne pensait plus à personne en particulier, ni à ses parents, ni à Jean-Rémy, ni à Raymond, ni à Madeleine, ni à Robert et Jean-Claude. Elle était libérée d'eux.

Valentine inspira profondément. Son cœur s'était calmé. On ne pouvait plus rien contre elle,

17

ni la chasser de Brières, ni la heurter, même si la nuit elle avait mal, si mal que sa poitrine la brûlait comme un feu dévorant.

Valentine retourna à la fenêtre. Le parc était calme, désert. L'allée rectiligne de Diane semblait s'enfoncer vers le néant. Un volet mal accroché claquait sous les rafales. C'était comme si tout le monde était mort, avait disparu à jamais. Elle aurait voulu crier : « Où êtes-vous tous ? » Mais pas un son ne pouvait franchir sa gorge.

Maintenant elle n'allait survivre que pour attendre Renée, lui remettre Brières et ses sortilèges, les bonheurs et le malheur si intimement mêlés qu'il était impossible de les séparer.

2.

— Sous aucun prétexte, je ne retournerai à Brières, bonne-maman, affirma Renée.

— Mais la mort de ton demi-frère ? s'étonna Colette. L'immense chagrin de tante Valentine ?

— Maman assume ses responsabilités.

— Une bonne chrétienne comme toi ne juge pas sa mère, lui reprocha Yvonne Fortier.

— Après m'avoir laissée sans nouvelles pendant six ans, maman ne peut exiger mon respect.

Repeinte l'hiver précédent, la chambre d'Yvonne Fortier était devenue le lieu de prédilection des réunions familiales. Là, Colette venait dessiner, Renée lire, tandis que leur grand-mère travaillait à un ouvrage. Trois jours plus tôt, Simon y avait apporté le télégramme annonçant le suicide par pendaison de

18

Jean-Claude et, la veille, un appel téléphonique de Bernadette leur avait appris la mort de Robert de Chabin. Le père et le fils seraient inhumés le même jour, Robert dans une tombe chrétienne, Jean-Claude au fond du cimetière dans l'espace réservé aux non-baptisés et à ceux qui s'étaient ôté la vie.

— Quant à moi j'irai, annonça Yvonne. Il ne sera pas dit que les Fortier manquent à leur devoir.

Afin que sa grand-mère et sa cousine ne puissent déceler son émotion, Renée gardait la tête baissée. Toute la nuit, elle s'était torturée avant de prendre sa décision. Revoir Brières, sa mère, Bernadette dans de telles conditions était impensable. Il fallait laisser passer le temps, attendre que soit éloignée la tourmente.

Alors peut-être pousserait-elle la grille du domaine de son enfance et s'y sentirait-elle à nouveau chez elle.

— Bien que Robert de Chabin ne signifie rien pour moi et que je n'aie jamais rencontré mon cousin, je vous accompagnerai, assura Colette.

Yvonne Fortier soupira. Ses petites-filles la bousculaient, la choquaient parfois, mais elles étaient la joie de sa vieillesse. Sans leur présence frondeuse et enjouée aurait-elle eu la force de surmonter tant de tragédies ?

— Julien nous déposera demain matin à la gare, nous serons de retour dès le surlendemain. La nuit te fera peut-être changer d'avis, ma Renée. Pense à la déception qu'éprouverait ta mère en ne te voyant pas descendre du train.

Les vêpres sonnaient à l'église Saint-Sulpice. Yvonne posa son ouvrage.

— Je ne vous demanderai pas de m'accompagner, mes enfants, soupira-t-elle. Nous dînerons dès mon retour du Salut, le train part de bonne heure demain. Tantôt aux nouvelles, la TSF a

19

annoncé de la neige. Prions pour qu'elle nous épargne durant notre voyage.

— Je ne te demande pas d'approuver mes choix, nota Renée, mais tu me connais assez pour en comprendre la raison.

À peine Colette écoutait-elle sa cousine. Si elle avait tenté de l'entraîner dans la Creuse, c'était bien davantage pour partager avec elle la responsabilité d'un fatigant voyage avec leur fragile grand-mère qu'au nom de principes moraux. Si sa propre mère avait enterré l'enfant d'un amant, elle ne se serait probablement pas dérangée non plus.

— André doit me téléphoner demain. Dis-lui que je serai de retour dans quarante-huit heures et que son invitation pour jeudi au théâtre des Champs-Élysées tient toujours.

Renée leva les yeux du livre qu'elle venait d'ouvrir. Contrairement à elle qu'un rien blessait, sa cousine semblait se moquer de tout. Était-ce une attitude délibérée pour oublier le passé ? Le sien la hantait sans répit. Loin d'être écoulé, le temps de son enfance la guettait toujours à Brières ; une fois la grille franchie, elle serait sans défense.

La pluie, qui était tombée tout le jour, ruisselait des branches. « Colette est ravissante, dure, volontaire, mais charmeuse, pensa Renée. Je suis son opposé. »

— Je lui transmettrai ton message, promit-elle.

— Pourquoi ne te joindrais-tu pas à nous jeudi ? Il y aura toute la bande.

— Bonne-maman va exiger que je porte le deuil.

Colette éclata de rire.

— Ne te fais aucun souci, je me fais fort de la

20

convaincre. Je ne suis pas sûre qu'elle considère la mort de Robert de Chabin et de son fils comme une tragédie.

Renée se leva tôt pour embrasser les voyageuses dont les modestes bagages avaient été déposés dans l'entrée par Simon qui, bien que maître d'hôtel en titre, jouissait en réalité d'une paisible semi-retraite. Julien avait avancé la vieille Daimler devant la porte et s'empara des deux sacs.

Renée trouva mauvaise mine à sa grand-mère. Le trois-quarts gris souris acheté un an plus tôt chez Worth sur les conseils de Colette flottait autour de son corps amaigri. La veille, au retour des vêpres, elle avait tenté de la faire changer d'avis. Pourquoi s'entêter à endurer une telle fatigue pour enterrer un homme qu'elle haïssait et un enfant qu'elle ne connaissait même pas ?

— Jean-Claude porte le nom des Fortier, avait répondu Yvonne avec fermeté. Que cela me fasse plaisir ou non, Jean-Rémy l'a considéré comme un fils. Il est hors de question que je désavoue mon pauvre enfant face à la société.

— Mais vous comprenez ma décision, n'est-ce pas, bonne-maman ? avait balbutié Renée.

— Ne te tourmente pas. Tu as assez souffert comme cela.

La jeune fille hésita. Julien, qui avait chargé les bagages, tenait ouverte la porte arrière de la Daimler.

— Dites à maman que je l'embrasse, chuchota Renée en serrant sa grand-mère contre elle, et que je lui écrirai.

Le ciel était gris, la lumière douce et morne. Un froid humide faisait se hâter les rares passants. Dra-

21

pée dans une cape de lainage sombre aux plis savamment agencés, son visage mis en valeur par le chapeau-cloche assorti décoré d'une houppette de cygne noir, Colette envoya à sa cousine un baiser qu'elle ne lui rendit pas. L'attitude rigide de sa grand-mère comme la désinvolture de Colette la troublaient. Était-elle si raisonnable ? Elle pensa à son père qui la taquinait souvent : « Tu as trop les pieds sur terre, ma chérie, apprends à t'envoler. Là-haut se trouve la véritable liberté. » La silhouette, le visage de Jean-Rémy lui revinrent en mémoire avec une acuité insupportable. C'était Robert, elle en était sûre, qui l'avait assassiné.

À pas lents, Renée regagna la maison. Céleste, un plumeau à la main, remontait l'escalier. Comme Simon, la vieille domestique ne rendait plus que de menus services mais, pour rien au monde, Yvonne Fortier n'aurait envisagé d'embaucher une nouvelle femme de chambre. Depuis la mort de Maurice et de Raymond, tout s'était figé place Saint-Sulpice.

Un bref instant, Renée se contempla dans le miroir du vestibule. Une fois encore, elle s'était coiffée à la diable, portait une robe à trois sous dont l'encolure et le bas étaient soulignés d'un galon cousu de travers. Sa grand-mère et surtout Colette ne cessaient de la sermonner. Comment faire bonne figure dans le monde, attirer les regards des jeunes gens fagotée comme elle l'était ! « Fais-toi couper les cheveux pour mettre tes yeux en valeur, insistait Colette. C'est ce que tu as de mieux. »

Renée monta l'escalier et, sans l'avoir décidé, se dirigea vers la chambre qu'avait occupée son père durant son enfance. Le palier du premier étage sentait l'encaustique et l'odeur de rose-thé que sa

22

bonne-maman avait toujours aimée. Elle tendit la main et tourna la poignée de la porte. Les rideaux étant tirés, la pièce était obscure. La jeune fille discerna le lit étroit recouvert de reps vert olive au-dessus duquel était accroché un crucifix d'ivoire. À l'exception du portrait d'un ancêtre, tout ornement avait été retiré, comme si on s'était efforcé de gommer la personnalité de son ancien occupant. Anonymes et banals, seuls le bureau et sa chaise, une armoire, une commode étaient restés à leur place. Baptisée « chambre d'amis », la pièce n'avait en fait jamais resservi tandis que celle de Raymond, où abondaient les souvenirs personnels, était devenue un atelier où Colette regroupait ses esquisses, des coupes de tissus chatoyants, son matériel à dessin et un couple de mannequins d'osier.

Renée tira les rideaux d'indienne. Une indicible tristesse l'accablait, l'intuition d'un destin manqué, d'une malédiction ayant mutilé la vie d'un jeune homme plein de charme et de talent. Sa grand-mère disait-elle vrai lorsqu'elle affirmait que Valentine de Naudet avait été le mauvais génie de son fils cadet ? Et pourquoi épargnait-elle sa tante Madeleine qui avait rendu Raymond si malheureux ? Était-ce parce qu'elle soupçonnait sa mère d'avoir, là aussi, exercé seule une mauvaise influence en favorisant leur mariage ?

Lointains, des souvenirs lui revenaient en mémoire. Sa mère n'avait pas toujours été indifférente à son égard. Elle se remémora qu'à trois ans elle s'était ouvert le genou en tombant du perron. Valentine l'avait pansée elle-même et était restée à son chevet jusqu'à ce qu'elle s'endorme. Renée sentait encore sa main douce et chaude dans la sienne. Était-ce sa faute ou celle de son père si elle les avait quittés ?

23

La jeune fille passa dans le cabinet de toilette. L'armoire à pharmacie était vide ainsi que le tiroir de la table recouverte d'un jeté de coton frangé piqué de rouille. Son père, là aussi, n'y avait laissé nulle odeur, nulle trace. Elle allait acheter un pot de tabac hollandais, un flacon de lavande et les disposer sur la table pour qu'un peu de sa personnalité revive. Elle l'avait aimé si fort, si désespérément ! Il était encore trop tôt pour rentrer à Brières. Partout son fantôme l'accompagnerait, dans le salon installé près de la cheminée, dans la bibliothèque, tirant sur sa pipe un livre à la main, dans l'allée menant au rond-point de Diane, dans son potager devant les beaux légumes dont il était si fier ! Toute son enfance s'était passée dans son ombre et, quoique heureuse à Paris, son existence s'en nourrissait encore. Colette avait raison. Peut-être devrait-elle accepter de sortir, de s'amuser un peu, d'avoir des amies. Mais toute confidence à des inconnus la livrerait à leur jugement, et elle avait encore trop de blessures à cicatriser. « Il faut essayer d'aller de l'avant », pensa-t-elle. Elle allait accepter la proposition de Colette d'assister à la première de *Malbrough s'en va-t-en guerre*. En dépit de son deuil, bonne-maman l'y autoriserait. « Ce ne serait pas un mal, dirait-elle de sa voix à l'intonation mi-sévère mi-malicieuse, mais un moindre bien. »

Comme pour ne pas éveiller l'ombre du disparu, Renée quitta la chambre sur la pointe des pieds. Avant de se rendre à la Sorbonne, elle allait boire un café, tenter de résister à la brioche de Céleste. Mais à chaque contrariété, chaque peine, chaque souvenir impossible à chasser, elle trouvait réconfort dans la gourmandise.

Un instant, la jeune fille resta adossée à un mur du palier. Sa mère aurait-elle le culot d'ensevelir

24

Robert de Chabin dans la tombe familiale à côté de son père ou bien reposerait-il près de Madeleine qu'il détestait ? Renée songea à Bernadette, à sa certitude que, tant que leur âme n'était pas en paix, certains disparus continuaient à hanter les lieux où ils avaient vécu. Celle de Robert l'était-elle ? Il avait brisé une famille et priait chaque soir devant une statuette de la Vierge de Lourdes comme un dévot. Renée se souvenait de la maisonnette silencieuse, de son désir fou d'en chasser Robert de Chabin. Mais il avait eu finalement le dernier mot. C'était elle qui s'était exilée de Brières.

Colette fit un signe de croix et se redressa. Le ciel jaune annonçait de la neige et elle devait regagner le château. Pourquoi sa mère n'était-elle pas enterrée au cimetière de Montparnasse aux côtés de son père ? Était-ce une décision prise par Valentine ou sa bonne-maman ? Mais cette interrogation, qui longtemps l'avait irritée, la laissait aujourd'hui indifférente. Quand ils vivaient encore légalement mariés, ses parents n'avaient plus rien en commun, l'un à Paris, l'autre en Bulgarie, en Autriche, en Russie, aussi loin que possible des Fortier. Si elle ne s'était pas enfuie de l'appartement de la rue Raynouard, sa mère l'aurait traînée dans son sillage de taudis en chambre meublée, d'une maîtresse à l'autre. Que serait-elle devenue ?

La jeune fille prit le chemin du retour. Le silence et l'opacité de la lumière l'effrayaient. Était-ce son imagination qui lui faisait sentir la présence d'une menace ? Elle hâta le pas. Des branches de noisetiers la fouettaient, des rejets décharnés de ronces s'accrochaient à sa cape. « Je hais cet endroit », se répéta-t-elle. La journée avait

25

été sinistre : deux tombes creusées, un grand cercueil et un plus petit, une homélie digne et sereine du vieux père Marcoux devant de rares voisins regroupés autour de sa tante Valentine qui, même ravagée par le chagrin, le teint émacié, gardait un charme envoûtant. Comment Renée pouvait-elle être la fille d'une telle femme ? À moitié dissimulée par un long voile de deuil, Colette avait décelé un manteau de Madeleine Vionnet d'un noir velouté à peine teinté de parme. Certes, il n'était pas à la dernière mode mais, porté pas sa tante, il avait un chic fou. Avec soulagement, la jeune fille poussa la grille donnant sur le parc. La perspective de l'allée, les bouquets d'arbres, les buissons envahis de ronciers, tout était fantomatique.

— Nous nous inquiétions, mademoiselle !

La voix de Bernadette fit sursauter Colette. La servante portait encore le manteau noir un peu râpé qu'elle réservait aux obsèques, la coiffe paysanne recouvrait à peine ses cheveux noirs noués en chignon.

— J'étais sur la tombe de maman.

— Vous a-t-elle parlé ?

— En voilà une question !

— Votre maman a beaucoup à vous dire. Mais il faudrait savoir l'écouter. Plus tard, peut-être...

— À défaut de confidences, c'est le silence qui m'a frappée. Sur le chemin du retour, il m'a oppressée et j'avoue en avoir eu peur.

— Alors madame Madeleine a commencé à parler, affirma Bernadette. Et maintenant rentrons vite. Votre grand-mère et votre tante Valentine vous attendent pour le thé.

Colette imagina sa tante au petit salon, prenant le thé, alors que le matin même elle enterrait son mari et son fils. Quel genre de femme était-elle donc ? Un être doué d'une incroyable énergie ou indifférent à tout ? Comment le deviner ? Parfois Valentine donnait le sentiment d'être une personne sensible et sentimentale blessée par la vie, quelquefois celui d'une guerrière triomphant sur le corps de ses ennemis, le plus souvent un être étrange, double, sensuel et froid comme le suggérait l'impression laissée par le portrait accroché au salon.

— Tante Valentine aimait-elle maman ? interrogea soudain Colette.

— Depuis toujours, affirma Bernadette.

— Pourtant maman a été chassée de Brières alors qu'elle était mourante.

— Madame Madeleine en est partie volontairement. Je crois qu'elle ne voulait pas s'éteindre ici.

— Tante Valentine l'a abandonnée.

— Votre mère et votre tante croyaient en la fatalité et l'acceptaient. Qui aurait empêché madame Madeleine de venir frapper à votre porte ?

« Bonne-maman et moi l'aurions-nous accueillie ? se demanda Colette. Je n'ai aimé ma mère que petite fille en l'idéalisant et n'ai jamais voulu connaître la femme déroutante, gênante, agressive qu'elle était. »

Quelques flocons commençaient à tomber et les deux femmes hâtèrent le pas. Soudain Colette fronça les sourcils. Derrière la fenêtre du petit salon, il lui avait semblé apercevoir le visage, non pas de sa tante Valentine, mais ceux, effrayants, de trois inconnues qui la regardaient approcher.

27

3.

Une fois encore, Renée s'examina dans le miroir. La robe en crêpe gris tourterelle tombait en plis souples jusqu'à la moitié du mollet gainé de bas de soie d'un gris plus soutenu. Sa grand-mère lui avait passé autour du cou un rang de perles et Colette avait tiré en chignon strict les cheveux qu'elle refusait de couper.

— Merci pour tes compliments, jeta-t-elle enfin d'une voix que la joie rendait moins bourrue. Bonne-maman et toi avez eu raison de me forcer la main. Sans vous, je serais à ma table de travail en train d'étudier, ou réduite à t'accompagner en robe de Cendrillon.

La sonnette de l'entrée tinta.

— Ce sont eux ! s'exclama Colette. Je file me mettre un peu de poudre et du fard sur les cils. Ne le dis surtout pas à bonne-maman !

Renée se retrouva seule dans sa chambre. Un petit sac brodé était posé sur le lit avec une paire de gants et le manteau de chez Worth prêté par sa grand-mère. Hormis ses condisciples étudiants qui la traitaient en camarade, elle n'avait guère l'habitude des jeunes gens. Comment la jugeraient-ils ? Potable, moche ? En dépit de la jolie robe, le teint restait trop mat, le nez épaté, les lèvres épaisses. Certes les cheveux tirés mettaient ses yeux en valeur, ses éternels beaux yeux !

D'un geste décidé, Renée s'empara du manteau, du sac. Sa bonne-maman avait tenté de lui faire donner des leçons de maintien, mais elle s'était sentie si godiche qu'elle l'avait suppliée de les interrompre.

Un concert de klaxons montait de la rue. Au

bout de deux ans, Paris l'étourdissait encore. Le silence, les odeurs de Brières l'assaillaient par bouffées. Là-bas, au lieu de se parer, elle aurait marché à grands pas dans la neige, guettant l'appel des canards sauvages qui remontaient vers les grands étangs du Berry. Dispersées le matin, les brumes se reformeraient à la tombée du jour autour du Bassin des Dames.

— Vos amis vous attendent au salon, annonça Simon.

Le fidèle serviteur semblait enchanté. La grande maison revivait enfin, certes pas tout à fait comme au temps de sa jeunesse, quand Maurice et Yvonne Fortier, alors jeunes mariés comblés par la fortune, offraient deux fois par mois des dîners où se côtoyaient les magnats de l'industrie et de la finance, mais si Colette et Renée faisaient de beaux mariages, tout pourrait redevenir comme auparavant.

Trois garçons et deux filles bavardaient dans le salon. Comme chaque fois qu'elle rencontrait de nouveaux visages, Renée se sentit rougir.

— Je suis Renée Fortier, annonça-t-elle pour remplir le vide. Ma cousine Colette va arriver dans un instant.

Par la diligence d'Yvonne Fortier, le salon, d'habitude sombre et feutré, affichait aujourd'hui une splendeur presque cossue. Simon avait arrangé de gros bouquets d'œillets blancs et d'héliotropes jaunes, disposé sur une table du champagne dans un seau d'argent, un plateau de petits-fours et de fruits déguisés.

— Vous ne me reconnaissez pas ? interrogea un des garçons.

29

Renée secoua la tête.

— Je suis Henri du Four. Nous nous sommes croisés dans les couloirs de la Sorbonne.

Renée rencontra le regard bleu, observa un court instant le visage mince, aux traits irréguliers, mais néanmoins pleins de charme. Ses cheveux bruns étaient plaqués par une brillantine qui sentait la lavande. Elle détourna les yeux, serra les autres mains. Les filles étaient jolies, menues dans leurs robes fluides qui dégageaient le cou et faisaient le buste long.

Il y eut un moment de silence.

— *Malbrough* est censé recevoir un triomphe ce soir, affirma une des jeunes filles. Mes parents, qui l'ont vu en avant-première, ont été emballés.

Simon servit le champagne. « Courage mademoiselle, Colette arrive », chuchota-t-il à l'oreille de Renée. Encore une fois, Renée pensa à Brières : la pelouse trempée par la neige fondue, les derniers chrysanthèmes mangés de rouille, les feuilles jaunies des hêtres dans l'allée.

Renée se trouva assise entre Anne Jolivet, qui suivait des cours de dessin dans le même atelier que Colette, et Henri du Four. La salle du théâtre des Champs-Élysées était surchauffée. Débarrassés de leurs manteaux, les spectateurs s'éventaient avec les programmes.

— Mes parents voyaient de temps à autre votre oncle et votre tante, chuchota Henri du Four à Renée. Pauvre Madeleine Fortier !

Entendre seulement le nom de sa tante déchirait le cœur de Renée. Elle se souvenait de son regard pathétique, de sa dignité dans la déchéance, de son courage. Après la mort de son père, quand chacun

30

soupçonnait Madeleine et qu'elle se sentait traquée, Renée aurait dû lui dire qu'elle lui faisait confiance, qu'elle l'aimait. Mais déjà Madeleine s'était envolée.

On frappa les trois coups. Peu à peu les conversations cessèrent et quand l'archet du chef d'orchestre tapota le pupitre, le silence se fit total.

Colette ferma les yeux pour savourer sa joie de se retrouver au milieu de ses amis. L'expédition à Brières avait été éprouvante, en particulier sa courte visite sur la tombe de sa mère. Elle y avait senti comme un appel, une sorte de contagion de la mort. Des fantômes hanteraient-ils le domaine ? André Dauret, dont elle sentait l'épaule contre la sienne, lui faisait une cour assidue, suggérait des fiançailles. Mais si elle goûtait ses baisers, frissonnait au frôlement de ses mains, elle n'était prête à accepter aucun lien. Et tant pis si, vexé, il s'éloignait d'elle. Les jolis garçons ne manquaient pas.

— Excellent début, apprécia Henri du Four. Et le décor est époustouflant.

— Je ne peux prétendre être bon juge, chuchota Renée, c'est la première opérette que je vois.

— Nous avons donc déjà un point commun, souffla Henri.

Pendant le reste du spectacle, Renée resta distraite. L'amabilité, déjà presque complice, de son voisin la surprenait. Pourquoi cet intérêt à son égard ? S'ennuyait-il ou était-il trop timide pour adresser la parole à sa voisine de droite, la ravissante Thérèse-Marie de Saint-Mont ? Elle fit un effort de concentration, mais une phrase prononcée autrefois par Bernadette martelait son esprit : « Le diable se déguise pour nous tenter. Comment alors le discerner du Bon Dieu ? » Parviendrait-elle à offrir sa confiance à un inconnu ?

31

— Bonne-maman a fait préparer une petite collation à la maison, annonça Colette. Vous savez que Renée et moi sommes en deuil, n'est-ce pas ? Ou, plus exactement, en demi-deuil, pour une moitié de chagrin.

Les yeux de la jeune fille pétillaient de joie. André, à la fin du spectacle, n'avait pas lâché sa main.

Place Saint-Sulpice, une table volante avait été dressée devant la cheminée du petit salon où crépitait un bon feu. Céleste avait préparé un velouté de champignons, un chapon en gelée, un aérien mille-feuille au caramel. Simon servait du vin d'Alsace dans un carafon de cristal rose.

Renée fut presque heureuse de voir Henri s'asseoir une fois encore à côté d'elle. Le groupe commentait l'opérette, la trouvait charmante, un peu trop superficielle peut-être. Seuls Henri et elle gardaient le silence.

— Avez-vous un avis, Renée ? interrogea André Dauret d'un air narquois.

Renée repoussa son assiette. Pour faire plaisir à sa grand-mère, elle avait accepté selon ses termes « de se secouer » et d'accompagner Colette escortée de sa bande de délicieux amis à un spectacle sans intérêt. Un garçon la troublait, et elle lui en voulait. Elle était mécontente de tout, et surtout d'elle-même.

— Tout cela était très joli et très bête, si vous tenez vraiment à le savoir.

— Ma cousine est une intellectuelle, intervint Colette en riant.

— Votre cousine dit ce qu'elle pense, et je l'approuve, coupa Henri. Nous décorons d'arguments

32

et de prétextes des futilités qui ne méritent pas le moindre intérêt.

— Mais il faut savoir se distraire ! s'écria Thérèse-Marie. Imaginez-vous un monde qui ne serait qu'aliénation, catastrophes et perversion ?

— C'est agaçant de toujours confondre gaieté et nullité, insista Henri.

Renée but une gorgée de vin. Henri était courageux et franc. Elle devait tenter de mieux le connaître, de s'en faire un ami.

— Tout le monde n'a pas votre sagesse, se moqua Colette. Depuis que Renée est petite, elle n'a sorti son nez des livres que pour errer dans la forêt creusoise en compagnie d'un chien et d'une vieille bonne à moitié folle.

Le sang monta au visage de Renée. Pour un bon mot, sa cousine était capable d'humilier ceux qui l'aimaient le plus.

Au centre de la table, la lumière des bougies caressait la coupe d'argent garnie de fruits. Renée acheva de vider son verre. Son passé de solitaire la coupait-il à jamais de ses semblables ? Tout près de Colette, elle observait les longs cils d'André Dauret, les cheveux bouclés de Charles Darmon, la douceur du profil de Thérèse-Marie, la peau blanchâtre, à peine teintée de rose d'Anne, leur charme presque enfantin. Gâtés par la vie, ils étaient tous des êtres délicieux, pétulants et légers. Seul, Henri semblait différent.

La pluie glacée, qui avait succédé à la neige, battait les vitres du salon derrière les rideaux tirés. Les lampes luisaient sous leur abat-jour de soie rose. « Plumes, rubans, collerettes, chantait Bernadette quand elle l'endormait, sont caresses, baisers et promesses... » Le miroir accroché au-dessus de la cheminée renvoyait une image lointaine et floue

33

des convives. Renée avait l'impression qu'en souf-flant les chandelles ils seraient tous désagrégés.

— Merci de votre appui, chuchota-t-elle à Henri, mais je n'ai pas besoin qu'on vole à mon secours.

Le regard bleu d'Henri plongea dans le sien.

— J'ai simplement du respect pour la franchise.

— Tu t'es comportée de façon ridicule face à mes invités ! lui reprocha Colette.

La porte venait de se refermer sur André qui avait rapidement pris ses lèvres et elle en avait encore le cœur battant.

— Ton absurde façon de pontifier est gro-tesque, continua la jeune fille. Franchement je ne te comprends pas. Veux-tu voir les garçons fuir ?

Renée s'appuya sur le manteau de la cheminée. Elle était fatiguée et n'avait pas envie de se querel-ler avec sa cousine. Sa robe neuve la serrait, un des bas de soie avait tourné autour de sa cheville. L'impression fugitive d'avoir été presque jolie s'était évanouie.

— Au milieu de tes séduisants amis, je me sen-tais une étrangère.

— Tu as voulu surtout prouver que tu nous étais supérieure, détentrice d'un trésor de jugement !

— J'ai simplement exprimé mon opinion quand ton bel André Dauret me l'a demandée. M'en veux-tu d'être sortie de mon rôle d'ombre muette ?

— Pour impressionner Henri du Four ? C'est un bigot, un séminariste défroqué !

— Intéressant, dit Renée d'un ton de défi. Je me disais bien qu'il était attachant.

— Il méprise les femmes.

34

— Cela prouve que, sans être spécialement féminine, on peut retenir son attention. Et maintenant, je monte me coucher, j'ai un cours demain à neuf heures.

La bibliothèque était déjà comble. Renée hésita. Il était onze heures trente, mieux valait rentrer place Saint-Sulpice où le repas était ponctuellement servi à midi et demi. À l'heure du petit déjeuner, sa grand-mère avait posé quelques questions qu'elle voulait innocentes sur la soirée de la veille. Nul doute qu'en présence de Colette, elle allait chercher à en savoir davantage.

Renée enfila son manteau, enfonça sur sa tête le chapeau-cloche de feutre épais qui la protégeait de la pluie. À la fin du mois de juin, elle passerait les dernières épreuves de sa licence de biologie. La Sorbonne et sa bibliothèque, où elle avait des heures durant dévoré des ouvrages sur les plantes et leur équilibre génétique, lui manqueraient. Quant à son avenir plus lointain, il était encore trop incertain pour qu'elle ait envie d'y songer.

Prenant conscience qu'on l'appelait, Renée se retourna. Un paquet de livres sous le bras, Henri du Four se tenait à quelques pas. Un peu crispée, la jeune fille décida de lui sourire.

— J'allais partir, annonça-t-elle d'emblée.

Elle avait mal dormi et ne se sentait pas à son avantage. Déçu, Henri allait sans doute lui tourner le dos.

— Je sortais moi aussi. Puis-je vous accompagner ?

Renée n'osa l'éconduire. Traverser le Luxembourg avec le jeune homme lui faisait par ailleurs

35

plaisir. Il semblait sensible, intelligent, attentif. Pourquoi ne pas tenter une amitié ?

Dehors quelques éclats de ciel bleu commençaient à fissurer la brume.

— Il va faire soleil, annonça Renée pour ne pas rester muette.

Henri la regardait. Une fois encore, la peur d'être jugée l'obligea à se moquer d'elle-même. C'était une habitude qu'elle avait prise dès l'enfance depuis le fameux jour où Solange lui avait brutalement révélé son manque de beauté.

— J'espère que vous appréciez les femmes fortes, prononça-t-elle d'un ton pince-sans-rire, les vraies campagnardes.

— J'estime les femmes sensibles et intelligentes.

Renée détourna les yeux. Son ironie inopportune avait provoqué une légère gêne que déjà elle regrettait.

— Colette est tellement différente de vous, nota Henri après un moment de silence.

— Ma cousine est assez anxieuse et vulnérable. Elle a décidé de jouir de la vie.

— Elle y réussira. Avez-vous vu les yeux que lui fait André Dauret ?

— Colette adore séduire. C'est un jeu pour elle, une simple partie d'échecs.

— Êtes-vous joueuse ?

— Je ne connais que le barbu et le mistigri. Et vous ?

— Je n'ai pas eu l'occasion de m'exercer. Sans doute n'ignorez-vous pas que j'ai passé deux ans au séminaire.

Quelque chose dans la façon dont Henri lui parlait plaisait à Renée. Il ne ressemblait en rien aux jeunes gens qu'elle avait côtoyés.

— Je n'étais pas assez mûr, poursuivit Henri.

36

Mais ces deux années ont limité mes expériences mondaines comme sentimentales. Je me suis ensuite inscrit en licence d'histoire et de droit religieux. À défaut d'être prêtre, je défendrai les ecclésiastiques.

La gêne avait disparu. Renée se sentait libre et confiante.

— Si je comprends bien, nous sommes tous les deux résolument tournés vers les plaisirs de l'esprit.

Le long des allées du Luxembourg où ils avaient décidé de flâner un moment, les branches se découpaient sur les pans d'un ciel bleu qui s'élargissait. On entendait piailler des merles, des moineaux aux plumes encore mouillées sautillaient sur les graviers. Une joie douce comme elle en avait rarement éprouvé envahit Renée. L'odeur forte de la terre détrempée, le bruit de ses propres pas à côté d'Henri du Four, leur solitude à deux dans ce parc qu'elle aimait l'attendrissaient. Elle se sentait apaisée, prête enfin à être heureuse. Trop longtemps, elle s'était défiée de tous, écartant de possibles amies, décourageant d'un mot ses condisciples étudiants.

— Venez donc un jour prendre le thé chez ma grand-mère, proposa-t-elle alors qu'ils atteignaient la rue de l'Odéon. C'est une femme délicieuse qui se tourmente parce que je n'invite personne.

Elle tendit la main.

— Voulez-vous dimanche à quatres heures ?

Il sembla à Renée qu'Henri gardait sa main un peu plus longtemps que ne l'exigeait la politesse. « Que va-t-il m'arriver ? » pensa-t-elle. Elle baissa les yeux.

— Très volontiers. À dimanche, Renée.

— Vraiment ? Comme je suis contente.

Yvonne avait écouté Colette lui relater la soirée de la veille, puis la voix faussement détachée de sa Renée lui demandant l'autorisation d'inviter un des jeunes gens, dès le surlendemain, à l'heure du thé.

— Quelle cachottière tu fais ! souffla Colette. Jamais je ne t'aurais crue capable d'emballer un homme en cinq minutes.

— Henri et moi étudions ensemble à la Sorbonne. C'est un camarade, voilà tout.

— Henri du Four..., répéta Yvonne Fortier. J'ai bien connu sa grand-mère. Elle faisait partie de mon groupe à l'Action catholique. Des gens très bien, un peu austères peut-être. Le père est de santé fragile et a dû vendre jeune ses filatures. Je ne les crois pas très fortunés.

— Inutile de remonter leur généalogie, bonne-maman, reprocha Renée. Je connais à peine Henri.

— Il faut un début à tout, mon ange, lança Colette en picorant les champignons de sa part de quiche. Je te croyais vouée au célibat et voilà qu'un petit curé aux traits en lame de couteau te retourne comme un gant.

— Ne taquine pas Renée, la gronda Yvonne Fortier... Cela me fait plaisir de la voir se distraire un peu. Depuis deux ans, ta cousine n'a fait qu'étudier.

— Je travaille aussi, bonne-maman, ne l'oubliez pas. L'année prochaine, mon diplôme en poche, je me lancerai enfin dans la vie.

— Et tu feras mourir d'amour le bel André Dauret, railla Renée.

Colette éclata de rire.

— Je ne tiens pas à comprendre vos petites

38

intrigues, nota avec bonne humeur Yvonne Fortier. Dans ma jeunesse, les filles étaient élevées avec de stricts principes. Plaisanter sur les hommes faisait partie des interdits.

— Bon-papa et vos fils vous ont comblée, assura Renée.

Trop peu souvent, elle avait osé interroger sa grand-mère sur l'enfance de son père. Il avait laissé si peu de traces dans la maison. Ses livres ne faisaient pas même partie de la bibliothèque. Et cependant il avait grandi ici, s'était découvert une vocation de poète, était tombé amoureux de Valentine de Naudet. Dans le grand salon avait eu lieu la réception du contrat. Il devait rayonner de bonheur à côté de celle qu'il aimait à la folie et allait épouser le lendemain.

— Ton père avait un caractère secret, un peu rebelle, expliqua Yvonne avec douceur. Il avait commencé ses études d'une façon brillante puis, pour une raison que j'ai toujours ignorée, s'était replié sur lui-même jusqu'à s'étioler. Maurice et moi avons décidé de l'envoyer passer quelque temps dans la Creuse. Il en est revenu en bonne santé, mais taciturne, amer, parfois insolent. Il aimait la solitude, se lancer dans de grandes promenades qui duraient toute la journée. Le soir, il restait dans sa chambre à lire des vers et à en écrire. Pour nous fuir, il a tenté de voyager puis a rencontré ta mère. Je crois qu'à Brières il a connu une sorte de bonheur, du moins, je l'espère.

La voix tremblait un peu. Renée prit la main de sa grand-mère et la serra dans la sienne.

— Nous y avons été très heureux, lui et moi, bonne-maman.

Tête baissée, Colette gardait le silence. Chaque fois que l'image de son propre père revenait dans

39

sa mémoire, le désespoir l'envahissait. Elle le voyait flotter sur l'eau glacée de l'Atlantique qui l'engourdissait jusqu'à la mort tandis que s'enfonçait le *Titanic.* Avait-il pensé à elle, à sa promesse de l'amener à New York ? À la somme d'amour qu'ils avaient accumulée ? Ou à Madeleine, à sa sensualité provocante, ses flacons de gin et ses cigarettes d'opium ? La Madeleine flamboyante d'avant sa naissance qu'il avait tant aimée ! Elle avait envie de se désagréger, de s'enfuir quelque part, loin, haut dans le ciel, pour retrouver sa forme première, la seule qu'elle aimait, celle de sa petite enfance.

4.

Chaque fin d'après-midi, à l'exception du dimanche, Valentine envoyait sa voiture au père Marcoux. Jusqu'à l'heure du dîner, ils bavardaient ou jouaient au jacquet en savourant une tasse de tilleul que, d'un commun accord, ils avaient substituée au verre de liqueur de noyaux.

— J'ai reçu ce matin les bons vœux de ma Renée, annonça Valentine. Voulez-vous lire sa lettre ?

Sans attendre de réponse, Valentine tendit le carré de papier crème dont, l'esprit visiblement ailleurs, le curé s'empara.

La surface de l'étang était prise par la glace. Par volées entières, des grives s'abattaient sur les pelouses. Une brise piquante soufflait les dernières feuilles racornies dans les allées du parc.

40

— J'ai, moi aussi, d'importantes nouvelles qui, sans nul doute, vont retenir votre attention, annonça sans plus attendre le père Marcoux.

La tisanière embaumait le tilleul. Avec grâce, Valentine s'en saisit et versa le contenu dans deux tasses de porcelaine.

— Des nouvelles de Paris ?

— Pas exactement, ma chère enfant. En fait, je viens de recevoir un long courrier d'un vieil ami chanoine à Chartres. À ma demande, il est allé fouiller quelques archives versaillaises et je dois avouer que ses trouvailles sont surprenantes. Me suivez-vous ?

— Continuez, assura Valentine d'un ton un peu irrité.

Depuis les obsèques de Robert et de Jean-Claude, Valentine semblait perdue dans de confuses rêveries. Souvent, au terme d'une longue conversation, l'abbé Marcoux notait qu'elle n'y avait pas porté la moindre attention. Bernadette, quant à elle, ne cessait de se désoler de la distraction de sa maîtresse.

— Au printemps dernier, j'ai interrogé cet ami généalogiste sur les Morillon car, dans nos recherches respectives, vous et moi nous étions vite heurtés à une presque complète absence de documents fiables. Beaucoup de ragots, de fables, rien de significatif. Mais nous avions une certitude, n'est-ce pas, c'était que le mariage d'Angèle et de Bernard de Morillon avait eu lieu à Versailles car le comte de Morillon suivait le roi.

Le père Marcoux s'interrompit un court instant. Le regard de Valentine ne le quittait pas.

— L'acte de mariage a été retrouvé. Qu'en dites-vous ?

Valentine faisait un effort considérable pour ne

41

pas perdre un mot de ce que disait l'abbé. Depuis la tragédie qui l'avait frappée deux mois plus tôt, elle n'avait jamais repensé à Angèle de Morillon, à son mari décapité ni à leur fils noyé. Les mots du prêtre faisaient resurgir cette famille si semblable à la sienne avec une douloureuse acuité. Longtemps, elle avait cru en un secret soigneusement caché par la comtesse, une sorte de tare honteuse ou de faute impossible à révéler. Puis, au fil des années, c'était plutôt l'option d'une triste et fortuite fatalité qui s'était imposée à elle. La Révolution, un déplorable accident, rien de plus.

— Et que dit cet acte de mariage ?

— L'acte lui-même ne vous surprendra guère : « Le 3 mars 1787 ont été unis devant Dieu Bernard, Armand, Marie de Morillon, premier écuyer du roi Louis XVI, et Angèle, Noémie de la Varesne, fille du marquis Horace de la Varesne et de Jeanne, Isabelle, Clotilde d'Ingreville, etc. » Le marié avait trente-neuf ans, l'épouse vingt.

— Différence d'âge courante à l'époque, n'est-ce pas ?

— Sans doute. Mais il existe une autre particularité : les Morillon étaient sans fortune, les Varesne fort riches.

— C'est en effet un peu curieux. Mais il arrivait qu'une jeune fille riche redore le blason d'un homme mûr occupant une telle position.

— Bien sûr, mais j'ai voulu en savoir plus. J'ai donc sollicité à nouveau mon ami pour qu'il tente de mettre la main sur des documents concernant les Morillon et les Varesne. Et, écoutant mes prières, le Bon Dieu nous a secourus. Un journal intime écrit par la marraine d'Angèle, la baronne de Maistre, figurait au catalogue des manuscrits de la Bibliothèque nationale. Déniché dans l'ancien hôtel particulier des Maistre à Versailles, il avait été vendu à un brocanteur et heureusement racheté par un bibliophile éclairé qui l'a légué à l'État. Mon ami a recopié les passages qui nous intéressent. Je les ai dans ce porte-document.

Le père Marcoux désigna la sacoche de gros cuir noir qui lui servait à transporter les devoirs de catéchisme des enfants.

Un crépuscule hâtif, pénétré de brouillard, se glissait par la fenêtre.

— Madame veut-elle que j'allume les lampes ?

Valentine sursauta. Elle n'avait pas entendu entrer Bernadette.

— Nous parlions des Morillon, annonça-t-elle. L'abbé m'a apporté des documents importants concernant leur histoire. Reste avec nous si tu le veux.

Sans mot dire, la servante tira les rideaux, tisonna le feu puis s'installa sur une chaise devant la table de jacquet.

— Voici donc ces feuillets, déclara le père Marcoux. Me permettez-vous de les lire ?

S'entêtant à refuser de confesser le nom de son séducteur, ma chère Angèle a accouché cette nuit en secret d'une petite fille. Sa mère ne l'a pas quittée et je dois avouer qu'elle a montré une grande dignité dans l'épreuve. Elle-même a lavé l'enfant, l'a enveloppé d'un lange et confié à une nourrice qui est aussitôt montée dans une voiture à destination du port du Havre où allait appareiller une frégate pour Pondichéry. Dès le début de la grossesse d'Angèle, un arrangement avait été fait avec un oncle, cadet de famille, établi aux Indes où il avait épousé la fille d'un marchand d'épices et d'indigo. Dépourvu de descendance,

43

cet homme avait accepté de recevoir l'enfant sans nom et de lui donner le sien.

— La troisième Dame, prononça Bernadette d'une voix sourde. Je ne comprenais pas pourquoi elle manquait.

— Que veux-tu dire, ma fille ? s'exclama le père Marcoux.

— La troisième Dame, répéta Bernadette. Lorsque madame de Morillon s'est trouvée veuve, sa mère l'a suivie dans l'exil. Brières lui appartenait. Madame de la Varesne, la douairière, comme on disait au village, était creusoise, née de Foulque. Au début du dix-huitième siècle, sa famille avait racheté l'étang aux Le Bossu ainsi que les friches alentour. Toujours, les vieux du village ont prétendu qu'à la Restauration elle était venue elle aussi s'installer à Brières et y avait séjourné une année entière avant de regagner Paris. Elle venait de quitter la Creuse lorsque Pierre-Henri s'est noyé.

— La grand-mère d'Angèle de Morillon était une Foulque ! s'exclama Valentine. Mais je suis moi aussi apparentée à cette famille !

— Comme c'est étrange, murmura le père Marcoux. Cependant, Bernadette, j'avoue ne pas comprendre ton allusion. Pourquoi parles-tu des trois Dames ?

— Parce qu'elles sont trois, toujours ensemble. Trois, le symbole de la terre, du feu et de l'eau, fécondité, sacrifice et pardon. La fille cachée de madame de Morillon était bien la troisième Dame.

— Sait-on ce qu'elle est devenue ? interrogea Valentine.

— Elle a été élevée à Pondichéry, a épousé en 1800 un certain Bertelin, né à Chandernagor, qui songeait à émigrer au Tonkin et dont elle a eu un

44

fils. La baronne de Maistre y fait référence dans ses Mémoires, expliqua le curé.

Sur le fauteuil tapissé de satin bleu, Valentine s'était pétrifiée.

— Bertelin, le nom de jeune fille de Madeleine ! Mon Dieu, murmura-t-elle, mon Dieu ! Madeleine, Renée et moi...

— Vous, Renée et mademoiselle Colette désormais.

Soudain Valentine se redressa. En dépit de sa pâleur, le regard restait dominateur, intransigeant.

— Dans quelles aberrations voulez-vous m'entraîner, s'insurgea-t-elle. Vous, l'abbé, avec vos grimoires qui ne racontent rien d'autre que les pauvres secrets d'une famille éteinte, et toi, Bernadette, avec tes sortilèges ? Les Foulque étaient innombrables dans la Creuse et le nom de Bertelin fort répandu. Ce sont des coïncidences.

— Voulez-vous que je termine ma lecture ? interrogea le père Marcoux d'une voix conciliante.

— C'est inutile. Déshonorée, Angèle de la Varesne a été donnée en mariage avec une dot alléchante et les terres de Brières à Bernard de Morillon. Ils ont fait édifier le château où la comtesse a accouché d'un fils à l'aube de la Révolution. La fin de l'histoire nous est bien connue.

— C'est cela en effet, assura le vieux curé.

— L'essentiel, insista Valentine, nous échappe toujours. Où est enterré Pierre-Henri ? Et où s'est rendue Angèle de Morillon lorsqu'elle a quitté Brières ?

— Ces interrogations qui vous tracassent tant n'ont guère d'importance, madame, intervint Bernadette en se levant. Nous tournons autour du secret de Brières sans pour autant en trouver l'explication. Les Dames de l'étang ont une influence

45

sur le domaine qu'à première vue chacun pourrait juger funeste. Je pense, quant à moi, qu'elles veulent aller au bout de quelque chose.

— La mort d'enfants innocents, d'hommes à la fleur de l'âge ? C'est révoltant. Longtemps, j'ai vénéré les Dames de Brières, je les hais aujourd'hui ! s'écria Valentine.

— Je comprends votre indignation, murmura le prêtre, mais retrouvez votre calme, chère amie, je vous en prie. Ma démarche auprès de vous est celle d'un historien, nullement celle d'un devin. Je laisse ce rôle à notre bonne Bernadette.

— Si j'étais ce que vous dites, monsieur le curé, j'aurais pu empêcher bien des malheurs. Le seul don que le Bon Dieu m'a fait est de voir au-delà des apparences.

La vieille servante jeta du bois dans le feu où les dernières bûches chuchotaient.

— Il faut me croire, insista-t-elle. Je n'ai pas la possibilité d'agir sur les Dames du Bassin. Tout ce que je désire maintenant est de vieillir en paix.

— La paix ! railla Valentine, mais nous ne la trouverons jamais à Brières, ma pauvre fille. Si j'en avais le courage, je me sauverais d'ici.

— Pour aller où, madame ?

— Chez Gaston de Langevin, mon beau-père, n'importe où.

— Ceux que vous avez aimés, que vous aimez encore sont dans ce pays, mon enfant, objecta le prêtre. Et Renée reviendra un jour à Brières, j'en suis sûr. Maintenant je vais lire la lettre de votre fille et nous reparlerons plus tard de la famille de Morillon. Voilà plus de cent ans que le silence les a ensevelis. Nous avons tout notre temps pour les en tirer, pour peu qu'ils aient quelque chose à nous dire.

46

« Est-ce que j'existe encore, se demanda Valentine en se glissant dans son lit, et où est ma place ? »

La nuit, de terribles angoisses la tenaillaient. Elle s'imaginait prisonnière de son propre corps, luttant pour s'en échapper. De l'autre côté d'elle-même l'attendait la paix et elle ne pouvait la goûter. Souvent, au petit matin, Bernadette la trouvait à moitié dévêtue, empêtrée dans ses draps comme après un âpre combat. La vieille servante ne posait pas de questions. Elle rajustait Valentine, nattait ses cheveux, retapait le lit. À la violente exaltation de la nuit succédait une morne torpeur. Souvent Valentine s'enfermait dans la chambre de Jean-Rémy, celle de Renée, jamais celle de son fils. Lorsque le hasard de sa promenade l'amenait près du bungalow caché derrière son bouquet de hêtres, elle semblait ne pas le voir. Souvent, assise dans son fauteuil favori, elle contemplait page après page ses albums de photographies, les premiers seulement, ceux contenant les images jaunies de ses fiançailles, d'elle dans sa robe de mariée en soie ivoire, la taille sanglée par le corset, le buste galbé rebrodé de dentelles, puis de Renée bébé vêtue de mousseline, ses grosses joues soulignées par le bonnet bordé de plumetis. Jean-Rémy apparaissait en col dur cassé, les cheveux séparés au milieu par une impeccable raie, tenant à la main son haut-de-forme et ses gants à côté d'un cliché de Brières lorsqu'ils l'avaient acquis, leur château de la Belle au Bois dormant, comme ils l'avaient baptisé, avec ses volets rompus, la rouille mangeant l'escalier du perron, le toit parsemé de trous où nichaient guêpes et hirondelles. La photo d'une partie de tennis où figuraient son beau-père et Raymond l'arrêtait parfois, elle fronçait les sour-

47

cils, semblait chercher un souvenir. « C'est le cha-grin, expliquait à Bernadette le docteur Lanvin. Il faut laisser le temps passer. Madame de Chabin, étant d'une extrême sensibilité, a tendance à cher-cher refuge dans son passé. Il ne faut ni l'encoura-ger ni la bousculer. Agissez normalement. »

Mais la servante n'avait plus d'énergie. Il lui arri-vait de plus en plus souvent de s'asseoir, le regard ailleurs, devant l'étang ou près du puits, comme si elle escomptait un signe, un appel.

La nuit était presque totale dans la chambre. Valentine retenait son souffle, attendant les images effrayantes qui allaient bientôt investir son imagina-tion. Le calorifère ne fonctionnant plus, Bernadette avait fait du feu dans la cheminée, bassiné les draps, tiré sur le lit une couverture mauve exécutée par elle au crochet. « Renée viendra cet été, prononça à mi-voix Valentine. Elle ne peut m'abandonner tout à fait. » Elle avait besoin d'elle pour secouer les Genche, remettre la propriété en état, faire curer l'étang pour en chasser les Dames. Pourquoi sa fille s'obstinait-elle à ne pas revenir ? La détestait-elle à ce point ?

Depuis toujours leur relation avait été équi-voque. Elle avait aimé sa fille sans pouvoir le lui dire et, blessée, Renée avait cloîtré en elle toute son affection. Ingrate, timide et renfrognée, sa fille aurait eu besoin de compliments qu'elle s'était refusée à donner. Était-ce une preuve d'amour que de mentir aux enfants, les nourrir d'illusions que la vie détruirait tôt ou tard ? On l'avait elle-même élevée dans la perspective d'être le double aimant et aimé d'un homme, de trouver le bon-heur à travers lui. Elle avait rêvé de souffler à Jean-Rémy ses élans poétiques, et Renée avait payé pour ses illusions perdues.

48

Un grattement léger fit se redresser Valentine. C'était sans doute le chat qui traversait le couloir pour grimper dans le grenier, une bête efflanquée à moitié pelée par l'âge que Bernadette soignait avec amour. Beau Minou avait aimé Madeleine, s'enroulant autour de ses jambes, se lovant sur ses genoux. Tout le monde adorait sa belle-sœur. Cette femme, qui avait vécu d'illusions, n'avait cessé d'en donner aux autres. Mais quand elle lui chuchotait des mots doux à l'oreille, l'embrassait sur les lèvres, elle était presque amoureuse. Valentine ferma les yeux. Des instants, des lieux qu'elles avaient partagés glissaient dans sa mémoire. Une chouette ulula. Il y en avait deux ou trois dans le grenier, il faudrait s'en débarrasser. Elle ne supportait plus la présence de ces oiseaux qui depuis toujours attiraient le malheur sur le château. Ainsi Angèle de Morillon et elle-même étaient un peu cousines par les Foulque ! Tout semblait tellement cohérent à Brières. Mais cette réalité existait-elle ou les extravagances de Bernadette en avaient-elles créé l'illusion ? Trois Dames cherchant justice de génération en génération, des sorts jetés çà et là, le fantôme d'un loup, un étang lisse et froid qui gardait le souvenir du temps passé. Comme elle avait été folle d'y croire !

Désormais, elle allait s'interdire d'écouter les sornettes de Marcoux, défendre à Bernadette de mentionner jusqu'à l'existence des Dames. Mais où qu'elle dirige ses pas dans le parc, elle tomberait tôt ou tard sur le Bassin. Il était là, devant, derrière, partout. Il l'encerclait, la faisait prisonnière, l'engloutirait bientôt.

5.

— J'ai toujours eu l'intention d'être heureuse, affirma Renée. Colette a tort de me traiter d'anachorète.

Un joli soleil de printemps jouait sur les façades des immeubles autour de la place du Panthéon. Une fois encore la jeune fille réunit en arrière ses mèches rebelles, réajusta quelques épingles.

— Pensez-vous que je devrais me faire couper les cheveux ?

— Ne changez rien. Je déteste les coiffures courtes et plaquées sur la tête dont sont entichées les femmes dites modernes.

— J'ai peur de ressembler à une matrone joufflue !

Henri sourit imperceptiblement. Renée appréciait cette retenue un peu timide qui lui allait bien.

— Moi aussi, je crois au bonheur, avoua le jeune homme, mais les chances de rencontrer un être susceptible de me rendre heureux sont minces. Tout du moins, c'est ce que j'ai longtemps cru.

Renée sentit son cœur se serrer. La relation qu'elle commençait à nouer avec Henri du Four avait bouleversé sa vie. Ses conversations intéressantes, son attitude pleine de charme s'insinuaient en elle, emportaient ses défenses. Elle s'était même surprise la semaine précédente à accepter avec joie la proposition de sa grand-mère d'aller acheter quelques robes de printemps au Bon Marché. Mais tout en savourant ce bonheur nouveau, la jeune fille restait prudente. Qu'éprouvait-il au juste pour elle, tendresse, curiosité, pitié ?

— Il faut que je me sauve, décida-t-elle. Merci pour le café.

50

— Quand nous reverrons-nous ?

— Je ne sais pas. Téléphonez-moi.

Comme à l'ordinaire, la voix d'Henri était calme, son ton égal :

— Avez-vous vraiment envie de me revoir, Renée ?

— Aussi tôt que possible, balbutia-t-elle.

« Je me montre ridicule, pensa-t-elle. Comment va-t-il me juger ? »

— J'ai désiré entretenir des relations avec vous dès notre première rencontre, affirma Henri en lui tendant la main. À demain. S'il fait beau, nous pourrions faire quelques pas au Luxembourg.

Dans le petit salon, Yvonne Fortier s'appliquait à une réussite. Renée accrocha sans bruit son manteau à la patère du vestibule. Elle avait envie de monter dans sa chambre, de décrypter un ouvrage bien hermétique de biologie afin de ne pas penser trop à Henri.

— C'est toi, ma Renée ?

La voix la fit sursauter. Elle jeta ses livres sur un fauteuil, pénétra dans la pièce tapissée d'un papier imitant le velours frappé.

— Viens me raconter.

Le sourire heureux de sa grand-mère effaça le léger agacement de Renée.

— Il est charmant, n'est-ce pas ?

Le petit signe des paupières indiquait une affectueuse complicité.

— Henri est un ami, bonne-maman.

— Qui vient à point pour te distraire. Il ne faut pas passer sa jeunesse dans le souvenir du passé et de ceux qui ne sont plus.

51

La vieille dame étala les cartes qu'elle tenait en main, désigna un fauteuil.

— Prenons ensemble une tasse de thé. Je vais sonner Simon. Notre famille a toujours apprécié ce moment privilégié et mon pauvre Maurice montait souvent de son bureau pour le partager avec nous.

— Bon-papa vous manque toujours, n'est-ce pas ?

— Il remplissait une place considérable dans la maison. Je l'ai épousé à vingt ans, sans guère savoir si j'étais amoureuse, mais mon époque n'éduquait pas les jeunes filles dans l'objectif d'exiger le bonheur. J'ai été cependant une épouse et une mère heureuse.

Yvonne Fortier s'empara des mains de Renée, les serra entre les siennes.

— Aujourd'hui tout a changé, je le sais. Les jeunes filles veulent faire des mariages d'amour.

— Je ne suis guère tentée par le mariage, bonnemaman. Ce que j'en ai vu était plutôt décourageant.

Simon pénétra dans le salon, tenant un plateau d'argent sur lequel étaient posées une théière, deux tasses et une assiette de biscuits.

— Que pensez-vous du mariage, Simon ? interrogea Renée d'un ton mi-affectueux, mi-ironique.

Le vieux serviteur inspira profondément.

— Du mariage en général, mademoiselle Renée ?

— Pourquoi êtes-vous resté célibataire ?

La question sembla étonner Simon. Savait-il pourquoi ? Était-ce une décision qu'il avait pesée un jour ?

— Pour avoir une vie sans histoire peut-être, soupira-t-il. Pas de différences de caractère qui occasionnent des querelles, pas de discussions, de mauvaises humeurs, de reproches. Quand on a fait

52

le choix de travailler au sein d'une famille, il n'y a pas de place pour ce genre de contrariété.

— Mais vous n'avez jamais été amoureux ?

Yvonne Fortier fit un geste pour tenter d'arrêter la conversation, mais Simon ne semblait pas agacé, bien au contraire.

— J'ai eu de belles journées, mademoiselle Renée, ensoleillées, heureuses, et trop courtes comme toutes les journées.

— Il en existe aussi de bien longues, murmura Renée. On a l'impression qu'elles ne s'achèveront jamais.

— Voilà pourquoi mieux vaut en apprécier la brièveté, prononça Simon avec pompe. Un peu de thé, madame ?

— Je n'ai jamais entendu dire que Simon ait eu la moindre amourette, remarqua Yvonne Fortier lorsque son maître d'hôtel se fut retiré. C'est un vieux garçon plein de manies, porté sur les rêves.

— Connaît-on ceux que l'on côtoie chaque jour, bonne-maman ? Longtemps je me suis reproché de n'avoir pas su aimer ma tante Madeleine assez fort pour l'aider à guérir.

Yvonne Fortier resta silencieuse.

Dans son regard Renée discernait tristesse et réprobation.

— Madeleine était devenue très difficile à la fin de sa vie. La vérité est qu'elle ne voulait plus accepter l'aide de personne. C'était une femme intelligente, volontaire mais fragile, trop souvent partagée entre euphorie et désespoir. La moindre contrainte lui faisait horreur. J'ai essayé longtemps de lui tendre la main, mais elle ne souhaitait aucun port d'attache, qu'il soit affectif ou géogra-

53

phique. Madeleine était une errante. On avait l'impression parfois qu'elle s'offrait en victime expiatoire pour des crimes commis par d'autres.

— Il y a eu tant de mensonges dans notre famille, de promesses non tenues, de pardons qui ressemblaient à de la haine déguisée.

Avec un sourire un peu triste, Yvonne Fortier haussa les épaules.

— Quand cela serait, qu'y pouvons-nous ? Ni toi ni moi n'avons rien à nous reprocher.

— Et maman ? Votre hostilité, nos ressentiments ?

— Valentine est assez brave pour regarder la vérité en face et assumer ses erreurs.

Renée sursauta.

— Mais personne ne lui tend la main.

— Les fautes qu'elle a commises ne peuvent être réparées que par elle seule, face à face avec le Bon Dieu.

— J'ai beaucoup souffert à cause de maman, murmura Renée, mais je n'arrive pas à la haïr.

— Tu as besoin d'aimer, ma chérie, de croire en l'avenir, de fonder une famille heureuse. C'est la raison pour laquelle je me réjouis de cette amitié, puisque tu l'appelles ainsi, pour Henri du Four. Réfléchis bien avant de prendre une décision, mais quand tu l'auras prise, fais en sorte que ce jeune homme la comprenne. Ne joue pas à la coquette.

Renée ne put s'empêcher de sourire. À peine parvenait-elle à se sentir bien avec elle-même, comment pourrait-elle user de la moindre tactique pour manœuvrer le pauvre Henri ?

— Je vous le promets et, en échange, permettez-moi de vous demander votre parole d'honneur de ne faire aucune confidence à Colette. Je n'ai pas un sens de l'humour assez développé pour rire de ses plaisanteries. Elle traite Henri de curé défroqué. C'est faux et blessant.

— On se moque de ce qui vous échappe. L'approche de la foi, par exemple, sa progression dans chaque âme. Colette y est étrangère pour le moment. Elle se sent à tort un peu fautive des drames qu'elle a vécus et pour cette raison refuse le pardon.

Cinq heures sonnaient à l'église Saint-Sulpice.

— Donne-moi ton bras, demanda Yvonne Fortier. Je veux me reposer dans ma chambre avant le dîner.

À petits pas, les deux femmes grimpèrent l'escalier. Tout était sombre et il sembla à Renée que sa grand-mère et elle, loin de fuir le passé, s'y enfonçaient marche après marche, instant après instant, et que là-bas, tout en haut, les attendaient avec patience Maurice, Raymond, Jean-Rémy, Madeleine et Robert de Chabin, tous uniques et cependant joints en une sorte de complicité qui les faisait dépendants et prisonniers les uns des autres.

L'air avait la clarté froide d'avant l'aube et Renée se leva pour fermer sa fenêtre. Au-dessus de l'église, le ciel pâlissait et le bouquet des pléiades disparaissait derrière la ligne des immeubles. C'était à Brières un moment exquis, celui où l'humidité de la nuit montant de l'étang en rubans de brume venait se mêler à la rosée du matin. Les coqs chantaient, quelques vaches prêtes à partir à l'herbage meuglaient. Penchée à sa fenêtre qui donnait sur l'allée de Diane, Renée ne s'était jamais sentie solitaire. Un sentiment d'amour la liait à ce lieu, au village, à la région environnante, un élan puissant la

55

soulevait vers eux et la pénétrait tout entière. Puis le soleil montait, dépassait la statue de Diane, les volets de Bernadette claquaient, Loulou jappait pour sa promenade du matin. Bientôt son père jaillirait sur le perron, contemplerait le ciel, ferait, mains derrière le dos, le tour des massifs.

Était-elle vraiment amoureuse d'Henri ? Il était trop tôt pour le dire, mais elle appréciait la compagnie du jeune homme, se réjouissait toujours de le revoir. Et il semblait partager ce plaisir, jamais importun ni audacieux dans ses gestes ou mots, mais doux et attentif. Cette réserve pleine de délicatesse inquiétait un peu Renée. Les romans qu'elle lisait représentaient des hommes ardents, avides de contacts physiques et de solitude avec la femme aimée. Rien de cela ne semblait important pour Henri. Avec la permission de sa grand-mère, elle l'accompagnait à des expositions ou au cinéma. Ils avaient vu *La Croisière du « Navigator »*, *Le Voleur de Bagdad*, avaient été émerveillés par l'exposition des Arts décoratifs. Puis ils prenaient le thé, discutaient d'événements ou d'hommes politiques, surtout de Maurras et de son Action française pour lesquels Henri éprouvait une vive admiration. Elle donnait son opinion avec fermeté, mais toujours un peu timide, anxieuse d'avoir la preuve qu'elle plaisait. Parfois, Henri risquait un compliment : il aimait son regard, son sourire. L'âme au supplice, elle attendait un geste tendre, mais il parlait vite d'autre chose, de la grève des étudiants au Quartier latin, de la constitution d'un nouveau ministère, du dernier roman de Kafka. Il la raccompagnait jusqu'à la place Saint-Sulpice, semblait hésiter, et finalement tournait le dos.

Au téléphone, le jeune homme se montrait plus tendre, avouait qu'il avait été enchanté des moments passés avec elle. La voix était chaude, convaincante. Renée s'attendrissait. « À bientôt, concluait-il, j'attends avec impatience de vous revoir. » Elle balbutiait : « Moi aussi », et s'en voulait d'être si gauche. Colette certainement la conseillerait, mais elle ne voulait pas prendre sa cousine comme confidente. Comment pourrait-elle la comprendre, pénétrer le caractère pudique et grave d'Henri ? Pour Colette, les hommes ne pensaient qu'à séduire et les femmes à leur céder après les hypocrites formes d'usage.

La lumière pénétrait à travers les volets, se glissait sous les rideaux. Il était trop tard pour se rendormir. Renée se leva, passa ses pantoufles et sa robe de chambre. Un jour prochain, elle aurait le courage de risquer une allusion, peut-être la hardiesse de glisser sa main dans la sienne. Alors l'un contre l'autre, ils oublieraient les tristes jours du passé, leur solitude. Soudain Renée se souvint d'une phrase maintes fois répétée par sa grand-mère : « Quand les femmes sont inactives, elles font des bêtises, tournent à la bigoterie ou prennent un amant. » Elle sourit. « Mieux vaut réviser mes cours, pensa-t-elle, et oublier ces niaiseries. Les choses se passeront au mieux ou ne se passeront pas. » Comme le répétait Bernadette : « Quand le Bon Dieu arrange les choses, tout est pour le mieux. »

Colette éclata de rire et posa sa tête bouclée sur l'épaule d'André Dauret.

— Je ne crois pas un mot de tes compliments. Cette robe me donne l'air d'un bébé.

— Mignon à croquer.

— Ce sera pour plus tard. Laisse-moi grandir un peu.

André enlaça Colette, chercha ses lèvres. La jeune fille le trouvait infiniment séduisant dans son pantalon d'été en toile blanche, la simple chemise de fil portée sans cravate et le pull grège à torsades, celui même qu'avaient lancé les quatre mousquetaires sur les courts de tennis.

— Quand ? souffla-t-il.

Colette se dégagea.

— Le jour où je serai sûre de ne pas être trop amoureuse de toi.

— Tout de suite, alors.

Colette rajusta l'épaulette de sa robe de crêpe rose. Pour garder le contrôle de la situation, elle devait quitter à l'instant la chambre d'André. Quoiqu'elle l'aimât bien, il n'était pas le genre d'homme auquel elle voulait offrir sa virginité. Elle adorait le jeu continu et paradoxal de la séduction, mais un quelconque prétexte la retenait toujours au dernier moment. Seule au milieu de la nuit ou quand elle était triste, la jeune fille s'avouait enfin la raison de ces reculs. Lorsqu'elle allait céder, le visage de son père lui apparaissait. Si distinctement qu'une boule obstruait sa gorge.

— Pourquoi acceptes-tu de venir à la maison ? Pourquoi joues-tu avec moi ? lui reprocha André.

— Parce que j'adore ta chambre. Tout y est clean et élégant. Un peu trop, peut-être. Pas très adapté aux amours coupables. J'aimerais mieux des fleurs capiteuses, des coussins, des tapis persans, des narguilés de cuivre.

— Tu te moques de moi.

D'un geste tendre, Colette passa la main à travers les cheveux blonds d'André.

— Il faut que je file, j'ai un rendez-vous.

« Pauvre André », pensa Colette une fois dans la rue de Rome. Son agacement réprimé l'amusait. Il était beau et élégant, mais jamais ne se hisserait au-dessus du commun des mortels. Elle allait rentrer chez elle à pied, boire un grand verre de citronnade et prendre un bain chaud pour se détendre. Dans un mois, elle passerait ses derniers examens et, dès octobre, chercherait du travail. Des amies de sa grand-mère l'avaient recommandée chez Worth, mais elle préférait tenter sa chance chez Madeleine Vionnet ou Gabrielle Chanel dont le goût la séduisait infiniment. L'amant viendrait plus tard, quand elle voudrait être adulée mais aussi protégée et épaulée.

Alors qu'elle traversait le pont de la Concorde, Colette songea à sa cousine. Devant Henri du Four, Renée était béate d'admiration, mais elle était presque certaine que ce séminariste manqué n'avait aucun plan d'avenir la concernant. Les hommes ternes et timides convoitaient en douce les femmes sensuelles et provocantes. L'opposé de la pauvre Renée, toujours rigide et empêtrée. Mais peut-être cachait-elle bien son jeu et en face de son frileux amoureux trouvait les gestes et les mots qui savaient l'allumer. Elle avait entendu dire que des couventines avaient rendu certains hommes fous de désir. L'ennui avec Renée était qu'elle s'attifait en dépit du bon sens. Aucun Parisien lancé ne pouvait accepter d'avoir à son bras ce genre de femme. En dépit de ses multiples et affectueux conseils, sa cousine n'arrivait pas à avoir du chic. Les robes tombaient sur son corps comme des sacs de pommes de terre, les bas boudinaient autour de ses mollets, les écharpes ressemblaient à des serpents flapis. Certes, elle avait entrepris un régime sérieux et perdu quelques kilos, mais ses épaules trop larges, ses mains comme des battoirs lui laissaient un aspect massif tout à fait rédhibitoire. À côté d'elle, le pauvre Henri ressemblait à un rat tombé dans une jatte de lait. C'était à mourir de rire. « Chère Renée ! » pensa Colette. Fine, racée, sa mère lui portait encore ombrage, même à distance. Mieux valait que la sienne soit morte. Les blessures se cicatrisaient et une certaine affection, presque admirative, prenait peu à peu la place de l'ancienne haine. Elle avait choisi de ne se souvenir que de la tendresse, des berceuses fredonnées, des dessins qu'elle esquissait pour elle, des éclats de rire, des interminables promenades dans les jardins du Trocadéro. Le regard fou, les paroles menaçantes, la violence, l'alcool, les cigarettes, tout cela appartenait à l'autre Madeleine ensevelie dans le cimetière de Brières non loin de Robert de Chabin, un grand artiste, un aventurier, un homme sans scrupules, comme elle en ombres et en lumière.

Sur la pointe des pieds, Renée pénétra dans la chambre de Colette. Après des heures d'hésitation, elle avait pris le parti de se confier quand même à sa cousine. Dans l'après-midi, Henri avait téléphoné. Dans un souffle, il lui avait balbutié qu'elle était comme l'air qu'on respire, comme les battements du cœur, toujours présente, essentielle. Il voulait la voir dès le lendemain ; sans elle, il se sentait seul et perdu. Renée avait accordé le rendez-vous et, les jambes flageolantes, raccroché le combiné. Se pouvait-il qu'Henri soit amoureux d'elle et, si oui, était-elle prête à s'engager pour la vie ?

Allongée sur son lit, Colette dormait. Un long moment Renée contempla sa cousine. Elle avait la tête tournée sur le côté, ses cheveux courts et

60

bouclés d'un magnifique blond vénitien éclairaient l'oreiller de satin crème. Comment pouvait-on être aussi touchante, aussi jolie ? C'était Colette que tous les hommes désiraient, Henri aussi peut-être. S'il recherchait sa compagnie, était-ce pour se rapprocher de sa cousine ? Une ou deux images précises surgirent dans la mémoire de Renée. Un regard entre Colette et Henri, un spectacle où ils avaient choisi de s'asseoir l'un à côté de l'autre, épaule contre épaule. Un soir où Colette étrennait une robe fluide de crêpe blanc nouée bas sur les hanches, il avait déclaré : « Vous êtes ravissante. » Les larmes lui étaient montées aux yeux. Était-ce qu'elle aimait Henri et qu'elle était jalouse ? Mais il la regardait elle aussi avec tant d'émotion et de tendresse ! « Je suis ridicule », pensa Renée. Dieu merci, Colette ne s'était pas réveillée et elle n'aurait pas à affronter la honte de son ironie. Sans faire de bruit, la jeune fille regagna sa chambre. L'incertitude la tuait. Dès le lendemain, elle chercherait à pénétrer les secrets du cœur d'Henri du Four.

6.

Bernadette éteignit la lampe à pétrole de la cuisine et d'un pas vif quitta le château pour regagner la ferme de Solange avant la nuit. Valentine était couchée, les fenêtres de sa chambre grandes ouvertes sur le parc et les rideaux tirés comme elle l'exigeait. Maîtresse et servante se disaient seulement bonsoir, mais leur longue familiarité et la mystérieuse entente qui les liait contenaient bien

61

davantage qu'un simple mot de politesse. Depuis les drames qui s'étaient succédé à Brières, elles évitaient d'un commun accord toute allusion aux forces mystérieuses qui si longtemps les avaient fascinées. Jamais Valentine n'évoquait Robert de Chabin ni Jean-Claude. Elle avait acheté Brières jeune mariée, y avait accouché de Renée et rien ne semblait s'être passé depuis lors, hormis des événements d'une morne réalité quotidienne.

Bernadette remonta l'allée, poussa la petite porte qui s'ouvrait à côté de la haute grille rongée de rouille, gagna la route. Des champs détrempés, du sous-bois, s'élevait une senteur d'humidité mêlée à celle des premières fleurs sauvages jaillissant des talus. Le dos un peu voûté, la vieille gouvernante marchait à pas réguliers, serrant contre elle un grand cabas de toile cirée noire. Son gendre, Gilbert Dutilleul, n'allait pas bien. La blessure à la cuisse, occasionnée par un malencontreux coup de fourche, s'infectait et le docteur Lanvin parlait d'hospitalisation. S'il perdait sa jambe, Solange aurait du mal à le seconder et elle-même ne pouvait quitter Valentine, ne serait-ce qu'une journée. Plongée dans un passé à demi réel, à demi imaginaire, sa maîtresse fuyait toute réalité. Bernadette était lasse, découragée. Le monde merveilleux de sa jeunesse prenait aujourd'hui un visage sombre, presque repoussant, et elle n'avait plus la force de tenir à distance les esprits méchants. Ils allaient gagner leur combat, envahir Brières, finir par exterminer chacun de ses habitants. Un instant, la servante s'arrêta pour observer trois paysans s'efforçant de faire monter un taureau noir dans une carriole. La bête meuglait, reculait tandis que le plus jeune des trois hommes piquait sa croupe à coups de fourche.

« Le diable gagnera-t-il ? s'inquiéta Bernadette. Les Dames ne nous protègent-elles plus ? » Peut-être étaient-elles cruelles, après tout ? Quel que soit leur but, elles restaient tapies désormais dans le Bassin, attendant quelque chose ou quelqu'un peut-être. Renée ? Colette ?

Des bribes d'un poème récité par Renée lui revinrent en mémoire. « Deux maisons, trois ruines, quatre fossoyeurs... » Les trois ruines, elle s'en doutait, signifiaient trois mortes. Qui étaient les quatre fossoyeurs ?

La ferme de Solange, une bâtisse longue et basse entourant une cour où étaient édifiés le poulailler et les clapiers, des étables et l'écurie à côté d'un abreuvoir, n'était plus loin... Bernadette avait sa chambre dans une annexe qui avait servi de remise pour les harnais. Elle avait eu du mal à s'adapter à ce logement sombre, peu confortable et sans la blessure de son gendre aurait regagné le château.

— Il ne va pas bien, annonça aussitôt Solange en essuyant ses mains à son tablier. Lanvin sort d'ici. Demain, nous demanderons la voiture à madame de Chabin pour le transporter à Guéret.

— Madame Fortier, corrigea aussitôt Bernadette, a déjà prévenu Émile et téléphoné au chirurgien. Tout se passera bien.

Le ton apaisant de sa mère redonna confiance à Solange. Outre les prescriptions, elle avait fait ingurgiter au blessé de la résine de pin réduite en poudre mêlée à de la cannelle brûlée sur des braises.

Solange tira deux bols du buffet de la cuisine, y versa du lait chaud, sortit un paquet de biscuits.

— As-tu des nouvelles de Renée ?

— Elle passera ses examens en juin mais je doute qu'on la voie à Brières cet été.

63

— Elle reviendra, assura Solange. Et tu le sais bien.

— Mieux vaut peut-être que Renée ne remette jamais les pieds ici et que tout retombe dans l'oubli.

Exténuée, Bernadette avait l'impression d'habiter un corps mort. Le moment approchait-il de livrer son dernier secret ? Dans ce cas, Renée devait revenir à Brières.

La fenaison était achevée et l'air embaumait. Devant l'écurie, une meule s'arrondissait au pied de laquelle s'entassaient les outils agricoles que Gilbert n'avait pu remiser.

À petites gorgées, la mère et la fille achevèrent leur bol de lait dans lequel elles avaient émietté des biscuits.

— Pourquoi cette malchance ? interrogea brusquement Solange. Toi qui as les secrets, tu dois bien le savoir.

— J'ai mon idée. Mais n'oublie pas que certains habitants de Brières y ont vécu heureux.

— Qui, par exemple ?

— Les fillettes du pensionnat.

— Personne ne sait ce qu'elles éprouvaient. Le curé m'a dit un jour qu'elles étaient presque toutes des orphelines.

— Aucun malheur ne leur est arrivé. C'est le père Firmin qui a été attaqué par des loups, un homme hanté par Satan.

— Et les frères Fortier, le pianiste, le petiot, mon pauvre Gilbert !

Sans répondre, Bernadette rassembla avec soin au creux de sa main les miettes des biscuits, les jeta dans le bol.

— Appelle cela comme tu voudras, insista Solange, je dis que c'est un mauvais sort.

— Les gens dont tu parles sont des morts ordinaires, mais avant eux ont vécu les morts par l'esprit. Ce sont eux qui ont péché.

— Et nous qui sommes punis ?

— Il ne m'est pas possible d'en comprendre la raison, ma Solange, mais il me semble que ces morts par l'esprit rôdent encore comme ceux ou celles qu'ils ont fait souffrir. À Brières existe un monde visible et un autre tout aussi réel, mais invisible. Les cadavres retournent à l'obscurité de la terre, une lumière demeure.

— Pour toujours ?

L'anxiété contenue dans la voix de sa fille serra le cœur de Bernadette et elle ne pouvait rien affirmer qui lui redonne la tranquillité de l'esprit.

— Je ne sais pas si le temps que toi et moi avons appris à compter existe. Ces âmes ne peuvent partir. Quelque chose les en empêche. Et il y a des messages. J'ai le pouvoir en effet de les recevoir, pas toujours celui de les comprendre.

L'horloge de l'église sonna neuf coups. Dans l'étable, une vache meugla, une autre lui répondit. Solange empila les bols. Elle était irritée. Ce qui avait enchanté son enfance ne lui apportait plus aujourd'hui que troubles et amertume.

— Veux-tu dire que nous sommes condamnées à subir ces injustices ?

— On n'enferme pas le vent, on n'emprisonne pas la lumière. À Brières, le temps est immobile. C'est un sort en effet.

Dans un mouvement de colère, Solange se leva.

— Parle-leur donc à ces esprits ! Dis-leur de décamper. Je ne veux perdre ni Gilbert ni mon Victor.

— Prie le Bon Dieu et ses saints. Ils te répon-

65

dront. Moi, je n'ai pas le pouvoir de soulever le voile qui sépare la vie de la mort.

Bernadette éteignit sa lampe à pétrole. À travers les volets, la lune à moitié pleine éclairait un pan du sol de briques. Le découragement de la vieille servante était passé. Elle devait se résigner, accepter ce pouvoir de communiquer avec l'invisible octroyé par des êtres qu'elle n'avait jamais connus et avec lesquels elle était liée cependant. Valentine et Renée avaient besoin d'elle, une autre femme également, Colette Fortier peut-être. C'était un accident qui emportait son gendre et Victor n'avait rien à craindre. La famille de Gilbert n'était pas d'origine creusoise, le hasard et la pauvreté l'avaient contrainte à acheter une terre proche de Brières. Bien travaillée, jamais morcelée par de trop nombreux héritiers, la ferme avait prospéré et, avec ses vingt-cinq hectares, permettait une vie presque aisée. Mais si Gilbert venait à disparaître, Solange ne pourrait assumer seule le travail d'un homme, et Victor n'avait que cinq ans. Valentine lui versant des gages dérisoires, elle-même n'avait guère d'économies. Tout juste pourrait-elle rembourser les dettes de ses enfants qui avaient acheté l'hiver précédent une nouvelle moissonneuse-lieuse. Mais Valentine Fortier ne leur refuserait pas l'hospitalité. Ils étaient chez eux à Brières.

Solange contempla un instant son mari endormi qui gémissait et respirait par petites saccades. Elle ne se faisait guère d'illusions. Dans ce lit d'où se dégageait maintenant une odeur malsaine, elle avait passé sa nuit de noces. Offertes par les For-

66

tier, les fêtes de mariage avaient duré toute la journée. Le soir, Jean-Rémy avait dansé avec Renée au bal champêtre. Des lumignons pendaient aux branches des hêtres et des châtaigniers. Des violonistes, deux gros hommes rougeauds qui cependant sautaient et bondissaient comme des cabris, étaient même venus de Guéret. Par la fenêtre ouverte, il sembla à Solange entendre encore la musique aigrelette, les chansons entonnées par les convives, le bruit des verres qui s'entrechoquaient autour de la barrique de vin blanc. « Attention au puits ! » avait crié la voix de Marie-Thérèse Le Bossu. Plus ivre que d'habitude, son mari se tenait tout près du trou noir et sans fond qui, en Creuse, semblait attendre les désespérées. Les hommes, eux, préféraient se pendre.

Solange s'accouda à sa fenêtre. Jamais elle ne s'était sentie vraiment chez elle dans cette ferme pourtant tenue avec courage. Qu'elle le veuille ou non, elle appartenait à Brières où elle était née et, si son Gilbert passait, en dépit de tout, elle y reviendrait.

— Renée vient de téléphoner, elle sera là demain, annonça Valentine d'une voix tremblante. Émile ira la chercher au train de cinq heures.

En deuil de son gendre, Bernadette hocha la tête sans interrompre sa besogne. Pour éviter de rouler dans sa tête trop d'idées noires, elle avait rassemblé sur la table de la cuisine tous les couteaux, des bouchons et le pot de poudre noire à polir.

— Cela fera plaisir à ma pauvre Solange, murmura-t-elle.

67

— Renée va me trouver changée, s'inquiéta Valentine. Il faudra que tu me coiffes et repasses mon chemisier de soie grise. Je le mettrai avec ma jupe noire pour les obsèques. Le père Marcoux a prévu de mettre Germaine Dentu à l'harmonium.

— C'est gentil de la part de madame Dentu d'avoir fait le voyage de Limoges, prononça Bernadette d'une voix absente.

— Elle s'ennuie à périr chez sa sœur ! Crois-moi, elle se réinstallera bientôt chez ce pauvre Paul qui est solitaire comme un rat. Je demanderai à Renée de lui faire une visite.

— Renée a sa vie à Paris, jeta Bernadette. Laissez-la tranquille.

Valentine quitta la cuisine. La mort de Gilbert allait enfin lui permettre de réaliser ses plans. Bernadette reviendrait au château avec Solange et le petit Victor. Renée n'aurait pas le cœur de les laisser derrière elle. Tous ensemble, ils feraient revivre Brières. On nettoierait le tennis, éclaircirait l'allée, couperait les ronces qui encerclaient le Bassin des Dames.

Valentine regagna sa chambre, ouvrit le cabinet qui servait de garde-robe. Il fallait qu'elle séduise Renée, la retienne par tous les moyens, l'oblige à enfin l'aimer. En dépit de multiples efforts pour lui plaire, sa fille lui avait toujours échappé. À cause de son amour pour Robert de Chabin ? Mais avait-il existé ? L'amour n'avait pas de visage, c'était seulement une rafale qui déferlait, emportait tout sur son passage. C'était cette force, cette griserie, cette fatalité qu'elle avait toujours suivie. Amoureuse, elle se sentait revivre.

Aujourd'hui, le vent ne soufflait plus, mais, si elle n'avait pas envie qu'il se lève à nouveau, le désir de conquérir sa propre fille lui demeurait.

68

« Renée restera », prononça-t-elle à mi-voix. Long-temps refoulée, l'émotion de la revoir bientôt l'en-vahissait.

— Un jour, pas davantage, maman, répéta Renée. Dans deux semaines, je commence mes examens.

Les obsèques de Gilbert avaient été éprouvantes. Sa main dans celle de Solange, elle avait écouté le père Marcoux au bord de la tombe lire un passage de saint Augustin : « Quand au jour que Dieu connaît et qu'il a fixé, ton âme viendra dans le Ciel où l'a précédée la mienne. Ce jour-là, tu rever-ras celui qui t'aimait et que tu aimes encore. Tu retrouveras les tendresses épurées. Essuie tes larmes et ne pleure plus si tu m'aimes. »

Solange sanglotait. Attentif, le petit Victor, blotti contre sa grand-mère Dutilleul, écoutait.

Depuis le moment où, deux jours plus tôt, la voiture conduite par Émile avait franchi le portail de Brières, Renée était sens dessus dessous. Tant de souvenirs revenaient, intenses et douloureux : l'odeur des salons, le craquement des marches dans le petit escalier, le bruit des poignées de porte un peu grippées, jusqu'à la perspective aper-çue de sa chambre par les fenêtres ouvertes lui ser-raient le cœur de joie et de tristesse mêlées. L'horizon qu'elle avait tant aimé, l'allée, la statue de Diane, la masse des bois ondulant sans fin, les tilleuls entourant la pelouse semblaient figés dans le temps. Elle avait parcouru le château de la cave au grenier, reconnaissant des détails, se remémo-rant des souvenirs. Puis, traversant le parc à pas

69

lents, la jeune fille s'était rendue jusqu'au Bassin des Dames. Cerné de ronces et d'orties, presque inaccessible, l'étang semblait dormir. Ce qui restait des deux barques de son père, quelques planches pourries encore amarrées, s'enfonçait dans des eaux verdâtres. Un couple de colverts avait pris un brusque envol qui l'avait effrayée. Renée était restée jusqu'au coucher du soleil, mais les impressions heureuses d'antan s'étaient évanouies.

Le soleil avait plongé derrière les bois, le ciel était criblé de petits nuages roses. Il faisait doux. Avant de rejoindre Solange et Victor, Bernadette avait préparé un repas froid, disposé sur un plateau un peu de jambon, une salade de pommes de terre, une part de clafoutis confectionné avec les premières cerises, celles du vieil arbre adossé au mur du potager. Quoique Valentine ait tenté de se faire belle pour dîner avec sa fille, il ne restait rien de son éclat d'antan, de la transparence presque nacrée de sa peau, du blond lumineux de sa chevelure.

— Quelle importance ont ces examens ? reprocha-t-elle. Ta place n'est-elle pas au milieu de ta famille ?

— Bonne-maman et Colette sont ma famille.

Renée repoussa son assiette. Elle avait quitté Paris bouleversée par un long coup de téléphone d'Henri et n'avait pensé qu'à lui durant tout le voyage. Mais à Brières, le jeune homme s'effaçait, elle avait l'impression douloureuse de le voir s'éloigner, de le perdre de vue. Dès le surlendemain, quoi qu'en décide sa mère, elle reprendrait le train.

— Vous ne vous êtes jamais beaucoup préoccupée de moi, maman, poursuivit-elle. Pourquoi cette subite volonté de me garder auprès de vous ?

70

— Tu m'en veux, n'est-ce pas ?

Les deux femmes gardaient le silence. Renée hésitait. Sans doute, le moment n'était-il pas opportun pour avouer à sa mère le fond de sa pensée. Qu'importait par ailleurs leur malentendu ? À la fin de la semaine, elle serait loin et pour longtemps. Si elle épousait Henri, ils achèteraient une maison près de Paris, assez grande pour élever une famille et se sentir un peu à la campagne. Henri se rendrait aisément en ville pour son travail. Lui aussi aimait la nature, les bêtes, le silence. Tant de goûts communs les unissaient. Avant de raccrocher le combiné téléphonique l'avant-veille, il avait bredouillé : « Vous êtes une exception dans ma vie, Renée, ne m'abandonnez pas. » Que voulaient dire ces mots, qu'il l'aimait ?

— Maintenant que papa est mort, je ne vous reproche plus rien, maman.

Valentine grignotait mécaniquement le contenu de son assiette.

— La vie est si insidieuse, murmura-t-elle. Les choses se présentent sans qu'on en appréhende vraiment le pourquoi et le comment. Rien n'est impardonnable. Veux-tu faire de moi la victime expiatoire de l'attachement passionné que tu avais pour ton père ? Tu m'en as voulu non pas d'être partie, mais d'être revenue.

— Ne dites pas cela !

La voix de Renée tremblait.

— Une seule chose vous intéresse, poursuivit la jeune fille, vous-même, vos désirs, vos satisfactions, l'impression heureuse que vous faites sur les autres. Vous n'avez jamais cherché à me connaître, encore moins à me comprendre. Papa m'a tout donné.

— Jean-Rémy était-il capable d'aimer ?

71

— Plus que quiconque. Il vous a idolâtrée et attendue toute sa vie. Il vous a pardonné.

Valentine eut un petit rire sarcastique :

— Il a simplement joui de voir envolé jusqu'au dernier de mes rêves, anéanties mes ultimes ambitions.

Des larmes coulaient sur les joues de Renée. Elle se leva.

— J'adorais papa et jamais vous ne parviendrez à m'ôter cet amour. Comment pouvez-vous imaginer que nous puissions vivre ensemble ?

— Parce que nous pourrions encore nous apprécier. Il n'est pas trop tard. Tu as beaucoup à apprendre et nous nous ressemblons, finalement.

— Je ne le pense pas.

— Le jour où tu aimeras un homme, tu me comprendras. L'amour révèle les êtres à eux-mêmes. À ton âge, je pensais passer une existence paisible à Brières aux côtés de mon mari, puis j'ai aimé brièvement un autre homme. J'ai compris que, même civilisé, dompté, le désir fou d'être heureuse habitait le cœur de chaque femme. Quand Robert de Chabin est arrivé dans ma vie, j'ai eu alors le courage de partir.

Renée avala difficilement sa salive.

— Je n'ai pas envie d'être impliquée dans votre passé, balbutia-t-elle. Permettez-moi d'aller me coucher.

Valentine posa sa serviette, se leva, alluma une lampe. Les deux femmes étaient toutes proches l'une de l'autre.

— Reste encore un peu, supplia Valentine. Je suis si seule.

Soudain, elle étreignit la main de sa fille. Renée n'osa se dégager. Elle se raidit pour ne pas sangloter.

72

— Je reviendrai, maman. Bernadette et Solange prendront soin de vous.

En lâchant la main de sa fille, Valentine esquissa un triste sourire.

— Tu aimais le bracelet en or que m'avait donné ton père le jour où nous avions signé l'acte d'achat de Brières. Prends-le. Il te fera rentrer à la maison, là où a vécu ton papa, là où il a été heureux, même sans moi. La vie, vois-tu, n'est pas toujours aussi mauvaise qu'on le croit. Tu le comprendras bientôt.

Renée sortie, Valentine acheva à petites gorgées sa tasse d'infusion. Même pour la retenir, elle ne pouvait pas s'abaisser davantage. Et cependant, comme elle avait besoin de sa fille ! Sa force, cette placidité qui l'avait autrefois tant agacée, avait seule aujourd'hui le pouvoir de la rassurer, d'écarter les démons du passé. Renée à son côté, elle se sentait presque sereine, sourde aux voix qui lui avaient suggéré tant d'illusions. Renée était sa famille, la seule qui lui demeurât. Même incapable de le lui avouer, elle l'aimait, et grand était son étonnement de déceler si tardivement une expression de l'amour bien éloignée des formes et du langage de la passion, jusqu'alors ses uniques repères. On pouvait donc aimer sans mots pour le dire, partager avec plaisir des silences, être détaché de tout désir, vieillir serein. « Absurde, pensa Valentine, jamais je ne me justifierai auprès de Renée ni lui demanderai pardon. » De poursuivre les fantômes, de tenter de saisir les ombres, elle était lasse à mourir.

73

7.

« Outrages écrits à l'encontre du ministre de l'Intérieur. » Voilà la raison de son incarcération ! fulmina Henri du Four.

— C'est malheureux en effet, convint Yvonne Fortier. En mon âme et conscience, j'estime Charles Maurras un homme fort courageux.

— Un exalté ! réfuta Colette. Ce qu'il exprime est si démodé.

Henri dînait chez les Fortier et cet événement avait pour Renée une extraordinaire signification. Jamais le jeune homme n'aurait accepté une invitation, rédigée par sa grand-mère et portée par Julien, s'il n'éprouvait pour elle des sentiments sérieux. À l'heure dite, il était arrivé, un bouquet identique dans chaque main, l'un pour Yvonne, l'autre pour elle.

— Je le trouve charmant, avait chuchoté la vieille dame à sa petite-fille alors que les invités se dirigeaient vers la salle à manger.

Depuis la mort de Maurice, c'était la première fois qu'Yvonne Fortier donnait un dîner. Pour faire plaisir à Renée, elle avait déployé la science qui lui avait octroyé jadis une excellente réputation d'hôtesse. Simon, Julien et Céleste s'activaient depuis le petit matin. On avait sorti des écrins la vieille argenterie, les assiettes, dites « habillées », les verres de fin cristal où les initiales M et Y étaient gravées en lettres d'or. Un fleuriste avait livré le centre de table et garni la desserte d'une brassée de roses blanches.

— N'es-tu pas un peu jeune encore pour émettre des opinions aussi arrêtées ? objecta Yvonne Fortier.

Colette haussa les épaules. Sous la table, André Dauret pressait sa cuisse contre la sienne. Ne le jugeant pas un prétendant convenable, Yvonne ne consacrait au jeune homme que la politesse nécessaire. Ses amabilités et attentions allaient toutes vers Henri du Four qui, l'air gauche, semblait ne s'apercevoir de rien.

— Charles Maurras est un grand amateur de poésie, un helléniste, expliqua Renée. Je partage l'indignation d'Henri. Ne s'attaquerait-on pas aux élites dans un but bien précis ?

Le bonheur rendait la jeune fille presque belle. Choisie avec grand soin, la robe de crêpe souple, au corsage enjolivé d'un long ruban noir sous le col de dentelle, descendait bas sur les jambes afin de dissimuler les mollets trop ronds. Un coiffeur était venu ordonner la masse indisciplinée des cheveux. Tirés sur les tempes et noués en catogan, ils accentuaient l'air provincial de la jeune fille, la vieillissaient. Mais Yvonne Fortier s'était déclarée enchantée et, devant la joie de sa cousine, Colette n'avait rien osé objecter.

Le nez dans son assiette, monsieur Ledoux, un vieil architecte qui avait collaboré autrefois avec les entreprises Fortier, achevait ses asperges. De l'autre côté de la table, encadrant Colette et André, Marguerite Lancet, une veuve cousine d'Yvonne Fortier, et son frère Georges, un vieux garçon, semblaient du même avis qu'Henri du Four.

L'air solennel, Simon desservit. L'histoire d'amour de Renée ressuscitait la vieille maison. Il imaginait des enfants courant dans le vestibule, des déjeuners du dimanche, comme autrefois. Puis ce serait le tour de Colette. Lorsque se présenterait le prétendant idéal, ses idées bizarres de travail et d'indépendance tomberaient d'elles-mêmes.

75

Renée se pencha pour mieux écouter. Elle sentait le parfum léger de vétiver d'Henri et avait l'impression de pénétrer un peu ses secrets.

— La germanophilie des Français leur prépare une nouvelle guerre, assura le vieux garçon. On n'en a plus de nos jours que pour la littérature allemande, la peinture allemande. Et cependant nous terminons l'évacuation de la Ruhr la tête basse, sous les sifflets des socialistes.

— Vous voulez dire des révolutionnaires communistes, rectifia Henri.

Son ton pontifiant exaspérait Colette. Ce garçon sonnait faux des pieds à la tête, et elle ne comprenait pas pourquoi Renée en était entichée. Aimait-il seulement les femmes ? Aucune de ses amies n'avait pu lui arracher un regard. Mais, sous ses aspects de matrone rustique, sa cousine était une sentimentale.

— Ce mot de communiste me donne la chair de poule ! s'exclama la vieille cousine. Parlons d'autre chose, s'il vous plaît.

Céleste servait une timbale de fruits de mer tandis que Simon remplissait les verres.

— Des dessins satiriques et érotiques de George Grosz par exemple, ricana André à l'oreille de Colette.

À la dérobée, Yvonne observait Henri du Four. Il avait le regard intelligent, de belles mains fines, une grande retenue. Certes, il ne devait guère être romanesque, mais sérieux, incapable de flirt comme André Dauret. C'était mieux pour Renée, si vulnérable, si peu sûre d'elle-même.

— À quoi vous destinez-vous ? interrogea-t-elle.

— Je vais passer mon doctorat en droit ecclésiastique et plaiderai pour les congrégations religieuses.

— Quelle belle intention, approuva le vieux garçon. La laïcité et la haine du curé tueront la France.

— En attendant de mourir, la France s'amuse beaucoup, intervint Colette. On écoute du jazz, on danse, on tourne des films époustouflants. Ne sortez-vous jamais de chez vous, monsieur ?

À peine Renée écoutait-elle la conversation. Les choses se succédaient trop vite et, depuis son retour de Brières, un sentiment d'irréalité l'habitait. Chaque jour, Henri l'attendait à la sortie de ses cours, puis ils traversaient le Luxembourg, osant enfin des confidences sur eux-mêmes, offrant des bribes de leurs émotions. Un après-midi, il avait insisté pour l'amener chez ses parents qui habitaient un vaste appartenant en haut du boulevard Saint-Germain. Anxieuse de connaître cette jeune fille dont Henri disait tant de bien, sa mère avait préparé le thé. Le cœur battant, Renée avait grimpé les trois étages de l'immeuble vieillot que surveillait une concierge au teint cireux.

Une timide petite bonne avait ouvert la porte et pris les livres de Renée.

— Madame vous attend au salon, avait-elle proclamé d'un air entendu.

Louise du Four s'était levée pour accueillir Renée. Elle était grande, maigre, avec un visage étroit d'où saillait un long nez. Mais les cheveux blancs et bouclés, le regard très bleu donnaient une noblesse intelligente à l'ensemble de ses traits.

Elle avait embrassé Henri sur le front, tendu la main à Renée qui avait esquissé une révérence.

— Mon mari vous prie de lui pardonner, s'était-elle excusée, il fait sa sieste. Mais vous le verrez tout à l'heure.

77

— Papa est de santé fragile, avait expliqué Henri. Nous le ménageons.

D'un coup d'œil discret, Renée avait inspecté le salon. Comme le maître de maison, tout semblait plongé dans le sommeil, un châle recouvrait le canapé de style Napoléon III flanqué de ses deux fauteuils et d'un pouf recouvert de velours rouge usé jusqu'à la trame. Brodé au petit point, l'écran dissimulant le foyer de la cheminée représentait un Christ debout sur les rayons du soleil et offrant son cœur saignant. Dans un coin, un piano sur lequel était exposée une multitude de photographies encadrées d'argent restait fermé. Il n'y avait ni plantes en pots, ni fleurs en bouquets, seulement une branche de buis derrière un crucifix. Madame du Four l'avait interrogée sur sa mère. Elle l'enviait d'avoir un château à la campagne. La vie devait y être réglée, apaisante, harmonieuse. Elle-même était née dans le quartier du Marais et avait grandi à Paris. Mis à part quelques excursions en banlieue, elle ne connaissait rien de la vie en province.

Le thé était clair comme de l'eau, les biscuits sentaient la poussière. Lorsque madame du Four s'était enquise des œuvres dont la jeune fille s'occupait, elle avait paru contrariée d'apprendre qu'elle n'était impliquée dans aucun mouvement catholique pour la jeunesse.

— Renée a beaucoup de travail, était intervenu Henri. Mais, ses examens passés, elle a promis de me rejoindre dans l'œuvre de Louise de Marillac.

— Il faut être courageux et généreux, avait affirmé madame du Four. C'est la règle dans notre famille. Chez nous, on ne gaspille pas en de vaines toilettes, en cadeaux exorbitants. Ce serait une offense pour les pauvres gens.

La joie au cœur, Renée avait acquiescé. Madame

78

du Four ne lui parlait-elle pas comme à une future fille ?

Petit et rond, les joues couperosées, les yeux injectés de sang, le cheveu rare, Albert du Four avait fait son entrée à cinq heures sonnantes appuyé sur une canne. La première impression de Renée, et elle s'en était voulu, avait été de suspecter un vieux viveur payant cher les excès de sa jeunesse. Il avait un air résigné, presque contrit, où subsistait cependant une pointe d'ironie.

Renée avait achevé sa tasse de thé encadrée par Louise et Albert du Four. Henri semblait boire les paroles de ses parents qui pourtant n'égrenaient que des banalités. Mais elle avait vu dans cette soumission le signe positif d'une grande déférence.

— Vous ne devriez pas songer à travailler, avait conclu Louise du Four alors que Renée prenait congé, il y a dans la vie de plus hautes considérations.

Renée n'avait rien répondu et esquissé une nouvelle révérence.

— Mes parents désiraient beaucoup vous rencontrer, fit remarquer Henri qui l'avait raccompagnée jusqu'à la porte. Je suis sûr que vous les avez séduits. (Et il avait prononcé très vite et à voix basse :) Comme vous me séduisez aussi.

À côté de Renée, Henri découpait avec un soin méticuleux sa tranche de rôti de bœuf. Colette riait avec André, Yvonne évoquait avec monsieur Ledoux l'époque exaltante où les entreprises Fortier prenaient chaque jour une part un peu plus grande du marché de la construction.

— Ah ! si Raymond avait vécu ! soupira le vieux monsieur.

Yvonne devint très pâle, Colette ne riait plus.

Simon resservit les champignons sautés et les petits pois primeur.

— Quand on voit s'écrouler quelque chose que l'on croit solide comme du béton, on se demande toujours qui est responsable, nota soudain Henri. Mais il ne faut pas chercher un seul coupable. Voilà pourquoi la religion ne doit tolérer aucune attaque ni de l'intérieur, ni de l'extérieur.

— Les entreprises Fortier n'étaient pas un couvent ! s'exclama Colette. Arrêtez donc de tout amalgamer.

Henri parut interdit et déçu. Renée s'empressa de changer de conversation. Son ami parlait avec une trop grande honnêteté. À l'encontre de celui de Colette, son monde était droit, simple et pur. Elle l'aimait. Ce matin encore, elle n'en était pas sûre, mais de le voir ce soir à côté d'elle, fragile, passionné et solitaire, dissipait jusqu'au dernier de ses doutes. Henri et elle étaient faits l'un pour l'autre. Lui à son côté, les vieilles blessures se cicatriseraient.

— Qui a entendu chanter mademoiselle Arletty ? interrogea André Dauret pour rompre le silence. Quel chien, quel talent !

Sur le pas de la porte, Henri hésita puis finalement déposa un baiser sur la joue de Renée.

— Nous sommes amis, n'est-ce pas ?

Elle balbutia :

— C'est certain.

Ses jambes la portaient à peine.

— À demain ?

— Avec bonheur.

Henri esquissa un sourire.

— Le bonheur, c'est de sentir enfin compris.

— Il me plaît beaucoup ce jeune homme, assura Yvonne Fortier aussitôt seule au salon en compagnie de ses petites-filles. Un peu timide certes, mais c'est la preuve qu'il est amoureux.

Radieuse, Renée semblait boire les paroles de sa grand-mère.

— Dès qu'il t'aura fait sa déclaration, j'inviterai ses parents, poursuivit Yvonne, et nous causerons de petits détails.

— Vous n'aurez aucun reproche à leur faire, assura Renée.

D'un geste tendre, Yvonne prit la main de sa petite-fille et la serra dans la sienne. Les yeux de la vieille dame et de la jeune fille se rencontrèrent.

— Tout ira bien, ma chérie. Tu n'as aucune raison d'être inquiète.

Renée encore une fois sentit les larmes lui monter aux yeux. Elle était trop sentimentale, c'était absurde. Et Colette l'observait, le regard en coin, avec un petit sourire.

— Décidément il y a des fiançailles dans l'air, se moqua-t-elle en s'installant confortablement dans son fauteuil. Dieu merci, il ne s'agit pas de moi.

— Henri est joli garçon cependant, nota Yvonne. Il doit plaire à maintes jeunes filles.

— Il n'est pas laid, il est cocasse.

— J'ai assez pleuré dans ma vie, lança Renée, pour espérer un peu de gaieté.

— Tu avoues donc être prête à épouser Henri, ma biche !

Renée se sentit troublée. Pour la première fois, et devant sa famille, elle admettait souhaiter devenir la femme d'Henri du Four. Loin de la gêner, cette perspective lui procurait un immense bonheur.

— Allons nous coucher, mes enfants, décida

81

Yvonne Fortier. Il est près de minuit, nous aurons tout le temps demain pour reparler de nos amoureux.

Ses examens achevés, Renée ne tenait plus en place. Qu'attendait Henri pour faire sa demande ? Quotidiennement ou presque, ils se voyaient. Elle prenait le thé chaque semaine chez ses parents et lui venait à l'impromptu place Saint-Sulpice où Yvonne l'accueillait comme un membre de la famille.

Juillet était déjà bien entamé. Dans deux semaines, les Fortier allaient se replier sur Dieppe où Yvonne louait une grande villa sur la falaise. Colette pestait de ne pas être à Deauville, mais appréciait les longs bains de mer et les parties de tennis avec des jeunes gens du voisinage. Renée lisait et se promenait dans la campagne.

— Invite Henri à Dieppe pour quelques jours, suggéra un soir Yvonne Fortier. Un peu d'intimité est favorable aux grandes décisions. Vous êtes deux jeunes gens timides. Le tourbillon du monde ne vous convient pas pour aborder un aussi grave sujet.

— C'est une bonne idée, convint Renée.

— Nous y célébrerons vos fiançailles en famille avant de donner une réception parisienne. Est-ce ce que tu souhaites, ma chérie ?

Renée entoura sa grand-mère de ses bras. Plus que tout, elle désirait la présence d'Henri à Dieppe. Ce serait une joie de préparer sa chambre, d'aller le chercher à la gare. Elle imaginait les soirées sous le vieux platane, la mer à deux pas, le toit de la maison couvert d'ardoises et percé de lucarnes brillant sous la lune. C'était une demeure sans grand cachet,

82

mais confortable et charmante, avec une grande pelouse, de beaux arbres et la mer jusqu'à l'infini. Un chemin bordé de peupliers et de saules la reliait à un village, déjà banlieue de Dieppe, où s'arrondissait une minuscule plage de galets. Henri à son côté, elle découvrirait chaque coin de l'arrière-pays, escaladerait les rochers, irait ramasser des palourdes. Avec fierté, elle le présenterait : « Mon fiancé, Henri du Four. »

— Dès demain, je lui transmettrai votre invitation, bonne-maman, se réjouit-elle.

Une sensation de légèreté emportait Renée, comme aux jours lointains où son père l'enlevait dans ses bras pour la poser devant lui sur la selle de Domino. Lorsque le cheval prenait le galop, serrée contre son père, elle volait.

— C'est curieux, avoua Henri au téléphone, mais j'ai beaucoup pensé à vous ce matin, Renée. J'avais terriblement envie, moi aussi, de vous téléphoner.

— La communication des esprits existe entre personnes très proches.

— Vraiment ?

La voix d'Henri semblait émue. Renée eut peur de ne pas avoir le courage de poursuivre.

— Seriez-vous libre pour quelques jours au début du mois d'août ? lança-t-elle dans un souffle. Ma grand-mère loue une grande villa à Dieppe, nous pourrions y passer de longs moments ensemble.

— J'ai bien peur d'être déjà pris en août, annonça Henri après un moment de silence.

— Tout le mois ?

— Presque. Vous n'ignorez pas que j'accom-

83

pagne des malades à Lourdes. Il faudra ensuite que je consacre quelques jours à mes parents.

— Une semaine, peut-être ?

Renée avait les mains moites. C'était atroce d'insister ainsi mais, maintenant qu'elle avait rassemblé tout son courage, elle ne pouvait capituler. Quelque chose de plus profond que son attachement à Henri la retenait au bout du fil, la maigre estime qu'elle avait pour elle-même.

— Je ferai mon possible. Vous me donnerez le numéro de téléphone de votre bureau de poste en Normandie. Si je vois une possibilité de vous rejoindre, je vous appellerai aussitôt.

— Ce serait bien, Henri.

Renée hésita. Elle partait le surlendemain. Si Henri ne proposait pas un rendez-vous, elle ne le reverrait pas avant septembre.

Elle eut soudain une inspiration.

— Puis-je récupérer le livre de Bernanos que vous m'avez emprunté ? J'aimerais l'emporter à Dieppe.

Renée arriva la première au Luxembourg. Il faisait chaud et humide. Les allées étaient presque désertes. Des œillets de poète embaumaient les parterres où sautillaient quelques moineaux poussiéreux. « Il va se déclarer, pensa la jeune fille pour la centième fois. Il ne peut me quitter pour l'été sans un mot. » Était-ce la timidité, ou l'orgueil, qui le retenait ? La famille du Four imaginait peut-être les Fortier plus riches qu'ils ne l'étaient et hésitaient à solliciter une alliance trop désassortie. Dans ce cas, pourquoi Henri n'avait-il pas le courage d'aborder avec simplicité ce sujet ? Elle l'aurait bien vite rassuré. La splendeur de l'hôtel particulier place Saint-Sulpice cachait une fortune bien écornée. Sa grand-mère jouissait d'une rente confortable, mais Colette et elle-même n'étaient pas vraiment riches. Brières était un gouffre et le portefeuille d'actions géré par monsieur Ledoux était leur dot, un bas de laine. Pour Renée, ce serait l'achat d'une maison, la sécurité de sa famille, pour Colette le coup de pouce nécessaire à sa carrière de grand couturier.

À côté de Renée, deux vieux messieurs installèrent un damier sur une chaise, allumèrent leurs pipes.

— J'ai été retenu par une visite, annonça Henri, la voix un peu haletante. Pardonnez-moi.

Renée tendit la main. Il se pencha et y déposa un léger baiser.

— Voici votre livre. Marchons, voulez-vous ?

Dans l'allée, la jeune fille sentit soudain le bras d'Henri enlacer ses épaules. Il avait chaud, semblait tendu, un peu emprunté. Elle fut bouleversée.

— Vous allez beaucoup me manquer, balbutia-t-elle. Venez à Dieppe, s'il vous plaît.

Henri s'immobilisa.

— Quelle importance de nous voir si nous sommes ensemble par la pensée ?

Ils étaient face à face, tremblants d'émotion. Renée se força à sourire, le regard incertain.

— Vous devez avoir raison, mais votre présence m'est un bonheur.

Henri l'attira doucement vers lui. Il tremblait.

— À quoi pensez-vous ? interrogea-t-il.

— À vous.

— Ne dites pas cela, vous allez me donner de cruelles illusions. Bientôt vous serez fatiguée de moi.

85

Les lèvres d'Henri frôlèrent celles de Renée, puis le jeune homme recula rapidement.

— Quand avez-vous commencé à penser à moi comme une femme à un homme ? balbutia-t-il.

— Dès que je vous ai vu.

— Et moi, je vous ai trouvée si solide, si intelligente, si rassurante...

Le cœur de Renée se serra. Mais elle ne devait pas céder à un bref accès de déception. Pourquoi Henri aurait-il évoqué sa beauté puisqu'elle n'existait pas ? Sa franchise l'honorait.

— J'ai pensé à vous de plus en plus souvent, avoua la jeune fille les jambes tremblantes. D'abord comme à un merveilleux ami, un confident puis comme...

— Un amoureux possible ?

— Oui, balbutia Renée.

Elle attendait qu'il dise : « Et moi, je rêvais de vous comme à ma future femme. » Mais Henri gardait le silence. Il prit à nouveau sa main et la pressa contre ses lèvres.

— Êtes-vous heureuse ?

Renée hocha la tête. Elle n'avait pas imaginé ainsi le moment le plus important de sa vie.

— Nous nous écrirons, murmura Henri. C'est bon d'attendre des lettres.

La jeune fille aurait voulu qu'il l'embrasse encore, lui dise des mots d'amour, mais déjà il avait repris ses distances et marchait à côté d'elle comme un camarade.

— La vie est devant nous, assura-t-il comme ils arrivaient sur le boulevard Saint-Michel où les automobiles passaient dans des nuages de gaz d'échappement que la chaleur rendait plus âcres encore.

Renée aurait voulu crier, bousculer Henri, le

contraindre à réagir, à enfin s'enthousiasmer. Mais il marchait de son pas tranquille, raisonnable. Elle l'attendrait, elle penserait à lui, à ce léger baiser qui sans doute signifiait bien davantage pour lui que de fougueuses étreintes. À quoi la passion avait-elle mené sa mère ? À la solitude et au malheur de sa famille. C'était une tentation de Satan, un jeu où les forts piétinaient les faibles.

— Je vais devoir vous quitter, annonça le jeune homme alors qu'ils arrivaient au boulevard Saint-Germain. Jurez que vous penserez à moi cet été.

— Vous le savez.

— À bientôt, ma chérie.

Quoique à voix très basse, Henri avait bien prononcé le mot « ma chérie » que Renée attendait depuis toujours. À peine osait-elle le regarder en face tant elle se sentait troublée.

— À bientôt, mon chéri.

Alors qu'elle regagnait la place Saint-Sulpice, tout semblait léger à Renée, simple, naturel et joyeux. Elle était à l'aube de quelque chose de merveilleux, une relation d'honnêteté, d'estime, de respect et d'amour avec un être qui l'aimait et qu'elle aimait. Sa vraie vie commençait.

Avec les chaleurs du début d'après-midi, Valentine se confinait dans la bibliothèque. Bernadette venait de clore les volets. Quelques mouches vrombissaient. Les yeux mi-clos, elle songeait à la musique. Comme les autres, cette passion s'était éteinte en elle. De plus en plus rarement elle se mettait au piano, tentant de retrouver de mémoire les partitions qu'elle avait tant aimées, mais les notes lui échappaient et elle renonçait, les yeux fixés sur le clavier, croyant voir les doigts de Robert l'effleurer.

Alors elle prenait un livre, mais d'autres songeries confuses l'égaraient et elle le reposait. Les histoires d'amour étaient mensongères.

Le crissement soudain des pneus d'une automobile sur le gravier de l'allée l'agaça. Qui pouvait avoir l'incorrection de la déranger ? Le maire, sans doute, venu solliciter une fois encore quelques hectares de la propriété afin de construire un centre sportif. Au village, nul ne savait qu'elle n'était plus maîtresse à Brières. Paul Dentu, le notaire, avait su garder le secret.

— Il y a une visiteuse dans le vestibule, madame.

— Je n'attends personne.

Réveillée dans sa sieste, Bernadette montrait un visage maussade. La dame avait insisté pour entrer, et le luxe de l'automobile, la présence d'un chauffeur en livrée bleu marine l'avaient retenue de claquer la porte.

Une brise embaumant le tilleul et le pin gonflait les rideaux de percale. « Madeleine », pensa Valentine. Venait-elle enfin la chercher ?

Bernadette avait quitté la pièce. Du vestibule venaient des bruits de pas, le timbre d'une voix flûtée.

— Pardonnez-moi cette intrusion, prononça une dame âgée, mais je n'ai pu résister à revoir ce château où j'ai vécu durant trois années.

D'un geste spontané, la vieille femme tendit une main gantée de dentelle.

— Je suis Marthe de Fernet.

— J'ai bien peur de ne pouvoir vous recevoir, rétorqua Valentine. Depuis longtemps, je me tiens à l'écart du monde.

— Rassurez-vous ! Devant être à Brive dès ce soir, je ne m'attarderai guère. Mais il m'était

88

impossible de traverser la Creuse sans m'arrêter à Brières.

Valentine se figea. Quelles ombres allaient resurgir du passé, quelles menaces nouvelles ? D'un mouvement brusque, elle quitta sa causeuse, fit face à la visiteuse qui souriait.

— Personne n'habitait Brières lorsque mon mari et moi avons acquis ce domaine.

— Si fait, assura la vieille dame, en tout cas avant la guerre. Ignoriez-vous que le château servait d'internat pour demoiselles ? Entre 1865 et 1868, je fus l'une de ces pensionnaires.

Comme si elle eût craint que les souvenirs de cette inconnue puissent la prendre à la gorge, la surprise fit faire à Valentine un léger mouvement de recul.

— Asseyez-vous, balbutia-t-elle.

Mis à part la mort tragique du père confesseur, elle ignorait presque tout de cette époque. Marcoux n'y portait guère d'intérêt. Les rayons de soleil filtrant à travers les persiennes se posaient sur les reliures, la boiserie blonde de la bibliothèque.

— Tout a bien changé, observa la visiteuse en promenant autour d'elle son regard. Cette pièce, par exemple, servait de parloir. Là, sous le regard d'une religieuse, nous venions retrouver un parent daignant se souvenir de nous. Mais la plupart du temps nous, les fillettes, étions des solitaires hantées par la magie de ce domaine...

— Que voulez-vous dire ?

Le cœur de Valentine battait. Elle était déchirée entre la curiosité d'écouter cette femme et le désir de la congédier pour se protéger et ne pas laisser Brières la posséder davantage.

— Le parc, précisa Marthe de Fernet, l'étang.

Je suis sûre que vous avez été sensible à ses mystères en acquérant la propriété.

— Quels mystères ? s'insurgea Valentine.

Quoique n'ayant nulle envie de mener une conversation mondaine, il lui était impossible maintenant d'éconduire sa visiteuse. Des lambeaux du passé martelaient sa mémoire : sa première promenade au Bassin des Dames, la présence amicale qu'elle y avait décelée alors comme une promesse de félicité sans fin. Aucun pressentiment ne l'avait avertie, aucun recul n'avait permis à son esprit de percevoir, de sentir, de comprendre. En réalité, elle n'avait pas acquis ce domaine, c'était Brières qui l'avait prise.

Marthe de Fernet se mit à rire. Tout dans sa personne dégageait une sérénité heureuse, un fin détachement des impulsions du cœur humain.

— Nous avions toutes entre sept et seize ans, un âge où l'imagination s'enfièvre aisément. Ce que je me propose de vous confier n'a de valeur que dans ma mémoire. Peut-être ce domaine, après tout, n'est-il qu'une charmante propriété que vous avez fait revivre avec amour.

— J'y vis seule avec une vieille gouvernante. Brières a rejeté tous les miens, l'un après l'autre.

— Comme c'est triste, murmura la visiteuse. Votre confidence, voyez-vous, chère madame, va me permettre d'être franche car je vous sens prête à me croire. À personne, je n'ai pu confier ces vieux souvenirs, mon pauvre mari en aurait ri et mon fils se serait fâché. Durant plus de soixante années, je les ai donc enterrés au fond de moi-même.

La voix était murmure. Valentine se pencha en avant pour ne pas perdre un mot. Combien d'émotions, de pressentiments, de frayeurs avait-elle refusé d'exprimer devant sa famille ? À Brières,

90

chaque femme vivait en solitaire comme au cœur d'un désert peuplé de fantômes, d'ombres et de chuchotements.

— À Brières, nous étions séparées en trois groupes, raconta Marthe de Fernet d'une voix douce, les grandes de treize à seize ans, les moyennes de dix à treize ans et les petites. Je faisais partie des moyennes. Vous raconter pourquoi je devins pensionnaire n'aurait pour vous aucun intérêt. Je dirai seulement qu'orpheline de mère, mon père se sentait incapable d'assurer seul mon éducation. J'avais refusé de m'installer chez une grand-tante crainte et détestée. Nous vivions à Montluçon et je fus inscrite à Brières, qui avait bonne réputation et n'était pas trop éloigné géographiquement. Tout d'abord, je fus séduite par la beauté de cet endroit et, quoique la discipline imposée par les religieuses fût stricte, m'acclimatai assez bien. Mais lorsque les lampes étaient éteintes dans le dortoir, les anciennes chuchotaient d'étranges histoires. Bien que le Bassin des Dames nous fût interdit, certaines s'y glissaient en cachette. Le feu aux joues, elles nous racontaient avoir entrevu des feux follets, des revenants glissant le long des berges : deux jeunes gens surtout, l'un déjà homme, l'autre encore garçonnet marchant main dans la main. Une « grande » prétendait même avoir aperçu leur visage de manière fugitive. L'un était le double de l'autre, les mêmes traits à des âges différents, deux silhouettes, une même personne. D'émotion, d'effroi aussi, nous nous esclaffions. Il faisait nuit. Dehors on n'entendait que le vent ou le cri des chouettes. Longtemps nous restions les yeux ouverts au fond de nos lits. Son bougeoir à la main, la surveillante remontait le couloir, nous croyant endormies. Son ombre s'étirait sur le plancher. Nous imaginions que des fantômes la suivaient.

Pétrifiée, Valentine retenait son souffle.

— Les avez-vous vus ?

— Jamais. Mais j'ai participé à la ronde tournant autour de ce que nous appelions le cercle des sorcières.

— Au bord de l'étang.

— Vous l'avez donc découvert. Étrange, n'est-ce pas ? On dirait que rien ne peut y pousser. Et un soir, l'abbé Gautier, notre confesseur, nous y surprit. Ce fut terrible. La plus âgée d'entre nous, Céleste Saint-Val, fut renvoyée, les autres punies, mises pour une semaine au pain et à l'eau. À partir de ce jour, le père Gautier devint tout à fait bizarre. Il clamait vouloir terrasser le démon qui rôdait dans ce parc. On le voyait arpenter les allées à grandes enjambées, un crucifix à la main, l'air terrible. Ses gros souliers écrasaient les parterres de giroflées amoureusement entretenus par une sœur tourière tandis qu'il invectivait Satan. Nous commençâmes à en avoir vraiment peur.

De toutes ses forces, Valentine tentait de retrouver sa mémoire. Le père Gautier, répétait Marcoux, était un exorciste, un homme poursuivi par l'idée du Mal. Et il était mort dévoré par des loups. Parfois elle avait tenté non pas d'imaginer, mais de se remémorer les traits de cet homme dans la supposition vague et absurde qu'elle l'avait rencontré autrefois. Et aujourd'hui cette femme, qui l'avait bien connu, le faisait revivre, maître et victime de Brières, une âme sombre dans un lieu de ténèbres.

— On m'a rapporté que Gautier scandalisait les religieuses en évoquant des scènes choquantes de fornication entre pécheresses et démons.

Marthe de Fernet eut un léger mouvement de tête. Le regard curieux, elle observait Valentine qui, raide dans son fauteuil, fronçait les sourcils.

92

Le passé de son hôtesse ne lui était pas étranger. Qui l'ignorait dans le département ? Tout autant que pour évoquer des souvenirs d'enfance, elle était revenue à Brières poussée par le désir de rencontrer enfin cette femme qui avait eu le courage d'acquérir le domaine et la folie d'y revenir des années après l'avoir fui.

— Voyez-vous, chère madame, quand un prêtre se mêle trop des affaires du diable, celui-ci se permet de devenir familier. Le père Gautier en était obsédé, allant jusqu'à nous poser au confessionnal des questions qui nous inquiétaient. Les grandes chuchotaient qu'il avait rencontré Satan dans les allées de Brières sous la forme d'une grande rousse aux yeux verts qui commandait une meute de loups. Il en avait fait la confidence à notre supérieure qui l'avait répété.

— Une grande femme, prononça Valentine à mi-voix, très belle et provocante. Elle s'appelait Madeleine.

La visiteuse sursauta. Valentine de Naudet était-elle aussi piquée que les Creusois l'insinuaient ? L'atmosphère paisible, presque endormie qu'elle avait ressentie en pénétrant dans le château était moins évidente maintenant. Une appréhension sourde la décida à ne pas s'attarder.

— Ce pauvre abbé divaguait, affirma-t-elle d'un ton décidé, et cette entité rousse meneuse de loups sortait tout droit de son imagination. Avec l'expérience de la vie, je suggérerais même qu'elle était le fruit de ses frustrations.

— Cette entité, comme vous la nommez, est une parmi d'autres, toutes immanentes à Brières. Je peux vous affirmer que sans leur présence le domaine se désagrégerait comme un songe. Et avez-vous pensé à la mort de Firmin Gautier ? Les loups ont pu fort bien avoir obéi à quelqu'un.

— Ils étaient menés, affirma Marthe de Fernet d'un ton posé, par un chef de meute, un gros mâle particulièrement féroce. Plusieurs paysans ont témoigné l'avoir aperçu à maintes reprises. Il semble qu'il aurait eu son repaire dans ce parc.

En dépit de la chaleur, Marthe eut un frisson. Cette femme raidie dans son fauteuil, le demi-jour qui régnait derrière les persiennes closes, jusqu'à la légère odeur de moisi dégagée par les livres alignés dans la bibliothèque, tout accentuait son malaise. L'étrangeté du lieu, qui l'avait impressionnée si fort lorsqu'elle était fillette, l'investissait à nouveau. Il fallait s'en aller.

— Mon chauffeur m'attend, affirma-t-elle. Je vais vous laisser.

Valentine se leva. Son regard fixe ne semblait plus voir sa visiteuse.

— Un dernier mot, dit soudain Marthe de Fernet alors qu'elle était sur le perron. Avez-vous toujours cette maisonnette au fond du parc ? Certaines d'entre nous affirmaient que, les soirs de pleine lune, on pouvait entendre un pianiste qui exécutait des sonates divines. Mais ceci est sans doute un conte aussi absurde que les autres. Les imaginations adolescentes s'égarent facilement.

94

8.

Depuis longtemps, Henri n'avait donné aucune nouvelle et Renée s'inquiétait. Durant les quinze premiers jours de ses vacances à Dieppe, une dizaine de lettres lui étaient parvenues, toutes empreintes d'une pudique tendresse, puis un incompréhensible silence s'était dressé entre eux. Du bureau de poste, elle avait tenté en vain un appel téléphonique, expédié un télégramme resté sans réponse. Avec beaucoup de patience, sa grand-mère l'avait rassurée. L'éventualité d'un accident était à écarter, elle recevait chaque semaine une lettre de sa vieille cousine, Marguerite, qui croisait les du Four chaque dimanche à Saint-Nicolas-du-Chardonnet, leur commune paroisse. Henri avait dû prolonger son pèlerinage à Lourdes d'où le courrier mettait un siècle à parvenir. Renée avait-elle songé à une retraite, un besoin de silence éprouvé par lui avant d'assumer les responsabilités de sa décision ? Un jeune homme aussi pieux devait prendre très au sérieux ses engagements et demander l'aide du Seigneur. Sans conviction, Renée avait écouté sa grand-mère. La dernière semaine d'août, la pluie n'avait cessé de tomber. Avec les marées, des bourrasques venues du large détrempaient le jardin d'où la femme de journée avait ôté la table et les fauteuils pliants. Incapable de se fixer, la jeune fille ouvrait un livre et le fermait, comptant les heures. Aussitôt en présence d'Henri la chape qui l'écrasait se lèverait, elle en était sûre.

Retrouver la maison de la place Saint-Sulpice ne lui procura pas le bonheur familier. Sentant bon l'encaustique, la demeure était paisible. Simon, Julien et Céleste avaient tout nettoyé et arrangé

95

des bouquets de fleurs. Dans le vestibule, le courrier attendait sur un plateau d'argent. Sans même ôter ses gants, Renée s'en empara. Une lettre portant l'écriture d'Henri lui était adressée.

— Lis-la tranquillement, conseilla Yvonne. Colette et moi allons nous rafraîchir dans nos chambres. Nous nous retrouverons pour le thé au petit salon.

Un instant Renée hésita puis saisit le coupe-papier et d'un geste précis fendit le haut de l'enveloppe. Henri n'annonçait rien de tragique. Il voulait seulement la voir pour une raison importante. Depuis deux semaines, ne pouvant exprimer dans une lettre ce qu'il avait sur le cœur, il se tourmentait. Renée pouvait-elle lui téléphoner dès son retour ? Il concluait par : « Vous êtes mon bon ange », et avait signé : « Votre Henri. »

— Grands dieux, murmura Renée, comme j'ai été sotte. Et dire que j'ai failli devenir folle d'angoisse !

La lettre à la main, elle monta dans sa chambre. La pluie, qui tombait toujours, ruisselait dans la gouttière de cuivre. Sur la place, les premières feuilles mortes se détachaient des arbres. L'automne s'annonçait. Il allait être la plus belle saison de sa vie. Sur sa table de nuit, un petit portrait d'Henri était posé à côté de la lampe, une photographie prise par Renée dans les jardins du Luxembourg devant le grand bassin. Il avait un paquet de livres sous le bras et portait un ample pardessus au col large, un peu relevé, un chapeau mou. De sa main libre, il semblait saluer l'objectif ou adresser à la photographe amateur un signe d'amitié presque complice.

La standardiste l'avait connectée au numéro des du Four et la sonnerie retentit longtemps avant que ne réponde la voix de Blanche, la domestique. Monsieur Henri serait de retour pour le dîner,

96

devait-il rappeler ? « S'il vous plaît », avait balbutié Renée. Ainsi Henri était bien à Paris, et il n'avait pas cru bon de l'attendre à l'arrivée du train à la gare Saint-Lazare. « Trop embarrassant, pensa-t-elle. Il lui aurait fallu escorter bonne-maman, affronter les taquineries de Colette, le regard curieux de Julien. Il a eu raison, ce n'était pas indispensable après tout. »

Encore en tenue de voyage, la jeune fille resta un long moment assise sur son lit. Henri et elle se retrouveraient dès le lendemain matin, puis elle l'entraînerait place Saint-Sulpice pour un déjeuner en famille où ils célébreraient leur bonheur. « Votre Henri, prononça-t-elle à voix haute. Votre Henri. » N'était-ce pas la plus belle déclaration d'amour ?

Le jeune homme ne tendit que la main. Sa paume était moite.

— Allons dans un café, proposa-t-il. Il fait un temps à ne pas mettre un chien dehors.

— Nous trouverons aisément une table tranquille, se hâta de répondre Renée.

Après un mois de séparation, elle était émue de retrouver le regard timide, la frêle stature, les traits aigus soulignés par la bouche sensuelle d'un visage qu'elle n'avait cessé de se remémorer.

La salle du Procope était presque déserte. Dans un coin, deux hommes discutaient, une jeune fille achevait un café.

— Vous êtes un peu pâle, chéri, s'inquiéta Renée. N'avez-vous pris aucune vacance ?

— À mon retour de Lourdes, un concours de circonstances m'en a empêché.

Henri avait rougi. Sans savoir pourquoi, Renée

97

fronça les sourcils. Quelque chose sonnait faux dans leurs retrouvailles.

— Je n'ai jamais pu supporter le mensonge, murmura Henri. Voilà pourquoi je ne suis pas venu vous rejoindre à Dieppe comme j'en avais l'intention.

Dans son brusque mouvement de recul, la tasse de café de Renée se renversa, inondant la table. Son torchon à la main, un garçon s'avança en maugréant.

— Savez-vous, Renée, continua Henri, que je ne suis pas le saint que vous voyez en moi. Au fond de tout homme sont tapies d'étranges pulsions.

La jeune fille inspira profondément. La froideur apparente d'Henri avait donc pour cause des désirs physiques inavoués. Il avait peur de s'aventurer trop loin avant les liens du mariage et se protégeait.

— Je comprends, prononça-t-elle d'une voix soulagée. Mais quel mal y a-t-il à se désirer quand on est fiancés ? Je vous sais assez raisonnable pour résister à certaines choses et ne suis pas moi-même une écervelée.

— Vous êtes un ange, mais toutes les jeunes filles ne vous ressemblent pas.

La voix d'Henri alarma à nouveau Renée. On l'aurait cru dans un tribunal où il souffrait mille morts en livrant ses aveux.

— Que voulez-vous dire ?

Comme pour se donner des forces, le jeune homme posa ses mains l'une sur l'autre.

— J'ai rencontré une jeune fille que je désire.

Renée eut l'impression qu'un cri éclatait à l'intérieur d'elle-même, le même appel déchirant depuis toujours réprimé.

— Nous avons confiance l'un dans l'autre,

98

Henri, chuchota-t-elle. Vous m'avouez votre faute, je vous pardonne. Qu'est-ce que le désir après tout ? Des paroles exaltées et fausses, une fièvre qui passe et dont il ne reste que tristesse et remords.

— Vous ignorez la force de ce désir. Sans cesse, il revient me harceler. Il me possède.

— Ce sera passager.

— Vous êtes bonne et sage, Renée, poursuivit Henri de son même ton grave, et idéalisez les êtres. Vous m'avez beaucoup donné, beaucoup appris.

— Vous avez quelque chose de grave à m'annoncer, n'est-ce pas ?

Henri poussa un profond soupir, ferma à demi les yeux.

— Je suis amoureux fou. Elle est déjà ma maîtresse et nous allons nous marier.

Une vision traversa Renée. Elle voyait Henri serrant contre lui une jolie femme à laquelle il murmurait des mots d'amour. Un calme étrange l'avait envahie comme si elle était devenue la spectatrice de son propre malheur. Elle regarda les mains d'Henri agrippées l'une à l'autre et eut pitié de lui.

— Je la connais ?

— Je ne crois pas.

— J'aurais dû deviner, murmura Renée.

Une irrésistible envie de fuir la taraudait, mais elle refusait de perdre la face en exhibant sa douleur. Le jour des obsèques de son père, elle avait réussi à ne pas pleurer. Son cœur était redevenu plus calme, plein de mépris seulement pour la fausseté d'un homme sur lequel elle avait mis toutes ses espérances. Comment avait-elle pu se montrer aussi naïve ? Les hommes étaient perfides et faux. Ne l'avait-elle pas compris dès l'enfance ?

99

— C'est donc fini, jeta-t-elle. Je pense qu'il est inutile de nous revoir.

— Mais si, balbutia Henri, pourquoi pas ? J'ai besoin de vous, de votre force, de votre égalité d'âme.

Renée eut une exclamation qui ressemblait à un ricanement :

— Vous avez trop lu de romans vertueux où le Bien triomphe toujours du Mal, Henri. Je sais depuis toujours qu'il n'en est rien. En m'estimant forte et paisible, vous vous méprenez terriblement. Je suis fragile, violente et ne pardonne rien quand on m'a abusée.

En face d'elle, Henri respirait péniblement.

— Jamais je ne vous ai raconté mon enfance ni parlé de mon père et de ma mère, poursuivit-elle. J'ai grandi dans un domaine guère propice aux douceurs de la vie, un lieu de solitude, de cruauté, mais aussi de vérité et de vaillance. Je lui appartiens corps et âme et vous n'y auriez jamais eu votre place.

— Vous me haïssez.

Renée voulait se sauver avant que ne se brisent ses pauvres défenses.

Henri se leva, prit la main de Renée, la porta à ses lèvres et la laissa retomber. À peine osait-il la regarder.

— Si tu m'avais interrogée, assura Colette d'un ton feutré, je t'aurais aussitôt avertie que tu t'engageais dans une voie sans issue. Henri est un faux jeton, je l'ai compris dès le début, et toi une dinde. Un amoureux cherche des baisers, des caresses, il implore, il supplie et ton benêt te récitait des

100

poèmes ou des passages de l'Évangile ! Seigneur Dieu, je l'aurais liquidé en cinq minutes.

Se sentant incapable d'affronter sa grand-mère, c'était à Colette que Renée avait choisi de se confier. Pour expliquer l'absence d'Henri au déjeuner préparé en son honneur, elle avait prétexté qu'il était souffrant.

— Il me plaisait, répondit Renée d'une voix dont elle avait retrouvé la maîtrise. J'avais confiance en lui.

— Mais tu ignores tout des hommes, ma biche. Je pourrais t'en apprendre de raides sur ces timides jeunes gens qui nous tendent des mains transpirantes. Il fallait à ton Henri une fille dévergondée qui le choque et qui le viole. Il l'a trouvée mais, sois-en sûre, il ne la gardera pas.

— Il veut l'épouser.

— Grand bien lui fasse ! Mais tu connais le genre d'harmonie que le mariage apporte entre personnes désassorties. Ma mère alcoolique, ton père cocu...

— Tais-toi ! ordonna Renée.

— Pardonne-moi, je suis en colère.

Le personnage d'Henri du Four la révoltait. Il avait donné du « ma chérie » et « vous êtes mon ange » à une fille adorable et ingrate à laquelle aucun homme, sinon son père, n'avait prêté auparavant la moindre attention. C'était lâche et impardonnable. Si elle avait été un homme, elle aurait forcé sa porte pour le souffleter.

Un artistique désordre régnait dans l'atelier de Colette. Vêtue d'une tunique à la grecque qu'elle appelait sa robe de muse, la jeune fille y régnait, pieds nus, les cheveux ébouriffés. « Colette est belle, pensa Renée. Tout glisse sur elle parce que l'avenir ne lui réserve que des bonheurs. » Quel serait le

101

sien ? Rester à Paris pour tomber sur Henri, une jolie femme à son bras, était une perspective impossible à envisager. Elle aurait voulu pouvoir s'enfoncer dans un trou, disparaître. En tentant de la réconforter, Colette exhibait l'aspect trivial et risible des choses mais, loin de lui faire du bien, ce ridicule la blessait plus profondément encore.

— Pleure un bon coup, ma chérie, conseilla soudain Colette. Les larmes sont une jouissance à laquelle je m'adonne de temps à autre.

Renée baissa la tête. Ce n'était pas de larmes dont elle avait besoin, mais de quelqu'un qui la prenne dans ses bras et la serre très fort.

— Je vais t'aider à trouver des distractions, continua Colette. Pas de souvenirs aigres-doux, pas de cafard, c'est interdit à Paris. Fais-toi couper les cheveux et maquille-toi. Tu te sentiras déjà mieux.

Renée écoutait à peine sa cousine. Quel jeu jouait-elle ? Celui de l'ironie, d'une affection un peu protectrice ? Imaginait-elle combien elle souffrait ? Lui proposer un maquillage pour lui changer les idées était absurde ! Elle s'imagina un instant en clown triste, le visage peint grotesquement d'un fard rouge et blanc qui craquelait de partout.

— J'ai besoin de réfléchir, déclara-t-elle. Je ne vois pas en quoi un spectacle, ou une danse, pourrait m'ouvrir de nouveaux horizons. Parle à bonne-maman, s'il te plaît, le courage me manque, et demande-lui de garder pour elle sa commisération. Je vais rester dans ma chambre un jour ou deux peut-être. La vie reprendra ensuite son cours, je suppose.

Colette tenta de sourire. Le chagrin de sa cousine la touchait d'autant plus profondément qu'elle ne savait trouver le bon moyen de la consoler. Elles étaient si différentes ! Renée paysanne, casanière, intellectuelle, franche jusqu'à la brutalité, généreuse, elle ne rêvant que de voyages, de jeux amoureux et d'égoïstes succès.

— Bien sûr, assura-t-elle. C'est simplement la fin d'un chapitre. Tu oublieras Henri, mais lui te regrettera toute sa vie.

Renée se dirigea vers la porte. En dépit du charmant désordre de l'atelier de Colette, elle y étouffait.

La lumière du plafonnier tombait sur ses cheveux noirs séparés par une raie et rassemblés en deux macarons qui arrondissaient davantage encore son visage. Colette poussa un profond soupir. Renée était-elle une victime expiatoire ou une femme redoutable ?

— Compte sur moi. Bonne-maman ne prononcera jamais plus le nom d'Henri devant toi.

— Elle va avoir de la peine.

— Bonne-maman se félicitera que tu aies échappé à un mauvais mariage, il y en a eu assez comme cela dans notre famille.

Renée s'allongea sur son lit. Il faisait froid et humide dans la chambre. Fine et interminable, la pluie tombait, étouffant les rumeurs du dehors. Des idées fixes l'obsédaient : les lèvres d'Henri frôlant les siennes, son rire léger, sa façon de pencher la tête lorsqu'il discutait. Elle se rappelait des détails insignifiants, la couleur d'une cravate, le grincement du cuir de ses chaussures, des menus faits qu'elle croyait oubliés. À mi-voix, la jeune fille prononça « Henri » et les larmes lui vinrent aux yeux. Pourquoi la malchance la poursuivait-elle, une mère indifférente, un père assassiné, un demi-frère suicidé, un fiancé évaporé ? Soudain, la jeune fille tourna la tête, ses yeux rencontrèrent la photographie d'Henri. Elle tendit la main et s'en empara. Son sourire s'adressait bien à

103

elle, mais avec une ironie méchante. Comment avait-elle pu croire qu'il l'aimait ? S'était-elle regardée dans une glace ? Une bonne copine, une confidente au plus, voilà quelle serait toujours sa place. La femme qu'il aimait était sans doute fine, ensorce-lante, avec de longues jambes et un visage de madone. Une angoisse affreuse l'étreignit, le senti-ment qu'on la haïssait parce qu'elle ne ressemblait pas aux autres la pourchassait. La photo à la main, elle sauta sur ses pieds. Il fallait détruire Henri avant qu'il ne la détruise tout à fait. Un moment elle demeura l'esprit inerte puis, soudain, se dirigea vers la cheminée. Elle allait faire du feu et brûler la photo-graphie, anéantir le sourire d'Henri et le souvenir de leurs promenades au Luxembourg. Tous ses sou-venirs. À gestes fébriles, la jeune fille rassembla dans la cheminée des journaux, des magazines dont elle arracha les pages, déposa le portrait sur le monceau de papiers, gratta une allumette. Une grande flamme jaillit qui la fit reculer promptement. C'était un effroi qu'elle n'avait pu ni dominer ni dompter en dépit de la patience de Bernadette ou des sar-casmes de Solange. Quand la grange où s'était réfu-gié le père Tabourdeau avait brûlé à Brières, elle avait eu des semaines durant d'horribles cauchemars où elle entendait les cris de terreur du malheureux clochard. Son père avait dû faire venir Lanvin qui avait prescrit quelques gouttes de laudanum chaque soir dans un verre d'eau sucrée.

De la fumée se rabattait dans sa chambre, piquant les yeux de la jeune fille, la faisant tousser. Domptant sa terreur, Renée s'approcha du foyer. Toujours posée sur l'amoncellement des pages de magazines, la photographie lui renvoyait le sourire léger, le tendre petit signe. Elle se pencha, plon-gea sa main dans les flammes et ne la retira pas.

La douleur était atroce, familière comme un supplice qui hantait son esprit depuis toujours. Mais le carré de papier glacé se consumait. « Je veux aller à Brières, sanglota-t-elle, rentrer à la maison. »

9.

— Madame diminue de mois en mois, annonça Émile Genche sur le quai de la gare de Guéret mais, pour sûr, votre retour va l'aider à remonter la pente.

Avec étonnement Renée jeta un coup d'œil sur le paysage familier. Ainsi elle avait fui la Creuse, tenté de construire sa vie à Paris et elle était finalement de retour !

Dans la vieille Citroën, des idées singulières l'assaillirent. Chacun avait-il un destin auquel on ne pouvait échapper comme le prétendait Bernadette ? Pour ne pas ajouter au chagrin de sa grand-mère, elle avait annoncé un voyage de quelques mois afin de réfléchir et de se reprendre. Outre ses déboires sentimentaux, elle avait à choisir un avenir. Sa licence passée avec succès, elle pouvait s'orienter vers la recherche ou mettre en pratique ses connaissances sur une terre qui lui appartiendrait, aussi loin que possible de Brières et de sa mère.

— Vous êtes-vous blessée, mademoiselle Renée ? interrogea Émile en hissant dans le coffre les deux grosses valises déposées par un porteur.

— Une légère brûlure, rien de grave.

Quoique sa main fût encore bandée, la lanci-

105

nante souffrance avait cessé. Amenée en urgence à l'hôpital de la Salpêtrière, Renée avait passé une nuit et une journée à endurer le martyre, mais la douleur physique éclipsait celle du cœur.

— L'été a été dur, relata Émile alors qu'ils empruntaient la route de La Souterraine, nous avons eu la canicule presque chaque jour. Madame en a été très affectée.

— Se porte-t-elle si mal ?

— Elle est très amaigrie et, pardonnez-moi le terme, c'est une vraie bourrique. Bernadette n'arrive pas à la faire manger. Juste quelques biscuits, un bout de fromage par-ci, une compote par-là. Voulez-vous mon avis ? Madame ne se remet pas de la mort du petiot.

Renée ne répondit pas et regarda défiler le paysage à travers la vitre de la voiture. Des gerbes de dahlias jaunes, mauves et pourpres jaillissaient du faîte des murs des potagers. Puis, ce serait la forêt avec ses fougères déjà dorées par l'automne, l'ondulement des taillis où fuyait parfois un chevreuil, les arbres hauts et minces de la futaie qui se frayaient un chemin vers la lumière. Engourdie, Renée avait l'impression de n'être jamais partie de ce coin de campagne. Le soleil se couchait. Sept heures sonnaient à un clocher. La voiture quitta la grand-route et fila vers Saint-Germain-Beaupré par la départementale.

— Savez-vous qu'à Colondannes on a installé un poste à essence ? s'exclama Émile. Le père Brillaud, qui est un fieffé grippe-sou, s'en met plein les poches, croyez-moi ! Sa femme s'est fourré dans la tête d'ouvrir un cinéma tous les samedis soir dans l'arrière-salle du bistrot.

Renée se contenta de hocher la tête. Des émotions contradictoires lui serraient la gorge : la joie d'être de retour chez elle, la panique de se retrouver bientôt en face de sa mère, l'angoisse d'un avenir désormais incertain. Soudain, le cœur battant, la jeune fille se redressa sur le siège arrière. Ils arrivaient à Brières. La grille était grande ouverte. De chaque côté de l'allée d'honneur, de hautes herbes jaunies, des chardons et des orties entremêlés lui donnaient l'allure d'un pauvre chemin de campagne. Sur le gravier qui laissaient par plaques la terre à nu poussaient pissenlits et touffes de plantain. La plupart des volets étaient clos, donnant à la façade du château un air de demeure à l'abandon.

Émile gara la Citroën devant le perron, escalada l'escalier.

— Mademoiselle Renée est arrivée ! clama-t-il.

Un peu étourdie, courbatue par le voyage, la jeune fille resta un moment immobile au bas des marches. Le grand tilleul où son père avait construit une balançoire autrefois était baigné par la lumière du soir, une corde pendait encore, l'autre avait disparu. Un peu plus loin, le platane avait perdu une branche maîtresse et ressemblait à un soldat mutilé. Des crapauds poussaient des notes monotones et tristes. « Me voici revenue », pensa-t-elle. Ses yeux se remplirent de larmes.

— Tu es là, ma Renée ?

Bernadette avait jailli de la porte d'entrée, un sourire aux lèvres, les bras déjà écartés pour serrer sa petite sur son cœur.

Alors la jeune fille s'avança, se laissa enlacer, embrasser, bercer sans plus retenir ses sanglots.

Une fraîcheur un peu moisie saisit Renée lorsqu'elle pénétra dans le vestibule, confirmant l'impression de tristesse et d'abandon ressentie aussitôt la grille franchie. La jeune fille ôta son chapeau et se contempla un instant dans le miroir vénitien. Elle avait le teint brouillé, les yeux cernés, les cheveux rebelles, comme d'habitude.

— Toujours en train de rouler ta rancune contre toi-même ? Laisse-toi donc tranquille, gronda Bernadette. Demain, tu auras repris ta belle mine.

D'un geste doux et ferme, la vieille servante guida Renée vers la porte du salon où, assise dans un fauteuil, sa mère la regardait approcher. Les beaux cheveux d'or, maintenant striés de gris, tirés et retenus en chignon, avaient des reflets jaunâtres.

Renée vit les lèvres de sa mère se pincer. Était-ce l'émotion ou cette hauteur qui depuis toujours lui faisait tenir ses distances ?

— Bonsoir, maman, murmura-t-elle.

Avec effort, Valentine se leva. Renée ne bougeait pas. Elle avait l'impression que ce corps si frêle n'était soutenu que par une extraordinaire énergie. Un instant, la mère et la fille s'observèrent avec intensité. Puis Valentine tendit les bras et Renée se laissa embrasser sur le front. Une mélancolie indéfinissable l'enveloppait. De ce château qu'elle aimait plus que tout, la vie semblait s'être enfuie, seuls y demeuraient des spectres. Dans un fauteuil, Renée revoyait son père tisonnant les braises, près de la commode sa tante Madeleine, son verre à la main, le regard perdu, et là, au fond du canapé où s'appuyait Robert de Chabin, Jean-Claude semblait lui sourire.

— Es-tu souffrante ? interrogea Valentine. Tu as une mine affreuse.

Renée se força à sourire.

— Tout va bien, maman. Je vous remercie.

— Ta cousine a téléphoné ce matin. J'ai dû aller à la cabine de la poste.

— Vraiment ?

— Ce garçon était un mauvais choix. Nous en reparlerons plus tard.

— Je suis désolée, maman. Me permettez-vous d'aller dans ma chambre ?

— Nous dînerons dans une demi-heure. Rejoins-moi à la salle à manger.

Levée à l'aube, Renée avait fait le tour de la maison, arpenté le parc. La dégradation du domaine l'avait atterrée. Tout était à refaire. Combien d'argent faudrait-il investir pour réparer la toiture, restaurer les volets, redresser les cheminées, élaguer, débroussailler, planter, remettre en état les pâturages ? Plus probablement que sa mère et elle ne possédaient. À la mort de son père, le notaire de sa grand-mère s'était occupé de la succession, et elle n'avait pas voulu demander des comptes. Le jour même, elle allait prendre rendez-vous avec Paul Dentu pour en savoir davantage.

Avant de regagner le château, Renée s'arrêta devant le Bassin des Dames dont l'accès était devenu quasi impraticable. Le tronc d'arbre sur lequel elle s'était si souvent assise était pourri, le saule étouffé par les rejets d'un platane. Mais le soleil qui montait jetait à travers les roseaux des reflets dorés où dansaient des moucherons et la surface de l'eau était sereine, à peine striée des ridules levées par le vent. Avec difficulté, Renée parvint à longer les berges, cherchant le cercle de terre stérile qui autrefois l'impressionnait si fort. Il était là, cerné par des chardons et des orties. Renée tendit sa main bandée pour effleurer cette terre désolée.

109

— Que veux-tu ? soupira Bernadette. Mes cousins sont vieux et ne peuvent plus mener la ferme à eux deux. Madame n'a pas les moyens d'embaucher des ouvriers. Il faudrait vendre des terres.

— Jamais de la vie ! protesta Renée.

Assise devant son bol de café au lait, le petit Victor à côté d'elle, Solange releva la tête.

— Et si nous nous y mettions toutes ? Je sais mener une charrue, m'occuper des bêtes. Avec ses diplômes, Renée peut restaurer le parc, se charger de la forêt et toi, maman, du potager.

— Je ne resterai à Brières que jusqu'à la fin de l'année, avoua Renée. Vivre avec maman m'est impossible.

Après le coup de fouet que lui avait procuré sa promenade matinale, la jeune fille se sentait à nouveau à la dérive. Tout la troublait et les décisions prises quelques jours plus tôt lui semblaient aujourd'hui incertaines.

— Je doute que tu puisses vivre ailleurs qu'ici. Tu ferais mieux de réfléchir, conseilla Solange.

— Je le ferai, promit Renée.

Elle avait en effet besoin de calme pour peser le pour et le contre. Ne s'était-elle pas simplement inventé un avenir heureux loin de la Creuse ?

Paul Dentu avait changé. L'ovale déjà un peu mou du visage s'était empâté. Aux lunettes fines qu'il portait autrefois avait fait place une épaisse monture d'écaille qui lui donnait un air démodé et sévère. Avec gaucherie, il embrassa Renée sur les deux joues.

— Bernadette m'a appris que vous avez eu un accident. J'étais inquiet.

110

— C'est bon d'être de retour à Brières, de vous revoir tous, murmura Renée...

Depuis trois ans, elle n'avait pratiquement eu aucune nouvelle de son ami d'enfance et, ne sachant trop quoi se dire, ils restaient empruntés l'un en face de l'autre. Enfin Paul désigna un siège à Renée.

— Je suis heureux de votre visite. Mis à part la joie de vous retrouver, il y a longtemps que je voulais clarifier avec vous la succession de votre père.

Renée retrouvait avec étonnement le décor de l'étude qui autrefois l'intimidait tant. C'était une pièce banale de taille modeste, presque entièrement occupée par un massif bureau d'acajou flanqué de deux fauteuils de style indéterminé. Le long du mur s'alignaient une série de chaises recouvertes de velours grenat à hauts dossiers de bois lourdement travaillés. Dans un cache-pot en porcelaine de Sèvres posé sur une console s'étiolait une plante verte que Renée eut l'impression de reconnaître. Elle avait fait à Paris trois ans d'études, était tombée amoureuse, avait vu ses projets anéantis et ici rien n'avait changé. Qu'attendait, qu'espérait de sa vie Paul Dentu ? Tandis qu'il feuilletait des documents, Renée croisa les mains sur sa jupe. Il semblait à la jeune fille que son ami était embarrassé, comme s'il ne savait comment amorcer l'entretien.

— Il y a des choses un peu compliquées dans le dossier, avoua-t-il enfin en ôtant ses lunettes. J'ignore si vous êtes au courant des dernières volontés de votre père.

— Ma grand-mère Fortier a brièvement évoqué une rente faite à mon père à la vente de l'entreprise familiale et m'a assuré que j'en restais bénéficiaire.

— C'est exact. Mais a-t-elle abordé avec vous la question de Brières ?

Une brusque angoisse serra le cœur de la jeune fille. Quel nouveau désastre allait fondre sur elle ?

— Que voulez-vous dire ?

La veille, Renée avait passé la soirée en compagnie de sa mère, déjeuné avec elle sans évoquer d'autre sujet que des souvenirs. Valentine serait-elle assez fourbe pour lui avoir dissimulé quelque chose ?

— Après le départ de votre maman, monsieur Fortier est venu voir mon père pour modifier l'acte de propriété de Brières. Les fonds qui avaient servi à l'achat du domaine venaient intégralement de sa famille et il entendait que le château, la ferme et les terres demeurent aux Fortier s'il lui arrivait malheur.

Renée observait intensément Paul Dentu, essayant de deviner ce qu'il cachait derrière les mots professionnels. Le miroir placé au-dessus d'une console reflétait son image, sa silhouette massive, la bonté empreinte sur son visage. Lui ne mentirait pas.

— Et le malheur est arrivé, murmura-t-elle. Quelles en sont les conséquences ?

— La propriété appartient par moitié à votre grand-mère et par moitié à vous-même. Monsieur Fortier avait exprimé très clairement à mon père sa volonté de modifier ce testament à votre majorité afin que vous soyez son unique héritière. Il n'a pas eu le temps, hélas, de matérialiser ce souhait.

— Pourquoi ma grand-mère ne m'a-t-elle rien dit ? s'indigna Renée. C'est incompréhensible !

— Je n'ai pas d'avis à donner mais, si vous me permettez, je pense que madame Yvonne Fortier craignait une manœuvre de votre mère pour vous

112

faire renoncer en sa faveur à vos droits sur Brières. Nul n'ignore que les deux dames Fortier ne s'entendent guère.

— Papa a donc dépossédé maman de son bien le plus cher, prononça à mi-voix Renée. Quand l'a-t-elle appris ?

— Lors de la lecture du testament. Je dois avouer que rien n'a permis de deviner l'ampleur de sa déception. Votre maman est une dame d'un grand courage.

— Et elle ne m'en a même pas parlé !

— Madame de Chabin n'a plus jamais évoqué sa terrible déception, ni avec mes parents ni devant personne.

« Papa s'est vengé, se dit Renée. Il n'était pas l'amoureux transi que chacun voyait en lui. Qui l'a vraiment connu ? »

— Je ne pense pas que ma grand-mère renoncera à son droit de propriété sur Brières, articula-t-elle d'une voix blanche. Si, comme vous, j'ai la certitude qu'elle le conserve pour me protéger de maman, je suis sûre aussi que, pour la tenir sous sa coupe et la punir, elle ne cédera jamais.

Gêné, Paul tapotait le bras de son fauteuil. Le gâchis de la famille Fortier le touchait à cause de Renée. Depuis toujours, il admirait cette fille solitaire, forte et sensible, d'abord en grand frère puis en ami, n'attendant qu'un signe pour devenir un prétendant. Jamais elle ne le lui avait donné.

— Le reste du testament est limpide, continua-t-il d'un ton qu'il voulait garder professionnel. Vous avez hérité de la rente de votre père et d'un portefeuille de titres placé à la Bourse, modeste hélas. Je pourrais vous en communiquer le montant actuel, mais ma suggestion est de conserver ce pécule en réserve. La rente devrait suffire à l'entretien du domaine.

— Vous plaisantez, Paul ! Tout est à refaire à Brières.

— Il faudrait agir pas à pas. Et d'abord, si vous voulez mon avis, embaucher un ou deux ouvriers agricoles. Même s'ils refusent d'en convenir, les Genche ont largement l'âge de la retraite. Avec les lauriers qui vous couronnent, vous ferez un excellent régisseur.

Paul s'efforçait de garder un ton enjoué et Renée lui en fut reconnaissante. Au-delà de la froideur officielle des actes notariés, tout un monde de haine, de jalousies, de châtiment lui apparaissait, où les êtres qu'elle aimait le plus au monde, son père et sa grand-mère, auraient joué un rôle obscur, équivoque. Et seule, droite, fière, impavide au milieu de ces ombres ambiguës se tenait Valentine en reine qu'aucune intrigue ne pouvait abattre.

— Je n'ai pas encore pris ma décision, Paul. Il se peut que je quitte la Creuse avant la fin de l'année.

Le jeune homme avait bon espoir que Renée changeât ses plans. Devant les révélations pénibles qu'il avait dû livrer, elle avait gardé une attitude calme, raisonnable, et cependant il la sentait touchée jusqu'au fond du cœur.

— Si vous avez besoin de parler à un ami, je serai toujours là, affirma-t-il. Vous n'ignorez pas l'affection que je vous porte.

Renée hocha la tête. Un court instant, elle avait éprouvé le désir de se réfugier entre les bras de Paul. C'était absurde.

— La vérité est que j'ai besoin de solitude, murmura-t-elle en se levant. Ne m'en veuillez pas.

Paul tendit la main.

— Pensez d'abord à vous et passez me voir si vous avez envie de vous distraire. Nous pourrions dîner un soir à La Souterraine ou aller au théâtre à Guéret. Certes nos artistes provinciaux n'ont pas le prestige des comédiens parisiens, mais une bonne pièce est une bonne pièce, n'est-ce pas ?

Pensive, Renée regagna le château. L'image de son père faisant la charité de son hospitalité à sa mère, Robert de Chabin, Jean-Claude et Madeleine l'obsédait. Comme il avait dû triompher en son for intérieur d'être désormais le seul maître, lui qu'on n'avait cessé de bafouer. À la déception ressentie dans le bureau de Paul succédait une bouffée de tendresse pour cet homme seul qui n'avait pas baissé les bras. Et n'avait-elle pas jugé trop vite sa grand-mère un instant plus tôt ? Toujours elle l'avait aimée, aidée, défendue. N'était-il pas normal qu'elle en veuille à une belle-fille qui avait outre-passé aussi ouvertement les lois morales ?

Des feuilles arrachées par le vent voltigeaient sur le chemin. Renée s'arrêta un instant pour contempler un couple de rouges-gorges posés sur un buisson. En dépit de tout raisonnement, un malaise subsistait en elle, un mouvement de révolte qui lui faisait mépriser l'affront infligé à sa mère. En regagnant son domaine, elle s'était crue chez elle et sans le savoir n'y avait été que tolérée ! Il fallait réagir, rendre à Valentine ce dont on l'avait dépouillée. Ce n'était pas une question d'affection, mais une affaire d'honneur. Comment infliger à cette femme l'humiliation d'être la locataire d'une fille jamais aimée ? « Maman ne m'a pas menti en ne parlant jamais du testament de papa, pensa Renée. Elle a juste tenté de conserver ses rêves. »

115

10.

Comme chaque jour, son petit déjeuner achevé, Valentine s'assit devant sa coiffeuse et longuement se contempla devant le miroir carré encadré de bois sculpté. En dépit du soin minutieux qu'elle prenait d'elle-même, sa peau était marquée de ridules, ses lèvres cernées de plis profonds. « Tout s'use », constata-t-elle à mi-voix. Mais le regard doré gardait son acuité, sa douceur et sa violence.

Au loin, l'horloge de l'église sonna neuf heures. Renée devait s'éveiller. Elle s'était couchée tard la veille car jusqu'à minuit de la lumière avait filtré à travers ses volets. Se réjouissait-elle de la nouvelle apprise chez Paul Dentu ?

D'un mouvement brusque, Valentine se leva. Elle devenait folle. Pour elle c'était comme s'il n'y avait pas eu de testament et Brières lui appartenait de droit. Après sa mort, il serait à Renée, sa seule enfant. « Renée est-elle une alliée ou une ennemie ? » se demanda-t-elle. Sa fille lui témoignait une affection factice, elle le sentait. Que cherchait-elle au juste ? À la condamner comme les autres l'avaient fait, à la punir, à la jeter au feu purificateur ? Ou bien éprouvait-elle un peu de tendresse en souvenir d'un temps où, tant bien que mal, elles étaient parvenues à s'aimer toutes les deux. Valentine revoyait Renée, tout enfant, assise sur ses genoux, la tête penchée sur un livre d'images. Sans nul doute, sa fille avait toujours préféré Jean-Rémy mais des sentiments très forts les liaient cependant, un amour-haine plus profond que bien de ternes instincts maternels ou filiaux. Et aujourd'hui où Renée resurgissait à Brières, il ne fallait rien brusquer, attendre. Valentine sentait sa fille profondément blessée. La Renée arrogante, volontaire, qui ôtait sa main de la sienne en la défiant du regard, pour la glisser dans celle de son père, déjà était marquée par la vie, aussi solitaire qu'elle-même.

Sur le dos d'un fauteuil, Bernadette, la veille au soir, avait disposé une robe de laine, un châle, une paire de bas de coton. Les couleurs n'allaient pas ensemble et Valentine contint un mouvement d'irritation. Même seule, enfermée dans son domaine, elle voulait rester coquette, se vêtir en femme qui pouvait attirer le regard, susciter l'admiration. Jamais elle ne s'avouerait vaincue.

La maison était silencieuse. Bernadette devait vaquer au potager. Solange était partie à la ferme avec Victor pour ramener du beurre et des œufs. Elle était seule avec Renée. Tous les autres avaient disparu. Avaient-ils seulement existé ? Jean-Rémy, Robert, Jean-Claude, Madeleine..., à peine ces noms levaient-ils une légère émotion en elle.

Aucune photographie de Robert ou de Jean-Claude ne subsistait dans la maison. Après la lecture du testament de Jean-Rémy, lorsque la foudre était tombée sur elle, Valentine avait regagné cette demeure tant aimée dont elle n'était plus maîtresse et, une par une, avait ôté des cadres les photographies : là Robert, son fusil sur l'épaule, se retournant vers l'objectif dans l'allée de Diane, ici Jean-Claude étrennant un vélo neuf, le sourire un peu crispé, là encore le père et le fils, et c'était la seule photo qu'elle possédait d'eux réunis, dépliaient un cerf-volant sur la terrasse. Robert semblait appliqué, Jean-Claude émerveillé. Ces images n'étaient que mensonges. Loin d'être son hôte comme elle l'avait cru, Robert s'était trouvé l'otage de Jean-Rémy. Mais les Chabin avaient quitté Brières pour toujours. Qui oserait, elle, la

117

jeter dehors ? Yvonne Fortier ? Elle n'en aurait pas le cran. C'était une femme prompte à juger et condamner, mais timorée, capable seulement d'insinuer des mots perfides. Renée ? Sa fille ne la haïssait pas à ce point. Sans doute n'oserait-elle pas même lui parler de sa visite chez Paul Dentu. Le silence demeurerait entre elles comme une commodité. Et si Renée décidait de rester à Brières, elles devraient faire bourse commune. Mal conseillé, Jean-Rémy avait bien écorné la fortune de sa fille. Un échec supplémentaire. En boutonnant sa robe, Valentine esquissa un sourire. Renée userait la moitié de son existence à comprendre qu'elle était prisonnière, l'héritière non pas d'un domaine enchanté, mais d'un fardeau de doutes, de peur et de rêves. Alors elles se retrouveraient.

Renée descendit l'allée en direction du potager. Paul Dentu avait raison : si elle décidait de rester à Brières, il fallait sans tarder embaucher des journaliers. Derrière un fil de fer barbelé hâtivement tendu, un couple de vaches tendit la tête pour la regarder passer. À qui appartenaient-elles et que faisaient-elles à deux pas du verger ?

Un pâle rayon de soleil éclairait le mur du potager. Renée poussa la porte. Courbée en deux, Bernadette cueillait des pois. Une cascade de roses d'un blanc teinté de jaune escaladait les treillis qui autrefois avaient supporté les plantes grimpantes cultivées par son père. Deux poules picoraient dans les plates-bandes. La cabane du jardinier avait été rasée. À sa place, les Genche avaient édifié un abri de tôles mal jointes rongées par la rouille. Renée songea à son père observant pousser avec amour ses nouveaux plants ramenés de Guéret ou

118

de Châteauroux. Certains produisaient des légumes acceptables, d'autres d'immangeables tubercules.

— J'ai presque achevé ma besogne, lança Bernadette en détournant un peu la tête. Madame a demandé une jardinière de légumes pour le déjeuner, en ton honneur, je crois.

De grosses mouches bourdonnaient autour du tas de compost. L'air embaumait le thym et la tomate mûre. La pleine lumière du soleil éclairait la nuque de Bernadette, la moitié de son visage. Renée fut frappée par le teint blême, les bras desséchés sur lesquels la blouse de coton semblait flotter. Où était la Bernadette de son enfance qui pédalait sur les chemins, escaladait les barrières, fauchait les joncs à grands coups de serpe au bord du Bassin ?

— Madame semblait nerveuse ce matin, continua la servante, les deux mains posées sur les reins.

— Pourquoi donc ?

— « Ses lunes », comme dit Solange. Tu as bien remarqué qu'elle n'a plus toute sa tête.

— Je ne l'ai trouvée que malheureuse et agacée par ma présence. M'en veut-elle toujours de ne pas avoir assisté aux obsèques de Robert et de Jean-Claude ?

— S'en souvient-elle seulement ? Jamais elle ne parle d'eux. Cela me fait peur. Toutes leurs photographies ont été brûlées.

La voix sans timbre de Bernadette inquiéta Renée. Autrefois, lorsqu'elle était fâchée ou simplement contrariée, son ton prenait des notes aiguës, ses yeux lançaient des éclairs. Était-elle fatiguée, elle aussi, au point de se désintéresser de tout ?

— Il faut laisser le temps passer.

— Le temps n'avance pas à Brières. On dirait qu'un trou y est ouvert sur le passé. Les uns après les autres, il nous happe. Il n'y a pas moyen de se sauver.

D'un geste las, Bernadette ramassa le panier débordant de pois et de carottes.

— Je vais faire du café et nous causerons avec Solange. Il y a des décisions à prendre.

Renée la suivit. Elle avait dormi d'un trait, sa première bonne nuit depuis longtemps. Le charme de Brières la possédait à nouveau, comme si l'haleine du parc et du Bassin lui redonnait vie.

Longtemps elle était restée à sa fenêtre alors que derrière les bois se levait le soleil. D'une ferme à l'autre, les coqs se répondaient, des volées d'oiseaux quittaient les branchages des ormes et des tilleuls. Tout était attendrissant et familier, les odeurs, la lumière, les sons la pénétraient, effluves d'un passé dont elle avait cru pouvoir se séparer. Il était trop tôt encore pour prendre la décision qui engagerait son avenir, mais elle voulait jouir du temps présent, se laisser consoler, encourager par Brières.

Bernadette mit de l'eau à bouillir sur la cuisinière de fonte, cassa quelques œufs qu'elle commença à battre à l'aide d'une fourchette tandis que Solange posait de larges tranches de pain sur les braises de l'âtre.

— Les Tabourdeau achèteraient la ferme, annonça la jeune femme. J'ai rencontré Denise hier chez l'épicier. Elle m'a confirmé que Joseph serait preneur.

— La ferme est occupée, objecta Renée.

— Les cousins Genche veulent prendre leur retraite. Ils ont acheté une maisonnette près de La Souterraine, à côté de chez leur fille. Ils partiraient sans regrets. Pense qu'il n'y a pas même l'eau courante à l'évier ni aucune commodité !

Renée se laissa servir d'omelette, de pain grillé

120

et de café. Il faisait bon dans la cuisine. Un engour-dissement heureux amoindrissait sa méfiance.

— La ferme ne rapporte que peu, je le sais, mais pouvons-nous nous passer de ce modeste revenu ?

— La ferme n'occasionne que des dépenses, coupa Bernadette. Tout est à refaire : toit, crépis, volets et, mes cousins Genche partis, crois bien que de nouveaux locataires exigeront des cabinets et le chauffage. Qui payera ? Tu vendras, Renée, parce qu'il le faut.

— Et si je décidais de m'occuper moi-même de la ferme ? prononça soudain Renée. On pourrait céder quelques bâtiments et trente hectares aux Tabourdeau pour acheter du matériel agricole moderne. Je garderais soixante-dix hectares et les deux granges pour faire du lin, des céréales, élever des porcs ou des moutons.

La voix vibrante, le regard ardent saisirent Ber-nadette et Solange. Leur Renée était de retour.

— N'oublie pas la forêt, renchérit Solange. Depuis la mort de ton père, on n'a procédé à aucune coupe.

— Nous abandonnerons les vaches laitières au profit des porcs. Le prix de la viande n'arrête pas de monter, poursuivit Bernadette. Et c'est moins d'ouvrage.

En souriant, Renée absorba une longue gorgée de café au lait. Derrière les fenêtres de la cuisine, les feuilles des tilleuls se détachaient, voltigeaient avant de se poser sur les gravillons de l'allée. Des pies sautillaient de place en place, des nuages gris se formaient, poussés par un vent du Nord.

— Je crois bien qu'il va geler la nuit prochaine, constata-t-elle. Il faudra remiser les orangers en caisses.

121

Valentine observait Renée qui, le dîner achevé, lisait au coin du feu. Elles avaient parlé de la pluie et du beau temps, de la réserve de bois de chauffage à stocker pour l'hiver, du cochon qu'Émile tuerait le lendemain pour reconstituer les provisions de lard et de petit salé. Au dessert, Renée, avec des mines de sainte-nitouche, avait évoqué la vente de leur ferme. Croyait-elle la bouleverser ? Dépouillée de tout, enterrée vivante dans ce domaine qui n'était plus le sien, elle avait conservé malgré tout une totale liberté d'esprit.

Renée semblait absorbée dans sa lecture. Sa fille resterait à Brières, non pour lui tenir compagnie, mais parce qu'elle n'avait pas le choix. Hormis Bernadette et Solange, deux paysannes, qui aimait cette enfant ? Qui se souciait d'elle ? Yvonne Fortier n'avait pas pour le seul être issu de son sang la moitié de la tendresse qu'elle portait à Colette qui n'était pas la fille de Raymond, son bien-aimé, mais celle de Sebastiani, un homme d'affaires véreux. Et Raymond ! Après avoir été son amant, il avait acculé sa femme à la folie ! Sa propre mère avait toujours trompé son mari avec un ami d'enfance, le cher « oncle » Gaston de Langevin. Maurice Fortier s'était montré quant à lui impitoyable envers des concurrents malheureux. Et tous l'avaient méprisée parce qu'elle avait voulu aimer au grand jour. Mais elle dédaignait ses juges. « Vous en avez le droit, affirmait le père Marcoux, mais pas celui de les haïr. Jésus a pardonné. » À quatre-vingts ans il lui semblait que les souvenirs du vieux curé s'embrouillaient parfois, il mélangeait noms et dates. À peine avait-il écouté le récit de l'étrange visite de Marthe de Fernet. Petit à petit, il abandonnait toute curiosité, s'entêtant seulement à établir une ascendance commune entre les Morillon et les Naudet. C'était une idée fixe, la preuve qu'il recherchait depuis toujours que les Dames de Brières étaient parentes et allaient vers un même destin.

— Vends la ferme aux Tabourdeau, prononça soudain Valentine. Nous vivrons en paix derrière nos quatre murs.

Renée leva la tête. Quoiqu'elle ne cessât d'affirmer qu'elle n'avait pris nulle décision quant à la durée de son séjour à Brières, chacun s'adressait à elle comme si elle s'y était installée pour toujours. Cette évidence calme la pénétrait, l'émouvait. Elle avait cru un moment que sa mère en personne allait lui demander de rester auprès d'elle, mais Valentine s'efforçait, comme toujours, de conserver l'attitude un peu distante qui la protégeait. Renée n'en était pas dupe. Sa mère était en mauvaise santé. Qui pourrait prendre soin d'elle, lui apporter un peu de bonheur sinon sa propre fille ?

— Sans la ferme, maman, il faudra que je retrousse mes manches. Ce sera le prix de la survie de Brières.

L'air indifférent, Valentine alluma une cigarette à bout doré. Il pleuvait à nouveau, une pluie glacée dont l'humidité pénétrait les pièces trop vastes du château.

— Avez-vous seulement envie que je reste, maman ?

— Ta vie ne m'appartient pas, murmura Valentine en soufflant longuement la fumée. Mais si tu restes à Brières, sache que tu n'en sortiras plus.

Renée se figea. Un court instant, elle avait eu l'impression que sa mère venait de donner une réponse à ses doutes. Dans cette maison glaciale et solitaire, sans amies, sans aucune des vanités mondaines qui masquent la succession implacable des jours, jamais elle n'avait été plus près du bonheur.

123

Là, autour d'elle, quelque chose vivait qui l'interpellait, la stimulait et l'aimait.

— Je crois que je vais rester, maman.

11.

— C'est incompréhensible, se désola Yvonne Fortier. Et elle annonce qu'elle ne sera pas là pour Noël.

— Renée n'a jamais aimé Paris, bonne-maman, vous le savez bien. Elle a fui Brières à la mort d'oncle Jean-Rémy pour moins souffrir, pas pour être heureuse ailleurs.

Colette posa un baiser sur le front ridé qui embaumait l'eau de Cologne. Elle était en retard, la cliente américaine avait pris rendez-vous à dix heures pour un essayage et il n'était pas question de la faire poireauter. Dans la maison de couture, déjà prestigieuse, où elle avait été embauchée, chacun se dépensait avec enthousiasme. Après l'heure russe, l'heure grecque : Gabrielle Chanel lançait la robe de crêpe noire, toute simple, fluide, une forme divine que les journalistes démolissaient pour son impersonnalité. Mais *Vogue* avait contre-attaqué. « Voici la Ford signée Chanel, avait conclu l'article. Chaque femme l'adorera et la désirera. » Et les clientes en étaient folles. Il y avait tant d'essayages qu'il fallait de stricts rendez-vous pour éviter les télescopages dans des salons trop exigus. Dans cette activité fébrile, au milieu du luxe des tissus, des faux bijoux, des parfums, des jeux de miroirs, Colette s'épanouissait. Et Yvonne Fortier

124

avait cessé de s'inquiéter le jour où, venue embrasser à l'improviste sa petite-fille au salon de couture, elle avait rencontré les autres collaboratrices de Gabrielle Chanel, des princesses russes en exil pour la plupart, quelques jeunes gens éthérés.

— Renée vous adore, mais c'est une campagnarde. Laissez-la sur ses terres à Brières, elle va sarcler, planter, récolter, engranger et peut-être bien se dégoter un châtelain un peu fauché ou un fermier bien cossu.

La petite coiffure plate de Colette lui allait à ravir. Depuis qu'elle travaillait chez Gabrielle Chanel, la jeune fille avait adopté les souples chemises de jersey sans col portées sous un long cardigan noir et une jupe coupée aux genoux qui mettaient en valeur ses jolies jambes. Active du matin au soir, elle trouvait malgré tout le temps de sortir, « avec des amis très bien élevés », jurait-elle. Quoique majeure, Colette mettait un point d'honneur à ne pas alarmer sa grand-mère, taisait les nuits passées à écouter du jazz dans des bars de Montparnasse en fumant des Abdullas. Mais la jeune fille n'absorbait jamais une goutte d'alcool. L'idée d'être en état d'ivresse lui donnait la nausée.

— Je rentrerai un peu tard, bonne-maman, nous avons toute une série d'essayages avant le mariage royal belge. Ne m'attendez pas.

La jeune fille enfonça son chapeau jusqu'à l'arcade sourcilière, jeta une cape doublée de petit-gris sur ses épaules. Afin de ne pas heurter sa grand-mère, elle ne se maquillait qu'en arrivant rue Cambon.

Après le départ en coup de vent de sa petite-fille, Yvonne resta immobile dans le gros fauteuil de cuir usé qu'affectionnait Maurice. Des souvenirs lui revenaient en mémoire, semblant surgir du fond

125

des temps : de longues soirées familiales où les deux garçons lisaient ou jouaient au jacquet auprès d'elle, les intonations de Raymond, un geste familier de Maurice allumant son cigare, le son de son rire, la beauté d'un bouquet de fleurs offert par Jean-Rémy, l'odeur verte du parfum de Madeleine. Une grosse mouche affaiblie par le froid vrombissait au-dessus de la lampe. Aujourd'hui, décida la vieille dame, elle ne bougerait pas de chez elle, la lassitude l'accablait. Renée ne réalisait-elle pas qu'elle pouvait mourir sans la revoir ? Des idées fixes l'obsédaient, celle de Renée livrée à une Valentine qui la spoliait d'un acte notarié restituant à sa belle-fille ses droits sur Brières. Dans un dernier sursaut d'orgueil, Jean-Rémy avait pris la décision de déposséder Valentine et, aussi longtemps qu'elle vivrait, elle se battrait pour que sa volonté soit respectée. Au prix d'une brouille avec Renée ? Et si les radotages de la vieille Bernadette étaient vrais ? Si une malédiction pesait bel et bien sur Brières ? En ce cas, pouvait-elle en son âme et conscience accepter que Renée y demeurât ? « Elle va revenir, se convainquit-elle à mi-voix. Comment pourrait-elle cohabiter longtemps avec une mère à moitié folle ! »

Comme toujours, la boutique Chanel Modes était surencombrée et sa propriétaire immuablement exigeante. Bien qu'il n'y ait pas de jour où elle n'évoquât un indispensable déménagement, mademoiselle Chanel refusait de quitter la rue Cambon, sûre que tôt ou tard l'espace qu'elle lorgnait au 31, quelques mètres plus haut, se libérerait.

Tout en contrôlant le travail des brodeuses et retoucheuses, l'esprit de Colette ne cessait de revenir sur Étienne de Crozet. À aucun prix, elle ne devait lui laisser deviner l'ampleur de la séduction qu'il exerçait sur elle. L'amour, auquel la jeune fille ne croyait guère, n'avait pas encore de place, mais Étienne la fascinait. À l'inverse des hommes qui escortaient leurs femmes aux essayages, il affichait une absence totale de sérieux, ne paradait jamais, ne parlait guère de lui-même, sinon en termes pleins d'humour. Mince, les cheveux gris argenté, des traits d'une grande finesse, il avait certes dépassé la quarantaine et se disait vaguement « dans les affaires ». Divorcé d'une Américaine, il vivait avec une comédienne du Vaudeville avec laquelle Coco Chanel était fort liée. « Ils seront là vers quinze heures », pensa Colette. Vera Dauzan était très belle et les robes que Gabrielle Chanel créait à son intention lui allaient à ravir. Attirer Étienne et le retenir ne serait pas facile, mais Colette refusait de s'avouer vaincue sans avoir livré bataille. Toute la matinée les portes s'étaient ouvertes et fermées, le téléphone avait sonné, les clientes fait irruption avec leur chauffeur, leur petit chien, leur mari, pour repartir aussi vite que possible vers d'autres rendez-vous, d'autres vanités. Dès deux heures, il faisait sombre. On avait allumé les lampes aux abat-jour de soie, dépêché le portier, armé d'un vaste parapluie, sur le seuil de la boutique. À tour de rôle, les vendeuses se reposaient, fumaient une cigarette au milieu de l'incessant bourdonnement et des voix impératives qui appelaient les retoucheuses.

Vera Dauzan laissa glisser son manteau de fourrure entre les mains de la réceptionniste, découvrant une délicieuse robe d'après-midi en lainage fleuri ceinturée bas sur les hanches, et promena son regard autour d'elle.

127

— Comment allez-vous, mademoiselle ? interrogea Colette. Si vous me le permettez, je vais m'occuper de vous aujourd'hui. Il y a deux ou trois choses que j'ai voulu modifier dans vos robes du soir. Faut-il attendre monsieur de Crozet ?

— Il ne va pas tarder, assura la jeune comédienne de sa voix flûtée, un peu chantante, qui faisait son succès. Des raseurs l'ont retenu à son club.

Accroché entre deux bouquets de roses blanches, le miroir rectangulaire renvoyait les traits charmants de la jeune femme, ses immenses yeux bleus cernés de khôl, l'irrésistible grain de beauté qui ourlait la lèvre supérieure fardée d'un rouge presque violet. Le regard de Vera rencontra celui de Colette, s'y attarda puis elle haussa les sourcils et détourna la tête. Celle qui lui prendrait son amant n'était pas encore de ce monde. Mais Étienne avait une fois ou deux évoqué avec insistance Colette Fortier et son instinct la mettait sur la défensive.

— Vous avez mauvaise mine, observa-t-elle. Il faudrait vous poudrer davantage.

— Je suis faible, égoïste et tout ce que je désire est avoir la paix, soupira Étienne de Crozet en se laissant tomber dans un fauteuil. Si les modifications suggérées par mademoiselle Fortier ne vous plaisent pas, ma chérie, renoncez-y. Quant à moi, je les crois divines.

Jamais Colette n'avait trouvé plus irrésistible l'amant de Vera Dauzan. Son parfum léger, sa chemise de toile au col anglais, ses pantalons de flanelle souple un peu larges accentuaient un chic naturel qu'aucun artifice ne pouvait octroyer.

128

— Vous avez raison, jeta Colette d'une voix assurée. Renonçons à ces rectifications puisque mademoiselle Dauzan ne les sent pas.

— J'apprécie beaucoup de choses, rétorqua la comédienne, mais guère vos fantasmes et pas du tout vos intrigues.

Pour narguer sa rivale sans toutefois l'affronter, Colette se baissa pour caresser le petit épagneul king-charles qui, roulé en boule, semblait dormir sur la moquette. D'un bond la petite bête recula en grognant.

— Miss ne vous aime guère, railla Vera. Je vois qu'elle n'a pas confiance en vous.

Colette se contenta de sourire. Comme Vera la sous-estimait ! Avec ses gestes attentifs, son regard poli, on pouvait la prendre pour une jeune ambitieuse pleine de déférence envers les gens susceptibles de la faire travailler et peut-être de la rendre célèbre plus tard. Mais ce que la belle actrice ignorait, c'est qu'elle n'avait pas de cœur et qu'une femme sans cœur était invulnérable. Les petites mines de Vera, ses exigences, ses angoisses, tout lui était indifférent.

— Décidez-vous, ma chère, insista Étienne.

— Je veux voir Gabrielle, pas ses subalternes.

— Mademoiselle Chanel s'est absentée pour quelques heures, expliqua Colette.

— Alors je reviendrai demain.

— Excusez mademoiselle Dauzan, chuchota Étienne de Crozet à l'oreille de Colette alors que son amie descendait le court escalier menant à l'entrée, elle est nerveuse en ce moment.

— Je n'en vois pas la raison.

— Vous la voyez fort bien.

— Elle s'illusionne. Je ne crois qu'aux évidences.

129

— Et moi à l'incertain. Et il me semble que vous êtes très forte dans ce domaine.

— Seriez-vous capable de faire pleurer la plus jolie comédienne de Paris ?

— Vera ne pleure jamais. Les larmes l'enlaidissent et me font fuir.

— Qu'est-ce qui peut vous retenir ?

La jeune comédienne avait passé son manteau. La froideur de son regard était pire qu'une expression de colère.

— Voulez-vous l'apprendre ? chuchota Étienne.

— Cela me fait plaisir de t'entendre rire, ma chérie, se réjouit Yvonne Fortier. Mes journées sont bien moroses.

Le dîner achevé, les deux femmes buvaient une tisane dans le petit salon. Depuis deux jours, Colette attendait un signe d'Étienne de Crozet, billet ou appel téléphonique. Elle était sûre qu'il la contacterait.

— Avez-vous connu des Crozet ? interrogeat-elle sur un ton d'une indifférence étudiée. Étienne de Crozet doit être un peu plus jeune que papa. Une famille du centre de la France, des aristocrates lancés dans les affaires, à ce qu'on m'a dit.

Yvonne s'absorba dans ses réflexions.

— Je ne me souviens pas de ce nom, avouat-elle. Quel genre d'affaires faisaient-ils ?

— Spéculations sur les terrains à bâtir, je crois.

— Non, vraiment. Pourquoi cette question ?

— Étienne de Crozet est l'amant de Vera Dauzan, l'actrice. Il l'accompagne souvent rue Cambon.

Prononcer le nom d'Étienne était un bonheur que Colette était prête à s'offrir par tous les moyens. Les autres hommes ne l'intéressaient

130

plus. Par comparaison avec Étienne, André était si terne que Colette lui avait signifié son congé.

— Le monde que tu côtoies, ma chérie, n'a jamais été celui des Fortier. Je me fais bien souvent du souci pour toi, mais les aïeules sévères ou radoteuses n'ont plus la cote à ce que je crois. La vie, hélas, t'a montré bien tôt ses pièges et je te fais toute confiance.

Colette se leva, entoura les épaules de sa grand-mère de ses deux bras. Elle ne changerait pas un pouce de sa conduite, mais ménagerait cette très vieille dame qu'elle adorait. Il y avait sa vie place Saint-Sulpice et sa vie ailleurs jusqu'au jour, proche peut-être, où l'ailleurs la prendrait tout entière. Qu'avouerait-elle alors ? Elle préférait être mal jugée que mentir ou miser sur des amours de convention comme la pauvre Renée. Elle avait des revanches à prendre, des comptes à régler, la rage de prouver qu'elle ressemblait à son père.

— Elle prend des grands airs et fait des grâces comme si elle était en permanence sur une scène de théâtre. Mais Vera est une brave fille et elle a du talent.

— Ne l'aimez-vous pas justement parce qu'elle est comédienne, donc superficielle et insaisissable ?

Par-dessus les verres de cristal, Colette jeta un coup d'œil sur le beau visage d'Étienne de Crozet.

— Les femmes ne le sont-elles pas toutes aujourd'hui ? ironisa Étienne. Savoir imposer son propre genre que l'on soit grande dame ou poissarde n'est plus de mode. Avec leurs fume-cigarette, leurs cheveux courts et leurs jupes virevoltantes, nos femmes modernes sont en fait très conventionnelles. Et le genre est aux belles évaporées qui

131

s'encanaillent par ennui et se soûlent par conformisme. J'ignore si vous vous amusez à tromper vos amants, mais je constate que vous ne buvez pas.

— Je suis vierge et ma mère ayant été alcoolique je n'ai jamais touché ne serait-ce qu'à un verre de vin.

Étienne eut un petit mouvement amusé.

— Complexe de supériorité ?

— Satisfaction de sentir ma supériorité ou simple sagesse, comme vous préférez.

— Remplaçons donc le mot insaisissable par inexplicable. Auriez-vous un grand respect des principes ?

Colette but une gorgée d'eau. Le défi d'intéresser un homme aussi sophistiqué qu'Étienne de Crozet la stimulait. C'était une victoire sur sa solitude, ses doutes, son impuissance à exprimer chagrins et frustrations, une opportunité d'arracher enfin le déguisement dont chacun l'affublait, celui d'une jeune fille sage et courageuse, pétulante mais raisonnable. Elle seule savait qu'elle était tout autre, violente, rancunière, avide de liberté au point d'envisager en son for intérieur de laisser derrière elle celle qu'elle aimait le plus au monde, sa grand-mère.

La nappe damassée était parée d'une argenterie luxueuse, de candélabres, d'un bouquet de roses thé disposées dans une timbale d'argent. L'odeur du camélia qui décorait son long cardigan pénétrait Colette lorsqu'elle se penchait.

— Le croyez-vous ?

— J'espère que vous me surprendrez.

En dépit des nombreux convives, le restaurant près du Palais-Royal où Étienne l'avait invitée gardait un silence feutré. Colette alluma une cigarette, observa les panneaux aux moulures d'or qui

132

cernaient la légère courbe du plafond. Pourquoi ne se sentait-elle en sûreté que dans les décors impersonnels ?

— Quoi qu'il arrive entre nous, ne nous faisons jamais de scènes, Étienne, murmura-t-elle. Le promettez-vous ?

L'inquiétude accompagnait le bonheur. Colette ne parvenait pas à dormir. Le pas était franchi, après avoir reçu quelques volées de bois vert de Vera Dauzan, ce dont elle se moquait, elle allait être la maîtresse d'Étienne de Crozet. L'existence depuis longtemps choisie et attendue par elle allait enfin commencer. Un moment, la pensée de la jeune fille s'arrêta sur Renée. Elle en avait reçu quelques lettres assez sereines dans lesquelles sa cousine exposait ses projets sur Brières. La vente de la ferme était décidée et elle avait déjà des acquéreurs, Joseph et Denise Tabourdeau qui, après avoir tenu un commerce à Châteauroux, revenaient au pays nantis de quelques économies. C'était un jeune ménage sympathique, affirmait-elle, avec lequel elle entretiendrait sans effort des relations de bon voisinage. Quant aux terres qu'elle conservait, elle s'en occuperait elle-même. Renée évoquait brièvement sa mère, non pas folle comme chacun le prétendait, mais absente, murée dans son passé. Elle avait acheté un nouveau chien, un braque chocolat nommé Onyx. « Les vies que nous avons choisies ne peuvent être plus différentes », pensa Colette. Elle imagina le petit salon de Brières, rideaux tirés sur la nuit de décembre enveloppant la forêt, l'étang sinistre mais fascinant. Renée devait lire, son chien couché à ses pieds. Le feu crépitait. Une sorte de torpeur

133

envahit Colette. Un choix excluait l'autre, elle le savait et n'était pas le genre de femme à le regretter. Mais au plus profond d'elle-même existait aussi un amour de la terre, de la solitude, le besoin de voir naître et mourir les saisons, de vagabonder dans la campagne, de fuir les hommes. C'était ce qu'elle appelait son côté Madeleine. À bout de forces, c'était à Brières qu'était venue se réfugier sa mère. Que partageait-elle au juste avec Valentine, quel secret avait-il lié si intimement ces deux amies, belles-sœurs et probablement amantes ? Un jour, Colette avait examiné avec attention une photographie les représentant toutes les deux sur la place Saint-Sulpice. Elles étaient jeunes mariées alors, si différentes, l'une blonde, fine, discrète, l'autre rousse, exubérante, flamboyante et, cependant, elles se ressemblaient. Intriguée, Colette avait pris une loupe. L'ovale du visage au menton volontaire était le même ainsi que l'implantation des cheveux un peu basse sur le front, le regard à la fois impérieux et distant. Face à face, les deux jeunes femmes se dévisageaient, comme curieuses de se découvrir l'une dans l'autre. Colette se souvenait de l'impression pénible que lui avait laissée cette découverte. Longuement, elle s'était examinée elle-même dans un miroir. Elle aussi avait cet ovale un peu dur, des cheveux qui poussaient bas sur le front.

La jeune fille ferma les yeux. Elle avait bien l'intention de se poser le moins possible ce genre de question, d'être libre et heureuse. Jamais le monde de Brières ne serait le sien. La veille, Étienne avait enfin téléphoné.

— Que faites-vous demain soir ?

La voix était peu chaleureuse, l'homme se méfiait manifestement du téléphone.

134

— Je dois voir *L'Homme à l'Hispano* avec des amis.

— Fort bien, distrayez-vous.

— Je pourrais me libérer, avait-elle hasardé.

— Je suis pris moi-même pour dîner.

Un court silence s'était établi. Colette se refusait d'insister.

— Mais vers onze heures, minuit ?

— Je serai à la maison.

— Puis-je venir vous chercher ?

— Ma grand-mère dormira et je ne souhaite pas qu'on la dérange.

— Alors rejoignez-moi à mon cercle. Minuit, cela vous va ? Nous irons boire une coupe de champagne chez moi ou n'importe où ailleurs si l'idée de vous rendre chez un homme seul vous intimide.

Quelques voitures attardées contournaient la place Saint-Sulpice. Le lendemain, elle sortirait discrètement vers minuit, trouverait un taxi pour se rendre rue du Cirque où vivait Étienne de Crozet, un étranger de vingt ans plus âgé qu'elle qui deviendrait son premier amant. Pourquoi ressentait-elle cette angoisse ?

12.

— La terre, le travail, la famille, une certaine harmonie avec le monde, voilà l'important, affirma Paul Dentu. Le reste, la mode, les voitures, le jazz, les papotages mondains ne comptent guère

135

à mes yeux. Non vraiment, la ville ne me manque pas.

Renée acheva la dernière bouchée de la tarte aux poires caramélisées, spécialité de Georgette, la vieille bonne qui avait servi des années Raoul et Germaine Dentu. La salle à manger sans prétention, qui lui semblait autrefois d'une sinistre banalité bourgeoise, présentait aujourd'hui à ses yeux un air rassurant.

— Est-ce vous ? interrogea-t-elle en désignant une aquarelle cernée d'un cadre ovale en bois doré.

— J'avais sept ans. Avant de me faire couper les cheveux pour la première fois, maman a voulu qu'un peintre de Châteauroux vienne faire mon portrait.

— Un enfant modèle, ironisa Renée. Et un homme parfait.

— J'aurais préféré le mot agréable et, pourquoi pas ? sympathique.

Par la fenêtre on apercevait le jardin sagement planté de rosiers et de buis, la tonnelle dépouillée par l'hiver, le mobilier de fonte aux courbures tarabiscotées.

— Inutile de nous envoyer des coups d'encensoir, Paul. Ne sommes-nous pas amis d'enfance ?

Le jeune homme baissa la tête. Renée sentit qu'elle l'avait blessé. Jamais elle n'avait été douée pour les louanges et aujourd'hui tout particulièrement n'avait pas le cœur aux frivolités.

— Je suis venue vous demander conseil, enchaîna-t-elle d'un ton résolu. Voilà les choses très crûment : je veux exploiter moi-même mon domaine et ai besoin de matériel moderne. Ma trésorerie étant à sec, j'ai pensé à un prêt notarial.

— Vous n'ignorez pas qu'il faudrait grever alors votre propriété d'une hypothèque.

Paul avait repris un ton professionnel. Renée était une femme peu ordinaire, trop mûre pour son âge ! Depuis des années, il rêvait qu'elle puisse s'intéresser enfin à lui, l'écouter, être prête à lui offrir un peu de tendresse, à défaut d'amour. Mais, à aucun moment, elle n'avait cessé de le considérer en grand frère dévoué, en ami d'enfance.

— Ce qui veut dire ?

— Que le créancier aurait un droit sur votre propriété en garantie du paiement de l'emprunt. Que vous soyez dans l'impossibilité de rembourser et le prêteur pourra exiger la vente de Brières. D'autre part, il me faudrait le consentement de madame Fortier qui est copropriétaire.

— Ma grand-mère me fait confiance. Brières n'est pas une terre très riche, mais je pourrais en tirer largement de quoi entretenir le château et assurer ma subsistance.

— Je n'en doute pas, assura Paul, mais avant de prendre une décision, réfléchissez aux impondérables. Prendre une hypothèque est une décision importante.

Pâle, les traits tirés, Renée avait mal dormi. Les lourdes responsabilités qu'elle devait affronter seule la stimulaient et la rongeaient en même temps. Sa mère, Dieu merci, ne lui donnait aucun conseil, mais sa solitude morale n'en était que plus grande.

— Je ne me suis jamais voilé la face, Paul, déclara la jeune fille en rassemblant les documents qu'elle avait apportés. Sans outils agricoles modernes, Brières ne sera jamais qu'un domaine à l'abandon. Je veux qu'il revive, que pour une fois on y évoque l'avenir au lieu de ressasser le passé.

137

Préparez-moi un dossier, je me fie entièrement à vous.

Paul raccompagna la jeune fille jusqu'à la porte d'entrée. Depuis le début du déjeuner, il guettait un instant propice pour l'inviter à dîner. S'il la laissait filer, il n'en aurait peut-être plus le courage par la suite.

— On dit qu'un bon restaurant vient d'ouvrir à Guéret. Voulez-vous que nous l'essayions ?

Prise de court, Renée rougit. La blessure infligée par Henri un an plus tôt était trop vive encore pour qu'elle envisage une relation étroite avec un homme, fût-il son meilleur ami.

— Je n'ai guère de temps à consacrer aux distractions, répondit-elle d'un ton dont la rudesse déguisait le trouble. Mais venez donc à Brières partager la dinde de Noël. L'affaire de l'hypothèque sera alors réglée et nous aurons tous l'esprit tranquille.

— Votre décision est prise, n'est-ce pas ?

— Tout à fait. Je veux aller de l'avant, sortir de l'apathie où est plongé Brières depuis la mort de papa.

— Je me sauve, répéta le père Marcoux. Ma chère Berthe va me gronder si je suis en retard. Elle déteste que la soupe refroidisse.

Un redoux inhabituel donnait au mois de décembre un air quasi printanier. Déjà des bourgeons se hasardaient à la pointe des rameaux.

Le regard absent, Valentine s'était installée près d'une fenêtre. De plus en plus souvent, elle cessait de suivre une conversation, abandonnait un ouvrage pour rester immobile ; les yeux mi-clos, semblant ne rien entendre, hantée par des pensées, des souvenirs où nul, pas même Bernadette, n'avait accès. Depuis la visite de Marthe de Fernet, l'obsession de vider et de combler l'étang maudit la taraudait. Elle harcelait alors Renée, exigeait de voir aussitôt un entrepreneur. Puis elle oubliait, évoquait même avec tendresse ces Dames protectrices qui, de génération en génération, veillaient sur les femmes de Brières. N'étaient-elles pas toutes parentes ? Marthe de Fernet n'avait rien compris.

— Faisons quelques pas ensemble, monsieur le curé, proposa Renée. Cela me fera du bien de prendre l'air.

Avec effort, Renée adapta son pas à l'allure traînante du vieux curé.

— Hier maman m'a parlé d'une fille dont Angèle de Morillon aurait accouché avant de se marier et qui serait l'aïeule de ma tante Madeleine, déclara-t-elle enfin alors qu'ils s'engageaient dans l'allée. J'ai peur qu'elle ne soit en train de perdre la tête.

— Votre chère maman vous a enfin confié cette anecdote ! s'exclama joyeusement le vieux prêtre. J'avais l'impression que c'était elle qui me prenait pour un fou !

— Est-elle authentique ?

— Historique. Mais rien ne prouve que cette enfant naturelle soit l'ancêtre de votre tante. Peut-être est-ce simplement une troublante coïncidence.

— Curieuse en effet. Une famille Bertelin aurait habité les Indes françaises, une autre le Tonkin. Ma tante Madeleine m'avait confié que son grand-père n'était pas né à Hanoi, mais probablement à Chandernagor.

139

Le prêtre s'immobilisa.

— Comment cela probablement ?

— Elle n'en avait pas la certitude. Les Bertelin étaient tous extravagants, affabulateurs et quelque peu aventuriers. Par ailleurs ce grand-père était mort depuis longtemps lorsqu'elle est née.

— Interrogez votre cousine. Elle doit avoir hérité d'archives familiales.

La voix du père Marcoux vibrait. La sévère Berthe et sa soupe qui refroidissait n'avaient soudain plus d'importance.

— Je peux lui demander. Mais son grand-père, Ferdinand, comme vous ne l'ignorez pas, est retourné mourir au Tonkin. Comment récupérer ses papiers ?

— En écrivant à l'hôtel de ville d'Hanoi, peut-être.

— Je vais en toucher un mot à Colette. Mais ma cousine ne porte pas plus d'intérêt aux Bertelin qu'à Brières. N'en espérez pas trop.

Le curé reprit sa marche. C'était étrange. Il semblait que la Providence lui refusait de percer le secret de Brières. Quand il croyait toucher au but, une difficulté surgissait qui le rendait à nouveau inaccessible.

— Parlez-en à Bernadette, suggéra-t-il alors qu'ils atteignaient la porte du parc donnant sur les champs. J'ai la certitude qu'elle détient une clef importante dans nos recherches et que, pour une raison qui m'est inconnue, elle refuse de la livrer. Quoique illettrées, sa mère et sa grand-mère étaient très au fait des légendes d'ici, un peu guérisseuses, un peu devineresses. Des femmes craintes et respectées.

— Bernadette et moi sommes très proches, mon père, assura Renée. Mon enfance a été bercée

140

de ses histoires fantastiques. Cela m'étonnerait beaucoup qu'elle puisse me cacher quelque chose.

Un moment Renée resta silencieuse à regarder le soleil disparaître derrière le petit bois. Le secret de Brières l'intéressait-il toujours ? Il lui semblait aujourd'hui que, bien au-delà d'une prétendue matérialité, c'était un besoin de croire au fantastique, au rêve, d'échapper à la terne réalité quotidienne qui incitait les femmes et les enfants de Brières à honorer les Dames du Bassin, à apercevoir Bel Amant, le loup, au coin d'une allée, à entendre hululer les chouettes durant les nuits d'équinoxe. Tout cela avait enchanté sa jeunesse mais il lui fallait maintenant signer des hypothèques, acheter des semences et se mettre au travail. Mieux valait ne pas compter sur les Dames pour sauver Brières.

— Je vous quitte, mon père, déclara-t-elle. Nous vous attendons pour le déjeuner après la messe de Noël. Paul Dentu viendra vous chercher à la sacristie.

— J'ai entendu dire que Germaine était souffrante. Son pauvre fils sera bien seul si elle vient à disparaître, nota le prêtre comme pour lui-même. Quel charmant garçon ! Je prie la Vierge chaque jour pour qu'Elle lui trouve une épouse digne de lui.

— Le père Marcoux soupçonne que tu nous caches un secret.

Le ton rieur de Renée rassura Bernadette. Après avoir beaucoup espéré de sa réinstallation à Brières, la servante s'en voulait de rester abattue, incapable de s'intéresser davantage aux courageux projets de Renée. Solange l'aidait cependant de

141

son mieux et le petit Victor était charmant. De plus en plus souvent, elle restait engourdie au milieu d'une occupation ou, épuisée, se laissait tomber sur le banc du potager derrière les plants de salades. Le soir, incapable de se dévêtir prestement comme autrefois avant de dire ses prières, elle passait un temps infini au pied de son lit sans bouger, accablée de tristesse, obsédée par ce dernier secret qu'elle se refusait de livrer. À quoi bon transmettre à une nouvelle génération une malédiction venue du fond des temps ? En pardonnant à ses bourreaux, le Christ avait donné l'exemple : il fallait oublier. Alors, la paix reviendrait sur Brières.

— Avec sa curiosité du passé, ce pauvre curé a la tête perdue, grommela-t-elle. Dieu merci, ta maman a abandonné tout désir de remonter le cours du temps.

— Lorsque je longe ses berges, le Bassin ne me semble plus enchanté comme auparavant, renchérit Renée. C'est un bel étang, un refuge pour les bêtes sauvages, rien de plus. Aucun esprit n'y habite.

Une averse soudaine entra par la porte de la cuisine restée ouverte sur le parc. À petits pas, Bernadette alla la fermer. Tentée durant un instant de protester, elle préféra garder le silence.

— J'ai achevé les labours, continua Renée sans percevoir le trouble de sa vieille nourrice, et semé cinq hectares de blé. Avec cinq hectares de luzerne et un peu d'avoine, je n'irai pas plus loin cette année.

— Les bûcherons ont-ils donné une date ?

— Ils seront à Brières début janvier. Nous replanterons dès la fin des gelées : des peupliers et des pins, qui poussent vite.

Bernadette jeta un coup d'œil à travers la porte

vitrée qu'elle venait de clore. Le parc était noyé de pluie, une pluie drue presque tiède, le ciel bas bouchait l'horizon. Soudain, elle distingua une lueur à travers la grisaille, une tache plus claire qui trouait l'averse derrière le bois, juste au-dessus du Bassin des Dames.

— Les Tabourdeau se lancent dans l'élevage, annonça Renée derrière elle. Ils vont consacrer plusieurs hectares à des pâtures modernes, soigneusement fertilisées. Un démarcheur leur a tourné la tête avec ses potasses et ses phosphates de calcium. Joseph en parle comme s'il citait des versets de l'Évangile.

La lueur était douce, presque fascinante. Bernadette ferma les yeux. Qu'attendait-on d'elle encore ? Et à quoi avaient servi ses prédictions ? Valentine Fortier et Renée préféraient se détourner des Dames, incapables l'une comme l'autre d'accepter le cruel reflet d'elles-mêmes qu'elles leur renvoyaient : une vieille femme encore amoureuse de l'amour, perdue dans ses rêves stériles, une jeune fille solitaire accablée de soucis, déjà durcie par la vie.

— Ils voudraient aussi clôturer le grand pré et y mettre soixante-quinze bêtes avec une étable moderne, continua Renée. Qu'en penses-tu ? J'ai peur que la vue au fond du parc en soit gâchée. Et j'ai fait venir l'arpenteur. Il me semble qu'ils ont dépassé d'un bon mètre les limites de leur propriété.

— Allez voir Paul Dentu, il a le cadastre, conseilla Bernadette en se détournant de la porte.

Dès la tombée du jour, elle se rendrait au Bassin afin de demander aux Dames si Renée devait connaître le dernier secret.

143

13.

Pour lui annoncer qu'elle avait loué son propre appartement, Colette avait entraîné sa grand-mère dans les jardins du Champ-de-Mars nouvellement inaugurés. Affaiblie par une attaque de rhumatismes, Yvonne cheminait au bras de sa petite-fille, émerveillée par les pelouses anglaises, la parfaite ordonnance des massifs.

— Voulez-vous vous asseoir ? proposa Colette.

Papillons et mouches tournoyaient dans les rayons du beau soleil de juin.

Depuis qu'elle était la maîtresse d'Étienne de Crozet, Colette ne cessait de lui promettre une indépendance que, par peur de peiner sa grand-mère, elle repoussait chaque mois. L'abandonner dans la trop vaste maison de la place Saint-Sulpice lui crevait le cœur, mais elle avait maintenant vingt-trois ans, une autorité incontestée dans son travail et le désir de mener sa vie comme elle l'entendait. Personne ne pourrait lui en vouloir et certainement pas Renée qui, depuis qu'elle avait pris la poudre d'escampette deux ans plus tôt, n'était revenue qu'une seule fois à Paris.

Yvonne Fortier ôta la mante qui recouvrait ses épaules, savourant la tiédeur de l'air, suivant des yeux le vol d'une hirondelle. Avec l'âge, les deuils, les souvenirs cruels de sa vie s'effaçaient. Elle songeait désormais à son mari et à ses fils avec une nostalgie un peu attendrie, narrait volontiers des souvenirs où ils étaient mêlés. Seule son hostilité envers Valentine demeurait. Elle était la mauvaise fée des Fortier, une sorte de poison qui s'était infiltrée dans leur famille pour la désintégrer.

Colette cherchait les mots susceptibles de présen-

144

ter son départ comme un événement de moindre importance. Elle reviendrait chaque dimanche, place Saint-Sulpice, passerait durant la semaine aussi souvent que possible. Gabrielle Chanel venait enfin d'acheter le local dont elle rêvait au 31 de la rue Cambon et l'incessant développement de la prestigieuse maison de couture happait le temps de ses collaborateurs.

Sans dire mot, la tête un peu penchée, Yvonne écoutait.

— Que se passe-t-il, ma chérie ? interrogea-t-elle enfin d'une voix contenue. Dis-moi toute la vérité.

— Rien d'autre que ce que je viens de vous confier, bonne-maman, assura Colette. Je ne pense qu'à mon travail.

Yvonne se sentait déconcertée. Elle considérait encore sa Colette comme la petite-fille qui était venue se réfugier chez elle un soir de fin d'hiver, sa poupée aux boucles dorées, tendre, coquette, si malheureuse. Et aujourd'hui, comme tous ceux qu'elle avait aimés l'avaient fait avant elle, elle lui apprenait qu'elle allait la quitter pour toujours. Une douleur profonde la meurtrissait qu'elle se refusait d'exhiber.

— Marchons, proposa-t-elle. J'ai besoin de respirer un peu.

Colette ne trouvait plus rien à dire. Son refus d'afficher ses émotions les plus intimes en face de sa grand-mère empêchait les confidences. Aurait-elle la même attitude vis-à-vis des hommes ? Jusqu'à présent, ses rapports avec Étienne de Crozet étaient sans ambiguïté. Ni lui ni elle ne parlaient d'amour fou, pas même de fidélité. Ils se convenaient et étaient prêts à s'entraider pour réaliser leurs mutuelles ambitions, ouvrir sa propre maison de couture pour Colette, se lancer dans le développement immobilier pour Étienne. La haute société ne représentait pour l'un comme pour l'autre qu'un terrain fertile où la moisson, pour peu qu'on possédât un peu de savoir-faire, était inépuisable. Étienne avait quitté définitivement Vera, lui laissant par faiblesse son appartement de la rue du Cirque. Il louait désormais à une comtesse polonaise un entresol au coin de la rue de Lille et du boulevard Saint-Germain et pressait Colette de prendre l'étage au-dessus qui venait de se libérer. La veille, avant même de parler à sa grand-mère, la jeune femme avait signé le bail.

— Tu auras besoin de meubles pour ton appartement, nota Yvonne en se glissant à l'arrière de la voiture dont Julien tenait la porte ouverte. Nous ferons ensemble un tour de la maison et tu choisiras ce qui te fera plaisir.

La tristesse impersonnelle de la voix ajouta au désarroi de Colette. Comment annoncer à sa grand-mère qu'elle souhaitait une décoration moderne jouant sur les miroirs, les paravents laqués, le fer forgé, le marbre blanc ? Qu'y feraient les consoles Henri II, les fauteuils Voltaire et les poufs tarabiscotés qui ornaient les salons de la place Saint-Sulpice ?

— Comme vous voudrez, bonne-maman, murmura-t-elle.

D'une main légère, la jeune femme caressa la joue fanée, le cou flétri que retenait un ruban de gros-grain noir.

— Mais je conserverai ma chambre intacte, tenta-t-elle de plaisanter. Vous ne m'en chasserez jamais tout à fait, bonne-maman.

146

— Tes terrains de La Croix-Valmer valent beaucoup d'argent. J'ai un acheteur, annonça Étienne en se versant un verre de madère.

— Je ne suis pas vendeuse.

Colette accrocha à ses oreilles les pendentifs en corail et diamants qui lui venaient de sa grand-mère, vérifia dans la glace la bonne ordonnance de sa coiffure.

— Tu n'es pas sérieuse ! s'exclama Étienne. Ce que mon client me propose représente beaucoup pour toi et pas mal pour moi. Tu n'ignores pas que j'ai besoin de liquidités.

Le froncement de sourcils de sa maîtresse l'avertit. Peut-être avait-il mal choisi son moment. En rentrant du théâtre, il rediscuterait de l'affaire, si toutefois la pièce de Jean Giraudoux leur laissait les idées claires.

— Après le théâtre, nous soupons avec Serge et Marie-Noëlle Vigier, rappela Colette.

— Serge va nous casser la tête avec la dévaluation du franc. Il n'y a pas de mois où il ne prédise des catastrophes boursières. Dieu merci, l'immobilier est une valeur sûre, principalement sur la Côte d'Azur.

Étienne observa sa maîtresse du coin de l'œil. Elle avait retrouvé son sourire. En dépit de leur différence d'âge, il craignait ses colères froides, ses propos cassants. Pour une si jeune femme, Colette montrait une étonnante maîtrise, affichait une volonté farouche qui lui semblait une provocation permanente. Aucune femme ne l'avait allumé ainsi. Jusqu'alors, l'amour s'était borné pour lui à des actrices vénales cherchant une respectabilité dans son nom ou à de grandes dames déjà mûres dont l'imagination s'enflammait à l'idée d'avoir un amant. Il s'amusait avec les unes et tirait parti des

147

autres pour se créer un réseau de relations indispensables à ses activités immobilières. Depuis l'adolescence, Étienne de Crozet avait décidé que la générosité se bornerait pour lui aux cadeaux, excluant tout don de lui-même. À plus de quarante ans, à l'exception d'un court et stupide mariage, il avait pu se tenir rigoureusement à cette philosophie que l'arrivée de Colette dans sa vie dérangeait.

— Partons, décida la jeune femme. Nous allons être en retard.

Dans sa robe blanche, courte et fluide, au corsage rebrodé de sequins argentés, les cheveux plaqués derrière les oreilles, la jeune femme était ravissante, figure glacée et sensuelle, tendre et impitoyable, limpide et secrète qui fascinait l'insensible Étienne de Crozet. En face de sa maîtresse, il se sentait presque coupable de ne pouvoir aimer d'amour.

— Je comptais justement descendre dans le Midi en septembre consulter des architectes, annonça Colette une fois installée dans l'Opel Reinette. Je désire construire une villa au milieu de mes vignes.

— Comptes-tu taper ta grand-mère ?

— Je vais suivre les bons conseils de Serge et vendre les actions que je tiens de mon père. La maison de couture viendra plus tard. Il faut attendre que les femmes exigent une mode spécifique pour leurs activités de plein air. Alors, je serai là.

— À mon avis, tu as tort. Imagines-tu la charge que représente une résidence si loin de Paris ?

Colette sourit. Avec ses deux cents hectares et un château délabré dans la Creuse, Renée pourrait lui prodiguer de bons conseils.

— Je t'emmènerai un de ces jours à Brières. Tu

148

arriveras peut-être à convaincre ma cousine de morceler ses terres pour construire des maisons de vacances et attirer tes élégants amis dans la Creuse. Voilà un défi à ta mesure, mon chéri.

Les nouvelles que Colette recevait de Brières étaient plutôt bonnes. Sa cousine avait planté cent pommiers et commençait à élever scientifiquement quelques porcs. L'argent provenant des coupes de bois lui avait permis d'acheter une moissonneuse-lieuse et de forts chevaux percherons. Mais Renée semblait vivre en nonne. Jamais une allusion n'était faite dans ses lettres à de quelconques amitiés masculines. À vingt-cinq ans, elle était sans nul doute encore vierge, arc-boutée sur des principes que même le dévot Henri du Four avait depuis longtemps jetés par-dessus les moulins. Quelques mois plus tôt, Colette l'avait croisé au bras de sa jeune épouse enceinte, l'air fat et plus sournois encore. Il avait fait semblant de ne pas la reconnaître. Loin d'être devenu, comme il l'annonçait, avocat de congrégations religieuses, il défendait des femmes mariées aux mœurs légères surprises en flagrant délit d'adultère et le monde interlope des petits trafiquants.

— Tu apprécieras là-bas ma tante Valentine, poursuivit Colette alors que la voiture contournait la place de la Concorde et s'engageait sur l'avenue des Champs-Élysées. C'est une redoutable séductrice. Elle cherchera certainement à t'embobiner.

Tandis que le coupé ralentissait dans le flot de la circulation, Colette appuya sa tête sur le cuir brun de la banquette. Quoique ayant construit sa vie comme elle l'entendait, elle avait peur de se laisser enfermer, horreur d'étouffer. Il lui arrivait même de sortir de chez elle en pleine nuit, pour se sentir libre. Mais dans l'obscurité jamais tout à fait paisible de Paris, elle restait sur ses gardes, le cœur battant. Un inconnu pourrait-il surgir d'une porte cochère pour l'assaillir et la brutaliser ?

L'envie de se rendre à La Croix-Valmer dès la fin de l'été lui était venue comme une inspiration. Elle allait enfin tenter de réaliser le vieux souhait de sa mère, construire une simple maison au milieu d'une nature superbe avec une treille, des lavandes et la présence amicale de quelques proches.

— Mademoiselle Colette n'est pas chez elle, chuchota Simon. Irais-tu glisser un mot sous sa porte ? Madame serait bien aise de la trouver demain à son chevet.

— Je ne vais pas sortir la Daimler à près de minuit, protesta le chauffeur.

— Prends un taxi, je resterai auprès de Madame.

— On devrait faire venir un médecin, bougonna Julien.

— Ce sera à mademoiselle Colette de décider.

Sur la pointe des pieds, le vieux serviteur regagna la chambre d'Yvonne Fortier. Elle reposait maintenant, mais les yeux creusés grands ouverts avaient une expression lasse.

— Je ne souffre plus, chuchota-t-elle. Vous pouvez aller vous coucher, mon bon Simon. Céleste va m'apporter une tasse de tilleul et de l'aspirine.

Alors qu'elle montait se coucher deux heures plus tôt, la vieille dame avait fait un faux pas et roulé au bas de l'escalier. Simon, qui l'avait trouvée à demi inconsciente, l'avait couchée avec l'aide de Julien. Il semblait qu'il n'y ait aucune fracture mais le choc avait été rude.

— À quatre-vingts ans, on retombe en enfance,

150

tenta de plaisanter la vieille dame, et un simple escalier à grimper devient toute une affaire !

— Madame devrait se faire installer une chambre au rez-de-chaussée, affirma Simon. L'ancienne petite salle à manger des enfants serait très confortable.

— Tous mes souvenirs sont ici, protesta la vieille dame avec un pauvre sourire.

À leur place habituelle étaient posés des livres reliés ayant appartenu à Maurice, sa tabatière chinoise, un coffret de toilette de voyage aux jolis flacons de cristal et d'argent, quelques objets semblant vivre encore pour évoquer des souvenirs de bonheur. Toute menace de changement atteignait Yvonne Fortier. Allait-on la chasser de cette chambre qu'elle occupait depuis soixante ans pour un simple faux pas ?

— Mademoiselle Colette décidera. Elle prendra le petit déjeuner ici demain matin.

Yvonne ferma les yeux. Seule la force de la routine journalière la faisait tenir encore debout. Son mari, ses fils disparus, elle vivait pour ses deux petites-filles, rêvait de les voir heureusement mariées et mères avant de mourir. Jusqu'à ce jour, rien n'avait changé. Personne, pas même Colette, ne la contraindrait à dormir ailleurs que dans son lit conjugal. Pas une seconde, Yvonne n'avait cru que seul le désir de simplifier les choses ait pu décider sa petite-fille à louer un appartement. Elle avait un amant, un homme marié probablement, impossible à épouser. Deux fois on avait livré des fleurs pour elle, place Saint-Sulpice, des fleurs de luxe qu'un jeune homme ne choisirait jamais, et elle avait eu au téléphone un homme à la voix grave et mondaine qui s'était dispensé de laisser son nom. Mais Yvonne s'était interdit de question-

151

ner sa petite-fille. Comme Madeleine, sa Colette, sa chère poupée, était ondoyante, insaisissable et, comme sa mère, elle était le charme, la séduction même. Cet inconnu l'aimait-il ? Allait-elle devoir attendre des années avant qu'il ne soit enfin libre ? Dans son infinie miséricorde, Dieu aiderait sa Colette à y voir clair, à trouver le courage de rompre pour s'attacher à un homme qui en ferait sa femme. Alors, elle pourrait mourir en paix.

Yvonne Fortier ouvrit les yeux. La tête légèrement tournée, elle suivit un moment le mouvement du balancier de la pendule de style Empire posée sur la commode. Combien en soixante années avait-elle sonné d'heures ? Des heures heureuses et des heures de deuil, des heures douces ou amères, d'espoir et de détresse, de solitude et de tendresse familiale. Soudain, la vieille femme tressaillit. Elle avait eu l'illusion de voir Raymond enfant penché sur elle avec son joli visage, ses cheveux bouclés, ses grands yeux à l'expression gaie et tendre. « Comme tu es jolie, maman ! » murmurait-il. Il avait six ans et était son grand amour. Mais, de toutes ses forces, elle avait tenté de ne pas extérioriser sa préférence, et Jean-Rémy n'en avait jamais rien su, du moins le croyait-elle.

14.

Bonne-maman est ruinée. Tu n'ignores pas que, sur les conseils de papa, elle avait placé la majeure partie de sa fortune en actions américaines. Avec son homme d'affaires, nous sommes

152

en train de faire un bilan dont l'issue ne peut être que catastrophique. Il faut se résigner à la vente de notre maison familiale place Saint-Sulpice. Étienne de Crozet, l'homme avec lequel je partage ma vie, a déjà repéré un acheteur possible. Tout autant que toi, cette décision me crève le cœur. Quant à bonne-maman, elle est encore anesthésiée par le choc. Hier, je l'ai emmenée visiter un charmant appartement rue de Miromesnil, assez vaste pour qu'elle garde auprès d'elle notre vieux Simon qui refuse de la quitter. J'ignore si bonne-maman a réalisé le bouleversement que ce déménagement occasionnera pour elle. Je la rassure et l'entoure autant que je peux dans mes moments libres. Étienne et moi avons décidé de la laisser place Saint-Sulpice pour les fêtes de Noël. Nous libérerons les lieux début janvier.

La voix de Renée tremblait. Le menton posé au creux de la main, Valentine écoutait avec une extrême attention.

En ce qui concerne mes avoirs, j'avais fort heureusement dégagé pas mal de liquide au printemps pour commencer les travaux de ma villa à La Croix-Valmer. Après le Krach de New York, la Bourse à Paris n'est guère encourageante, et il est trop tard pour vendre aujourd'hui. Si tu veux un état de ton portefeuille, demande à Paul Dentu de se mettre en rapport avec notre homme d'affaires.

Peut-être viendrai-je te voir aux beaux jours avec Étienne. J'aimerais lui faire connaître Brières et ma famille creusoise.

Je conclurai ma lettre par une réponse à une question que tu m'as posée, voici plus d'un an :

153

de Hanoi, j'ai reçu la semaine dernière des informations concernant l'état civil des Bertelin. Seuls mon grand-père et mon arrière-grand-père étaient nés au Tonkin. Leur famille était originaire des Indes françaises.

— Il reste encore à mon ex-belle-mère la moitié de Brières, remarqua Valentine d'un ton sec. Rachète-la.

— Avec quoi, maman ? Il se peut que dans quelques semaines je n'aie plus un sou vaillant.

Comment sa mère pouvait-elle penser à récupérer Brières dans le désastre qui frappait sa bonne-maman ? C'était méprisable.

— Et dire que les Fortier ont tant dédaigné les Naudet pour leur manque de fortune ! railla Valentine d'une voix sarcastique. Quelle bonne leçon !

Renée se contint. Sa mère n'avait plus toute sa tête. Souvent, debout derrière la fenêtre de sa chambre, elle demeurait un temps infini à contempler le parc, si tendue qu'elle n'entendait plus rien ni personne. Parfois, dans une hâte inexplicable, elle jetait un châle sur ses épaules et se rendait d'un pas vif au Bassin des Dames où, enfermée dans ses méditations, elle restait jusqu'à la tombée du jour.

— J'irai à Paris pour aider bonne-maman à déménager, décida la jeune fille.

Janvier était un mois calme. Les labours et les semis achevés, Bernadette et Solange sauraient prendre soin des bêtes. Grâce à la nouvelle moissonneuse-lieuse livrée au printemps précédent, sa dernière moisson avait été excellente. Les jeunes porcs engraissaient et l'on procéderait à la fin de l'hiver à un premier abattage. Quant aux pommiers, ils n'offraient pas encore de rendement, mais leur croissance était satisfaisante. En dépit d'une constante gêne financière, Renée avait confiance. Chaque trimestre, elle signait scrupuleusement un chèque qu'elle remettait à Paul pour rembourser son emprunt. N'osant pas peut-être, son vieil ami ne la sollicitait plus.

Installée à nouveau chez son fils, Germaine Dentu semblait avoir repris les rênes de la maison. À trente-cinq ans passés, le jeune notaire se laissait étouffer par sa mère, passait de l'étude à la maison avec l'égalité de caractère, la profonde sagesse qui avait toujours irrité mais impressionné Renée. « Puisque Paul ne se risque plus à t'inviter, tu devrais prendre les devants, lui conseillait Solange. Deux célibataires dans un si petit village ne peuvent s'ignorer et, si tu veux mon avis, ce garçon est fait pour toi. » Mais Renée hésitait. « N'installe aucun homme à Brières », avait un jour marmonné Bernadette alors qu'elle évoquait devant elle Paul et leur longue amitié. « Que veux-tu dire ? » avait interrogé la jeune fille. Bernadette n'avait rien répondu.

La ruine des Fortier occupa toute la soirée l'esprit de Valentine. Jamais elle n'avait aimé ses beaux-parents qui dès leur première rencontre l'avaient considérée de haut. Elle se souvenait de leur regard sévère, entendait encore les insidieuses questions destinées à détecter ce que sa famille représentait au point de vue financier. Le thé, pris dans le grand salon de la place Saint-Sulpice, avait été glaçant pour la très jeune fille qu'elle était alors. La liquidation des terres ancestrales des Naudet, leur modeste appartement de location rue

155

Blanche avaient produit une piètre impression, comme l'état d'oisiveté de son père, son scepticisme voltairien. Valentine se rappelait le demi-sourire d'Yvonne, les hochements de tête de Maurice et, surtout, le désolant silence de Jean-Rémy. Qui étaient après tout ces Fortier sinon des maçons enrichis ? pensait-elle alors. Quand Jean-Rémy aurait accédé à la gloire littéraire, personne ne se souviendrait de leur entreprise. Le nom dont ils étaient si fiers ne passerait à la postérité que grâce à elle.

Valentine eut un rire amer. Les Fortier étaient aujourd'hui abattus, la puissante famille ruinée, plus démunie encore que ne l'avaient été les Naudet. Elle avait l'impression grisante d'avoir soufflé sur eux pour les désintégrer. C'était sa vengeance. Et, cependant, elle n'avait souhaité la mort de personne, s'était sincèrement affligée du terrible sort réservé à Raymond, avait enterré Jean-Rémy avec tristesse, comme abandonnée désormais par sa jeunesse. Renée était l'unique descendante des Fortier. Qu'elle se marie et le nom ne serait plus porté que par Colette, la fille de Sebastiani !

Dans sa chambre, Valentine allait et venait à petits pas fiévreux. Chacun la jugeait à moitié folle, enfermée dans son passé, mais, dans cette maison, elle était la seule à conserver sa liberté d'esprit. Renée avait renoncé à payer le prix d'être une Dame de Brières et Bernadette avait peur désormais de son pouvoir. Elles n'étaient plus que des femmes ordinaires. Valentine s'arrêta devant sa coiffeuse, ouvrit un tiroir, en extirpa le porte-cigarette en argent de Madeleine. Maintenues par un élastique recouvert de velours bleu nuit, quelques-unes de ses cigarettes opiacées y étaient encore alignées. D'un geste décidé, elle craqua une allumette.

156

Sa belle-sœur avait été à sa mesure, une femme libre, moqueuse, provocatrice. Comme elle, elle avait accepté de payer cher le prix de cette indépendance. Terrienne, besogneuse, Renée oserait-elle un jour s'exprimer ?

Ne parvenant pas à dormir, Renée ralluma sa lampe à pétrole. Sans cesse elle pensait à la maison de la place Saint-Sulpice, imaginait la détresse de sa grand-mère, le désarroi des vieux domestiques. Tout un monde s'écroulait, et elle était impuissante à agir. Colette ignorait à quel point elle était démunie : un capital dérisoire, une lourde hypothèque, des dettes que les premières récoltes arrivaient tout juste à rembourser. Contrainte à risquer ses maigres gains pour investir dans de nouveaux bâtiments agricoles, des outils modernes, elle ne pouvait amasser la moindre économie. Plus de trois années s'étaient écoulées depuis son installation à Brières, trois années chiches où elle ne s'était pas acheté une robe, n'était pas allée une fois au théâtre. Certes, c'était sa responsabilité et elle l'assumait sans un reproche envers sa grand-mère, pourtant copropriétaire. « Colette a encore de la fortune, pensa Renée. Que ne vend-elle ses vignes pour permettre à bonne-maman de mourir chez elle ? » Étienne de Crozet, dont elle lui parlait dans chacune de ses lettres, devait avoir sur elle une détestable influence. Jamais elle ne recevrait cet homme d'affaires louche, de vingt ans l'aîné de sa cousine ! Une larme roula sur la joue de la jeune fille. Pourquoi n'avoir pas choisi pour sa grand-mère un appartement proche de la place Saint-Sulpice afin qu'elle reste dans son quartier ? Rue de Miromesnil, elle allait dépérir. Renée

157

aurait tant voulu pouvoir l'accueillir à Brières afin de l'entourer et de la gâter. Mais comme toujours, Valentine se dressait entre elle et ceux qu'elle aimait. Elle lui avait pardonné et la respectait, on ne pouvait exiger d'elle davantage. Du regard, Renée fit le tour de sa chambre. En revenant à Brières, elle avait tenu à s'établir dans la pièce où son père avait vécu et, par sentimentalisme autant que par manque d'argent, avait gardé intact le mobilier d'acajou, le lit, l'armoire, le secrétaire, le guéridon posé sur un tapis persan où était encore placé un cadre d'argent abritant une photo d'elle en communiante. Cette chambre avait été brièvement partagée avec Valentine. C'était là sans doute où elle avait été conçue, et là où elle désirait vivre.

Il faisait froid. Quand pourrait-elle faire installer des poêles à charbon et à bois dans le petit salon, la salle à manger, les chambres à coucher ? Sa mère grelottait. Elle la voyait enveloppée dans sa mante comme une vieille du matin au soir, toujours murée dans une arrogance qui l'empêchait de se plaindre, fermée à toute compassion. Se rendait-elle en secret sur la tombe de Robert de Chabin, celles de Madeleine et de Jean-Claude ? Parfois Renée y trouvait des petits bouquets de fleurs fraîches. Interrogée, la vieille qui entretenait le cimetière jurait ne l'avoir jamais aperçue. Était-ce alors Bernadette ou le père Marcoux ?

Renée éteignit la lampe, se pelotonna sous ses couvertures. Sa mère était dans le vrai, il fallait faire son deuil des amours mortes. Le souvenir d'Henri se faisait déjà lointain, presque irréel. Elle avait un peu honte de l'avoir tant aimé. Aujourd'hui, tout désir l'avait quittée. Bien volontiers, elle laissait à sa cousine les tourments de la passion. Si elle laissait parler son cœur à nouveau, ce

158

ne pourrait être que pour fonder une famille. Renée pensa à Paul Dentu et s'en irrita. Il n'était qu'un ami, un grand frère, rien d'autre.

15.

À la suite du télégramme expédié voici trois jours, cette lettre vous livrera, maman, le détail des pénibles moments que je viens de passer. Tout a été si vite qu'à peine puis-je me faire à la réalité.

Je suis arrivée place Saint-Sulpice la veille du déménagement. Tout était sens dessus dessous, hormis la chambre de bonne-maman que Colette avait tenu à conserver aussi intacte que possible pour ne pas la bouleverser davantage. Les lots à emporter, ceux à vendre ou à donner avaient été constitués par ma cousine, aidée de Simon et de Julien. Bonne-maman ne voulait se séparer de rien. Chaque meuble, chaque objet lui rappelait des événements, des êtres chers, des souvenirs de joie ou de douleur. Mais l'appartement de la rue de Miromesnil était trop exigu pour tout accueillir.

Le matin du déménagement, Colette a apporté comme d'habitude le thé et la tranche de brioche dans la chambre de bonne-maman. Sur le palier, les déménageurs attendaient pour emballer les derniers meubles. Nous avons décidé, Colette et moi, de partir rue de Miromesnil, aussitôt son petit déjeuner achevé, pour

159

qu'elle n'ait pas à refermer elle-même la porte d'une maison vide.

Vers neuf heures, bonne-maman enfila sans énergie son manteau, ses gants, ajusta son chapeau. Mais au moment de descendre l'escalier, un malaise la foudroya et Julien dut la porter jusqu'à la voiture.

Dans l'appartement de la rue de Miromesnil où le gros du mobilier avait été installé, nous l'avons étendue, Colette et moi, sur sa méridienne. Inconsciente, livide, bonne-maman respirait avec difficulté. Mandé par Julien, le médecin est arrivé aussitôt. Mais il n'y avait plus rien à faire. Pas un instant avant de mourir, elle n'a éprouvé la douleur d'être ailleurs que chez elle, c'est une consolation.

Dès le lendemain, Colette et moi avons été convoquées par le notaire. Nous sommes héritières d'une fortune qui n'existe plus guère. La part de Brières qui appartenait à bonne-maman est laissée par testament à Colette...

Sans achever sa lecture, Valentine froissa le papier et, d'un geste de colère, le jeta au feu. Jusqu'au bout, Yvonne Fortier l'aurait poursuivie de son hostilité. Après Jean-Rémy, son ex-belle-mère lui volait sa terre.

Le château était silencieux. Bernadette devait traire les vaches avec Solange et Victor. Le petit salon était plongé dans une demi-obscurité. Par la fenêtre, Valentine apercevait dans un jour livide l'allée de Diane, le petit bois dissimulant l'étang. Qu'Yvonne Fortier le veuille ou non, Brières lui appartenait.

— C'est dans l'ordre des choses, déclara Bernadette en laissant ses sabots sur le pas de la porte de la cuisine où l'attendait Valentine. Mademoiselle Colette est la troisième Dame.

— Je ne veux pas la recevoir ici.

— Elle viendra à Brières quand le temps sera venu.

La cuisine sentait le bois brûlé, l'odeur forte d'un ragoût de lapin qui mijotait sur un coin de la cuisinière. Valentine réprimait ses haut-le-cœur. Elle ne se nourrissait plus que de biscuits, de confitures, d'un peu de fromage et de compotes. Plats cuisinés ou pâtisseries élaborées faisaient partie de la vie d'avant. Le docteur Lanvin avait tenté de la raisonner. Quoique intérieures, ses plaies pouvaient être guéries. Il connaissait à Châteauroux un psychiatre qui faisait des merveilles pour effacer la projection subjective des plus grandes douleurs. Mais Valentine s'en moquait.

— Tant que je serai vivante, Colette ne mettra pas les pieds ici, martela-t-elle.

Bernadette dévisagea sa maîtresse. Le léger sourire était-il nostalgique ou cruel ? Le temps de Valentine était presque achevé, elle partirait librement quand elle le désirerait. Elle-même la suivrait avec son dernier secret, celui découvert par hasard et qu'elle refusait de révéler. Le livre maudit était soigneusement caché dans son matelas, personne n'irait l'y chercher.

— J'avoue ne pas comprendre ta réaction, s'entêta Colette. Qui pourrait de nos jours acheter une telle baraque ? Un milliardaire de Pennsylvanie ? Tu rêves, ma petite. Seul le terrain est rapidement

161

monnayable. Et tu as besoin de liquidités, n'est-ce pas ?

— Jamais je n'ai voulu qu'on rase notre maison familiale ! répliqua Renée d'une voix blanche.

L'acte de vente à peine signé, elle venait d'apprendre qu'Étienne de Crozet avait cédé la propriété à une société qui s'apprêtait à construire un immeuble de rapport. Les démolisseurs devaient commencer leur travail dès la fin du mois.

— Je ne suis pas dupe des manœuvres de monsieur de Crozet, poursuivit la jeune fille. C'est lui qui a besoin d'argent et mes intérêts ne servent qu'à vous donner bonne conscience.

Avec nervosité, Colette tisonnait les flammes. Une lumière pâle baignait son joli appartement d'un jour triste et froid. Étienne l'avait convaincue. Depuis trop longtemps les Fortier s'attachaient à des illusions : leur grandeur, la place qu'ils occupaient dans une société bouleversée par la guerre, jusqu'au château de Brières dont elle avait hérité par moitié, une ruine perdue au fond de la forêt creusoise qui allait lui coûter les yeux de la tête. Il était temps de se montrer enfin réaliste.

— Avais-tu les moyens de garder cette maison ? Tu n'as ni sou ni maille, ma pauvre, et je parie que tu vas bientôt me taper pour régler la note du couvreur et du maçon de Brières.

— Jamais de la vie ! protesta Renée. Brières est sous ma responsabilité.

Le feu pétillait, éclairant le fin visage de Colette durci par la contrariété. Renée se mordit les lèvres. À quoi bon lutter contre sa cousine ? L'affaire était entre les mains de son amant.

— Étienne s'est donné un mal fou pour notre famille, expliqua Colette comme si elle lisait dans

162

les pensées de Renée. Après la chute de la Bourse, ce n'était pas facile de trouver un amateur. Il a fallu toute sa diplomatie pour convaincre un entrepreneur.

— Construire un immeuble de six étages place Saint-Sulpice ne me semble guère le projet d'un philanthrope ! Quel a été le pourcentage de monsieur « bons offices » ?

Colette considéra sa cousine avec une colère froide. Elle avait demandé elle-même à Étienne de s'occuper de la vente de la maison. Son enfance auprès de sa grand-mère était loin et rien ne servait de ressasser le passé. Elle avait des ambitions précises et refusait de se laisser paralyser par la charge de sentiments creux.

— Tu es trop fleur bleue, soupira-t-elle.

En un éclair, Renée revit Henri, ses fausses promesses, son inconsistant amour. L'émotion fit trembler sa voix.

— Que veux-tu dire ?

— Tu es sans défense. Du fond de ta Creuse, tu ne peux imaginer ce qu'est la vraie vie et c'est tant mieux pour toi, elle n'est pas toujours rose.

— J'ai ma part de grisaille, merci beaucoup !

Colette ne répondit pas. Tant à cause des émotions des jours précédents que par le surcroît de travail qu'imposait la prochaine collection de printemps, elle était exténuée. Gabrielle Chanel faisait souffler sur la rue Cambon un anglicisme qui sentait fort le duc de Westminster et la ligne de bijoux dessinés par Fulco di Verdura commençait à s'imposer. Patiemment Colette préparait son propre avenir. Déjà elle avait un local en vue rue du Faubourg-Saint-Honoré et esquissait quelques croquis d'une première ligne vouée aux matins sportifs des élégantes parisiennes. Tout autant que sa cou-

163

sine, la mort de sa grand-mère l'avait bouleversée mais, une fois pour toutes, elle avait décidé de se tourner vers l'avenir.

— Les choses sont ce qu'elles sont, jeta-t-elle en regardant Renée en face. Tu vas recevoir une somme d'argent qui te permettra de lever l'hypothèque de Brières. Réjouis-t'en.

— Comment sais-tu que Brières est hypothéqué ?

— Bonne-maman était au courant de tout. Elle souffrait beaucoup de te savoir criblée de dettes, mais refusait de venir à ton secours.

— À cause de maman ?

— Précisément. Tante Valentine était sa bête noire. Elle la voulait en hôte toléré à Brières, jamais en propriétaire. Sans doute avait-elle ses raisons, je les respecterai.

Dans un joli vase de pâte de verre bleutée s'épanouissait un bouquet de lys dont les portes en miroir du salon renvoyaient le reflet à l'infini. « Voilà ma vie, pensa Renée, une vision toujours repoussée. » Elle se sentait au-delà de la tristesse. Héritait-on des haines chez les Fortier en même temps que des biens mobiliers ?

— Pourquoi en vouloir autant à maman ?

— Tante Valentine a renvoyé ma mère sans explication alors qu'elle était mourante.

— Mais elle l'a enterrée à Brières.

— Elle n'aime les gens qu'une fois morts. Ne crois pas que je la déteste, je l'admire tout au contraire. Elle a un certain panache qui lui permet de se moquer des preuves d'amitié comme des signes d'hostilité.

— Tu as mal connu maman, interrompit Renée la voix tremblante, elle a toujours cherché à plaire,

164

plaire encore et encore. Personne ne l'a aimée à la mesure de ses espoirs.

Colette s'installa dans un gros fauteuil en loupe d'orme recouvert de velours parme, replia ses jambes sous elle. Face au feu, ses cheveux, comme ceux de sa mère, prenaient des reflets d'or ambré.

— Nos mères nous ont abandonnées l'une et l'autre. J'ai haï la mienne, non pour m'avoir laissée derrière elle, c'est moi qui ai refusé de la suivre, mais pour avoir fait souffrir papa. Il l'a aimée comme oncle Jean-Rémy aimait sa femme, avec passion.

— Ni maman ni tante Madeleine n'étaient faites pour le mariage. C'étaient des femmes provocatrices, changeantes.

— Mais qui ont su largement profiter de la fortune des Fortier. J'ai beaucoup réfléchi à nos marasmes familiaux. Il me semble qu'au-delà de simples dissensions, on peut parler de fatalité. Deux frères totalement dissemblables épousent deux femmes qui se sont connues par hasard, deux filles jolies sans le sou qui les ont aussitôt emberlificotés et cocufiés. Avant de les connaître, ils étaient heureux l'un et l'autre, chacun dans son genre, mon père en faisant des affaires et la fête, le tien en rimaillant le nez dans les nuages. Réfléchis à cela. Il paraît que dans la Creuse on pratique encore les sortilèges. Peut-être la réponse est-elle là-bas. N'est-ce pas le berceau de notre famille ?

Une réaction affective intense clouait Renée sur son fauteuil. Ce qu'elle avait tenté d'oublier ces dernières années resurgissait avec une insupportable brutalité. Fatalité, mauvais sorts, la présence muette et terrible des Dames, les chuchotements de Bernadette, le cri de la chouette, sa solitude, le chagrin, la douceur de la main de son père dans

165

la sienne, son odeur de lavande, l'expression triste de son regard, la candeur de Jean-Claude, son affection muette. Et Robert de Chabin, les ravissantes et nostalgiques mélodies qu'il exécutait sur son piano comme un dernier appel dans la nuit devant une Vierge de Lourdes qui ressemblait à Valentine dans sa robe couleur d'onde. Et dire qu'elle s'était crue délivrée de ce poids, affranchie d'une union presque mystique avec Brières !

Elle avait perdu. Brières la reprendrait un jour ou l'autre, elle en serait la Dame comme le chuchotait Bernadette. Pour quelle raison et dans quel but ? Pourtant, elle ne voulait que cultiver sa terre, y vivre paisiblement.

— Je pars demain, annonça-t-elle. À Paris, j'ai l'impression d'être installée dans une salle d'attente.

— Dans le bruit fracassant des trains qui filent sans cesse pour Dieu seul sait quelles destinations, se moqua Colette. Tu as raison. Moi, j'ai besoin de cet horizon toujours repoussé, de ce fracas, de ces vaines espérances.

— Et d'Étienne de Crozet.

— Sans doute.

La robe de crêpe noir qu'elle portait l'embellissait encore ; toute simple, elle soulignait la poitrine ronde, la taille mince, laissait découvertes les jolies jambes gainées de soie.

— L'aimes-tu ?

La jeune femme éclata de rire.

— Chez les Fortier, les femmes ne comprennent guère la signification de ce mot. Tu es une Fortier aussi, n'est-ce pas ?

Renée haussa les épaules. Une fois encore, le souvenir de Paul Dentu envahit sa mémoire et, avec lui, celui du Bassin des Dames, ses joncs, ses

166

heures solitaires, la surface muette qui semblait attendre d'inéluctables événements. Elle devrait songer au mariage, avoir des enfants, remplir la promesse qu'elle s'était faite longtemps auparavant de faire revivre Brières, d'offrir à une famille le fruit de ses efforts, de vaincre la malédiction.

— Il n'est pas impossible que je me marie pour avoir des enfants. N'y songes-tu jamais ?

— Cette émouvante perspective n'est pas pour moi. Et je n'ai nullement l'intention de me marier. Les femmes sincères sont fatalement de mauvaises épouses et de mauvaises mères. Prises en traître, les autres s'accommodent de la situation en s'illusionnant. Et maintenant, ma chère, allons nous coucher, je me lève tôt demain. Il y a encore une ou deux retouches à contrôler avant le mariage de la princesse Marie-José de Belgique.

— Je serai partie lorsque tu rentreras.

Se penchant vers sa cousine, Colette déposa un rapide baiser sur sa joue.

— Je viendrai au printemps dans notre belle demeure. Tu choisiras toi-même la partie qui me revient, mais surtout ne te mêle pas de décoration. Je ne suis guère amateur de têtes de cerfs empaillées et de buffets Napoléon III !

Elle sourit à Renée et lui envoya un autre baiser du bout de ses doigts minces aux ongles carminés.

Renée resta un moment seule devant les flammes qui se mouraient. Bien davantage qu'elle-même, Colette était une Dame de Brières, froide et fragile, soi-disant détachée de tout sentiment, figée dans son refus de souffrir et, par conséquent, d'aimer. Que se disait-elle seule face à elle-même le soir dans son lit, quels regrets, quelles amertumes minaient ses souvenirs ? À moins qu'elle ne soit parvenue à vraiment oublier, pensa la jeune

167

fille, qu'elle puisse se féliciter d'un bonheur froidement construit où la maison de la place Saint-Sulpice, et la somme de souvenirs qu'elle y abritait, n'avaient plus la moindre signification. Colette était assez forte pour avoir appris à se détacher de son passé, ou assez artiste pour savoir tricher.

16.

— Colette annonce son arrivée prochaine à Brières, déclara Renée en repliant le télégramme. Nous allons lui laisser l'appartement qu'occupaient bon-papa et bonne-maman en y joignant la chambre d'oncle Raymond et de tante Madeleine. Elle en fera ce que bon lui semble.

— Sa place n'est pas ici.

— Tout autant que moi, elle est chez elle, maman.

Valentine se raidit. D'être mise devant le fait accompli lui était plus inadmissible encore que l'incursion de sa nièce à Brières. « Elle est chez elle », affirmait Renée. C'était risible. La fille de Sebastiani et de Madeleine chez elle à Brières !

— Prenons le café sur la terrasse, proposa Renée. Il faut profiter des premiers beaux jours.

Avec peine, Valentine détacha les yeux de son portrait pendu au-dessus de la cheminée. Il voulait lui parler et cette insupportable Renée l'en empêchait.

Le soleil réchauffait la façade du château, faisait éclore des premières fleurs roses dans les buissons des rhododendrons. Le museau entre les pattes,

168

Onyx sommeillait aux pieds de sa maîtresse. Le vieil Émile s'était enfin décidé à couper l'herbe de la pelouse. L'air embaumait.

— Il y a des cas de diphtérie aux environs, annonça Renée en buvant son café. N'allez pas au village, maman, vous êtes si fragile !

— Je n'ai nulle intention d'y aller. Notre pauvre curé radote et la conversation de Germaine Dentu n'a aucun intérêt.

Renée leva la tête. Comme sa mère devait se sentir seule ! Avec son habituelle raideur, elle était installée dans son fauteuil de rotin, toujours coquettement mise, son chignon noué avec art, mais l'expression du regard, les plis amers autour de la bouche attiraient la pitié. En dépit de son orgueil, la jolie Valentine de Naudet n'était plus qu'une femme vieillissante, pleine de rancœurs stériles.

— N'aimez-vous donc personne, maman ?

Le visage de Valentine se durcit encore, une expression de défi presque arrogant anima soudain son regard.

— Que sais-tu de l'amour, ma pauvre fille ?

« Je veux la paix », murmura Valentine. Le portrait l'observait avec indifférence. Et cependant la Dame en bleu voulait lui dire peut-être qu'elle avait fait ce que l'on attendait d'elle et pouvait espérer le repos. Les yeux de Valentine fixèrent la représentation du Bassin des Dames d'où semblait émerger la jolie jeune femme qu'elle avait été. Au cœur de cette eau obscure, elle l'avait compris depuis longtemps, s'élaboraient l'histoire de Brières et la sienne. Les brumes légères, que l'artiste avait rendues avec talent, abritaient ce secret qu'avait pressenti Marthe de Fernet. Avec plus

169

d'attention encore, Valentine scruta le portrait. Elle avait aimé avec tendresse Jean-Rémy, avec sensualité Raymond, avec passion Robert et Jean-Claude. Mais ces flammes vives et stimulantes étaient venues s'éteindre à Brières. Au-delà de l'étang, le peintre avait fixé l'ébauche du clocher du village dont on ne discernait que la pointe sur laquelle était fiché un coq minuscule tourné vers le couchant. Au premier plan, juste entre elle et la surface de l'eau, ce que Bernadette nommait le cercle du Diable était suggéré par une étendue découverte cernée de fleurs sauvages comme une couronne mortuaire. L'espace d'un éclair, Valentine eut l'impression d'y apercevoir de la fumée exsudant du sol. Vivement elle recula. Elle n'était plus seule et entendait même les bribes d'une petite chanson fredonnée par une voix cassée, une voix de folle : « Noble et Sainte Vierge Mère, à vous je fais humble prière. »

— Une dégradation aussi rapide ne peut être expliquée que par une légère attaque, suggéra Lanvin. La semaine dernière, madame de Chabin et moi avons eu une conversation fort intéressante sur l'art moderne. Elle était parfaitement au courant des nouvelles écoles, les jugeait en connaisseuse et m'avait presque convaincu que ces peintres pour le moins déconcertants méritaient mieux que nos sarcasmes.

La veille, après avoir porté comme de coutume son petit déjeuner à Valentine, Bernadette était arrivée en courant dans la chambre de Renée. Sa maîtresse ne l'avait pas reconnue. Installée dans son lit, les yeux tournés vers la fenêtre, elle chantonnait un cantique invoquant la Vierge Marie.

170

— Elle est partie, rabâchait la vieille servante. Elle nous a quittées.

Renée tendit la main au docteur Lanvin qui venait de boucler son sac. Un orage menaçait et il était anxieux à l'idée de reprendre la route.

— Ne vous découragez pas. Peut-être constaterez-vous des progrès dans les jours qui viennent, assura le médecin.

— J'en doute, murmura Renée.

Plus jamais, elle n'aurait à affronter les regards désapprobateurs ou critiques de sa mère. Comme la première fois, elle était partie sans même lui dire au revoir.

— Il me semble qu'à Brières les habitants perdent facilement la tête, nota Lanvin.

Sentant qu'il avait manqué de tact, il toussota et empoigna son sac.

— Tenez-moi au courant de la santé de madame de Chabin. Si vous changez d'avis et décidez de l'installer dans une bonne clinique, j'aurai quelques adresses à vous recommander.

— Maman restera à Brières, affirma Renée. Je vous remercie, docteur.

La jeune fille regagna la cuisine où Bernadette épluchait des pommes de terre.

— J'espère que tu as découragé le vieux corbeau, jeta la servante sans lever la tête.

— Je lui ai dit que maman resterait ici. Où est-elle ?

— Elle dort. Je lui ai fait boire une tisane de valériane.

— Il faut l'empêcher de sortir.

— Un jour ou l'autre, elle nous échappera, tu le sais bien.

La servante se leva, rassembla les épluchures dans un coin de son tablier.

171

En dépit de son inquiétude, la jeune fille savait que sa vieille nourrice disait vrai.

— J'ai toujours fait de mon mieux, prononça-t-elle d'une voix tremblante. Enfant, j'ai été long-temps persuadée que maman était partie pour me punir d'une faute que je n'avais pas conscience d'avoir commise. Je refuse aujourd'hui cette culpa-bilité.

— Madame s'en est allée parce que son temps était achevé. C'est le tien qui commence, ma Renée. Et il se peut que je ne sois plus pour long-temps avec toi.

La pleine lune, qui éclairait les allées du parc, dessinait les contours des buissons, suggérait les méandres de l'allée menant au Bassin des Dames, désormais une simple piste entretenue par le pas-sage des chevreuils et des sangliers. Valentine jeta un coup d'œil par la fenêtre. Qui la prétendait prisonnière ? Elle avait eu raison de se méfier des Fortier, des Genche et de leurs sournoiseries. Aujourd'hui, on voulait la dépouiller de sa terre, la tenir en prison dans sa propre chambre ou l'in-carcérer dans une maison de fous. « Les imbéci-les ! » marmonna-t-elle.

Sans faire de bruit, l'oreille aux aguets, Valen-tine ouvrit sa porte. Tout semblait endormi. À pas feutrés, elle longea le couloir, descendit l'escalier, prenant garde à effleurer seulement les marches. Sur le perron, la lumière blafarde de la lune lui parut familière, une vieille compagne ayant veillé sur des nuits sans sommeil, des nuits de froid et de peur, des nuits de réprouvée, de bannie, de mau-dite. Comme surgie de la lune et du vent léger qui soufflait, il sembla à Valentine respirer l'odeur

172

d'un feu de bois. Quoique imperceptible, cette senteur l'effraya. Le parc se refermait-il autour d'elle comme un refuge ou comme un piège ? Mais, si elle ne pouvait plus en franchir les murs, elle pouvait quand même s'évader. Dans leur souci maniaque de la cloîtrer, Renée et Bernadette avaient oublié la lune, le vent et l'amour.

Le sentier menant au Bassin des Dames était aisé à remonter. Ronces et rejets avaient disparu. « Je suis l'amant et l'aimée, chantonna Valentine, la branche et le rossignol. » Où avait-elle appris cette comptine ? Un bruit, un frôlement plutôt, la fit tressaillir. Elle se retourna. Onyx, le chien de Renée, la suivait. « Va-t'en ! » jeta-t-elle. Elle se baissa, ramassa une pierre. Mais la bête s'était assise et l'observait. Soudain, Valentine sursauta. Dans la lumière opalescente, le chien avait l'apparence d'un loup qui la fixait avec une expression de grande fidélité. « Bel Amant ! » murmura Valentine. Elle se mit à courir. Les rives du Bassin l'arrêtèrent. La surface de l'eau chatoyait sous la lune. Valentine se pencha. « Qui pourrait m'aimer aujourd'hui, chuchota-t-elle, quel amant mourrait pour moi ? »

En chemise de coton, sans châle, pieds nus, elle était transie. Pourquoi Jean-Rémy, Raymond ou Robert ne venaient-ils pas la réchauffer ? S'était-elle toujours illusionnée sur leur amour ? Et si la seule qui l'ait vraiment aimée avait été Renée ?

D'un pas décidé, Valentine pénétra dans le cercle du Diable. Là était sa dernière demeure, son ultime refuge. Elle allait s'y endormir à côté de Bel Amant.

Elle toucha l'eau et vivement retira sa main. Elle la brûlait, comme si un feu sourdait à travers la surface argentée.

Valentine se sentait bien. Bernadette avait raison, la magie remplaçait le réel. Dans le cercle, elle était toujours jeune, heureuse, aimée. Jean-Rémy, Raymond et Robert allaient l'y rejoindre, bourreaux et victimes dans le sommeil de la paix. « Tant de haine de chaque côté d'un rideau de flammes, murmura Valentine. Et cependant comme nous aurions pu nous aimer ! »

— Tout est de ma faute, se reprocha Renée, atterrée. J'aurais dû fermer sa porte à clef.

— Personne ne pouvait l'enfermer, affirma Bernadette. Elle devait partir.

Au matin, Bernadette avait trouvé vide la chambre de sa maîtresse et n'avait pas été surprise. En rêve, Valentine s'était penchée sur elle pour lui murmurer un nom. Elle n'avait pu l'entendre, le vent s'était levé qui attisait les flammes. C'était une autre voix qui s'était imposée, forte et grave, prononçant l'ultime imprécation, celle du livre de la comtesse de Morillon, le grimoire maudit qu'elle gardait caché dans son matelas.

— Quand deviendras-tu raisonnable, ma pauvre Bernadette ! s'impatienta Renée. Une femme malade, ma mère, passe la nuit couchée au bord d'un étang où nous la retrouvons mourante et tu me débites tes chimères. Maman n'est allée retrouver personne, elle a perdu la tête, voilà tout.

— Et Onyx ?

— Il l'a suivie et a tenté de la réchauffer. Peut-être est-ce grâce à lui que maman est encore en vie.

— Le chien a dormi dans la cuisine.

Renée haussa les épaules. Entre l'orage de la veille qui avait lacéré les fleurs des pommiers et la fugue de

174

sa mère, elle était à bout de nerfs. Valentine était folle. Une sorte d'obsession la poussait à errer à travers le parc à la recherche de ses fantômes.

Les yeux mi-clos, Valentine reposait sur son lit. Quoique brûlante de fièvre, elle ne semblait pas souffrir. « Je suis là, maman », murmura Renée à son oreille. Elle ne parvenait pas à rencontrer son regard. La tête s'était détournée et regardait le feu. « Jusqu'au moment de sa mort, elle m'aura refusée », se dit Renée. Une immense tristesse lui serrait le cœur.

À genoux, Bernadette égrenait son chapelet. D'un commun accord, elles avaient renoncé à faire revenir Lanvin. À quoi bon torturer Valentine pour quelques jours de survie ? Les lèvres de la malade remuèrent imperceptiblement. À nouveau Renée se pencha.

— Je vous écoute, maman.

Mais aucun son ne sortait, juste un souffle saccadé, déjà irrégulier. Secouées par une force invisible, ses mains tremblaient sur le drap.

— Il faut aller chercher le père Marcoux, décida Renée.

Le curé avait administré l'extrême-onction, prononcé à tout hasard une absolution.

— Je vais veiller madame de Chabin, décida-t-il. Allez vous reposer.

Dix heures sonnèrent. De gros nuages cachaient la lune. Le vent se levait.

Bernadette fourra son chapelet dans la poche de son tablier et se leva. Rester ou partir lui importait peu.

175

Dans l'incapacité de se mettre à genoux, le vieux curé se laissa tomber dans le fauteuil crapaud poussé près du lit. Se détachant sur la blancheur de l'oreiller, il voyait le profil de Valentine, ce qui restait d'une beauté que son imagination garderait toujours intacte. Les cheveux cendrés par les années entouraient le front légèrement bombé, le nez à la ligne délicate, la bouche encore sensuelle en dépit des plis qui la marquaient profondément. Une odeur de lilas pénétrait par la fenêtre laissée entrouverte. Le prêtre extirpa son bréviaire de la poche de sa soutane. S'il n'avait été profondément chrétien, il aurait cru à ce moment à la réalité des Dames, ces Dames qui ensorcelaient les hommes pour mieux les faire périr. Que Valentine ait pu savoir la vérité sur l'accident de Jean-Rémy Fortier son mari, et l'accepter, travaillait sa conscience. Pour pardonner, il avait refusé d'y réfléchir trop. Il fallait s'arracher aux sinistres légendes, refuser les soupçons. Valentine était une femme qui avait beaucoup aimé et, à ce titre, il lui serait beaucoup pardonné. Avec sa paroissienne et amie, c'était toute une partie de sa vie à lui qui s'en allait aussi, de longues causeries sur l'histoire de Brières, des supputations sans fin sur son passé, querelles et réconciliations devant un verre de liqueur de noyaux ou une tasse de tisane. De cette paroissienne peu ordinaire, il avait tout accepté et, au fond de son cœur de vieux célibataire, elle l'avait touché bien souvent. De Valentine émanait une force, une lumière qui rendait ternes les autres femmes, mesquines leurs misérables préoccupations et niaises leurs dévotions. Lorsqu'elle aurait disparu, toute une page de l'histoire de Brières serait tournée et, quoiqu'il fût attaché à Renée, une lumière serait éteinte à jamais.

176

Un violent coup de tonnerre fit sursauter le vieux prêtre. « Un deuxième orage en cette saison, pensa-t-il en se signant, c'est peu ordinaire. »

Un long hurlement le cloua à son fauteuil. Un chien de ferme que le tonnerre rendait fou ? Sur la table de chevet, la lumière s'éteignit. Valentine ne respirait plus.

17.

— Le noir te donne du chic, constata Colette en s'installant dans l'antique Citroën à côté de sa cousine. Et tu as maigri, n'est-ce pas ?

— Peut-être, convint Renée.

Les dernières semaines avaient été un cauchemar, mais il était inutile d'embêter Colette avec ses problèmes. À peine Valentine enterrée, il avait fallu constater l'anéantissement de la future récolte de pommes, trois orages successifs ayant haché menu les fleurs en pleine éclosion. Puis c'étaient les cours de la viande de porc qui s'étaient effondrés. Quant à Bernadette, elle restait prostrée dans la cuisine au coin de l'âtre et, sans l'aide de Solange, la simple survie quotidienne aurait été compromise.

— C'est bon de te voir, soupira Renée. L'ambiance ici n'est pas trop gaie en ce moment.

— Tu devrais venir plus souvent à Paris. Sans rendre la vie meilleure, sortir, voir des amis en atténuent l'ennui. La semaine dernière, j'ai applaudi une délicieuse pièce de Jean Vigo au Vieux-Colombier.

177

— Tu sais bien que je n'ai jamais eu la prétention d'être mondaine.

— Se plier à certaines règles de la société permet de cacher bien des petits secrets. Tout autant que toi, je ne la prise guère mais j'en ai besoin pour arriver à mes fins : avoir assez d'argent pour vivre seule. C'est une gageure que je relèverai, sois-en sûre.

— Es-tu heureuse ?

— Je n'ai pas ton besoin de souffrir.

À la forêt faisaient place prés et labours où commençait à jaunir le blé. Des poules fuyaient en caquetant au passage de la voiture.

— Bienvenue dans notre domaine, souhaita Renée alors qu'elles approchaient de Brières. Tu vas trouver un château branlant et des terres que je m'échine à mettre en valeur. J'ai peur que mes bilans ne te plaisent qu'à moitié.

Colette éclata de rire. Avant son départ de Paris, Étienne l'avait dûment chapitrée sur les mesures indispensables à prendre : mettre fin à l'indivision, exiger une part du domaine en bien propre. Mais elle n'avait été qu'à moitié convaincue. Prendre un régisseur en compétition avec sa cousine lui semblait saugrenu. Elle entendait ne rien changer et faire confiance à Renée.

— Tu sais que je vais commencer mes travaux à La Croix-Valmer, annonça-t-elle alors que la Citroën traversait le village. J'ai fait les plans avec un architecte : une maison toute simple, blanche, ouverte sur les vignes et la mer. Tu y seras toujours la bienvenue.

— Avec Étienne de Crozet ?

Renée donna un coup de volant pour éviter le roquet des Le Bossu. Que sa cousine ait un amant

178

officiel ne la dérangeait guère, mais elle refusait de s'inclure dans ce petit ménage.

Quoiqu'il fût sept heures du soir, les fenêtres du bureau de Paul Dentu étaient encore ouvertes. « Il travaille trop », pensa Renée. Elle se surprenait à penser de plus en plus souvent à son vieil ami. Le jour de l'enterrement de Valentine, il l'avait serrée dans ses bras et elle s'était abandonnée sans plus de réticence. Paul était une personne solide, un homme de cœur, pourquoi s'entêter à ne pas baisser ses défenses ? Mais lorsqu'elle était sur le point de se convaincre elle-même, une sorte d'instinct l'arrêtait, comme si les ombres de son père, de Robert et de Jean-Claude l'avertissaient d'un danger.

Les deux cousines grimpèrent l'escalier jusqu'au palier, longèrent le corridor.

— Tu as un appartement, annonça Renée : chambre, petit salon, cabinet de toilette et garde-robe. Le mobilier ne t'enchantera guère mais tu y seras chez toi.

La vieille demeure émouvait Colette. Flairant les odeurs de moisi, d'encre séchée, de poussière, elle retrouvait intacts le charme et le mystère qui l'avaient frappée dès sa première visite, quand elle était enfant. Derrière les murs du parc, le monde semblait prendre fin.

— Tout sera parfait, murmura-t-elle.

Colette promena son regard autour des meubles désuets, s'arrêta sur les rideaux fanés. Là avaient dormi son père, ses grands-parents lors de leurs brefs séjours au château. Son père y avait écrit, rêvé, s'était réjoui peut-être d'un avenir souriant : avoir des enfants et des petits-enfants, vieillir à côté

179

d'eux dans la maison de la place Saint-Sulpice, recueillir les fruits d'une existence laborieuse. Et tout s'était désintégré !

— Repose-toi un moment, nous dînerons dans une demi-heure. Ce sera à la fortune du pot, Bernadette n'est pas bien et Solange n'a jamais été une bonne cuisinière.

Bien qu'elle fût fatiguée par le voyage, une sorte d'excitation donnait envie à Colette d'explorer la grande maison, de parcourir les allées jusqu'à l'étang. Elle avait l'impression bizarre de retrouver de vieux souvenirs, un paysage laissé depuis longtemps derrière elle. Quelque chose de plus mystérieux que l'ombre des hôtes qui s'y étaient arrêtés habitait ce domaine. « Quelle sotte je fais ! » prononça la jeune femme à mi-voix. Elle ouvrit sa valise, en extirpa une robe noire. Sans nul doute, sa cousine exigerait qu'elle porte le deuil en public et elle avait prévu de quoi lui procurer ce petit plaisir en conservant son élégance. « Cette pauvre Renée est toujours attifée comme un épouvantail », pensa-t-elle. Soucis et chagrins n'avaient fait que gâcher davantage encore le peu de beauté de sa cousine. Comment pouvait-elle ne pas réagir en se regardant dans un miroir ? Avait-elle à ce point renoncé à plaire ?

En rangeant dans les tiroirs de la commode ses effets, le regard de Colette tomba sur une feuille de papier où quelques lignes étaient écrites à l'encre violette. C'était un poème. Sans hâte, la jeune femme le lut. Le texte, dédicacé « À Raymond », était d'un réalisme très libertin. Son père prisait-il ce genre ? Elle avait l'impression de pénétrer une vie intime dont les secrets ne pourraient que profaner un aspect de sa personnalité resté

180

sacré pour elle. Sans hésiter la jeune femme déchira le carré de papier.

En dépit de ses doutes, l'œuvre accomplie par Renée était admirable : des rangées de pommiers bien alignés, une porcherie moderne, des engins agricoles du dernier cri. Colette avait bien dormi et avec joie suivait sa cousine dans le tour du domaine. Elle découvrait un paysage riant, des bois superbes où abondait le gibier, des prairies où paissaient des bestiaux. Au-delà des murs, Renée avait désigné la ferme Tabourdeau dont on apercevait une partie du toit derrière un bois de châtaigniers.

— Venir à bout de ce travail seule, s'étonna Colette, je n'en reviens pas !

— Quelques ouvriers agricoles me donnent un coup de main au moment de la moisson ou de la récolte des pommes, hélas bien maigre cette année. Beaucoup d'ouvrages en effet, mais je n'ai que cela à faire. Brières ne regorge pas de tentations intellectuelles ou mondaines.

— Et Paul Dentu ?

Renée s'immobilisa. Entendre son nom dans la bouche de sa cousine l'embarrassait.

— Paul est un ami d'enfance.

— Cent fois, tu m'as donné cette réponse. Elle est trop constante pour être sincère. Aux obsèques de Robert et de Jean-Claude, je l'ai trouvé très bien. C'est l'homme qu'il te faudrait.

— Un être pieux, bon, un peu ennuyeux, un homme de devoir, voilà le mari que tu m'imagines, n'est-ce pas ? tenta de plaisanter Renée. Et si j'aimais les romantiques, les sensuels, les débauchés ?

— Ceux-là sont pour moi. À chacune son genre.

181

Bien que l'obscurité fût déjà profonde dans la cuisine, Bernadette ne bougeait pas. Avec la découverte du petit livre relié de cuir noir dissimulé sur une solive du grenier à côté d'un nid de chouettes qu'elle voulait détruire, son passé l'étouffait. Il lui semblait que Valentine l'avait déjà amenée avec elle de l'autre côté, là où les eaux du Bassin se faisaient passage. Renée restait sa dernière préoccupation. Mais l'empêcher de se marier était impossible.

À côté de sa mère, Solange s'activait aux fourneaux tandis que le petit Victor arrangeait des cerises dans une coupe. Depuis l'arrivée de sa cousine, Renée avait demandé qu'on servît les repas dans la salle à manger et c'était un surcroît d'ouvrage. Le temps des élégants dîners d'autrefois était cependant révolu. Solange se souvenait de la beauté des nappes, de la parfaite ordonnance de la table, des gracieux bouquets composés par Valentine. L'été, des hôtes éminents arrivaient de Paris qu'Émile allait chercher en calèche à la gare de Guéret. Solange revoyait le soin apporté à la préparation des chambres : draps de lin fraîchement repassés, meubles reluisants de cire, eau sucrée dans des carafons de cristal. La fillette qu'elle était alors s'émerveillait de tant de raffinement, d'aussi délicates attentions. Mais ce monde était mort avec Valentine et, quoique la jeune femme aimât profondément sa sœur de lait, elle ne lui reconnaissait pas le privilège de se conduire en châtelaine.

Colette Fortier ne plaisait guère à Solange ; son maquillage, ses allures à la fois familières et distantes la désorientaient et l'agaçaient. Et elle était jolie, trop effrontée. Si du bout des doigts, Solange avait effleuré la lingerie de soie rangée dans les tiroirs, elle s'était étonnée des modestes robes en tricot de coton ou en lin alignées dans la garde-robe. Où étaient les belles parures d'antan, les dentelles, les cols de linon rebrodés, les bruissantes jupes de taffetas de Valentine qui l'avaient tant fait rêver ! Une poignée de faux bijoux était jetée dans la coupe en porcelaine de Sèvres où madame Fortier mère déposait ses perles, un bataillon de flacons, de pots, des tubes étaient alignés dans le cabinet de toilette à côté de grosses houppettes encore farinées de poudre.

Un fou rire s'était emparé de Solange lorsqu'elle avait essayé un des chapeaux, une sorte de béret informe s'enfonçant jusqu'aux sourcils sur lequel était piqué un hanneton en verre bleuté. Était-ce ce genre de couvre-chef dont aucune de ses amies n'aurait voulu s'affubler que l'on portait à Paris ? Et la paire de pantalons ! Quelle femme oserait s'exhiber dans un vêtement aussi indécent ? « La troisième Dame », marmonnait sa mère en parlant de Colette. Il était clair qu'elle avait tout à fait perdu ses esprits. Colette Fortier n'était pas une Dame, mais une aventurière. Elle était impatiente de la voir déguerpir.

Les deux cousines prirent place de chaque côté de la longue table de salle à manger. Colette vêtue d'une jupe de lin blanc et d'un simple tricot de cachemire noir, Renée d'une robe de deuil en crêpe de laine dont la ceinture posée trop bas sur les hanches en accentuait la rondeur.

— Demain j'ai organisé un goûter avec Germaine et Paul Dentu, le père Marcoux, le docteur Lanvin et sa femme, mon petit cénacle, annonça la jeune fille.

183

— Tu me rassures, se moqua Colette. J'avais peur d'avoir empaqueté pour rien ma robe Chanel en satin noir.

— Inutile de la déballer. Nos goûters sont très simples. Il faudra t'habituer à nos mœurs campagnardes si tu t'intéresses à Brières.

Colette jeta à sa cousine un regard ironique. Comment cette pauvre Renée pouvait-elle l'imaginer croupissant dans un trou pareil ? Et, cependant, quelque chose à Brières l'intriguait. Ce château l'interpellait, posait des questions auxquelles n'avait pas su répondre sa mère lorsqu'elle s'en était enfuie pour aller mourir à Paris. Et comment expliquer le poème licencieux découvert au fond d'un tiroir dans la chambre qu'avait occupée son père ?

— Même si ses distractions ne font pas tourner la tête, je m'intéresse à Brières, assura-t-elle en entamant son melon au porto. Demain devant ma part de clafoutis, je jaugerai ton Paul en connaisseuse et te ferai part de mes conclusions. Est-il amoureux de toi ?

Renée rougit violemment. Depuis sa lamentable histoire d'amour avec Henri, elle ne pouvait envisager qu'un homme puisse éprouver pour elle autre chose que de la pitié : Paul la savait isolée à Brières et la plaignait.

— Parlons d'autre chose, veux-tu ? Seules les conversations tournant autour de l'amour semblent te captiver. Ce n'est guère mon cas. J'aimerais que tu te sentes concernée par les efforts que j'ai investis pour rendre notre domaine rentable.

— Le petit héritage de bonne-maman a dû t'aider.

— En effet, mais la propriété avait été négligée depuis si longtemps que de nouveaux investisse-

184

ments doivent être sans cesse envisagés. Je songe aussi à élever des moutons de qualité au lieu des porcs qui se vendent mal maintenant.

Colette écoutait à peine. Que faisait Étienne en ce moment ? Il était trop tôt encore pour souper à la brasserie Graff. Peut-être lisait-il chez lui ou assistait-il à un des derniers cocktails mondains de la saison, avide de se glisser dans l'intimité de possibles investisseurs. « Les affaires, affirmait-il, se font une coupe de champagne à la main, en quelques mots jetés au milieu de tout et de rien. »

Le projet de villa à La Croix-Valmer excitait beaucoup son amant. Dieu merci, il avait abandonné l'idée saugrenue de négocier une partie du terrain et se passionnait aujourd'hui pour les plans. Là-bas, pas de jeux de glaces, de marbre ou de fer forgé, mais des murs passés à la chaux, des meubles provençaux, une bibliothèque, un petit salon mauresque. Sans cesse, Colette devait réfréner les trouvailles excentriques ou aspirations coûteuses d'Étienne. Homme généreux, il avait de la vie une perspective de grand seigneur assez peu soucieux des contingences de la vie quotidienne. Il avait eu des maîtresses riches, d'autres pauvres sans rien abandonner de sa façon de vivre en acrobate. Élevée dans une bourgeoisie attachée au raisonnable, la désinvolture d'Étienne déconcertait Colette. Si La Croix-Valmer représentait une sorte de testament familial, le projet d'ouvrir sa maison de couture restait pour elle primordial. La modeste fortune héritée des Fortier ne lui permettait aucun faux pas.

— Les Tabourdeau affirment qu'il faut oser les primeurs pour gagner de l'argent, poursuivit Renée. Ils ont consacré un hectare aux fraises et en prévoient un autre pour planter framboisiers et cassis.

— Tes Tabourdeau sont des gens qui veulent péter plus haut qu'ils n'ont le derrière. Ils sont désireux d'épater la châtelaine qui a fait des études, un point c'est tout.

— Tu es trop sévère. Joseph et Denise sont très courageux. Leur famille a eu des hauts et des bas dans la région. Un vieil oncle réduit à l'état de clochard par l'abus de boisson est mort brûlé vif dans une de nos granges.

— Encore une des petites malédictions de Brières ! s'exclama Colette en se resservant de canard rôti. Bigre, il ne fait guère bon vivre ici.

— Un accident, se hâta de corriger Renée. La foudre avait frappé le vieux bâtiment.

— Mais bien entendu, ma chérie ! Il y a de la place pour tout le monde dans votre sinistre vieux cimetière. Des ombres inquiétantes y rôdent.

— C'est ce que pensait tante Madeleine. Nous avions le plus grand mal à l'entraîner au village par le chemin qui longe ses murs. Elle prétendait que le cimetière lui portait malheur.

— Pauvre maman, murmura Colette. Elle a passé sa vie à détruire ce qui la rendait heureuse pour échouer à Brières qu'elle détestait. Ses tentatives d'évasion ont toutes été des erreurs : sa séparation d'avec papa qui lui offrait la sécurité, une position mondaine à laquelle elle était loin d'être indifférente, ses efforts pour collaborer avec les entreprises Fortier, son militantisme pour la cause des femmes, puis la justice sociale, ses amantes, des amants peut-être, moi éventuellement, rien ne l'a retenue, jusqu'à son ultime tentative d'échapper à ce domaine qui a raté. Elle tournait en rond et Brières l'a rattrapée... J'ai mal de la savoir inhu-

186

mée contre le mur de ce cimetière qu'elle détestait tant.

Avec attention Renée écoutait sa cousine. Sur un ton léger, elle exprimait les obsessions de Bernadette, les hantises de sa mère, sa propre fascination pour ce château qui lui avait pris cependant son père et son jeune frère.

— Ainsi tu crois à la malédiction de Brières !

Colette éclata de rire.

— Je ne crois pas aux fées ou aux sorcières, si c'est à ces Dames que tu penses, mais suis sûre que, tout comme la passion amoureuse, les superstitions sont une provocation. Plus un être, ou un lieu, vous défie, plus on désire le posséder, percer ses secrets. Ceux de Brières sont probablement bien ordinaires et décevants. Mieux vaut continuer à rêver.

— Il y a cependant des faits troublants, murmura Renée. On dirait que ce domaine se montre bienveillant pour les femmes, hostile envers les hommes. Jamais je n'ai vu l'ombre de papa y revenir alors qu'il m'arrive fréquemment d'apercevoir maman dans le couloir, au détour d'une allée. Elle porte la robe bleue du portrait, est coiffée d'un chapeau probablement à la mode au temps où papa et elle acquirent Brières. Elle passe sans me voir, si fluide et légère. On dirait une ondine.

— Une Dame du Bassin, cela tombe sous le sens, railla Colette. Maman y croyait aussi. La superstition engendre la superstition. Elle pensait qu'un crime avait eu lieu autrefois sur ces terres et que le mort, ou la morte, cherchait vengeance. Mais maman, pas plus que Valentine ou Bernadette, n'avait toute sa tête. Les mystères sont plus évidents pour les exaltés et les paranoïaques.

— Enfant, j'ai aimé passionnément ces jeux de

187

l'imagination. Bernadette m'entraînait dans un monde où l'illusion l'emportait toujours sur la réalité. Aussi loin que remontent mes souvenirs, j'ai tenté de décrypter l'appel des chouettes, le souffle du vent sur l'étang, le langage des pierres dressées que l'on découvre dans nos forêts près des sources. Puis le père Marcoux m'a appris d'étranges faits qui tous ont eu un obscur rapport avec Brières. J'ai été troublée : le mari de la comtesse de Morillon guillotiné, son fils noyé, un prêtre dévoré par les loups, papa, Jean-Claude, Robert...

— Mais la plupart des hommes qui sont passés à Brières n'ont pas eu de fin tragique, n'est-ce pas ? Le père Marcoux a près de quatre-vingts ans et maints vieux bonshommes dans le village se portent comme le Pont-Neuf.

— Sans doute as-tu raison et c'est ce que j'ai décidé de conclure, en dépit de ma pauvre Bernadette qui continue à tourner en rond jusqu'à en perdre la tête. Dans cette faiblesse s'explique peut-être la prétendue fatalité pesant sur Brières. Les femmes y deviennent bizarres et déraisonnent. Jeune fille, j'ai retrouvé deux feuillets du journal intime de la comtesse de Morillon. Elle aussi avançait de lugubres théories, mais elle avait été très éprouvée par son veuvage et des années d'exil. Peu après la mort de son fils, elle a pris la fuite.

Avec surprise Colette écoutait parler sa cousine : leurs deux univers ne pouvaient être plus opposés : celui de Renée, superstitieux, appliqué, réduit à l'étroitesse de son cercle rural ; le sien, léger, cynique, brillant. Laquelle, pour conclure, serait la plus heureuse ou la moins malheureuse ?

Voûtée, la tête dans les épaules, Bernadette apporta après le dessert le pot de tisane. « Une vraie fée Carabosse, pensa Colette, maboule et inoffensive. »

— La bonne des Dentu est passée, annonça la servante d'une voix chevrotante. Madame Germaine n'est pas bien et ne pourra venir goûter demain. Mais monsieur Paul sera là.

— Prépare un clafoutis et une tarte aux fraises, demanda Renée. Nous servirons du thé et de la limonade.

— Quel programme formidable ! s'exclama Colette. N'oubliez pas quelques bonbons au miel et de la pâte de coing pour les gorges et les intestins sensibles.

Elle glissa un regard vers sa cousine qui ne souriait pas.

Sans se hâter, Colette remonta l'allée de Diane, soulagée d'échapper à une soirée en compagnie de Bernadette et de Solange. Un instant, elle tenta d'imaginer les réunions d'autrefois autour de sa tante Valentine. L'esprit et le raffinement devaient y avoir force d'obligation. Quelle part son père y prenait-il ? Sans doute ignorerait-elle à jamais cet aspect de lui. Il fallait l'accepter, se contenter d'imaginer cet homme protecteur, rassurant et tendre en ami plein d'entrain, en amant sensuel, amateur de poésies érotiques. Et à quelle profondeur se cachaient ses propres frustrations ? Aux yeux du monde et d'Étienne, elle était une jeune femme charmante et volontaire, une artiste. Mais, sous ces apparences, se cachait une enfant malade de n'être plus aimée.

Le ciel était pommelé de rose et de gris bleuté, un joli crépuscule de juin. Comment imaginer de méchantes sorcières dans cette paisible harmonie ?

Une allée s'ouvrait, bordée de noisetiers et de coudriers. Au loin, on distinguait un pan de toit, un morceau de mur où s'accrochait de la vigne vierge. Une volée de merles prit son envol, un écureuil traversa le sentier. « Le cottage de Robert de Chabin », pensa Colette. Lors de très rares moments, Renée avait évoqué l'amant de sa mère, le séducteur qui l'avait enlevée et qui était devenu son beau-père à quelques jours de sa mort, et aussi le père de Jean-Claude. C'était tout à la fois pénible, pathétique, admirable et ridicule. Un mari cocu ouvrait sa maison à son rival, l'imposait à sa propre fille, encore adolescente, jusqu'au drame final. Et ce pianiste célèbre acceptant de se terrer au fond des bois pour les beaux yeux d'une femme qui se vengeait de l'avoir aimé !

Les mauvaises herbes poussaient dru autour de la maisonnette. Des ronces s'accrochaient aux montants des fenêtres, glissant de minces rejets jusqu'à l'intérieur. Un hêtre abattu par l'âge ou la foudre barrait l'accès à la porte d'entrée. Colette hésita un instant avant d'enjamber le tronc. L'endroit n'était guère attirant.

La pièce qui s'ouvrait devant la jeune femme était pratiquement vide de meubles, à l'exception de quelques planches servant de bibliothèque où étaient encore empilés des feuillets et des livres brochés, d'une table et d'une horloge dont le mécanisme avait été ôté. Le vaste foyer de la cheminée était encombré de scories, de vieux nids d'oiseaux, de toiles d'araignées. « Que s'est-il passé dans cette chambre, comment Robert de Chabin y vivait-il ? » se demanda Colette. À droite de l'âtre, ouvrait une autre porte donnant sur une petite pièce carrée où seule demeurait une antique armoire à glace. Une odeur âcre de poussière, de

190

suif, d'excréments séchés prenait à la gorge. Un rayon du soleil couchant perça à travers les persiennes. Tout semblait gris, mort, effacé par le temps. Quel pacte secret avaient passé Robert de Chabin et Valentine Fortier pour qu'il consente à vivre dans cette maison perdue au fond des bois ? Quel maléfice pesait sur eux ? « Je deviens timbrée », pensa Colette.

La jeune femme fit le tour de la demeure, feuilleta quelques partitions, certaines encore annotées de la main de Robert de Chabin. En dépit de son infirmité, il avait donc continué à jouer. Où était le piano ? Qui avait déchaîné quoi ? Colette avait la certitude que Robert n'avait plus le choix lorsqu'il était venu échouer ici. La scène était prête, les ficelles tirées, le nœud coulant préparé. Qui avait été réellement sa tante Valentine ? Une femme passionnée, assez audacieuse pour briser sa vie en suivant un amant, ou une hystérique comme le prétendait sa grand-mère ? Et son oncle Jean-Rémy en était-il aussi follement amoureux que tout le monde le prétendait ?

Colette revint à la chambre, ouvrit l'armoire à glace. De vieux journaux maculés de crottes de souris y étaient empilés. La jeune femme les souleva. Dessous avait été oublié un petit volume relié de maroquin. Surprise, Colette s'en empara. C'était aussi un recueil de poésies licencieuses. Sur la page de garde, la même écriture que celle de la lettre avait tracé : « À Robert ».

191

18.

Le goûter s'achevait, mais Colette n'avait pas plus touché au clafoutis qu'à la tarte aux fraises. Elle avait peu dormi, se sentait mal fichue. Dès le lendemain, elle plierait bagage et rentrerait à Paris. Elle voulait fuir, sauvegarder ce qui lui restait de paix.

Avec son habituelle gentillesse, Renée faisait les honneurs et chacun semblait éprouver pour elle beaucoup d'affection. Paul surtout. « Sous son sévère costume de drap gris, le terne vieux garçon cache sans doute un cœur romantique », pensa Colette.

— Un peu plus de tarte ? s'enquit Renée.

Paul tendit son assiette. Il avait de fortes mains révélant des racines paysannes, une attitude empotée.

La jeune fille commençait tout juste à se remettre de sa découverte de la veille. Qui avait pu tracer ces deux dédicaces sinon Valentine ? Était-ce un jeu ou une provocation ?

— Les roses de Noël viennent très bien si on les plante avant novembre, assura le docteur Lanvin. J'en ai de superbes autour de ma marquise.

— Avez-vous essayé les camélias ? interrogea le père Marcoux. J'ai été surpris par les miens ce printemps.

« Des pensées stériles, décida Colette en elle-même sans prêter la moindre attention aux propos des invités. J'ai été suffisamment blessée dans ma vie sans chercher d'autres coups à encaisser. Tante Valentine se jetait à la tête des hommes, comme maman le faisait vis-à-vis des femmes. Révolte, obsessions, besoin de dominer ? Et en même

192

temps, elles étaient capables d'aimer, d'offrir le meilleur d'elles-mêmes à ces êtres, que tôt ou tard elles trahiraient. » Elle but une gorgée de thé et s'essuya les lèvres avec la jolie serviette bordée de dentelle. Bernadette allait et venait, présentant du lait dans un pot d'argent, de minces rondelles de citron alignées sur une assiette chinoise.

— Jules Brisson, le nouveau pharmacien, est un connaisseur, affirma Paul Dentu. Son jardin d'herbes est admirable. Je l'ai visité la semaine dernière.

— Sa femme en sélectionne quelques espèces qu'elle hache pour les mêler à son beurre. C'est très délicat, précisa Lanvin.

Les yeux de Colette rencontrèrent le portrait de Valentine et, lorsque Bernadette s'approcha, son malaise s'accentua. Le soleil se couchait derrière les nuages. Le salon soudain semblait terne et triste. Seule l'imposante toile se détachait avec une précision presque lumineuse.

— Sa timidité s'explique par le genre de vie qu'elle a menée, expliqua Colette. Mais je connais bien ma cousine, elle a besoin d'aimer, de fonder une famille.

Paul Dentu ralentit le pas. Les mots de Colette Fortier le troublaient trop profondément pour qu'il puisse trouver de faciles réponses.

— Renée ne demande qu'à être heureuse, à donner, se dévouer, poursuivit Colette. Vous savez peut-être qu'elle a eu une déception sentimentale à Paris, presque rien, une amourette qu'elle avait exagérée. Depuis, elle n'ose exhiber ses sentiments de peur d'être rejetée.

— Je ne la rejetterai pas, murmura Paul. Bien

193

au contraire. Voilà des années que je souhaite Renée pour femme. Jamais je n'ai eu l'occasion de lui faire ma demande. Elle se montre toujours si distante.

— Osez, vous serez surpris.

Paul était trop ému pour parler. Il marchait à grands pas maintenant et Colette avait du mal à le suivre.

— Renée sera madame Paul Dentu à la fin de l'été et je m'engage à être sa demoiselle d'honneur, affirma la jeune femme.

— J'ai douze ans de plus qu'elle, objecta timidement Paul.

— Et alors ? Mon amant est de vingt ans mon aîné. Pour être heureuses, les demoiselles Fortier ont besoin d'une image paternelle. L'ignoriez-vous ?

La violence réprimée du ton de la jeune femme échappa à Paul. De nouveau il s'arrêta, le regard perdu sur la ligne du chemin.

— Ce moment est un peu déroutant, observat-il. Voilà quelques années, votre tante Valentine mariait son beau-frère à votre mère et aujourd'hui c'est vous qui tentez d'établir sa fille. Les Fortier semblent former une chaîne, n'est-ce pas ?

— La chaîne de l'affection, souligna Colette. N'en doutez pas.

— Paul se consume pour toi, souffla Colette à l'oreille de sa cousine. Fais-lui un signe et il se déclarera.

Le train entrait en gare. Tandis qu'un porteur s'emparait de sa valise, la jeune femme serra Renée contre elle.

— Ne laisse pas passer cette chance. Encourage

194

notre bon notaire et, lorsqu'il aura fait sa demande, expédie-moi un télégramme.

Le bonheur de sa cousine était la seule impression positive que Colette conservait de son dernier jour dans la Creuse. Les mots grommelés par Bernadette alors qu'elle était venue lui faire ses adieux à la cuisine : « Vous voici désormais irrémédiablement liée au destin de Brières » l'avaient agacée. Qu'avait voulu dire cette vieille folle ?

Dans le grincement suraigu de ses freins, le train s'immobilisa.

— Tu es un diamant brut, jeta Colette par la fenêtre. Aie confiance en toi et tu brilleras de mille feux.

Du bout de ses ongles laqués de poupée, elle envoya un baiser à sa cousine. Une lumière vive inondait les quais, mettait en relief les groupes de voyageurs, pour la plupart des paysans se rendant à Châteauroux, l'amoncellement des paquets, malles et bicyclettes que des porteurs en casquette chargeaient dans le fourgon de queue. Son sifflet aux lèvres, le chef de gare allait et venait, une femme tirant un chariot à bras proposait des sirops, des petites galettes rondes, des œufs durs. Renée agita la main. Colette vit sa lourde silhouette se découper devant la salle d'attente au milieu de la fumée de la locomotive rabattue par le vent. Pourquoi avoir comploté ce mariage avec Paul Dentu ? Le morose vieux garçon saurait-il rendre heureuse cette femme qui, sous une apparence placide, cachait un cœur sensible et tendre ? Le sifflet du chef de gare émit un son aigu. Des mains se tendirent à travers les fenêtres des wagons, un petit chien jaune aboyait avec furie. Tandis que de la locomotive montait un épais jet de vapeur, le chapelet des wagons s'ébranla.

195

— Réfléchis quand même, cria Colette. Ne t'engage pas à la légère, tu as tout le temps.

Colette fut désagréablement surprise de trouver Étienne de Crozet étendu sur son sofa, un livre à la main. Après le long voyage de Guéret à Paris, elle se réjouissait d'être enfin seule chez elle pour se ressaisir. Dans le train, elle avait résolu d'écrire une longue lettre à Renée pour lui avouer que ses conseils la tracassaient. On ne se mariait pas pour faire plaisir à sa famille. Elle était indépendante, solide, menait avec courage et succès son entreprise agricole. Pourquoi se hâter ? Un grand amour l'attendait peut-être qu'elle se désespérerait d'avoir manqué.

— Te voilà enfin ! s'exclama Étienne en posant son livre.

— Il y avait des travaux sur la voie. Le train a eu une heure de retard.

— Tu ne m'embrasses plus ?

Colette soupira. Décidément, elle ne se ferait jamais aux contraintes, même légères, d'un semblant de vie conjugale.

— J'avais pourtant une bonne nouvelle à t'apprendre, poursuivit Étienne en se redressant.

— Tu as conclu une affaire ?

— Viens t'asseoir, chuchota-t-il.

Colette pensa à Renée, à ce château qui la possédait et auquel, affirmait Bernadette, son propre destin s'était lié.

— Tandis que tu jouais à la campagnarde, j'ai pu mettre la main sur ton rêve.

La voix d'Étienne était joyeuse et Colette se détendit. Elle s'entendait bien avec lui, son appartement l'attendait, avenant, lumineux, montrant

196

dans chaque détail son goût pour le luxe et la fantaisie. Déjà Brières se détachait d'elle et, tout comme Renée sur le quai de la gare de Guéret, s'estompait dans un lointain de plus en plus flou.

— Que sais-tu de mes rêves ? plaisanta-t-elle en posant la main sur celle de son amant.

— Beaucoup plus que tu ne le crois, mon ange. Une cigarette ?

Étienne sentait bon l'eau de Cologne. Sa chemise finement rayée de bleu était en parfaite harmonie avec le pantalon de flanelle sable. Qu'avait-elle à s'empoisonner avec de faux problèmes ?

— Dis-moi tout, supplia la jeune femme d'un ton câlin. Est-ce un bijou, une fourrure, un billet pour le paradis ?

— Seulement le local de Colette Fortier Couture, rue du Faubourg-Saint-Honoré. Je me suis montré si bon négociateur que j'ai pu obtenir mon offre.

La jeune femme poussa un cri de joie. Depuis des mois, elle guettait avec convoitise la vaste boutique d'une lingère qui voulait se retirer du commerce, mais en vain avait tenté d'obtenir un prix plus modeste. Il y avait de gros travaux à entreprendre pour rendre le local conforme aux critères d'un magasin de luxe. De multiples fois, la jeune femme était venue y flâner, imaginant l'espace débarrassé des lourdes étagères, des comptoirs en chêne, des faux tapis persans. Elle agrandirait les fenêtres, peindrait les murs en blanc bleuté, oserait, si elle en avait les moyens, faire appel à un des jeunes décorateurs dont la cote s'emballait comme Jean-Michel Frank. Sous l'œil suspicieux de la corsetière, elle restait plantée au milieu de la boutique, la tête bourdonnante, imaginant l'entresol abattu pour faire place à un

197

haut plafond laqué de blanc. Dans un cadre pareil, ses modèles sportifs chics et simples deviendraient irrésistibles. Elle avait déjà dessiné toute une collection : robes et pantalons de plage, de croisière, de tennis, maillots de bain et peignoirs assortis, grosses vestes de lin ou de cachemire, des manteaux cache-poussière amples et légers pour les randonnées en automobile. L'attitude toujours distante de la grande mademoiselle n'étant pas propice aux confidences, Chanel n'en savait rien. Ses employées étaient menées à la baguette et plus d'une ruminait une possible défection. Quant à elle, avec ou sans bénédiction, elle s'éclipserait avec élégance.

— As-tu signé ?

— Un accord seulement. Tout le monde se retrouvera chez le notaire en fin de semaine.

Colette, qui s'était lovée contre Étienne, se repoussa au fond du canapé.

— Comment aurai-je les fonds ?

— Le notaire est prêt à te consentir un prêt sur hypothèque.

— Mais j'ai les travaux de La Croix-Valmer à payer, s'inquiéta-t-elle.

— La Bourse va mieux, vends des actions. Hésiterais-tu ?

— Non, avoua Colette.

— Il y a une autre solution, sans doute pas immédiate mais qui à long terme t'assurerait une rente appréciable : exige de mettre Brières en société. Tu pourrais louer ce qui t'appartient en parts de chasse ou en laisser à ta cousine la jouissance moyennant un loyer.

— Mais je serai également responsable des dettes. Les réparations à envisager pour le château seront un gouffre !

198

— Dans les contrats, on arrange tout.

Colette se mordit les lèvres. Renée allait être stupéfaite d'une telle proposition, très certainement blessée. À aucun prix, elle ne voulait la peiner.

— Renoncerais-tu ? s'étonna Étienne.

— J'espère que ce n'est pas le commencement, murmura-t-elle.

— De quoi ?

— D'une chasse à l'argent par tous les moyens.

La jeune femme se leva, s'étira. Elle était fatiguée. D'un geste précis, elle tira une cigarette d'un étui d'émail et d'onyx, l'alluma.

— Pardonne-moi, mais c'est un peu perturbant d'apprendre aussi abruptement la bonne nouvelle que j'attendais depuis des mois. Pour l'argent, je me débrouillerai.

Étienne avait imaginé que, submergée par la joie, Colette se jetterait dans ses bras mais, comme toujours, elle restait maîtresse d'elle-même, irritante.

— Je ne te savais pas une conscience aussi chatouilleuse, la taquina-t-il. Tu ne vas pas renoncer à un projet qui te tient si fort à cœur pour ne pas heurter une petite cousine de province ?

— Certainement pas, et c'est ce qui m'embête.

Ils avaient fait l'amour dans la chambre baignée de soleil. Par la fenêtre, Colette apercevait les ramures du gros marronnier planté dans la cour, un coin de ciel où couraient des nuages. La vie lui souriait. Elle allait avoir sa villa dans le Midi, une maison de couture à elle. Et Étienne était un compagnon à sa mesure, égoïste, léger et dénué de cœur.

— Tu as bien mené mes affaires, chuchotat-elle. Rien ne pouvait me rendre plus heureuse.

199

Nous irons chez le notaire et j'écrirai aussitôt à Renée.

La jeune femme se sentait détendue. Renée la consultait-elle sur l'avenir de Brières, avait-elle demandé à sa grand-mère si la vente de la ferme lui convenait ? Avec raison, elle pensait avant tout à elle-même. C'était ainsi qu'il fallait se comporter.

De nouveau Étienne la caressait avec science.

— Tu es un homme délicieux, chuchota Colette.

La main d'Étienne descendit le long du ventre plat de la jeune femme, caressa le haut des cuisses. L'originalité, le talent et l'arrogance de sa maîtresse le surprenaient toujours. Quoiqu'elle mordît à pleines dents dans la vie, tout semblait revanche en elle. La rendait-il heureuse ? Étienne en doutait, mais elle faisait en sorte de le lui laisser croire. Même dans le plaisir, sa maîtresse se dominait. Elle gardait les yeux clos pour lui dérober son regard, détournait la tête lorsque la jouissance marquait son visage, refusait de dormir dans son lit.

Les pans de mur qui faisaient face au lit, entrecoupés d'ombre et de lumière, rappelaient à Colette sa chambre de petite fille, rue Raynouard, décorée par sa mère, une pièce de gitane bien plus que de petite princesse, avec ses pantins de bois coloré, des coussins brodés de laine aux couleurs éclatantes, un éventail espagnol, des abat-jour de soie jaune.

— Chérie, balbutia Étienne.

Colette referma ses bras autour de son amant. C'était cela la vie, une incomparable puissance d'ambitions et de rêves, des appuis sûrs, une volonté constante, l'esprit de conquête. Mais qu'elle relâche un instant son attention, qu'elle se

200

laisse aller au plaisir ou à l'amour et la malchance pouvait en profiter pour tout lui reprendre.

— La proposition de mademoiselle Fortier n'est pas acceptable, assura Paul Dentu. Si elle désire mettre Brières en société, il faut qu'elle accepte de régler les dépenses incombant à ses parts.

— Ma cousine n'a pas dû réfléchir.

Renée s'adossa au fauteuil sur lequel elle avait pris place, de l'autre côté de l'imposant bureau de Paul. La demande inattendue de Colette l'avait foudroyée. Brières mis en société, elle n'en était plus tout à fait maîtresse. Bien sûr, elle ne doutait pas des bonnes intentions de sa cousine, mais derrière elle se profilait l'ombre d'Étienne de Crozet. Il était tout bonnement un jouisseur, un cynique, un de ces décadents qui mettaient la licence au niveau de la liberté.

— Que me conseillez-vous ? murmura-t-elle.

— La mise en société de Brières n'est pas en soi une mauvaise chose. Vous aurez les mains plus libres que dans une simple indivision dont mademoiselle Fortier peut à tout moment demander à sortir. N'ayant pas les moyens de racheter sa part, vous seriez contrainte à vendre.

Renée fit un effort pour maîtriser son émotion. Peut-être Paul ne saisissait-il pas bien à quel point cette exigence communiquée par lettre recommandée la mortifiait. Comment Colette avait-elle pu agir avec cette dureté ? Un voyage à Brières, une discussion amicale se seraient imposés. Lorsqu'elles s'étaient quittées deux mois plus tôt, sa cousine n'avait pas formulé un mot qui puisse lui laisser soupçonner qu'elle eût un tel projet. Que s'était-il passé durant l'été ? Un besoin d'argent

201

pour sa villa de La Croix-Valmer ? Mais alors pourquoi ne pas l'avouer tout simplement ?

Paul n'osa insister. Il aurait voulu s'asseoir tout près de Renée, la convaincre en ami plus qu'en homme d'affaires, la conjurer de se battre. Elle était trop confiante, trop tolérante, montrait des scrupules dont sa cousine était totalement démunie. Sa vie était dure, solitaire, sans amour. Aurait-il le courage de déclarer le sien ?

— Ma cousine, prononça enfin Renée, n'a jamais été une innocente. Parfois je me demande si la faillite de sa famille ne l'a pas fermée à tout sentiment de fraternité. Mais je lui pardonne. Voyez-vous, Paul, ce qui compte le plus à mes yeux est notre complicité, Colette est ma dernière parente, je refuse que nous soyons brouillées.

— Que comptez-vous faire alors ?

— Accepter la mise en société de Brières et prendre en charge les travaux qui seront inhérents au château dans lequel, après tout, je demeure. Quant à la rente qu'elle exige pour sa part de terres, nous pourrions tenter de la négocier. L'homme d'affaires qui l'a conseillée semble n'avoir aucune notion des baux agricoles en vigueur dans notre région.

— Je suis consterné par la hâte avec laquelle vous prenez une décision très lourde de conséquences, mais je la respecte comme tout ce qui vient de vous.

Sûr d'avoir été trop loin, Paul se tut. Mais Renée lui souriait.

— Faites-moi confiance, prononça-t-elle. Le pouvez-vous ?

Paul avala sa salive. Renée le prenait à contrepied. En tant qu'homme d'affaires, il aurait dû la forcer à se battre contre les prétentions malhon-

202

nêtes de sa cousine, mais son cœur d'amoureux refusait de la heurter davantage. L'heure était venue d'abattre une fois pour toutes ses cartes comme Colette elle-même le lui avait conseillé.

— Tout autant que votre notaire, je suis votre meilleur ami, prononça-t-il d'une voix blanche, et vous le savez depuis longtemps. Je me sentirais méprisable de ne pas avoir le courage de vous déclarer aujourd'hui combien je vous respecte et vous aime. Longtemps j'ai cru évident qu'un jour nous serions mari et femme, puis vous êtes partie à Paris, avez aimé ailleurs, m'a-t-on dit. J'ai été très malheureux.

Renée écoutait sans l'interrompre ni protester. Tout au contraire, en dépit de la vive rougeur qui teintait ses joues, elle gardait son sourire.

— Aujourd'hui je ne veux plus vous cacher mes sentiments, voulez-vous réfléchir ?

Renée inspira profondément. Elle avait besoin à son côté d'un être qui l'aime et la défende, un être qui ne la trahirait pas, ne l'abandonnerait jamais.

— Serais-je une bonne épouse pour vous ? balbutia-t-elle.

D'un bond, Paul quitta son fauteuil et se tint devant Renée, gauche, affolé, n'osant encore la prendre dans ses bras.

— Je ferai de mon mieux pour être un mari à votre mesure, prononça-t-il. Voulez-vous être ma femme ?

À son tour, Renée se leva. Son cœur battait à se rompre. D'un pas, elle fut contre Paul, sa joue sur la veste de tweed un peu râpeuse. Il l'enferma entre ses bras, jeta sur ses cheveux, son front de timides baisers.

— Personne ne vous aimera plus que moi, chuchota-t-il.

Renée ferma les yeux. Le destin avait eu le dernier mot.

19.

À la veille de son mariage, Renée ne savait plus très bien où elle en était. Ainsi elle allait se marier ! La cérémonie à l'église aurait lieu à midi et serait suivie d'une réception au château où n'avaient été conviés que les intimes. Comme promis, Colette serait sa demoiselle d'honneur avec l'aînée des Lanvin, une fluette jeune fille de dix-sept ans. Paul, quant à lui, avait choisi un lointain cousin de Limoges et un jeune châtelain des environs, Bernard de Barland, avec lequel il chassait parfois le gibier d'eau.

Seule avec Solange, Bernadette s'activait depuis près d'une semaine pour nettoyer, astiquer l'argenterie, cuisiner. Elle avait retrouvé autorité et énergie, ouvrant grandes les fenêtres en dépit du froid aigrelet, battant les tapis, fourbissant d'innombrables casseroles de cuivre abandonnées à la poussière dans l'arrière-cuisine. Le menu que Renée avait tenu à garder simple était établi : potage à la Saint-Cloud, filets de sole à la Mornay, foie gras truffé au madère, rognons de veau en cocotte. Le soufflé praliné et ses petits-fours seraient livrés par un pâtissier de La Souterraine et, en l'absence de toute présence masculine au château, Paul avait insisté pour fournir les vins.

Une fois encore, Renée ouvrit la porte de son placard pour contempler la robe choisie et expé-

204

diée par Colette. En satin souple, elle montrait les genoux pour plonger en une courte traîne. Enveloppant le corps sans trop le souligner, la coupe stricte et molle couvrait les bras, suggérait une encolure assez haute toute rebrodée de petites perles. Des bas de soie blancs, une simple couronne de boutons de roses qui maintiendrait le voile, des chaussures à barrettes composaient l'ensemble sobre et chic auquel Renée ne s'identifiait guère. Tout, il est vrai, lui semblait irréel, jusqu'au voyage de noces qui les mènerait Paul et elle en Corse, pour deux semaines. Comment s'ajusteraient-ils l'un à l'autre ? N'ayant, après les quatre mois de leurs fiançailles, pas tout à fait renoncé à le considérer en ami cher, en grand frère, elle le connaissait bien et peu à la fois. Au doigt, elle portait une émeraude ayant appartenu à sa future belle-mère, une pierre à l'éclat médiocre cernée de minuscules diamants. Cent fois elle l'avait regardée sans pouvoir s'attendrir devant ce gage d'amour.

Une automobile se garait devant le perron. Vivement Renée referma le placard. Elle reconnut le timbre clair de Colette et distingua une voix d'homme. Sa cousine aurait-elle osé amener son amant à Brières, l'homme qui s'était ingénié à la mettre en difficulté !

— Nous voilà ! claironna Colette.

Ravissante dans un manteau de tweed orné d'un col châle de petit-gris, elle avait l'air détendue et heureuse. Déjà Étienne de Crozet ouvrait le coffre, en extirpait deux grosses valises qu'Émile venait chercher en clopinant.

— Mademoiselle Colette ! Quel bonheur ! se réjouit Bernadette.

Renée laissa retomber le léger rideau de mous-

205

seline. La conduite étrange de sa vieille nourrice la déroutait. Un mois plus tôt, elle ne quittait guère sa chaise tirée au coin de l'âtre et aujourd'hui elle allait et venait comme une jeunesse, accueillant avec effusion sa cousine que pourtant elle ne prisait guère.

— Voilà donc l'ensorceleuse de Brières ! la taquina Étienne de Crozet en s'emparant de la main de Renée. Colette ne cesse de me parler de vous.

L'homme était beau, indiscutablement séduisant. La formule un peu sèche que la jeune fille s'apprêtait à prononcer mourut sur ses lèvres.

— Entrez, prononça-t-elle. Bernadette a fait du thé et du chocolat.

— Tu aurais dû prévenir, chuchota la jeune fille à l'oreille de sa cousine. Nous lui aurions préparé sa chambre.

Colette eut un petit rire agacé.

— Étienne a insisté pour venir. Nous filons ensuite à La Croix-Valmer. Mais ne t'inquiète pas, il a promis de se fondre dans ta charmante petite société et de s'en faire adopter. Quant à la chambre, ne te tracasse pas, nous partagerons la même.

« Paul lui adressera à peine la parole, pensa Renée. Croit-il que sa seule personne suffise à faire oublier ses goujateries ! »

— Jolie demeure, apprécia Étienne en pénétrant dans le vestibule. L'escalier est magnifique.

L'odeur de l'encaustique abondamment répandue par Bernadette imprégnait la maison tout entière. Deux gros bouquets de lys blancs étaient déjà disposés sur une console que dominaient des têtes de cerf empaillées.

Colette et Étienne suivirent Renée dans le grand

salon. Étienne s'immobilisa. Il ressentait une impression fugitive d'étouffement. Comme si elle comprenait son malaise, Colette lança à son amant un regard d'intelligence.

— Tu es ici dans un autre monde, glissa la jeune femme d'une voix moqueuse.

Le poêle à bois nouvellement acquis ronflait dans la pièce meublée avec élégance. Au-dessus de la cheminée, un portrait de jeune femme vêtue de bleu semblait régner en maître absolu. Un grand chien marron sommeillait sur un tapis.

— Nous sommes un peu bousculées par les préparatifs, s'excusa Renée en désignant un fauteuil.

Étienne dissimula sa surprise. Ici, tout semblait figé dans le temps. Au regard de Renée, il comprenait qu'il n'était pas le bienvenu. Pour cette histoire de notaire, sans doute. Mais sans ses conseils, Colette se serait laissé prendre à la gorge. Brières, qu'elle qualifiait de sale trou, exerçait sur elle une étonnante fascination. Tout aurait dû la pousser à vendre ses parts à sa cousine ou à un quelconque amateur. Mais elle s'y était accrochée avec cette détermination qu'il savait ne pouvoir ébranler. On ne l'y verrait pas souvent.

Colette observait sa cousine. Rien sur son visage ou dans son attitude ne révélait une grande excitation. Et cependant, elle en était sûre, Renée était vierge. N'était-elle pas inquiète à la pensée de sa nuit de noces ? En dépit de la science amoureuse d'Étienne, son dépucelage restait pour elle un souvenir désagréable. Comment se comporterait son futur époux ? En dépit de son âge, il se pouvait fort qu'il soit lui aussi puceau.

— Paul vous a fait parvenir le contrat, n'est-ce pas ? demanda soudain Renée à Étienne. Tout y a été rédigé selon vos souhaits.

207

— Parlons d'autre chose, intervint Colette, de ton mariage par exemple ? J'ai hâte de découvrir ma robe de demoiselle d'honneur.

Elle s'attendait au pire : un tissu bon marché, une coupe qui la fagoterait.

— Vous avez eu ce que vous désiriez, poursuivit Renée, semblant ne pas entendre sa cousine. Mais Paul et moi restons très optimistes sur l'avenir de Brières.

— Vous découvrirez vite que les prétentions de Colette sont raisonnables, jeta Étienne d'un ton contraint. Elle aurait pu vous obliger à vendre.

Bernadette pénétra dans la bibliothèque, portant un plateau qu'elle disposa sur une table ronde. L'expression heureuse qu'elle avait eue en accueillant Colette demeurait sur son visage.

— Le dîner sera servi à sept heures, précisa-t-elle. Renée doit se coucher de bonne heure.

Brièvement, Bernadette jeta un regard sur le portrait. Il lui sembla que Valentine lui souriait.

— Tu es parfaite ! s'extasia Colette.

Avant de se coucher, la jeune femme avait tenu à admirer sa cousine dans la robe qu'elle lui avait expédiée de Paris. Le résultat n'avait rien d'enthousiasmant. Jamais elle n'aurait dû choisir un modèle découvrant les jambes. Comment avait-elle pu oublier la rondeur des mollets de sa cousine ? Son regard tentait désespérément de s'accrocher à la beauté du corsage, mis en valeur par la jolie poitrine de Renée, au bon tombé du voile épousant parfaitement les plis de la courte traîne.

— Ravissant ! insista Colette. Regarde-toi.

Renée jeta un regard inquiet dans la psyché. Ferait-elle bonne figure le lendemain lorsque Lanvin la mènerait à l'autel où l'attendraient le père Marcoux et Paul ? Certes, elle était heureuse de devenir sa femme, d'avoir des enfants, de ne plus être seule à se battre pour que Brières survive. Pourquoi alors cette impression de détresse qui réveillait toutes les autres ? Une aube heureuse se levait cependant. Il fallait accepter avec simplicité le bonheur, tenter d'aimer Paul autant qu'elle avait adoré Henri, ses caresses discrètes, ses pudiques et poétiques confidences. Vivement elle ôta la robe, passa un peignoir.

— Aimes-tu ta toilette de demoiselle d'honneur ? s'inquiéta-t-elle. Pauline Lanvin en est folle.

Colette, qui avait pris son parti d'être accoutrée de crêpe georgette parme, arbora un sourire réjoui.

— Tout est magnifique, assura-t-elle. Sois heureuse.

La voix affectueuse de sa cousine émut Renée.

— Parle-moi de toi, exigea-t-elle, demain nous n'aurons pas beaucoup de temps pour nous voir.

— Les travaux viennent de commencer dans ma boutique. J'évite de voir trop grand pour le moment, mais si ma première collection marche comme je l'espère, je m'agrandirai. Le chapelier qui me jouxte est criblé de dettes.

— As-tu des collaborateurs ?

— Un jeune homme très doué et une comtesse dans la débine. Elle connaît tout Paris et sait ce qui se passe chez les concurrents. Dans ce métier, il faut être le premier ou mettre la clef sous le paillasson.

La voix de Colette vibrait.

— Je vais sortir une ligne de tricots, des pantalons et jupes de flanelle, de simples corsages en jersey et une collection de plage. C'est un début.

Viendront ensuite quelques chapeaux de feutre souple, des sacs très sport, des gants, des accessoires raffinés et spirituels, en un mot du luxe nécessaire.

Renée s'était assise sur son lit, les pieds ramenés sous elle. Dans sa chambre, Colette allait et venait, toute rose d'excitation. Leurs vies s'écartaient d'une manière radicale : la sienne sage et effacée, de plus en plus provinciale, celle de sa cousine brillante, créatrice, parisienne. Elle tenta d'imaginer le brouhaha des jours de collection, les mannequins, l'éblouissement des lumières et Colette radieuse face aux applaudissements. C'était un aboutissement logique des choses. Tandis que, fillette, elle grandissait en sauvage dans le monde enchanté et clos de Brières, Colette assistait à des thés avec leur grand-mère, touchait du piano, s'essayait à l'aquarelle, apprenait l'anglais et l'italien, dansait lors de fêtes enfantines. Sans leur affection commune pour leur bonne-maman et leur mépris pour des mères honnies, qu'auraient-elles eu en commun ?

Colette s'arrêta devant sa cousine, tendit une main que Renée prit dans la sienne.

— Étienne a un certain charme, reconnut la jeune fille. Et il semble très attaché à toi.

Colette s'installa sur le lit, passa un bras autour des épaules de Renée. Elle aimait cette illusion de bonheur tranquille, bourgeois, l'odeur fruitée de la chambre tapissée de toile de Jouy, l'éphémère silence.

— Peut-être penses-tu à l'absence de bonne-maman et de tes parents. À moi aussi, ma famille me manque. J'aimerais discuter avec maman d'un croquis, du choix d'une couleur. C'était une femme extravagante, mais naturellement élégante.

210

Quant à bonne-maman, je l'imagine souvent aux collections, assise au premier rang des clientes dans ses vieilles tenues de Worth ou de Poiret, la première à applaudir. Il m'arrive de pleurer ou de partir seule me promener dans la nuit pour fuir une réalité que pourtant j'adore. Étrange, n'est-ce pas ? Ressens-tu la même chose ?

— Je suis revenue à Brières pour retrouver une certaine tranquillité. Paris, le monde, les fêtes, les beaux discours, les délicates perfidies toujours m'ont été étrangers.

— Ce sont des coupes de champagne.

— Mais toi, Colette, tu ne bois pas.

— J'aime voir les bulles, leur couleur d'or, les mains qui se tendent, les yeux qui brillent. On ne se change pas. Tu es simple et généreuse, ma Renée, je suis tourmentée, ambitieuse, un peu folle peut-être. Mais nous vieillirons en nous aimant toujours, n'est-ce pas ?

— Ne souhaites-tu pas d'enfants ?

— Tu les feras pour moi. Je me contenterai d'être la vieille tante Colette, l'excentrique vieille dame qui a des amants, vit seule et houspille ses vendeuses.

En riant, Colette et Renée se serrèrent l'une contre l'autre. Leurs anxiétés réciproques devenaient inoffensives, de simples petites faiblesses dont mieux valait se moquer.

— Te souviens-tu du soir où Simon t'a découverte les doigts enfoncés dans un pot de confiture ? s'égaya Colette.

— Et je lui ai répliqué que je venais de me pincer, qu'il était connu de tous que le sucre apaisait les élancements. Le pauvre Simon ne savait plus que dire.

— Et le jour où Céleste avait avancé les aiguilles

211

de la pendule de bonne-maman en l'astiquant ! Le lendemain, elle était debout à cinq heures du matin, querellant les domestiques pour leur paresse !

— Et quand Pomme, mon hamster, est tombé la nuit au fond d'une cruche où il s'est noyé. Simon était arrivé dans la cuisine encore un peu endormi et s'était servi comme d'habitude un grand verre d'eau qu'il avait avalé d'un trait ! pouffa Renée. Nous l'avons entendu hurler. Bonne-maman croyait qu'il y avait le feu à la maison.

Colette ne riait pas. Elle voyait de l'eau jusqu'à l'horizon, un grand paquebot, des lumières qui s'éteignaient, entendait des appels terrifiés puis le silence, un silence qui engloutissait sa vie.

— Il faut te reposer, décida-t-elle en faisant un effort pour garder un ton serein. Demain sera le plus beau jour de ta vie.

La jeune femme se leva, posa un baiser sur la joue de sa cousine.

— Ne t'inquiète pas si les premières nuits ne sont pas féeriques, chuchota-t-elle. Les choses agréables viendront en leur temps. Mais il faudra y mettre du tien.

— Que veux-tu dire ?

Le sang était monté à la figure de Renée. Quoique ayant instinctivement horreur d'aborder ce genre de sujet, elle savait son ignorance et craignait de se montrer sotte ou même ridicule lorsque Paul la rejoindrait dans son lit.

— Ne pas te résigner à l'état de potiche, prendre des initiatives, essayer de deviner ce qui ferait plaisir à ton mari, laisser libres ses fantasmes et les tiens.

— Je ne sais pas, je ne saurai pas..., balbutia Renée.

212

Affolée par les images que sa cousine avait suggérées, elle ne trouvait rien d'autre à dire.

— Je t'enverrai un ou deux livres, décida Colette, abasourdie par le trouble de cette grosse fille de vingt-huit ans. Toutes les femmes en ont un ou deux cachés au fond de leur bibliothèque.

La succession des événements de la journée sembla à Renée un rêve. Elle était désormais madame Paul Dentu, avait reçu au château leurs amis autour d'un déjeuner charmant où chacun avait tenu à prononcer un compliment. Au dessert, Colette lui avait remis un paquet enveloppé de papier blanc dans lequel elle avait découvert une miniature de son père, âgé d'environ quinze ans.

— Je l'ai trouvée en triant des affaires de bonne-maman, avait expliqué gaiement la jeune femme, et j'ai pensé que ce petit portrait te revenait de droit.

Jean-Rémy semblait la regarder de ses beaux yeux noisette à l'expression un peu désabusée, une ombre de sourire sur les lèvres que le peintre avait teintées d'un rose forcé. Chacun s'était penché sur la miniature, rappelant quelque souvenir. Seul, Paul s'était tu et Renée lui avait été reconnaissante pour ce silence.

Avec diligence, Bernadette, Solange et Émile allaient et venaient, veillant à tout. Après le cognac, il fut décidé qu'on ferait une promenade dans le parc. Il faisait un peu frais. Renée prit le bras de Paul. Elle avait ôté sa couronne et son voile, jeté un châle sur ses épaules, changé de chaussures, et la campagnarde reprenait ses droits, effaçant déjà l'élégante épousée. Étienne de Crozet et le père Marcoux fermaient la marche, par-

213

lant histoire avec Lanvin. Colette avait passé un tailleur de tweed très souple ceinturé de cuir d'antilope et coiffé un chapeau de feutre tout rond d'où émergeaient ses boucles blondes.

À cinq heures, Émile servit le thé aidé de Solange. Bernadette était introuvable.

— Elle est allée se promener pour éviter de te voir partir, assura Solange. Tu connais maman.

La nuit tombait. Un vent aigrelet commençait à souffler.

— Madame devrait songer à se préparer, conseilla Émile à Renée. Nous avons une bonne heure de route.

Les valises du couple étaient déjà chargées dans la Citroën. Le train pour Marseille quittait Guéret à dix-neuf heures.

— Je vais t'aider à t'habiller, proposa Colette.

Paul retira le bras dont il serrait la taille de sa femme et déposa un petit baiser sur sa tempe.

— Je t'attends en bas, ma chérie.

Le mot « chérie » sonnait étrangement dans sa bouche et, cependant, il l'avait prononcé avec beaucoup de tendresse.

— Ton mari est épatant, assura Colette alors que les deux cousines gravissaient côte à côte l'escalier. Je suis sûre que tu vas être heureuse.

— Je le suis.

— Alors, fais un effort pour le montrer, cajole-le, trouve des petits mots gentils.

Renée jeta à sa cousine un regard de reproche. Pourquoi ne pensait-elle qu'aux manifestations prosaïques de l'amour ? En disant « oui » à Paul, bien plus qu'un corps peu avenant, qui sans doute

214

allait le décevoir, c'étaient ses émotions, ses rêves, son cœur qu'elle lui avait offerts.

La chambre de Renée semblait désertée. La veille, Bernadette et Solange avaient déménagé ses effets, ses objets personnels, pour les installer dans la chambre conjugale, celle qu'avait occupée Valentine, située en plein midi et qui, dès son retour de Corse, deviendrait celle du jeune ménage. Seuls la robe et le manteau de voyage de Renée restaient étendus sur son étroit lit de jeune fille que surplombaient un crucifix et un petit bénitier d'ivoire.

Du bout des doigts, Colette caressa le sage ensemble de lainage beige. Le cérémonial du départ de la mariée l'amusait. Allait-on demander à Renée de jeter sa jarretière ou d'offrir à la Vierge le bouquet de lys qui déjà se fanait ? Allait-on danser toute la nuit au village pour fêter les épousailles de la châtelaine ? Il était plus probable que Paul et Renée s'éclipseraient comme de vieux compagnons et que les réjouissances seraient courtes tant la fête n'appartenait pas à Brières.

— On ne peut reconstruire le passé, souffla soudain Colette, alors mise sur l'avenir. C'est ce que j'ai décidé depuis longtemps.

Renée eut un geste vague de la main. Durant toute la journée, elle n'avait fait que penser à son père.

— Je veux faire revivre Brières, affirma-t-elle d'une voix que l'émotion faisait vibrer, comme au temps où papa et maman formaient une vraie famille, où l'on pêchait à la ligne, jouait au tennis, disputait des parties de croquet avec les grands-parents, les oncles et les tantes, les amis. Paul m'aidera. À part toi, il est la seule personne qui me comprenne et m'aime. Je suis heureuse, tu sais, et

215

je souhaite du fond de mon cœur que tu le sois aussi.

Comme vidée de toute énergie, Renée se tut soudain. Colette la prit par les épaules, déposa un léger baiser sur sa joue.

— Dépêche-toi de t'habiller ou tu vas manquer ton train. Imagines-tu passer ta nuit de noces dans la salle d'attente de Guéret !

Renée frappa à la porte de la chambre de Bernadette. Comme personne ne répondait, elle entra. Aucune lumière n'était allumée. On distinguait à peine le lit de fer, la grande armoire à glace, la table de toilette décorée de cretonne fleurie. La jeune femme resta un instant indécise. Plus que tout, elle aurait souhaité embrasser Bernadette avant son départ, solliciter d'elle les encouragements et les affectueux conseils que lui auraient prodigués une mère à ce moment si bouleversant de sa vie. Mais Bernadette avait choisi l'absence. Cela ne lui ressemblait pas.

La jeune femme domina son émotion. Des yeux, elle chercha le carnet où sa nourrice inscrivait ses menues dépenses, des bribes de pensées et de prières. Comme à l'accoutumée, elle le découvrit posé sur un coin de la table, à côté du petit Jésus en cire qui l'avait tant fascinée autrefois. D'un geste décidé, Renée en arracha une page, écrivit à la hâte : « Je t'aime et t'embrasse de tout cœur. » Une dernière fois, elle regarda autour d'elle. Le lit était bien tiré, aucun vêtement n'était posé sur le fauteuil ou le dossier de la chaise paillée.

Il y eut un bruit de pas dans le couloir. Émue, Renée se retourna. Mais ce n'était qu'Émile Genche se hâtant vers elle.

216

— La voiture est prête, madame Renée. Il faut y aller.

Dehors, la lune se levait, une belle lune presque ronde qui jetait sur les arbres du parc une lumière fantomatique.

— Sais-tu où est partie Bernadette ? interrogea la jeune femme.

Ses yeux tombèrent sur une statuette que sa nourrice affectionnait. C'était une figure de femme offerte par Valentine, une madone peut-être ou la silhouette d'un charmant modèle affectionné par le sculpteur. Dans la pénombre, le petit visage de marbre semblait lointain, intangible, presque maléfique, perdu dans un passé hostile.

— Au village, sans doute, affirma Émile. Elle aurait eu gros cœur de vous voir partir. Alors, c'est elle qui s'en est allée.

20.

— Quelle poisse ! jeta Colette en repliant la lettre. Pauvre Renée.

— Son mari serait-il impuissant ? plaisanta Étienne.

— Bernadette est morte. Le soir du mariage, elle a fait un pas de trop et est tombée dans le puits.

— Brières est une demeure maléfique.

— Pourquoi penses-tu cela ?

— En y séjournant, j'ai eu l'impression que les femmes cherchent à expier leur absolue domination sur les hommes en jouant un rôle de victime.

217

Jusqu'à ta cousine Renée. As-tu remarqué comme Paul ressemblait déjà à un chien fidèle le jour de son mariage ? Cela pouvait sembler émouvant à certains, pour moi, c'était effrayant. Je ne te l'ai jamais avoué, ma chérie, mais durant les deux nuits que j'ai passées là-bas, j'ai eu des rêves abominables.

— Curieux, avoua Colette.

La jeune femme n'avait guère le temps de ressasser ses doutes. Les travaux s'achevaient rue du Faubourg-Saint-Honoré et elle avait décidé d'ouvrir pour la saison d'été. C'était un risque car la clientèle parisienne se serait évaporée dès juillet, mais certaines Américaines fortunées venaient passer l'été en France et séjournaient à Paris. Colette se souvenait des certitudes de son père : pour qu'une entreprise prospère, il fallait penser à des perspectives internationales. Si les ventes obtenaient le succès qu'elle escomptait, elle envisagerait une collection outre-Atlantique. Et la villa de La Croix-Valmer était délicieuse. Un horticulteur venait de planter un océan de lavandes, quelques orangers et citronniers dans le patio d'où la perspective sur la Méditerranée était superbe. Au mois d'août, elle prendrait deux vraies semaines de vacances pour s'y réfugier avec Étienne et quelques amis. Là, elle dessinerait en paix sa collection de printemps.

— On parlait hier chez les Robinot de prochaines grèves dans le textile, annonça Étienne en allumant un cigare. Ne te laisse pas prendre de court pour tes approvisionnements de tissus.

Colette enfila la veste de son tailleur, coiffa un élégant béret de feutre où était piquée une grosse perle. La nouvelle de la mort de Bernadette la perturbait. « Quel lamentable retour de voyage de noces pour Renée ! » pensa-t-elle. Ce soir même,

218

elle lui écrirait une lettre pour l'assurer de son affection.

Colette était en retard mais, en marchant d'un pas vif, elle pourrait pousser la porte de son magasin dans un petit quart d'heure. Déjà elle avait fait ses adieux à ses collaborateurs et présenté sa démission à Gabrielle Chanel qui à peine avait tendu une main distante. Mais le soir même, elle lui avait fait livrer une luxueuse gerbe de fleurs blanches avec des vœux de succès.

Paris était gai. Une lumière éphémère, insaisissable et fragile baignait les façades des immeubles.

« Et si je coupais les pantalons sous les genoux ? pensa Colette en remontant la rue Royale. Portés avec de petits pulls de coton, ce serait commode et chic pour les vacances. »

Renée jeta un coup d'œil désabusé à la porcherie et se dirigea vers le potager pour ramasser au passage les légumes dont Solange avait besoin pour la soupe. L'ombre des arbres bordant l'allée se découpait dans la lumière printanière et le château, au loin, paraissait riant derrière la terrasse où Émile venait d'installer les orangers en pots. Paul n'allait pas tarder à rentrer de l'étude pour déjeuner avec elle. Une fois encore, l'essentiel de leurs conversations tournerait sur la ferme et l'élevage des porcs que son mari lui conseillait d'abandonner parce que trop exigeant en main-d'œuvre. Renée sentait qu'il avait raison. S'endetter davantage en embauchant un ouvrier agricole serait une folie. Mais l'idée des porcs lui était venue après une longue discussion avec Bernadette et y renoncer serait trahir la mémoire d'une femme qui avait été plus qu'une mère. Bernadette reposait au

219

cimetière au milieu des Genche. D'un commun accord, Lanvin et Solange avaient conclu à l'accident. Ayant voulu faire quelques pas dehors afin de ne pas assister au départ de Renée, Bernadette était tombée dans le puits. Lanvin s'était gardé d'évoquer la profonde dépression de la vieille servante, ses sautes d'humeur, son obsession de la mort, et le père Marcoux n'avait pas cherché à en savoir davantage.

Le potager sentait bon la terre humide, le thym. Onyx, qui l'avait rejointe, fouillait l'humus d'une plate-bande encore en jachère. Quoique Solange fasse de son mieux, rien n'était plus comme avant. Il semblait que le domaine, loin de s'éveiller, s'enfonçait davantage encore dans le sommeil et l'oubli. Plus que tout au monde, la jeune femme souhaitait un enfant. C'était ce désir lancinant qui transformait le devoir conjugal en moments de folle espérance. Aussi tendres fussent-elles, les caresses de Paul n'amenaient pas en elle le plaisir décrit dans certaines lectures. Sans les détester, elle les recherchait simplement pour devenir mère. Paul le devinait-il ? Jamais ils n'abordaient ce genre de confidence. Chacun gardait une réserve un peu fière, la discrétion des timides, de ceux habitués depuis l'enfance à douter d'eux-mêmes.

Renée suivit l'allée centrale du potager, déracina quelques carottes, deux poireaux, coupa un jeune chou à l'aide du couteau à manche de corne posé au fond de son panier.

— Tu veux que je t'aide ?

La voix de Victor fit tressaillir Renée. Onyx déjà léchait le visage, les mains de l'enfant.

— Es-tu assez fort pour porter le cabas ?

Le garçonnet tendit le bras. La mort de son père puis celle de sa grand-mère avaient emporté ses caprices comme ses grands rires. Il avait maintenant un regard mûr, un comportement trop sage.

— Rentrons, décida Renée. Il ne fait pas encore assez chaud pour flâner.

Alors qu'ils poussaient la porte de la cuisine, la voiture de Paul se rangea devant le perron.

— Renée ! appela-t-il.

La jeune femme contourna la bâtisse. L'intonation de la voix de son mari était inhabituelle.

— Quelque chose ne va pas ?

Mais déjà Paul serrait sa femme contre lui, posait un léger baiser sur ses lèvres.

— Tout au contraire ! J'ai une excellente nouvelle à t'apprendre. Mon terrain d'Évaux-les-Bains est vendu et bien vendu. L'acheteur veut construire un hôtel entouré de jardins. Il était pressé et a accepté sans sourciller nos conditions.

Renée inspira profondément. Cette rentrée d'argent tant attendue signifiait un considérable allègement de leurs dettes. Enfin elle allait pouvoir développer sa ferme comme elle l'entendait, conserver sa porcherie, élever des moutons, des veaux de lait, quelques oies pour tester une production de foie gras. Le rose lui montait aux joues et l'étreinte de son mari lui sembla soudain plaisante.

Avec application, Paul coupait sa côtelette. L'enthousiasme de sa femme lui faisait plaisir mais, une fois encore, Renée s'investissait trop dans des projets mal maîtrisés.

— Avec tes plans sur la comète, ne mange pas toutes mes économies ! plaisanta-t-il. L'argent du terrain couvrira à peine le remboursement du matériel agricole.

221

— Je me suis fait le serment de faire prospérer Brières, lança Renée. Douterais-tu de moi ?

Avec tendresse, Paul saisit la main de sa femme et la serra dans la sienne. Après seulement deux mois de mariage, il avait appris à ne pas la heurter de front et tentait avec amour de lui rendre une confiance en elle, sans doute perdue depuis longtemps. Rien de ce que Renée avait subi dans son enfance comme au cours de son adolescence ne lui était étranger. Il éprouvait pour cette femme courageuse et sensible, sa femme, une tendresse infinie, avait la volonté opiniâtre de la rendre enfin heureuse.

— En renonçant à notre hectare de chanvre qui ne rapporte rien, nous pourrions étendre les herbages, s'enthousiasma Renée, les agriculteurs des alentours, les Tabourdeau en premier, s'en détournent les uns après les autres.

— Sais-tu que Joseph et Denise viennent d'embaucher un gars pour les aider ?

— Un maître berger. Ils ont maintenant plus de cent moutons. Nous devrions les imiter.

Paul pensa à la somme qu'il avait été si content d'encaisser le matin même. Combien de temps cet argent durerait-il ? Mais il n'avait pas le cœur de ruiner les espérances de Renée. Et, après tout, pourquoi ne réussirait-elle pas ? Elle avait fait de solides études, débordait d'énergie.

Solange servit le café. Paul avait envie d'entraîner Renée dans leur chambre, mais n'osait dire un mot ou faire un geste qui risquât de la cabrer. Il voyait bien que Renée subissait plus qu'elle ne souhaitait ses étreintes et acceptait cette retenue comme une chose presque normale. En l'épousant, jamais sa femme n'avait parlé d'un grand amour. Peut-être celui-ci viendrait-il plus tard, lors-

222

que la vie et les enfants les auraient soudés l'un à l'autre.

— As-tu des rendez-vous tôt dans l'après-midi ? interrogea Renée.

La jeune femme avait son joli sourire, ses yeux brillaient. Elle était presque belle.

— Nous allons faire de grandes choses à Brières, assura-t-elle.

Elle jeta à son mari un long regard. Paul la touchait chaque jour davantage. Dans quelque temps, le reste de méfiance laissé en elle par la trahison d'Henri se dissiperait. Alors elle pourrait l'aimer.

— J'ai lu hier soir quelques poèmes de ton père, déclara soudain Paul. Ils sont pleins de charme et de force.

Un élan poussa Renée vers son mari.

— Je regrette que tu n'aies pas mieux connu papa. C'était un être...

D'un geste tendre, Paul attira sa femme contre lui.

— Je me souviens très bien de lui. Tu lui ressembles.

— Si nous montions un moment ? balbutia-t-elle.

Pour la première fois depuis son mariage, Renée se rendit sur les berges de l'étang. La nuit venait de tomber et la pleine lune rendait fantasmagoriques les silhouettes élancées des arbres, celles trapues des buissons. Des mots prononcés par sa mère investissaient sa mémoire. « La vie, tu verras, n'est jamais aussi mauvaise qu'on le croit. » Si souvent Renée s'était sentie abandonnée, sans espoir ou écrasée par le destin ! Et aujourd'hui la confiance lui revenait. Elle avait un rôle à remplir, un destin à assumer, très différent certes de celui

223

de sa mère, de sa tante Madeleine ou de Colette, mais également riche en sentiments et bonheurs. « J'oublierai tout ce qui a hanté Bernadette jusqu'à la fin, résolut Renée : la silhouette de maman dans l'allée de Diane marchant la tête haute, si belle sous le grand chapeau où frissonnait un bouquet de plumes, celle de papa contemplant sur la terrasse le lever de soleil, Jean-Claude et son regard interrogateur, sa fragilité. » La jeune femme serra contre elle les pans de son manteau. Elle devait rentrer. La lune éclairait le chemin, les bouquets de fleurs sauvages sous la futaie. « Il n'y a personne, se rassura Renée à mi-voix. C'est seulement mon imagination. » Mais elle sentait une présence comme un souffle à peine retenu. La jeune femme s'arrêta. Le sous-bois était désert. Et soudain, venant de l'allée de Diane, elle aperçut une forme drapée dans un manteau vert d'eau, immobile, sans visage et qui semblait l'attendre.

— Une fausse couche n'est pas rare lors de la première grossesse, affirma Lanvin d'un ton affectueux. Mais vous êtes en pleine santé, jeune encore. Parions que dans un an je vous accoucherai d'un bel enfant.

Renée était trop lasse pour répondre. À peine avait-elle eu le temps de se réjouir d'être enceinte que déjà cette espérance s'était évanouie. Mais Lanvin avait raison, elle devait garder espoir.

La sécheresse avait durement frappé le nouvel élevage ovin. On avait retrouvé mortes dans l'herbage une dizaine de bêtes, plusieurs autres ne semblaient pas bien portantes. La jeune femme avait hâte d'être sur pied pour reprendre les choses en main. Gaston, l'ouvrier agricole qu'elle avait

224

embauché, et Solange n'avaient qu'une notion rudimentaire des soins à donner aux bêtes malades et croyaient bien faire en les saignant à la jugulaire et en leur faisant absorber une décoction de vin blanc, de cannelle et d'ail. Desséchés, les pommiers montraient des signes de dépérissement et le blé, quoique la saison de la moisson approchant, n'offrait que de maigres épis. En dépit de sa fatigue et de son chagrin, Renée bouillait d'être immobilisée dans son lit. La vente du terrain de Paul avait remboursé moissonneuse et chevaux de trait. Mais elle avait dû réemprunter aussitôt pour acheter cinquante moutons et une centaine d'oies. « Les oches », comme disait Gaston, avaient eu aussitôt besoin d'un bon enclos pour les préserver la nuit des renards et elle avait dû louer à la journée Francine, une gamine de Brières. Quatre bouches à nourrir à la cuisine, sans compter les saisonniers embauchés pour les moissons ou la récolte des châtaignes. Sous les attaques répétées du phylloxéra, le dernier carré de vignes avait péri. C'était, Dieu merci, un souci en moins : vendangeurs à engager, pressoir à louer, fête de fin de vendanges à payer. Toutes ces dépenses pour un vin aigrelet que seul son père s'entêtait à trouver convenable.

— La chouette du grenier n'avait pas hululé, expliqua Solange en retapant le lit de Renée. C'était mauvais signe pour un début de grossesse. Quand je me suis retrouvée enceinte de Victor, elles ont fait un raffut de tous les diables à la ferme.

— Elles hululeront bientôt, tenta de plaisanter Renée, et alors peut-être aurai-je le temps de leur prêter l'oreille.

La jeune femme s'empara des quelques lettres

que lui tendait Solange, la plupart des traites ou des factures à payer. Il était près de midi. Bientôt Paul arriverait de l'étude, s'installerait dans un fauteuil pour déjeuner à côté de son lit. Silencieux, souvent bourru, sachant peu exprimer son amour en caresses ou en mots tendres, il était doué d'une solidité, d'une sérénité qui empêchaient Renée de ressasser ses regrets. Le Brières de son enfance n'existait plus.

Avec empressement Renée ouvrit la lettre expédiée par Colette. Sa cousine se consacrait corps et âme à sa maison de couture qui prenait un envol prometteur. Les Parisiennes raffolaient de ses pantalons courts, de ses longs pulls copiés sur ceux des marins-pêcheurs que Renée et Colette avaient côtoyés sur la petite plage de Dieppe lors des étés passés avec leur bonne-maman. Avec audace, Colette tentait d'imposer des maillots de bain plus échancrés, moulant la poitrine et les hanches, des robes fluides et courtes pour déjeuner sur la plage. Parfois Colette expédiait à sa cousine un croquis, une coupure de presse qui faisait s'esclaffer Solange. Pouvait-on imaginer oser porter de pareilles tenues ? Un peu mélancolique, Renée souriait. Elle avait bien fait de quitter Paris. Les mœurs, les goûts, la mode y évoluaient à une vitesse qui l'aurait vite laissée loin derrière. Toujours elle aurait fait figure de provinciale, d'intellectuelle démodée que l'on tolère par charité dans un coin du salon.

Dans sa lettre, Colette exprimait sa satisfaction après une première collection, comme toujours mise en place et présentée dans la fébrilité. En avril, elle fermerait boutique une quinzaine de jours et se réfugierait à La Croix-Valmer. Étienne n'y resterait qu'une semaine. « On dirait, confiait-elle, que loin de Paris il est pris de panique. En fait tout le torture : gagner trop d'argent et avoir des responsabilités ou ne pas en gagner et être contraint à faire semblant d'être riche, de m'aimer et de se figurer que cet attachement lui lie les mains. Je crois qu'il ne se plaît que dans le no man's land, l'impossibilité et le refus. Tant pis pour lui, je serai très heureuse seule dans ma déjà chère maison. Pourquoi finit-on toujours par reprocher aux hommes ce qui justement vous avait attiré en eux ? L'impénétrable personnalité d'Étienne, son élégant cynisme m'ont certes fascinée. Il est en fait un gentil égoïste qui veut qu'on lui fiche la paix. Pour quelques jours, Serge et Marie-Noëlle Vigier me rejoindront aux Lavandins. Serge est de bon conseil. Grâce à lui, ce qui me reste d'actions a fait boule de neige et me voilà sans dettes. Pas si mal à vingt-huit ans ! Papa serait fier de moi. J'espère que tu ne signes pas trop de traites pour retaper tes ardoises ou curer un étang que la vase enlisera à nouveau demain. Mais il est vrai que tu as Paul à tes côtés. À ce que l'on raconte, les notaires sont tous cossus. Des deux cousines, c'est toi qui as décroché le gros lot. » Colette achevait sa lettre par un commentaire enthousiaste sur la victoire d'Henri Cochet à la Coupe Davis. Le public prisait de plus en plus les rencontres sportives et c'était tant mieux pour sa ligne de modèles. La victoire française faisait oublier pour un moment la crise financière et des perspectives d'avenir préoccupantes. On avait chanté et dansé dans les rues de Paris et elle avait vendu quantité de pulls de coton copiés sur ceux des tennismen.

Un sourire aux lèvres, Renée replia la lettre. La

pétulante légèreté de sa cousine lui manquait et il lui arrivait même de regretter cette dévastatrice ironie qui, plus d'une fois, l'avait mise à mal place Saint-Sulpice. L'hôtel particulier des Fortier détruit, rien ne demeurait de ce qu'elle avait aimé à Paris. Henri était marié, père de deux enfants, Colette une femme d'affaires jamais au repos. Avait-elle changé, elle aussi ? Le travail de la terre avait usé ses mains, déjà elle découvrait quelques cheveux blancs sur ses tempes. À vingt-neuf ans, sa jeunesse était derrière elle. Mais en avait-elle jamais eu une ?

21.

La une de tous les journaux étant consacrée à l'incendie du Reichstag, Renée décida de les mettre de côté. Bien que l'Europe fût de toute évidence dans une dangereuse situation, la joie d'avoir donné le jour une semaine plus tôt à une petite fille lui interdisait de trop sombres pensées.

Quoiqu'il osât à peine la toucher de peur de l'abîmer, Paul était fou de sa fille, sa poupée, un superbe bébé blond et rose, le portrait de Valentine, jurait Solange.

— Revenez l'année prochaine, plaisanta Renée en remerciant Lanvin, il se pourrait que j'aie encore besoin de vos services. Paul et moi-même rêvons d'une famille nombreuse.

— Notre bon notaire est donc le Prince Charmant qui éveille le château assoupi. Qui l'eût cru ? se réjouit le vieux médecin qui s'apprêtait à partir.

228

Il était grand temps. J'allais presque oublier l'heureuse époque où Bernadette servait de grandes tablées l'été sur la terrasse. Dommage qu'elle ne soit plus là pour voir revivre son cher domaine.

Venue embrasser sa petite-fille, Germaine Dentu adressa au docteur un regard lourd de reproches. Pourquoi évoquer Bernadette devant la nouvelle accouchée ? Au prix de beaucoup de courage, Renée semblait avoir réussi à surmonter les sombres années de Brières.

Germaine Dentu posa ses lèvres minces sur le front de sa belle-fille puis, appuyée sur sa canne, suivit Lanvin en traînant le pas. Depuis qu'elle souffrait d'angine de poitrine, elle passait ses journées assise dans un fauteuil au coin de la fenêtre de son salon donnant sur la grande rue. Paul installé à Brières, la maison était désespérément vide. Même la satisfaction de voir enfin son fils unique marié à Renée Fortier, d'être aujourd'hui grand-mère laissait à la veuve de Raoul Dentu un bonheur tronqué, une lancinante appréhension. Souvent la fugitive vision d'un danger menaçant son Paul l'éveillait au milieu de la nuit. Du fond des ténèbres, elle voyait se lever des formes menaçantes, mais lorsque la vieille dame se redressait sur son lit, elle apercevait seulement les ombres de la lampe à pétrole qu'un léger courant d'air étirait. Serait-elle punie pour avoir caché la vérité sur Brières au jeune ménage Fortier lorsqu'il s'était porté acquéreur du domaine trente années plus tôt ?

Restée seule, Renée prit son nouveau-né dans ses bras. La jeune femme songea à sa vieille nourrice. Comme elle aurait aimé ce bébé ! Avec son

229

imagination débridée, Bernadette avait marqué à jamais sa propre enfance et sans doute aurait-elle cherché à laisser la même empreinte sur Françoise. Elle lui aurait parlé des fées, du loup, de la puissance occulte des Dames du Bassin, du monde enchanté et maléfique de Brières. L'aurait-elle entraînée elle aussi sur les berges de l'étang une bougie à la main pour tenter de converser avec les fées ou au grenier pour débusquer les chouettes porteuses du mauvais sort après avoir clos tous les volets du château dès la tombée du jour ? La petite fille qu'elle était alors regagnait sa chambre le cœur battant d'angoisse, croyant discerner des figures, d'étranges formes tapies derrière les rideaux, sous son lit, entre l'armoire et le mur. Souvent elle avait eu la certitude d'une présence non pas menaçante mais blessée et souffrante qui tâchait de se faire entendre.

Dehors le ciel se couvrait. Un vent fort se leva, faisant battre des volets mal fixés. Le sourd grondement du tonnerre la fit tressaillir. « Un orage en février ? C'est étrange... », pensa Renée. En hâte, la jeune femme reposa le nourrisson dans son berceau. Il fallait rassembler les moutons, enfermer les oies. Renée sauta au bas de son lit, enfila sa robe de chambre. D'un geste décidé, elle noua sa ceinture, rassembla ses cheveux. « Solange ! » appela-t-elle du palier. Personne ne répondit. De longs éclairs traversaient le ciel. Dans un instant, il allait pleuvoir à torrents. Sans hésiter, Renée dégringola l'escalier, s'empara de l'imperméable de Paul pendu à une patère, coiffa un chapeau de son mari. Si on tardait davantage, les moutons affolés allaient se disperser. Quant aux oies, elle espérait que la petite Francine aurait l'idée de les remettre à l'enclos au lieu de s'enfuir à toutes

230

jambes au premier coup de tonnerre comme le faisaient d'habitude les gamins du village.

Dehors le vent soufflait en rafales, soulevant les dernières feuilles mortes racornies par l'hiver, dispersant la paille qui protégeait du gel les massifs qu'elle avait reconstitués avec amour. Au loin, on entendait meugler les vaches des Tabourdeau. Courbée en deux, la jeune femme marcha contre les bourrasques. Maintenant les éclairs se succédaient, ponctués de formidables coups de tonnerre. Parfois le vent hurlait et parfois il semblait se plaindre, un gémissement sourd, continu. Transie, la jeune femme s'arrêta un instant. À deux pas, une grosse branche de tilleul s'abattit dans l'allée. « Elle aurait pu me briser les reins, pensa-t-elle. Qu'importe les moutons ! »

S'emmitouflant dans le vaste manteau, la jeune femme fit demi-tour. Soudain, d'une manière fugitive, Renée crut apercevoir une ombre se déplacer. Un animal peut-être ou seulement le contour d'un buisson fouetté par le vent ? « Bel Amant ? » interrogea-t-elle à voix haute. C'était insensé. De ce que les Dames avaient symbolisé pour elle, rien ne demeurait. Au monde magique, aux rêves sans limites auxquels elle avait tant cru jadis avaient fait place une prosaïque réalité, un mariage de raison et des dettes à payer. Mais la forme se mouvait, semblant la guider vers le chemin du retour. « Je dois être hallucinée de fatigue », décida-t-elle.

La voiture était rangée en face de l'étude, dans le garage de leur maison familiale où vivait encore sa mère. Par la fenêtre de son bureau, Paul voyait les rigoles d'évacuation déborder, des torrents d'eau dévalaient les pavés, entraînant des détritus

231

de toutes sortes. Avec nervosité, il consulta sa montre. Il n'avait nul moyen d'avertir Renée de son retard. Faire installer un combiné téléphonique à Brières représentait une somme astronomique et ils avaient suffisamment de dépenses à affronter sans investir dans ce qui n'était, après tout, qu'une commodité. L'étude vivotait. Il aurait souhaité que des industriels un peu audacieux s'implantent dans la région mais, loin de se développer, le département végétait. Le prix des terres agricoles ne cessant de baisser, les paysans ne vendaient plus. Quant aux belles propriétés, elles étaient pour la plupart à l'abandon. Brières ne survivait que grâce à l'appoint des revenus de l'étude. Renée avait trop investi et ne parvenait pas à obtenir des bénéfices appréciables. Aujourd'hui elle bataillait pour se glorifier d'un élevage de moutons exemplaire. Mais, avec sa longue pratique des paysans, Paul sentait qu'on attendait sa femme au tournant. Une épidémie, quelques bêtes de moindre qualité et chacun chercherait perfidement à la démoraliser. Renée restait une châtelaine jouant à l'agricultrice. Personne au village n'oubliait les toilettes trop parisiennes de sa mère, les voitures coûteuses, les meubles de prix achetés à Limoges. Renée était une Fortier, un nom que chacun enviait, admirait et haïssait. « Je dois y aller, résolut Paul. Renée va se croire obligée de m'attendre pour déjeuner. » Il avait hâte surtout d'embrasser son bébé, sa jolie petite fille.

Lorsque avec peine Renée gravit les marches donnant accès à la terrasse, une des portes-fenêtres du salon s'ouvrit soudainement. Échevelée, le regard sévère, Solange avança vers elle.

232

— As-tu perdu la tête ? s'indigna-t-elle. J'ai trouvé Françoise seule hurlant dans son berceau, transie de froid. Une rafale de vent avait ouvert la fenêtre de ta chambre et, sans les aboiements d'Onyx qui m'ont alertée, la petite aurait pu attraper mal. Monsieur Paul va en être retourné.

— Ne lui en parlons pas, veux-tu ? chuchota Renée.

Avec attention, Colette suivait les gestes du marin lui enseignant les rudiments de la navigation à voile. Fuyant la fébrilité parisienne, la jeune femme était partie sur un coup de tête se reposer aux Lavandins. Sa collection d'été, présentée un mois plus tôt, avait suscité un grand intérêt. Déjà on plaçait Colette Fortier dans les jeunes espoirs de la mode française : son sens des couleurs, l'impertinence de ses trouvailles, le confort de ses modèles lui ralliaient une clientèle de plus en plus fidèle : des jeunes femmes surtout, soucieuses de se démarquer du chic un peu guindé de leurs mères. Déjà Colette reluquait le local voisin occupé par un chapelier afin de s'agrandir. À vingt-neuf ans, les ambitions caressées par elle depuis l'adolescence semblaient toutes pouvoir se réaliser. Fier de son succès, Étienne se faisait plus amoureux, parlait même de mariage. Mais Colette restait sourde à ses allusions. Tout ce qu'elle avait imaginé, entrepris, gagné était dédié à son père. Il n'y avait pas de jour où elle ne pensât à lui, à sa force, sa tendresse, son besoin presque naïf de protéger, de séduire. C'était pour lui qu'elle avait pris son envol afin de lui prouver qu'elle pouvait, elle aussi, être libre et forte.

Le sloop qu'elle venait d'acquérir, le *Raymond*,

filait grand largue. Elle savait désormais le gréer, pouvait accomplir seule les manœuvres élémentaires.

— Prête à virer ? On vire... aboya le marin.

Le vent fraîchissait. Vêtue d'un pantalon de flanelle et d'une grosse veste de tricot, la tête protégée d'une casquette de feutre, Colette s'était emparée des écoutes de bâbord. L'exercice physique l'endurcissait. Sur son bateau, la jeune femme dominait ses angoisses, chassait de son esprit les pensées tristes, oubliait ses vieilles hantises. Son obstination à ne pas s'attacher à un homme lui semblait même contestable. Elle se mettait parfois à rêver de longues semaines de vacances aux Lavandins où elle tenterait de vivre avec Étienne un véritable amour. Le vent décoiffait ses cheveux, rosissait ses joues. Jamais elle n'avait ressenti aussi fort le sentiment de sa propre liberté. Qui pourrait la lui ôter ? Surchargée de dettes, désormais mère de famille, sa cousine avait sombré dans la dépendance. Avec nostalgie, Colette se souvenait de leurs longues conversations place Saint-Sulpice. Cent fois, elles s'étaient juré de ne pas imiter leurs mères. Deux échecs étaient suffisants chez les Fortier, il fallait rompre la chaîne, travailler, voyager, demeurer libres de tout lien. Quand Renée était tombée amoureuse de Henri du Four, Colette n'avait plus cru en la fermeté des intentions de sa cousine. Elle s'était sentie vraiment seule.

— Bordez davantage ! cria le marin.

Arc-boutée au-dessus du winch, Colette serra les dents. Tout se payait. La liberté, l'aisance financière, les ambitions. Sachant qu'elle ne l'aimerait jamais avec passion, elle avait choisi Étienne comme amant. Un jour sans doute, ils partiraient

234

chacun de leur côté en se gardant amitié et estime. C'était tout ce qu'elle souhaitait. Le souvenir de la terrible scène entre ses parents, rue Raynouard, hantait encore sa mémoire : sa mère à moitié folle éructant ses invectives, son père, glacé, dur, contenant ses mots et elle, tapie derrière la porte, affolée, désespérée.

La mer se formait, les haubans vrombissaient. À l'horizon, la côte se dessinait avec précision dans la clarté lumineuse de l'après-midi. Le visage offert au soleil, Colette se reposa un instant. Combien de temps son père avait-il lutté avant de mourir ? Avait-il pensé à elle à son ultime moment ? Surmontant sa panique de l'eau, la jeune femme était devenue une bonne nageuse. Lorsqu'elle séjournait aux Lavandins, elle se rendait chaque matin à la plage et nageait vers le large. Là, dans le silence, le miroitement de l'eau, enfin inatteignable, elle retrouvait une sorte de paix.

Le matin, Colette avait expédié un télégramme à Renée lui annonçant qu'elle acceptait d'être la marraine de Françoise qu'on baptiserait au mois d'avril. Un séjour à Brières ne la tentait guère, mais elle n'avait su refuser. Quel parrain sa cousine dénicherait-elle ? Paul mis à part, les hommes semblaient tous avoir été éliminés de Brières.

— Vous voilà un vrai loup de mer à cette heure, apprécia le marin. Je crois que par beau temps, vous pourrez vous lancer seule.

Janine, la femme de journée, était déjà partie des Lavandins en laissant un repas froid sur la table de la cuisine. Colette se sentait rompue. Elle allait prendre un bain, fumer une cigarette sur la terrasse avant de dîner. Sa maison l'enchantait.

235

Avec passion, elle avait choisi chaque objet, chaque meuble, déterminé les coloris des étoffes, planté lavandes, lauriers et hibiscus dans les parterres. Les vignes cernaient la maison. De la fenêtre de sa chambre, Colette les voyait onduler à perte de vue, griffant de vert la terre ocre et sèche sentant le romarin. Hormis une bergerie qui servait de resserre pour le matériel vinicole, il n'y avait nulle bâtisse alentour. En choisissant ce terrain, sa mère avait-elle éprouvé des joies aussi fortes que les siennes ? S'était-elle assise sur la pierre ronde et lisse qui bornait un coin de la maison et qu'elle n'avait pas voulu déplacer ? Sa mère s'était-elle promis d'y édifier un sanctuaire familial où l'enfant qu'elle attendait depuis quelques semaines pourrait grandir heureux ? D'un geste nerveux, la jeune femme écrasa sa cigarette sous son espadrille. Penser à sa mère la désespérait.

Elle rentra dans le salon, s'empara des quelques lettres rassemblées par Janine sur un plateau. Le soleil avait bruni sa peau, doré ses cheveux qu'elle portait désormais mi-longs, retroussés en un rouleau qu'elle retenait sur la tête par deux peignes d'écaille. Derrière les collines, le soleil se couchait, teignant de bleu rosé la ligne courbe des vignes. Sans y prêter attention, Colette ouvrit une enveloppe de papier beige, déplia la lettre.

Je viens d'apprendre qu'une demoiselle Fortier s'est installée à La Croix-Valmer. J'ai bien connu autrefois madame Madeleine Fortier. Seriez-vous parentes ? Dans ce cas, auriez-vous l'amabilité de me le faire savoir...

236

Suivait une adresse à Menton et une signature : Armand Sebastiani.

Colette replia la lettre, la rejeta sur le plateau. Cela ne méritait pas réponse. Les amis de sa mère ne l'intéressaient nullement. Madeleine ne traînait dans ses jupes que des épaves ou des illuminés, des parasites vivant la main tendue. C'était un élément de sa nature de croire en la dignité humaine tout en foulant la sienne aux pieds.

Du regard, Colette parcourut la pièce. Dans son élégante simplicité, tout y était harmonie. Aucun intrus ne se glisserait à l'intérieur de sa citadelle.

22.

— Réfléchissez madame Dentu, insista Joseph Tabourdeau, vous ne recevrez pas de sitôt une proposition aussi honnête.

Renée tendit la main et s'efforça de sourire.

— C'est tout réfléchi, Joseph. Je n'entamerai plus un seul pouce de mes terres. Les difficultés que j'ai en ce moment sont tout à fait passagères.

Du perron, la jeune femme regarda Tabourdeau s'éloigner sur sa bicyclette. La grisaille de février ajoutait à la morosité des événements : une épidémie de fièvre de Malte avait décimé ses ovins, épargnant ceux de Tabourdeau qui prospéraient. Renée serra autour de sa poitrine les pans du châle qui lui couvrait les épaules et regagna l'intérieur du château. Le vestibule comme les couloirs étaient glacials et Françoise était constamment enrhumée. Mais avec quel argent faire installer le

237

chauffage central ? Quoiqu'elle travaillât douze heures par jour avec Solange et Gaston, les profits de la ferme restaient insuffisants. Quant à la somme provenant de la vente du terrain de Paul, elle était déjà mangée. Décédée à la fin de l'automne, sa belle-mère ne leur avait légué que quelques meubles démodés et une maison dont la vente immédiate au boucher avait tout juste permis de colmater la toiture du château, refaire le crépi, remplacer des volets.

Après avoir rentré les oies, Francine préparait le dîner tandis que Solange était à la traite. Gaston, quant à lui, s'occupait des gros travaux du potager, réparait le matériel agricole, nettoyait l'écurie et prenait soin des percherons. Paul n'étant pas un cavalier et elle-même n'ayant guère le temps de monter, Renée avait dû renoncer à regret à garder des chevaux de selle. Songeuse, la jeune femme contemplait dans la sellerie les beaux harnais de Domino qui moisissaient. Elle se remémorait de lointains souvenirs. Son père l'installait sur la selle, serrée fort contre lui et, quand il risquait un bout de galop dans la grande allée, elle ressentait une telle impression de sécurité et de bonheur !

Une odeur d'oignon frit venait de la cuisine. Solange avait tué une oie ce matin que Francine faisait rôtir pour la servir accompagnée d'un pâté de pommes de terre. Quoique sans confort, dépourvu des luxes de la vie moderne, Brières offrait un certain bonheur de vivre et Renée se savait l'artisan de cette renaissance. Aujourd'hui elle comptait chaque sou, mais était plus heureuse que ne l'avait été sa mère.

Dans la bibliothèque, Paul lisait le journal, Onyx endormi à ses pieds. Depuis son mariage, il avait un peu grossi, ses cheveux s'éclaircissaient sur les tempes. Les soucis de l'étude, ceux de la ferme, la préoccupation de voir sa femme s'échiner à la tâche n'étaient compensés que par le bonheur de tenir Françoise dans ses bras. Pour rien au monde, il n'aurait manqué le moment de son réveil ou celui de son coucher, bousculant parfois un client un peu bavard pour être de retour à temps.

— Je viens de parler à Joseph, annonça Renée en ôtant son châle. Il voulait nous acheter une dizaine d'hectares de pâture pour agrandir son cheptel.

— Et tu as refusé, bien entendu.

— Absolument.

Renée s'approcha de l'âtre, tendit ses mains aux flammes.

— Est-ce bien raisonnable ? hasarda Paul sans lever les yeux de son journal. Tu vas devoir payer la note du vétérinaire et reconstituer ton troupeau de moutons, sans parler des mensualités dues à ta cousine qui se prélasse sur la Côte d'Azur. Le contrat préparé par son amant était inacceptable.

— Il est signé, jeta Renée d'une voix sèche. N'en parlons plus, veux-tu ?

D'un mouvement las, la jeune femme se laissa tomber dans un fauteuil. Que pouvait comprendre Paul aux liens qui l'unissaient à Colette ?

— Le dîner va être servi dans un moment, annonça-t-elle. Verse-moi un verre de porto, cela me remontera.

Paul posa son journal. Les nouvelles qu'il venait de lire le préoccupaient. Après les sanglantes batailles de rues parisiennes qui avaient fait seize morts, grèves et manifestations se succédaient en

239

France. À Vienne, les socialistes s'insurgeaient tandis que la Belgique pleurait la mort accidentelle de son roi. Sans nul doute, le franc allait encore se dévaluer et le prix des terrains baisserait un peu plus. Comment expliquer à Renée que leurs revenus étaient loin d'être inépuisables ? Pour contraindre sa femme à plus de réalisme, il lui aurait fallu une force de caractère qu'il ne possédait pas.

Un éclair d'hésitation passa dans son regard. Il sourit finalement et s'empara de la bouteille de porto.

— Françoise est couchée, déclara-t-il en tendant un verre à Renée. Elle était un peu grincheuse, les dents sans doute.

— Lanvin et sa femme viennent dîner demain. Je lui demanderai d'examiner sa filleule.

— Encore eux ! Ils sont venus déjeuner dimanche dernier avec le père Marcoux.

— Nous ne comptons pas tellement d'amis dans la région. Si je t'écoutais, nous vivrions en ermites.

Renée s'en voulait de chercher querelle à son mari, mais la démarche de Tabourdeau la contrariait encore. Elle avait eu la bonté de vendre un corps de ferme et quelques terres au prix que ce petit ménage pouvait débourser, et aujourd'hui ils cherchaient à la grignoter.

Paul leva les sourcils et se réinstalla dans son fauteuil. Ses paroles n'impliquaient aucun reproche, elles énonçaient simplement une réalité. Depuis qu'il n'exerçait plus la médecine, Lanvin considérait Brières comme une cure à son ennui. Quant au curé, il était à moitié gâteux et ses paroissiens multipliaient les pétitions à l'évêché pour qu'on le contraigne à rejoindre enfin une maison de retraite. L'obstination de Renée à se surcharger de

240

travail agaçait et inquiétait Paul. Renée présumait de ses forces et négligeait Françoise.

La jeune femme but son verre d'un trait et prit un ouvrage de tricot posé sur une table.

— Jamais les Tabourdeau ne mettront la main sur le reste de mes terres, prononça-t-elle sans lever les yeux. Je saurai bien me défendre.

— Personne ne t'attaque, ma chérie. Joseph a juste fait une proposition.

— Ne comprends-tu pas qu'ils se verraient bien châtelains ? jeta Renée en arrêtant la marche de ses aiguilles. Quand on pense à leur oncle qui cuvait son vin dans les fossés !

— Pour mourir brûlé vif dans ta grange. C'est plus pathétique que méprisable. Sois indulgente.

— Le village a toujours jalousé ma famille.

— Mes parents vous estimaient beaucoup.

— J'en suis fort aise !

Le ton ironique blessa Paul. Renée changeait. La jeune fille qu'il avait tant admirée, la femme pleine de confiance en la vie devenait acerbe et amère. Sans doute devrait-il l'emmener en vacances quelque part, la gâter davantage. Mais il était lui-même accablé de soucis. Paul se sentit las soudain. Les jours heureux qu'ils avaient goûtés ensemble étaient-ils déjà derrière eux ?

— Nous devrions avoir un autre enfant, murmura-t-il. Ce serait bien pour Françoise et pour nous. La famille est ce qui existe de plus solide contre l'adversité.

Sans mot dire, Renée poursuivit son ouvrage. Depuis quelques mois, elle songeait, elle aussi, à avoir un enfant, mais l'idée de pouvoir mettre au monde un fils la troublait. Brières ne portait pas chance aux mâles et les histoires de Bernadette martelaient sa mémoire. Depuis quelque temps le souvenir des deux feuillets écrits à la hâte par Angèle de Morillon la hantait. En dépit de nombreuses recherches, elle avait été incapable de les récupérer. Bernadette avait dû les cacher quelque part afin de conjurer le sort, comme une servante de la comtesse de Morillon avant elle avait dissimulé le livre du père Laurence, le curé de Brières venu au château à la Restauration avec ce cadeau empoisonné, annonciateur des drames à venir. Elle allait interroger Solange à ce sujet. Sa sœur de lait en savait plus qu'elle ne l'avouait. Un jour, Renée l'avait surprise marmonnant les incantations de sa mère sur les berges de l'étang, à l'extérieur d'un cercle de bougies allumées. Prise à l'improviste, Solange avait pris le parti de se moquer d'elle-même. Elle n'avait, affirmait-elle, qu'un peu de nostalgie. Quand elle se sentait trop seule avec son petit Victor, Bernadette lui parlait, la réconfortait. Parfois, elle avait l'impression qu'elle l'attendait. Renée l'avait serrée entre ses bras. Il fallait accepter les mystères de Brières, se résigner à la présence des fantômes venus d'un lointain passé. Mais elle ne devait pas avoir peur. Personne ne revenait de la mort. « Crois-tu ? avait interrogé Solange. Je crois maman vivante et je crois les Dames présentes ici même. »

Renée observait son mari. Paul était un point d'appui, un compagnon plein d'affection, un père irréprochable. Mais jamais il ne pénétrerait son âme. Il restait un étranger que Brières accueillait et tolérait.

Les joues rougies par le feu, sa coiffe accentuant les rondeurs de son visage, Francine fit irruption dans la bibliothèque.

— L'oye est cuite, clama-t-elle, l'air réjoui. J'y a mis un peu d'ail, du saul et du poivre blanc.

Comme à l'accoutumée, Renée enfila un peignoir avant de sortir de la salle de bains. Honteuse de ses hanches larges, de ses cuisses pleines, d'épaules carrées qui faisaient paraître son cou massif, jamais elle ne s'était montrée nue devant son mari. Paul était déjà au lit plongé dans la lecture d'une biographie de Louis XV que venait de publier Pierre Gaxotte.

— Intéressant ? interrogea-t-elle.

Elle se sentait gauche, impuissante à exprimer son désir de faire l'amour. Évoquant trop nettement sa mère, toute manœuvre de séduction la paralysait. Sur la terrasse, Onyx aboyait avec fureur.

— C'est le clair de lune, expliqua Paul.

Il posa son livre, dévisagea sa femme avec tendresse. Renée souffrait de ne pas mieux réussir à développer sa ferme et tolérait mal tout conseil, fût-il affectueux. Parfois, il éprouvait la vague hantise qu'elle considérait chacun, lui compris, comme un ennemi. Mais il lui trouvait bien des excuses.

Craignant un mouvement de repli, un mot cassant, Paul ne bougeait pas. Renée tira l'édredon, se glissa dans le lit, puis à gestes furtifs ôta la robe de chambre de lainage qu'elle laissa tomber sur le parquet, éteignit la lampe à pétrole. Dans le lointain, dix heures sonnaient au clocher de l'église.

— J'ai été à la poste pour téléphoner au vétérinaire de La Souterraine, souffla Paul. Il viendra demain à Brières soigner tes moutons.

— Cela nous coûtera une fortune !

— Je paierai la note. Ne t'inquiète de rien.

— Il est trop tard. La moitié du troupeau ne survivra pas. Cette fièvre de Malte sur mon troupeau est une malédiction, affirma la jeune femme d'une voix sourde. Quelqu'un nous veut du mal.

— Qui donc, grands dieux ?

243

— Les Tabourdeau. Ils ont le secret pour faire mourir les bêtes.

Avec difficulté, Paul contint son irritation. Renée maintenant affirmait avec sérieux une de ces naïves superstitions paysannes qui avaient accompagné sa propre enfance et fait sourire ses parents.

— Je pencherais plutôt pour un défaut de prudence, ma chérie. Gaston a enterré trop à la hâte les carcasses des bêtes crevées. Hier en me promenant, j'ai découvert plusieurs charognes qui émergeaient encore du sol. Sans être vétérinaire, je parierais que la contagion ne pourra être enrayée tant qu'on ne creusera pas des fosses profondes hors des pâturages.

— Les Tabourdeau sont des hypocrites, s'entêta Renée. Après m'avoir agrippé le doigt, ils veulent maintenant la main. Je ferai venir le père Marcoux, il s'y entend en sorcellerie.

Blottie dans le coin de son lit, Renée serrait les dents. Elle s'étonnait d'avoir jeté avec autant d'agressivité des affirmations aussi peu conformes à la raison. Le monde émotionnel qu'elle croyait avoir laissé loin derrière s'emparait d'elle à nouveau et, curieusement, lui redonnait du courage pour se battre. La terre de Brières lui parlait, elle avait su l'écouter autrefois, il était temps désormais de la comprendre.

Paul s'approcha de sa femme, la prit dans ses bras.

— Tu en sais plus que toutes les sorcières et exorcistes du monde. J'ai une totale confiance en toi. De ce domaine que tes parents avaient laissé à l'abandon, tu as fait une maison heureuse, un foyer pour Françoise et moi. Tu n'es pas isolée comme tu sembles le penser, personne ne te déteste, nul ne te jalouse. Ne te replie pas sur toi-

244

même pour fuir des rumeurs n'existant que dans ton imagination.

Renée ferma les yeux. Les lèvres de Paul cherchaient le creux de son cou, la rondeur de son épaule, son souffle s'accélérait. Renée ne résista pas. Quel rapport avait le plaisir qu'elle permettait à son mari avec celui que sa mère avait su prendre et donner ? Quelle science l'avait rendue irrésistible aux hommes, quel charme avait su les envoûter ? Même dans ses moments les plus intimes, Valentine continuait à la dominer. Elle avait l'impression de voir sur elle son regard un peu moqueur : « Regarde-toi ma pauvre fille. Comme tu es grosse et laide. Comment peux-tu espérer séduire un homme ? »

Quand ils faisaient l'amour, invariablement, Paul était au-dessus d'elle. Mais lui permettrait-elle plus de fantaisie ? Nourrissait-il des fantasmes auxquels il n'osait se laisser aller de peur d'être rabroué ? Parfois, dans ses pensées les plus secrètes, la jeune femme imaginait des étreintes savantes, une violence amoureuse qui la fascinait et l'effrayait tout à la fois. La « passion délirante » dont lui avait parlé Henri du Four au sujet de sa maîtresse, qu'était-elle au juste ? Une folie, une frénésie érotique ? Un bonheur insensé ou plutôt une terrible illusion ? Et plus Renée essayait de chasser ce genre de pensées de son esprit, plus elles y revenaient, parvenant même à lui imposer des visions répugnantes qui la faisaient rougir. Déjà Paul gisait à son côté. D'un geste tendre, la jeune femme prit sa main et la porta à ses lèvres.

— J'espère que nous aurons un bébé, murmura-t-elle. Un petit garçon qui te ressemblera.

— Il s'agit bien de *brucella melitensis,* diagnostiqua le vétérinaire. Soyez très prudente, cette fièvre est transmissible à l'homme. Bannissez l'absorption de tout produit lacté venant de vos brebis.

— Jusqu'à hier, nous avons pris des fromages frais confectionnés avec le lait des bêtes qui me semblaient saines, s'inquiéta Renée.

— Alors soyez vigilante. Si vous ressentez la moindre fièvre, prévenez aussitôt un médecin.

Renée raccompagna le vétérinaire jusqu'à sa voiture. Le jour était gris, sombre et froid. Dans un instant, elle allait donner son déjeuner à Françoise avant de filer nourrir les porcs et vérifier que Francine avait bien enfermé les oies. La veille, des renards en avaient emporté deux.

— Mon mari vous enverra un chèque, assura Renée. Merci d'être venu si vite.

Le vétérinaire fit un signe de la main et se glissa dans sa Peugeot. Les cas de brucellose étaient rares dans la région, mais chez les Dentu l'épidémie avait frappé avec une force inhabituelle. Cette malchance ne confirmait-elle pas les ragots circulant alentour sur le domaine ? Brières n'était pas un endroit plaisant.

Un soleil timide se glissait entre les nuages. Renée se rendit à la cuisine, se servit à la cafetière qui restait tout au long du jour sur un coin de la cuisinière à bois. Solange avait déterré des pommes de terre qui encombraient la table recouverte d'une vieille toile cirée, monté du cellier quelques bouteilles de poiré. Sa sœur de lait était préoccupée. Le certificat d'études en poche dans moins de trois mois, son Victor souhaitait aller jusqu'au brevet, et peut-être au baccalauréat. Pour exaucer sa demande, il fallait l'installer à Guéret chez sa grand-mère Dutilleul qui, depuis son veuvage, y tenait une boutique de mercerie. C'était un crève-cœur pour Solange de voir s'éloigner d'elle son unique enfant.

Sa tasse à la main, Renée se laissa choir sur une chaise. La joie manifestée par Paul en apprenant son désir d'être encore mère rendait impossible tout retour en arrière. Le café était amer. Avec remords, Renée plongea sa main dans la boîte à biscuits en fer-blanc. Chaque jour, elle prenait en vain la résolution de commencer un régime. Puisque son mari et sa fille l'aimaient comme elle était, pourquoi se torturerait-elle ? Seule Colette avait la franchise de la sermonner mais, absorbée par sa réussite professionnelle, sa cousine ne venait plus à Brières, se contentant d'écrire de temps à autre de longues missives pleines d'entrain dont Renée achevait la lecture avec un pincement de cœur. Contrairement à son mari, la jeune femme n'en voulait pas à sa cousine de s'être montrée aussi dure sur ses droits. Brières lui appartenait aussi, c'était la décision qu'avait prise Jean-Rémy. En dépouillant Valentine, il avait spolié sa propre fille.

La voix forte de Solange venant du premier étage la fit sursauter :

— Montez vite, criait-elle penchée sur la rampe. Françoise n'est pas bien.

23.

Ponctués des malaises habituels, mes trois premiers mois de grossesse ont été éprouvants. J'ai dû aussi soigner ma petite Françoise atteinte

247

par la fièvre de Malte. La pauvre enfant a beaucoup souffert de la tête et des articulations avec des poussées de fièvre qu'aucun médicament ne pouvait enrayer. Encore fatiguée et bien amaigrie, ta filleule est en convalescence. Solange, Francine et moi avons désinfecté la maison, le linge, la vaisselle. Les produits du potager et du verger ont été bannis, ce qui m'a obligée à faire de constants déplacements à La Souterraine. Je suis épuisée mais heureuse. Le bébé est attendu pour Noël, je crois que ce sera un garçon...

Colette interrompit un instant sa lecture. Les lettres de sa cousine la mettaient mal à l'aise, comme si un lointain passé la happait. La fenêtre du salon ouverte sur le boulevard Saint-Germain apportait une chaleur moite soufflant des relents de vapeurs d'essence. La jeune femme tira une longue bouffée de sa cigarette. Pour elle non plus, tout n'allait pas pour le mieux, mais il était hors de question qu'elle s'épanche auprès de Renée. Les heures passées dans son atelier ajoutées à la désinvolture qu'elle affichait à son égard avaient fini par lasser Étienne. La maladresse d'une employée des téléphones lui avait fait intercepter une conversation téléphonique entre son amant et une jeune femme à l'accent germanique. Les mots qu'ils échangeaient ne laissaient aucun doute sur leurs relations. Tôt ou tard, elle allait devoir provoquer une douloureuse explication. Mis au pied du mur, Étienne la choisirait-il ? Rien n'était moins sûr.

D'un geste nerveux, Colette extirpa son mégot du fume-cigarette en écaille, l'écrasa dans le cendrier posé sur ses genoux et poursuivit sa lecture.

248

Peu à peu, je reconstitue mon troupeau de moutons décimé par la brucellose. T'avouerai-je que si je me plie au diagnostic du vétérinaire, je suspecte cependant un mauvais sort ? Solange a tenté de dénouer le maléfice. À la lune montante sur la rive du Bassin, elle a placé un grenat au milieu d'un cercle de bougies allumées dont nous avons fait le tour trois fois dans chaque sens, elle et moi. Je te vois sourire. C'est que tu ne vis pas à Brières. Il y demeure une énergie mystérieuse, une radiation de forces se concentrant en particulier autour de l'étang. Aura d'hommes et de femmes ayant vécu ici, champ géomagnétique ? Le père Marcoux penche pour l'existence de puits profonds, d'une rivière souterraine, souvent causes d'effets étranges et imprévisibles. Le pauvre homme a béni ce qui restait de mon troupeau et ses prières alliées à nos conjurations sont venues à bout de l'épidémie...

« Cette malheureuse Renée a basculé dans le burlesque, s'amusa Colette. Faut-il qu'elle s'embête dans son trou pour s'adonner à ces pratiques abracadabrantes dont elle était la première à rire voici seulement quelques années ! A-t-elle encore la moindre idée de ce qui se passe dans le monde, le fascisme qui étrangle l'Allemagne, le danger d'une nouvelle guerre ? » L'aveuglement de sa cousine était-il grotesque ou enviable ? Dans sa maison de couture, Colette se dépensait jusqu'aux limites de ses forces, prête à réduire le personnel en cas de marasme économique. Quoique la raréfaction des clientes étrangères ait fait reculer quelque peu les ventes, la collection de printemps avait été fort applaudie. On avait adoré ses pantalons de jersey

249

s'arrêtant à mi-mollet, ses spencers aux coloris exotiques boutonnés haut sur le cou, les robes de tennis bicolores découvrant à peine le genou. Les créations Colette Fortier évoquaient un monde de loisirs, de luxe discret, d'absence de contraintes. Était-elle aussi chimérique que sa cousine ? « Pourquoi les lettres de Renée me dépriment-elles ainsi ? » s'irrita Colette. Elle avait suffisamment de soucis sans se mettre à imaginer des soirées à la campagne, des nuits passées à regarder la lune au-dessus d'un étang. La dernière fois qu'elle avait séjourné à Brières, pour le baptême de Françoise, elle avait eu l'étrange sensation de rentrer chez elle, un chez-elle inquiétant mais non hostile, coupé du reste du monde et cependant chaleureux. Seul Étienne s'était senti mal à l'aise, pressé de partir, et elle n'avait pu profiter que d'une courte fin de semaine, parcourant à la hâte un domaine qu'elle possédait par moitié et connaissait trop mal. Néanmoins, elle avait trouvé le temps de se rendre au cimetière. La tombe de Madeleine était fleurie, le sol parfaitement entretenu. À genoux sur la marche de granit, elle s'était obligée à prier. La lumière d'avril se posait en taches mouvantes parmi les ombres allongées des croix. Une paysanne en coiffe arrosait une maigre charmille camouflant les brèches du mur. De toutes ses forces, elle avait tenté de parler enfin à sa mère, de lui avouer qu'en dépit de ses excès, de ses absences, de ses mensonges, elle l'avait aimée, qu'elle avait eu tort de la tenir pour responsable de la mort de son père. Seul le destin avait décidé.

Sans se hâter, la jeune femme acheva la lecture de la lettre de sa cousine. La fenaison, concluait-elle, était enfin achevée et rentrée au fenil, bientôt on entamerait les moissons. Il faudrait se hâter car

250

de récents orages avaient déjà couché des carrés entiers de blé et d'avoine. Grâce à sa moissonneuse-lieuse moderne, elle pourrait se débrouiller avec Gaston, Solange, Victor et Francine. Ce serait ensuite la récolte du chanvre, dont elle avait gardé un hectare, et enfin les châtaignes avant de songer à son accouchement. « Brières m'a reprise, concluait Renée, pour le meilleur ou le pire. »

Colette replia la lettre. Les élucubrations de sa cousine, la chaleur étouffante, les soupçons qu'elle nourrissait sur Étienne, tout l'accablait. Elle devait se secouer, avoir le courage de provoquer le soir même une franche discussion. Il y avait quelque chose de malsain dans leur hypocrisie réciproque, leur façon de se mesurer en silence pour voir lequel des deux s'effondrerait le premier. Avec Étienne, elle avait eu longtemps le sentiment d'avoir une parenté affective, d'être en sécurité. Et voilà qu'elle pouvait être bannie à tout moment par cet homme de vingt ans plus âgé qu'elle. Pour réagir positivement, elle devait bâtir de nouveaux projets, obtenir coûte que coûte le local du chapelier voisin qui, à soixante-dix ans et quoique sans clientèle, s'entêtait à ouvrir boutique chaque matin. L'espace supplémentaire lui permettrait de songer à une ligne de sacs et de bagages. Elle la voyait en toile incrustée de maroquin avec de jolis fermoirs. En cas de ralentissement de la boutique couture, le magasin annexe pourrait continuer à porter haut la patte de Colette Fortier. Plus tard, peut-être, oserait-elle une collection de fourrures coupées dans un style sport : beaucoup de ses clientes, lassées de manteaux encombrants et lourds, réclamaient des trois-quarts, des vestes légères, faciles à porter. Là était sa voie, différente de celle de Chanel ou de Schiaparelli dont la rivalité défrayait la chronique parisienne.

251

Sur le plateau de laque où la femme de journée rassemblait le courrier était posée une enveloppe beige d'un papier ordinaire, presque pauvre. Colette la décacheta et lut :

Mademoiselle,
Voici quelques mois, invoquant mon amitié à l'égard de madame votre mère, j'avais pris la liberté de vous contacter. Vous n'avez pas cru bon de me répondre. J'insisterai donc aujourd'hui. Il faut que nous nous rencontrions. J'habite les environs de Menton et ne peux, hélas, envisager la dépense d'un voyage à Paris. Fixez-moi un rendez-vous à votre convenance dans votre propriété de La Croix-Valmer. Ce dont j'ai à vous entretenir est d'un extrême intérêt pour vous comme pour moi...
Respectueusement,
Armand Sebastiani

« Quel raseur ! » pensa Colette en repliant le papier. Elle se souvenait de la première lettre reçue quelques mois plus tôt et laissée, en effet, sans réponse. Comme les autres solliciteurs, celui-ci allait se draper dans des considérations philanthropiques pour tenter de lui soutirer quelque argent. Puisqu'il avait connu sa mère, elle lui accorderait peut-être ce rendez-vous durant les courtes vacances qu'elle passait chaque année aux Lavandins lors des fêtes de Noël.

D'un geste nerveux, Colette rejeta la lettre sur le plateau. Ce soir, elle devait être en beauté pour affronter Étienne. Le travail et des repas irréguliers avaient brouillé son teint, terni ses beaux cheveux cuivrés. En s'observant dans le miroir de sa coiffeuse, Colette discernait quelques fines ridules

252

autour de ses yeux, un léger pli encadrant sa bouche. À trente ans, il fallait désormais qu'elle lutte pour garder sa jeunesse. Deux fois par semaine, elle se contraignait à aller à la piscine, marchait aussi souvent que possible. Alliés à des soins corporels méticuleux, ces exercices lui conservaient une silhouette parfaite. Point de mire des innombrables fêtes dont Paris s'étourdissait, Colette restait cependant fidèle à son amant. Sans Étienne, elle passerait de bras en bras, laissant ses vieux démons lui insuffler l'irrésistible désir de malmener les hommes. Depuis qu'Étienne partageait son appartement, elle avait cessé ses errances nocturnes, se stabilisait, ses cauchemars étaient moins fréquents. Étienne la rendait indifférente aux passions, inatteignable, froide et souveraine.

Colette alluma une nouvelle cigarette. Elle allait prendre un bain, passer la robe blanche légère et fluide, triomphe de sa collection d'été, friser ses cheveux et les nouer d'un ruban, se maquiller avec art. Il fallait provoquer orgueilleusement son amant et, quoi qu'il arrive, garder son élégance.

— Dis-moi qui elle est, exigea-t-elle.

Le visage un peu penché, Étienne détourna son regard. Quoiqu'il gardât un léger sourire aux lèvres, Colette voyait un pli entre ses sourcils, décelant une tension que son air pourtant distant dissimulait mal.

D'une façon étrange, c'est à elle-même que Colette pensait. Que répondrait Étienne si une autre femme le questionnait sur sa vieille maîtresse ? Colette est une grande couturière ? Une femme cultivée ? Une jolie Parisienne ? Ou plutôt

253

Colette est un être égoïste et froid qui n'a aucune notion du bonheur ?

Des yeux, la jeune femme parcourut le salon. Amoureusement meublée et décorée, cette pièce avait abrité des moments délicieux. Pourquoi risquer par orgueil de les saccager ? Supporterait-elle de vivre seule ? Sa décision cependant était prise. Gardant la tête baissée comme s'il réfléchissait à une réponse possible, Étienne ne bougeait pas. Pendant des années, il avait essayé d'assumer la responsabilité d'une liaison stable et, tant bien que mal, y était parvenu. Puis il avait rencontré Greta Berg. Exilée de Berlin par le nazisme, la riche collectionneuse de tableaux cherchait à louer à Paris un hôtel particulier en attendant son visa pour l'Amérique. Elle l'avait aussitôt attiré et ils étaient devenus amants. Pour Étienne, il s'agissait avant tout d'une passion physique, mais comment l'expliquer à Colette ? Les femmes ne pouvaient comprendre qu'on puisse les aimer en les trompant.

— De qui veux-tu parler ? s'étonna-t-il d'un ton égal.

— De ta nouvelle maîtresse.

— Je n'ai que toi.

Colette observait son compagnon. En dépit de son sang-froid, la voix avait un ton embarrassé. De toute sa personne chic et soignée s'exhalait une terrible odeur de mensonge.

— Finissons-en, jeta la jeune femme. Je t'ai posé une question, réponds-moi. Ensuite nous parlerons d'autre chose.

— Tu exiges des aveux et je n'en ai aucun à te faire. Prends la corde et pends-moi puisque c'est ton verdict. Le juge a parlé.

— Je ne te juge pas, murmura Colette. Je te plains. Pour mener des intrigues parallèles, il faut

254

un certain courage, tu n'en as aucun. Ressemblons-nous à un petit couple bourgeois attaché aux bonnes mœurs ? M'aurais-tu avoué ton désir d'avoir une passade avec cette Allemande, sans doute te l'aurais-je accordé. Mais tu te caches, tu mens. C'est petit et misérable.

Étienne se cala contre le dossier de son fauteuil et tira sur sa pipe. Puisqu'il n'y avait plus de retour au port possible, mieux valait affronter avec fermeté la tempête.

— Cette Allemande, comme tu la nommes, est une Berlinoise persécutée pour cause de judaïsme. Je l'ai aidée à trouver une maison, à se familiariser avec Paris dont elle ne connaissait que les galeries d'art car c'est une grande collectionneuse, une femme qui aurait passionné ta tante Valentine. Son départ précipité d'Allemagne, l'incertitude dans laquelle elle se trouve sur le sort de son fils resté là-bas l'ont rendue vulnérable, sensible à toute marque d'intérêt. Je lui ai offert le mien.

— Et ton lit.

— Ma sollicitude. N'oublie pas que tu as toujours considéré avec mépris les preuves de tendresse.

— Vas-tu me déclarer aujourd'hui être un sentimental !

— Je suis moins dépourvu de cœur que tu ne le penses.

Colette eut un rire sarcastique. Pour se défendre, Étienne avait choisi la tactique de l'homme en manque d'affection. Venant d'un être aussi égoïste que lui, c'était original.

— Et elle t'aime ?

— Je n'ai pas, hélas, l'expérience des passions amoureuses.

Colette regarda Étienne droit dans les yeux. Elle

255

devait rassembler ses forces pour demeurer calme et digne.

— Ce n'est guère aimable pour moi.

Soudain Étienne se redressa, jeta sa pipe dans un cendrier. La jeune femme fut surprise par la violence que le ton de la voix, pourtant contenu, suggérait. Mais elle ne pouvait plus reculer. Comme le jour où sa mère avait cassé le vase d'opaline dans l'appartement de la rue Raynouard, à son tour elle se trouvait le dos au mur.

— Tu vas bien m'écouter, Colette, car les vérités que je vais exprimer, il y a longtemps que j'aurais dû cesser de les ruminer en silence. Je n'ai pas eu de passion pour toi parce que tu as toujours refusé d'être aimée. Tu es froide, égocentrique et n'accordes ton attention aux autres qu'en fonction de tes intérêts. Quelqu'un t'a-t-il jamais aimée ? J'en doute. Tu es seule et le resteras toujours.

Colette serra les dents. Elle n'arrivait plus à se souvenir avec précision des traits de son père, de son sourire, du long regard qu'il lui avait jeté lorsque, pour la dernière fois, il était venu l'embrasser dans son lit avant son départ pour New York. Mais elle entendait encore sa voix, une voix chaude, profonde, sensuelle : « À bientôt mon amour, disait-il, mon ange, ma princesse. » Elle devait se ressaisir, refouler les larmes qui lui montaient aux yeux, garder en face d'Étienne, son amant depuis tant d'années, le masque qu'elle avait toujours porté.

— Personne ne t'aime, continuait Étienne de sa voix égale, parce que tu es une marginale, une révoltée. Pourquoi ? C'est ton incohérence et ton hypocrisie. Tu es née privilégiée et as toujours vécu en privilégiée. Il est vrai que tu m'as plu ainsi et je n'ai aucun reproche à te faire.

256

Colette mit une main sur sa bouche pour ne pas crier. Le cauchemar revenait. On la traquait, la violentait. Elle avait peur, elle avait mal et nul ne venait à son secours.

— Séparons-nous, prononça-t-elle dans un souffle. Va la rejoindre, fais-toi aimer si tu le peux. Tu as raison, je suis incapable de m'attacher à quiconque.

La soudaineté de la rupture la déchirait. Les êtres chers l'avaient toujours quittée en un instant, sans lui donner la chance de leur prouver sa tendresse. Elle n'avait cherché qu'une franche explication, et Étienne allait boucler ses valises, l'abandonner. À nouveau, elle serait la petite fille seule dans la nuit que deux agents de police interpellaient. Mais sa grand-mère n'était plus là pour lui ouvrir les bras.

Étienne s'était levé et regardait vaguement la perspective du boulevard par la fenêtre. Pourquoi ne montrait-il aucune émotion ? Pourquoi cette distance ? N'existait-elle déjà plus pour lui ?

— Le moment n'est peut-être pas bien choisi pour évoquer mes sentiments, déclara-t-il soudain en se retournant, mais j'ai été très attaché à toi. Il aurait suffi que tu montres un peu d'humanité pour que je puisse t'aimer. Il semble malheureusement que quelque chose soit mort en toi.

— Il fallait que nous en arrivions là, constata Colette d'une voix triste. Mais ce que j'ai vécu avec toi a été heureux et sincère. Tu me convenais parce qu'il me semblait que toi non plus tu n'avais pas besoin de croire à l'éternel amour. Je me suis trompée.

— Je souhaite que tu sois heureuse. Si tu as besoin de moi, je serai là, sinon il se peut que nous ne nous revoyions plus.

Étienne souriait. Il n'y avait plus sur ce beau visage

qui lui avait été si familier qu'une expression d'ironie un peu méchante. La vive lumière d'été déclinait. Quelques autobus et de nombreuses automobiles montaient et descendaient le boulevard Saint-Germain. De l'étage au-dessus parvenaient les bribes d'une chanson de Damia jouée sur un gramophone. Un couple âgé marchait à petits pas vers la Seine. Le temps glissait doucement vers l'inévitable destinée de chacun. Colette s'imagina un instant au bord du Bassin de Dames, elle sentait l'odeur fade de l'eau dormante mêlée à celle d'un feu de bois. Tout était aberration et chimères.

24.

Le visage rouge, le souffle court, Renée se hâtait à l'entrée du quai que le train s'apprêtait à quitter. « Comme elle est forte, pensa Colette qui se dirigeait vers la sortie. Comment peut-elle n'être enceinte que de cinq mois ? » Elle n'avait pas vu sa cousine depuis le baptême de Françoise, un an et demi plus tôt, et avait peine à la reconnaître. Un galurin en feutre posé de travers, une vaste marinière flottant autour de son ventre dilaté, une jupe informe tire-bouchonnant autour de ses mollets, Renée était cocasse. Mais le bon sourire, la franchise du regard lui gardaient tout son charme.

— J'ai été retenue chez le boucher, cela n'en finissait plus ! haleta la jeune femme. Pardonne-moi.

Elle ouvrit les bras et serra Colette contre elle. Sa cousine était frêle et légère comme un oiseau.

— Tu es bien maigre ! s'inquiéta-t-elle. Mais ne t'en fais pas, Solange et moi allons te remplumer.

La Citroën filait le long des champs de blé où s'activaient les moissonneuses. Tirées par des bœufs, de lourdes charrettes regagnaient les fermes, chargées de gerbes. La paille sèche embaumait.

— J'ai l'impression de me retrouver au bout du monde, murmura Colette. Rien ne change ici.

Depuis le départ d'Étienne dix jours plus tôt, seule dans son appartement, elle avait mené une vie misérable. Pas une fois, elle ne s'était rendue à la boutique, se contentant de donner par téléphone quelques instructions à la Première, une femme mûre, infatigable dont la voix tonitruante et les manières brusques terrorisaient les ouvrières. Apathique, Colette était restée la plupart du temps allongée sur son lit, les rideaux tirés. Lorsque la colère la reprenait, elle se levait, allait à la cuisine se faire du café, fuyant le salon où demeuraient mille petits indices de la présence d'Étienne, un cendrier où reposait une pipe, une marque de brûlure sur la laque de la table basse, un livre oublié sur la console, l'empreinte de son corps sur les coussins du canapé. Elle allait déménager, effacer jusqu'au plus petit souvenir de cet homme auquel elle avait donné tout ce qu'elle était capable d'offrir. Amant ? Ce mot n'avait aucun sens. La nuit, elle rêvait de vagues qui engloutissaient, de feu qui dévorait, d'un lacet lui serrant le cou jusqu'à la suffoquer.

Tout en conduisant, Renée jeta un coup d'œil oblique à sa cousine. Sous le maquillage, elle avait les joues creuses, le teint blafard. Comme la rupture avec Étienne, confiée par télégramme avec des mots anodins, avait dû la secouer !

259

— Françoise est si heureuse de te revoir. Elle commence à parler et dit très bien « marraine ».

— Et Paul ?

— Il ne va pas trop mal. Un peu préoccupé. Les choses sont difficiles en ce moment dans notre région, tu sais.

Colette écoutait sa cousine sans vraiment lui prêter attention. Elle revenait à Brières pour dormir, marcher dans la campagne, être en paix, en aucun cas pour partager les soucis agricoles de Renée.

— Ne m'en veux pas si je reste un certain temps dans mes appartements, confia-t-elle. As-tu fait moderniser ma partie du château ?

Renée se mordit les lèvres. Colette n'avait pas changé : prolixe, merveilleuse, spirituelle lorsqu'il s'agissait d'elle-même ou de son univers, elle restait imperméable aux tracas d'autrui, fussent-ils ses proches parents.

— Avec quoi, grands dieux ! Tu sais bien que je n'ai pas les moyens de t'avancer de l'argent. Tes appartements sont tels que tu les as laissés, mais Solange et moi avons aéré, mis du linge frais, disposé quelques bouquets de fleurs. À défaut de luxe, nous y avons mis notre cœur. Il faudra t'en contenter, ma chère.

La voiture s'arrêta pour laisser passer un vieil homme poussant une brouette. De chaque côté, un rideau d'arbres longeait la route. Par intermittence, on apercevait une mare, un ruisseau où des vaches, de l'eau jusqu'à mi-pattes, restaient immobiles sous l'ardent soleil.

— Je vais m'occuper en effet de ce qui m'appartient, prononça Colette d'une voix lasse. Cela me distraira.

Elle reconnaissait le village de Brières, le croisement de la route menant au château qui bifurquait

260

sur la gauche. Qu'avait éprouvé sa mère lorsque, mourante, elle était venue achever ses jours auprès de sa belle-sœur ? Un sentiment de paix ou la certitude d'être vaincue par le destin ? Elle était née au bout du monde, s'était épuisée à défier la société, allant jusqu'à détruire qui l'approchait et se détruire elle-même. Et Brières l'avait happée comme une proie longtemps attendue, dévorée, ensevelie, en dépit d'une fuite ultime dans un hôpital parisien, à quelques pas d'une fille unique qu'elle n'avait pas cru bon de prévenir.

La Citroën remontait l'allée avec une lenteur de tortue et plus le château se rapprochait avec son élégant perron, les lignes symétriques des fenêtres, le joli toit d'ardoises bleutées, plus Colette se sentait abattue. Que restait-il de sa vie ? La solitude ou la compagnie de sa cousine ?

— Paul a promis de rentrer tôt de l'étude. Nous pourrons prendre le thé ensemble, se réjouit Renée.

Il fallait distraire Colette, chasser ses idées noires. Étienne serait vite remplacé. Toujours elle l'avait jugé avec sévérité : un bel homme certes, mais égoïste, froid, calculateur. Un cœur sec. Le jour du baptême de Françoise, prétendant que l'église était glacée, il avait cru bon de hâter l'homélie du père Marcoux. Le ton plein d'ironie avait blessé le vieux curé.

Victor attendait au bas du perron. Fort pour ses treize ans, le jeune garçon avait un visage franc, un joli sourire. Après d'innombrables hésitations, Solange avait consenti à l'inscrire au lycée de Guéret. Il partirait dès la fin du mois de septembre s'installer chez sa grand-mère paternelle. Reconnaissant la visiteuse, Onyx agitait la queue et tentait de lui lécher les jambes. Une petite fille jaillit

261

de la porte de la cuisine et accourut, un grand sourire illuminant son visage rond. Tout était simple, amical. Colette sentit les larmes lui monter aux yeux. Dans la chaleur, la lumière de ce jour d'été, elle eut un instant l'illusion de voir sa mère debout sur le perron lui adresser un joyeux signe de bienvenue.

La petite fille était dans ses bras. Elle l'embrassa avec tendresse. La peau transparente, les cheveux blond-roux, elle lui ressemblait.

— Tout ton portrait, n'est-ce pas ? déclara Renée à côté d'elle. On dirait que tu es sa mère.

En un éclair, Colette se revit dans son petit lit de la rue Raynouard. Madeleine l'embrassait sur la bouche. « Chante-moi une chanson, implorait-elle, celle de la petite fille qui vole le visage de sa maman parce que le feu a réduit le sien en cendres. » Sa mère riait : « Comment peux-tu aimer ces horribles histoires de nos sorcières tonkinoises ? » « Parce que je voudrais te ressembler, maman, babutiait-elle, parce que je voudrais être toi. »

— Le père Marcoux n'est pas bien, annonça Paul en embrassant sa femme. Berthe est passée à l'étude pour que j'appelle Lanvin. Il ne veut personne d'autre pour le soigner.

Après une semaine à Brières, une indifférence heureuse s'était emparée de Colette. Le matin elle flânait, l'après-midi, se promenait, emmenant parfois Françoise installée dans une antique poussette. À peine voyait-elle Renée, Solange et Gaston, occupés à la moisson, et Paul, retenu à son étude. La mémoire de sa mère l'investissait. À plusieurs reprises, la jeune femme s'était surprise à rechercher des traces de sa présence à Brières mais, à part un vieux chapeau oublié sur une des patères du vestiaire, rien ne demeurait d'elle. C'était une déception, presque un vide que l'étrange ressemblance de la petite Françoise venait combler.

— Je passerai au presbytère dans l'après-midi, assura Renée, la moisson est quasiment achevée. Demain nous rentrerons les dernières charrettes. Ce pauvre père Marcoux a probablement besoin d'une bonne bouteille et de quelques douceurs. Berthe le nourrit de lard et de choux, son vieil estomac n'en peut plus.

— Je t'accompagnerai, proposa Colette. Nous n'avons guère l'occasion de passer de vrais moments ensemble.

La salle à manger était délicieuse. Ouvertes sur la terrasse, les deux fenêtres laissaient passer un vent doux qui embaumait le tilleul. Les acquisitions de Valentine, antiques tapisseries d'Aubusson et tableaux modernes accrochés sur les boiseries blondes, le sol de tommettes, la grande cheminée simplement décorée d'un gros bouquet de fleurs sauvages arrangées dans un pot de grès vernissé, la longue table de merisier entourée de ses dix chaises recouvertes de velours abricot s'agençaient en une harmonie raffinée, mais conviviale, où peu subsistait de l'ancienne austérité du réfectoire des couventines. Juchée sur une chaise haute Françoise partageait les déjeuners familiaux entre son père et sa mère qui montraient pour leur fillette toutes les indulgences. En souriant, Paul essuyait de sa serviette les taches mises sur son costume par la maladresse de l'enfant, tandis que Renée l'aidait à terminer son assiette.

— J'ai cueilli les premières poires aux espaliers, se réjouit Solange en débarrassant les assiettes où

263

un peu de poulet à la crème restait figé. La récolte va être superbe.

Avec fierté, la jeune femme déposa sur la table un panier où se côtoyaient des fruits jaune d'or, d'autres rouge sombre tavelés de noir.

— Voilà au moins une bonne nouvelle ! reconnut Paul.

Par gourmandise ou défaut d'exercice, il avait grossi. Le ventre tendait le gilet de coton, un double menton reposait sur le col dur de la chemise. Il portait désormais une moustache épaisse, déjà filetée de blanc, qui ne parvenait pas à donner un air viril à son visage un peu mou.

— Marcoux sera content de votre visite, assura-t-il après avoir vidé son verre de vin. J'ai demandé à Lanvin de passer en fin d'après-midi. Depuis qu'il est à la retraite, ce pauvre ami n'a jamais autant travaillé. J'espère qu'il saura persuader notre saint homme de s'installer enfin dans une maison de repos. J'ai entendu dire que son successeur serait déjà nommé. On s'impatiente à l'évêché.

— Marcoux aura le cœur brisé de quitter Brières, remarqua Colette. Depuis combien de temps y officie-t-il ?

— Trente-quatre ans. Il est arrivé ici avec le siècle.

— Pourquoi ne pas le laisser mourir chez lui ?

Paul acheva posément de peler sa poire et en tendit un morceau à Françoise au bout de sa fourchette.

— Parce que les chrétiens de ce village ont besoin d'un pasteur. Le dimanche, l'église est quasiment déserte. Les paroissiens ne s'y montrent plus que pour les baptêmes, communions, mariages et enterrements.

— Marcoux, expliqua Renée, est un historien,

264

un être curieux et tolérant qui ne se sent pas la mission de terroriser ses ouailles en les menaçant de l'enfer. Il a beaucoup travaillé avec maman sur les archives départementales. L'un comme l'autre étaient anxieux de dénicher certains documents qui font défaut à l'histoire de Brières.

— Documents qui n'ont probablement existé que dans leur imagination, intervint Paul. Avant la construction du château par les Morillon, il n'y avait à Brières que quelques cabanes, une église et deux ou trois métairies.

— Un livre sur l'histoire de notre domaine a cependant été écrit qui s'est perdu, précisa Renée. J'en ai la certitude grâce à deux feuillets du journal intime de la comtesse de Morillon.

— Les as-tu ? demanda Colette.

Dehors les criquets s'égosillaient sous le soleil au zénith. Papillons, abeilles et cousins voletaient au-dessus de la terrasse. Les derniers souffles de vent étaient tombés.

— Hélas non ! Je les avais glissés dans un livre de la bibliothèque. Peut-être ont-ils été perdus lorsque maman a décidé de vendre les ouvrages sur les plantes et les bêtes que papa collectionnait, à moins que Bernadette ne les ait dissimulés quelque part. Mais je me souviens très bien du texte. Angèle de Morillon confiait qu'elle venait de recevoir en présent du curé un livre ancien et apparemment maléfique qui l'avait terrifiée. Elle avait peur, en particulier pour son fils.

— Qui s'est noyé dans l'étang quelque temps plus tard, précisa Paul en achevant sa poire. Une coïncidence, rien de plus. Si vous connaissiez comme moi les vieux Creusois, vous ne vous étonneriez plus des présages, signes, avertissements de prétendus malheurs qui à notre insu nous entou-

265

rent. Celui qui sait les interpréter est protégé, sur les autres s'acharne la guigne, le mauvais œil si vous préférez.

Solange, qui débarrassait la table, s'immobilisa.

— Les Dames de Brières sont plus qu'une légende, monsieur Paul, et vous le savez bien.

— Je ne sais rien du tout, ma bonne Solange, sinon ce que ma belle-mère et ta mère ont enfoncé dans la tête de Renée et dans la tienne. Là où vous voyez des fées, des êtres surnaturels et immortels, j'imagine quant à moi trois mantes religieuses dans l'attente d'un insecte nocturne passant à leur portée.

— C'est pire ! s'écria Colette. Pour ma part, je ne crois en rien du tout sinon que Brières est fascinant par son isolement. L'imagination s'y trouble. Hier, j'ai cru voir maman et tante Valentine sur les berges du Bassin. Elles pénétraient dans l'étang, aussi fluides et transparentes que l'eau. Stupéfaite, je me suis contrainte à observer avec plus d'attention. Ce n'étaient que des ombres étirées par les saules, rien de plus.

Solange haussa les épaules et reprit sa besogne. Pour entrer dans le monde du mystère, il fallait être choisi. Colette n'était pas encore prête.

— Allons prendre le café, décida Paul. Je dois être à l'étude avant trois heures.

— Je suis heureuse de te voir meilleure mine, déclara Renée en poussant la petite porte donnant sur le chemin de Brières. Quelques semaines encore et tu auras les joues rebondies des vraies campagnardes.

— Tu sais bien que je repars la semaine pro-

266

chaine. Je veux absolument passer aux Lavandins avant de regagner Paris. M'accompagnerais-tu ?

— Avec mon ventre en barrique, mes moutons éclopés, mes oies, mes chevaux de trait et les labourages à entreprendre ?

— Solange est là.

— Aidée par Gaston, qui ne brille pas par son intelligence, et Francine toujours dans la lune ? Ce n'est pas ainsi que j'amasserai assez d'argent pour honorer ta rente !

N'ayant aucune envie de justifier une fois encore son bon droit, Colette préféra ne pas insister. Le revenu qu'elle tirait de Brières lui permettait d'entretenir les Lavandins. Les intérêts des dernières actions qui lui restaient assuraient son train de vie. Tout le reste était investi dans sa maison de couture et ses projets d'avenir.

Les premières noisettes mûrissaient le long du sentier qui serpentait entre les champs. Sur les talus, des bouquets de gerbes d'or, de coquelicots et de chardons d'un bleu violacé se mêlaient aux épis de blé sauvages roussis par le soleil. Dans un panier, Renée avait rassemblé deux bouteilles de bourgogne, un pot de confiture de fraises et un gros sac de sablés aux amandes, spécialité de Solange. Leur pauvre curé dépérissait de chagrin à la perspective de quitter Brières pour s'installer dans une maison de repos tenue par des religieuses. Ses paroissiens étaient devenus sa seule famille, il connaissait par cœur les généalogies, les alliances comme les brouilles, les petits secrets de chacun. Il aurait souhaité que l'évêché l'oublie et le laisse mourir discrètement là où il avait vécu. Mais, déjà nommé, le nouveau curé attendait avec impatience de s'installer. On le disait d'une grande piété, idéaliste et froid. S'adapterait-il dans

267

un village où la pratique religieuse n'était qu'occasionnelle ?

— Mon séjour ici m'a fait du bien, avoua Colette en mâchouillant une herbe sauvage. Jamais je n'aurais cru pouvoir souffrir, ne serait-ce que quelques jours, à cause d'un homme.

— Qui était ton compagnon depuis de nombreuses années, presque un mari.

Renée se réjouissait qu'enfin sa cousine lui parlât d'Étienne. À aucun moment elle n'avait voulu forcer ses confidences.

— Un être délicieux, froid et intéressé qui m'a choisie par hasard et quittée sous le prétexte de ne pouvoir choisir.

La voix était caustique, laissant deviner une sorte de plaisir à accabler l'être qu'elle avait aimé.

— Le hasard n'avait rien à faire dans votre liaison. Vous vous conveniez. Tu te doutais que je n'appréciais guère Étienne, n'est-ce pas ? Mais il semblait te rendre heureuse et cela me suffisait pour lui ouvrir ma porte.

— Les hommes susceptibles de nous plaire n'ont rien en commun, se moqua Colette. Tu aimes les êtres à principes, je suis séduite par les décadents. Au bout du compte, tu es gagnante.

Renée sourit. Pour la première fois, elle parvenait à se moquer de sa triste histoire d'amour.

— Cela n'a pas toujours été le cas. N'oublie pas qu'Henri m'a laissée en plan avec mes yeux pour pleurer. Quant à Paul, je n'ai guère de mérite à le retenir, la concurrence est plutôt faible alentour.

— Il t'a toujours adorée.

— Les faibles ne parviennent pas à s'affranchir. C'est toi qui me l'as affirmé place Saint-Sulpice, voici bien longtemps.

D'un geste spontané et joyeux, Colette glissa son bras sous celui de sa cousine.

— Les femmes Fortier ne savent guère s'y prendre avec les hommes. Nous gardons nos illusions en détruisant les leurs.

Le village était tout proche. Le grand chien jaune des Le Bossu, qui chassait dans les garennes, aboya au passage des deux cousines.

— Nous nous méfions d'eux, précisa Renée. Et cependant nous cherchons à les séduire.

— Pour mieux les dévorer, mon enfant ! rétorqua Colette en riant. Je vais te confier un secret : je n'ai d'intérêt que pour les gens pouvant m'être utiles.

— À quoi ?

— À rester libre. Et tant pis pour eux si je leur arrache quelques plumes au passage. La compassion est un luxe que les femmes ne devraient pas se permettre. N'en abuse pas avec Paul. Il se prend trop au sérieux.

— Les occasions de rire ne sont pas nombreuses en ce moment, murmura Renée.

— Il y a mille moyens de se divertir, ma chérie. Paul et toi êtes vieux avant l'heure.

Renée dégagea son bras de celui de sa cousine et s'éloigna d'un pas. Sentant qu'elle avait été trop loin, Colette se fit câline.

— Je voulais dire trop sages. Sortez, faites-vous de nouveaux amis, donnez des fêtes dans votre palais. Voyagez, vivez !

Renée s'immobilisa. Pourquoi sa cousine s'ingéniait-elle à la tourmenter ? Son monde clinquant et cruel ne donnait cependant aucune garantie de bonheur.

Sur le pas de son officine, Jules Brisson adressa aux deux cousines un signe de tête distant. Ami intime des Tabourdeau, il avait entendu de méchants propos sur la châtelaine et se contentait de se montrer poli lorsqu'ils se croisaient. « Les temps où il suffisait d'avoir hérité d'une grande baraque délabrée pour se sentir supérieur aux autres étaient révolus », affirmait Joseph. Sans être bolchevique, il était pour la juste répartition des biens. « Et votre ferme, rétorquait le pharmacien qui avait l'esprit de contradiction, seriez-vous prêt à la partager avec une autre famille ? » « Ma ferme, tonnait Tabourdeau, je l'ai acquise avec des économies gagnées à la sueur de mon front. À treize ans, j'étais ouvrier agricole, trimant du lever au coucher du jour avec peu de pitance, de la soupe, des haricots, du lard, du pain bis, de l'eau vinaigrée et des coups de pied dans le derrière. L'hiver, les doigts gelés, je curais les fossés, faisais du bois pour mes patrons, étêtais les ormes et les saules, réparais les barrières. Durant l'été, c'était pire encore, avec les moissons, la mise en gerbes qui cassait le dos, les chariots à charger à la fourche. Et le plus dur, c'était le chaumage, dix heures par jour cassé en deux. À vingt ans, usé, j'ai eu la veine de marier ma Denise dont les parents tenaient un commerce à Châteauroux et voulaient prendre leur retraite. Tous les deux, nous avons turbiné, mais l'argent rentrait. Un argent pas volé, croyez-moi ! » « Madame Dentu travaille dur et n'en a guère », remarquait le pharmacien. « Vous plaisantez, s'énervait Tabourdeau. Un château, cent cinquante hectares de bois, pâtures et champs, un étang, des granges, bâtiments et resserres ! Et tout cela lui est tombé du ciel par la grâce de son ancêtre maçon, un homme à peine honnête, insinuait-on par ici, qui a su être assez roublard pour s'imposer à Paris et jouer ensuite au grand seigneur. » Quoique se

270

moquant de l'outrance des Tabourdeau, Jules Brisson partageait son avis. Les privilèges avaient été abolis cent cinquante ans plus tôt et tant pis pour Renée Dentu si elle retombait dans l'ornière d'où était sorti son aïeul, Honoré Fortier.

Berthe guettait les visiteuses sur le pas de la porte du presbytère.

— Monsieur le curé n'est pas bien, souffla-t-elle. Je l'ai fait coucher, il vous attend.

Sur la pointe des pieds, Renée et Colette traversèrent la salle, se glissèrent dans la chambre. La tête sur l'oreiller, le teint congestionné, le vieux prêtre tenta un sourire.

— Pourquoi m'a-t-on amené à l'asile ? reprocha-t-il.

— Depuis ce matin, le pauvre homme divague, chuchota Berthe. Il se croit chez les religieuses d'Issoudun.

— Vous êtes chez vous, monsieur le curé, le rassura Renée, ne vous inquiétez pas. Ma cousine et moi sommes venues à pied de Brières vous apporter des friandises.

Marcoux ferma un instant les yeux. Renée était atterrée par la rougeur de la face, la teinte violacée du cou et des mains.

— Lanvin sera là ce soir, affirma-t-elle. Il vous guérira.

— Alors, je me sauverai.

Tirant une chaise paillée, Renée s'installa tout près de son vieil ami.

— Vous êtes au presbytère, insista-t-elle, et personne ne vous forcera à vous en aller.

— À quoi bon ? Tout le monde est déjà parti, prononça le curé d'une voix haletante. Il n'y a plus un Fortier de vivant et si vous n'avez pas de fils, ce sera la fin des Dentu.

— Mais je suis là, mon père ! protesta Colette.

— Une femme célibataire est un rameau mort. Il n'y a plus de Fortier, s'entêta Marcoux. Plus de Fortier, plus de Dentu, plus de Genche. La dernière descendante des Foulque, la simple d'esprit, est morte la semaine dernière à Guéret, les Tabourdeau n'ont pas d'enfants et n'en auront jamais car la Denise est stérile. C'est tout le vieux Brières qui disparaît.

— Que faites-vous des Le Bossu qui ont trois filles, mon père, que faites-vous de moi ? J'ai bien l'impression que mon bébé sera un garçon.

La tête de Marcoux retomba sur l'oreiller.

— Le feu, prononça-t-il d'une voix sourde, la vengeance, le pardon.

Sa respiration était devenue faible. Renée se leva.

— Courez à la poste et téléphonez à Lanvin ! ordonna-t-elle à Berthe. Le père est au plus mal.

Avec des gestes doux, elle essuya de son mouchoir le visage en sueur du vieil homme. Avait-il voulu révéler quelque chose ? Mais il délirait, c'était manifeste. Enfin Marcoux ouvrit les yeux, parcourut d'un regard affolé la petite pièce qui avait été sa chambre et son oratoire durant plus de trente ans. Il ne reconnaissait plus rien. Parce qu'il avait enfin deviné leur secret, les Dames venaient s'emparer de lui.

— Ne m'approchez pas ! siffla-t-il en posant les yeux sur Renée. Ni vous, ni votre cousine, ni votre fille.

Il tenta de se signer, mais sa main retomba sur le drap. Un souffle rauque ronflait dans sa gorge. Renée éclata en sanglots.

272

— Prions, demanda-t-elle à Colette.

À contrecœur, la jeune femme s'agenouilla au pied du lit. Les imprécations du mourant l'avaient heurtée. Pourquoi avait-il parlé de feu, de vengeance ? L'angoisse qui hantait Marcoux ressuscitait la sienne. À côté d'elle, la face entre les mains, Renée pleurait en silence.

— Le feu, répéta soudain le vieux prêtre. Tout brûle. Mais on ne souffre pas. C'est l'affaire de quelques secondes.

— Il n'y a pas de feu, hoqueta Renée. Tranquillisez-vous.

— Si fait, articula Marcoux avec peine. Et c'est le diable qui l'a allumé.

Le sonneur venait d'arrêter le glas, laissant retomber la grosse corde râpée. L'office était achevé. Deux gaillards s'apprêtaient à charger le cercueil dans un char à bœufs pour le conduire au cimetière. Savoir reposer son vieil ami au milieu de ceux qu'il appelait affectueusement ses enfants était une consolation pour Renée. Parti en quelques heures, il n'avait pas eu le chagrin d'un déménagement, l'ennui des jours vides dans la maison d'Issoudun. « Il s'est sauvé comme bonne-maman », répétait Colette. Coupée à Brières du reste du monde, secouée par la mort du curé, la jeune femme avait l'impression d'avoir quitté Paris depuis un siècle. La rupture avec Étienne se faisait lointaine. Seuls subsistaient les bons souvenirs. Pourquoi s'attrister ? Tout avait une fin. En regagnant son appartement après quelques jours aux Lavandins, elle entamerait une nouvelle vie, secouerait ses habitudes. À Paris, on s'amusait. Les femmes jolies, talentueuses et libres avaient un

273

succès fou. Elle aurait maintes occasions de s'étourdir de compliments, de danses, de soirées au théâtre et, pourquoi pas, de nouer d'éphémères liaisons.

Sous un soleil ardent, les villageois avaient formé cortège jusqu'au cimetière. Le curé de La Souterraine et les deux jeunes abbés qui avaient officié bénirent le cercueil déjà suspendu à deux cordes. Appuyée sur Paul, Renée sanglotait. Avec le départ du père Marcoux, toute une génération disparaissait à jamais de Brières. « La lumière de Léon Marcoux restera à jamais avec nous, conclut le prêtre, qu'il repose en paix. *Amen.* »

« En paix ? douta Colette. Marcoux est mort en évoquant le diable. Il semblait en avoir peur. » La jeune femme promena autour d'elle son regard. En habits de deuil, certaines femmes portant encore la coiffe, les habitants faisaient cercle autour de la tombe. Outre Solange Genche-Dutilleul et son fils, Colette reconnaissait les Le Bossu entourés de leur marmaille, les Tabourdeau, qui pas une fois n'avaient voulu croiser le regard de Renée, Valentin Gautier, l'ancien cordonnier devenu maire, l'air fat, Jules Brisson, le pharmacien, escorté de sa femme portant une robe de méchante étoffe se voulant à la mode, d'autres dont elle ignorait le nom. Jusqu'à la nausée, ce cercle lui donnait l'impression d'étouffer. « Des morts, des sortes de fantômes immobiles qui se divertissent de la souffrance et de la mort », pensat-elle. « Le diable l'a allumé », avait prononcé le curé en parlant d'un brasier. Aujourd'hui, devant sa dépouille, le démon avait cent visages.

25.

Colette se sentait fraîche et dispose. Décembre était assez doux pour lui permettre de déjeuner dehors et la jeune femme se réjouissait de conduire l'après-midi jusqu'à Toulon où elle ferait quelques achats. La vie à nouveau lui souriait. Elle venait d'apprendre que, perclus de rhumatismes, le chapelier dont le magasin jouxtait le sien s'était résigné à céder son commerce. Dès le printemps des ouvriers pourraient entreprendre les travaux de jonction entre les deux locaux. Dans l'effervescence de ses projets, la solitude amoureuse ne lui pesait guère. Admirée, recherchée, la jeune femme bouillonnait d'idées, convaincue que l'engouement pour les Jeux olympiques d'hiver que l'Allemagne accueillerait un an plus tard à Garmisch-Partenkirchen donnerait aux élégantes des envies de pantalons étroits portés avec des vestes confortables en tissus caoutchoutés. Dans ce métier, il fallait être précurseur, et Colette pouvait s'enorgueillir d'avoir été la première à dessiner quelques années plus tôt ce genre de modèles jugés alors provocants et vulgaires.

Abritée du vent, la terrasse recouverte de larges tommettes offrait un espace protégé où fleurissaient encore soucis et gaillardes dans des pots de terre cuite. Serge et Marie-Noëlle Vigier, ses vieux amis, avaient promis de venir pour le réveillon du jour de l'an. Si le temps le permettait, elle les emmènerait en mer à bord du *Raymond*. Souvent, seule à bord, elle jetait l'ancre dans une crique solitaire et nageait le long des rochers jusqu'à l'épuisement. Alors elle se mettait sur le dos, les bras écartés et, les yeux vers le ciel, tentait de trou-

275

ver un sens au désastre de son enfance. En laissant sa place dans la chaloupe à une petite fille inconnue, son père avait choisi de l'abandonner. Pour quelle raison ? Ne l'aimait-il pas aussi fort qu'elle le croyait ? Et pourquoi sa mère était-elle allée mourir dans un hôpital anonyme à deux pas de la place Saint-Sulpice sans l'appeler une seule fois auprès d'elle ?

Une légère brise soufflait sur la terrasse des effluves de pin mêlés à la senteur douce des lavandes. Colette s'installa à table. À Toulon, elle achèterait une timbale en argent pour Laurent dont Renée venait de lui apprendre la naissance, un beau petit garçon de quatre kilos. La jeune femme tenta d'imaginer sa cousine, un enfant dans chaque bras, sous le regard attendri de Paul. Elle avait atteint le but qu'elle s'était fixé : un domaine à faire valoir, une famille, une existence tranquille où l'imagination, la fébrilité, les faux-semblants n'avaient pas cours, une existence enfermée comme les personnages rassemblés sous un globe que l'on trouvait dans les magasins de souvenirs. De sa chaise, Colette apercevait la perspective des vignes et au-delà la mer d'un bleu vif sous le soleil d'hiver. Quelques semaines encore et le gros mimosa refleurirait.

— Un monsieur demande à vous voir, mademoiselle.

Ronde et lisse comme un dessin d'enfant, Janine semblait un peu embarrassée.

— Je lui ai dit que vous déjeuniez, se justifia-t-elle, mais il insiste.

Colette fronça les sourcils. Des voisins trop familiers surgissaient parfois pour tenter de lier conversation ou quémander le droit de chasse sur ses

276

terres. Les Lavandins étaient son havre de paix, pas une commodité pour les habitants du coin.

— Vous le connaissez ?

— Il n'est pas d'ici, mademoiselle.

L'accent de Janine dédramatisait tout. Colette soupira.

— Faites-le attendre, j'aurai achevé mon déjeuner dans un moment.

Un homme de petite taille avec un visage rond, des traits réguliers, des cheveux grisonnants et rares, se tenait derrière la porte-fenêtre donnant sur la terrasse. Dans un geste d'impatience, Colette jeta sa serviette sur la table.

— Que désirez-vous ?

Les lèvres minces esquissèrent un vague sourire. Cet intrus n'affichait nulle marque d'embarras ou même de simple politesse. Il avait l'air d'être chez lui.

— Vous parler, mademoiselle. Si je suis venu forcer votre porte, c'est que par deux fois vous avez ignoré mes lettres.

De petits spasmes contractaient son visage. « Un alcoolique », pensa Colette. Elle avait vu assez souvent ces signes chez sa mère pour ne pas se tromper.

— Aurais-je des comptes à vous rendre ?

— Laissez-moi tout d'abord me présenter : Armand Sebastiani... Ce nom ne vous dit rien ?

L'homme sortit du salon et avança sur la terrasse. Colette effleura la main qu'il lui tendait.

— J'ai vendu ce terrain à votre mère voici plus de trente ans...

— Si vous êtes venu en acheteur, vous perdez

votre temps, l'interrompit la jeune femme. Et maintenant excusez-moi, je suis pressée.

— Vous prendrez bien un moment. Ce dont j'ai à vous entretenir a une certaine importance. M'offrirez-vous un café ?

Colette réprima son envie de pousser dehors ce malotru qui la dévisageait de haut en bas comme un chat guetterait une souris.

Son chapeau sur les genoux, les jambes un peu écartées, le torse droit, Sebastiani buvait le café apporté par Janine.

— J'étais sûr que, tôt ou tard, ce terrain vaudrait de l'or, prononça-t-il enfin. Les Fortier ne m'ont pas rendu justice. Je me serais attendu à un peu plus de reconnaissance de leur part, Madeleine y compris. Mais votre mère était une femme insensible.

— Je vous interdis ces familiarités !

Le petit homme haussa les épaules.

— Jolie maison. On dit aux alentours que vous y avez investi pas mal d'argent.

Janine surgit sur la terrasse, une assiette de biscuits à la main.

— Nous n'avons besoin de rien, s'irrita Colette. Merci.

— La colère vous va bien, nota Sebastiani. Vous êtes presque aussi jolie que votre maman.

L'angoisse serrait maintenant la gorge de Colette. Elle avait le pressentiment que ce petit homme méprisable n'était là que pour lui faire du mal.

— Pourquoi êtes-vous venu ?

— J'ai besoin d'argent. Une mauvaise passe, des dettes... Cinquante mille francs me dépanneraient.

Un souffle de panique s'abattit sur Colette. Cet homme était un voleur. Il allait chercher à les intimider, Janine et elle, peut-être les tuer.

— Sortez ! balbutia-t-elle ou j'appelle la police.

— Vous ne ferez rien de tel. En tout cas, je ne vous le conseille pas. Signez-moi un chèque et vous ne me verrez plus.

Les doigts de Colette étaient crispés sur le rebord de la table. Il fallait gagner du temps. Si Janine avait un peu de bon sens, elle comprendrait qu'elles étaient en danger et appellerait la gendarmerie. Dieu merci, le téléphone était installé aux Lavandins depuis l'été précédent.

— Je peux vous donner mille francs si vous décampez immédiatement.

Sebastiani éclata de rire.

— Tu n'es pas généreuse, ma petite. Quand on porte le nom de Fortier, on ne fait pas à un vieil ami une aussi dérisoire aumône.

Colette se leva, ses jambes la portaient à peine.

— Vous êtes fou, dit-elle, le cœur battant à se rompre. Je ne vous connais pas.

L'odeur d'eau de Cologne bon marché de cet homme, sa peau blême, ses tics, tout en lui l'écœurait.

— Moi, je t'ai vue une fois en photo lorsque Madeleine est venue me rejoindre sur la Côte après ta naissance. Un beau bébé. J'étais fier de toi. Mais ta mère me niait jusqu'au droit de m'attendrir.

Colette était sur le point de se trouver mal.

— Qui êtes-vous ? demanda-t-elle.

— Puisque tu veux le savoir, pourquoi pas ? En vérité, je n'étais pas venu dans l'idée d'épanchements familiaux, mais pour que tu m'aides un peu. C'était sot de ma part, je l'avoue. Mais j'espérais

279

que Madeleine aurait au moins prononcé mon nom avec gentillesse devant toi et qu'en me voyant, tu devinerais que j'étais ton père.

Lorsque Colette ouvrit les yeux, elle découvrit le visage de Renée penchée sur elle. Pourquoi avait-elle rappliqué à La Croix-Valmer ? Elle ne voulait voir personne, surtout pas sa cousine.

— Comment te sens-tu ? demanda Renée.

Trois jours plus tôt, Janine l'avait avertie que Colette avait tenté de se suicider en avalant un tube de somnifères et elle était accourue, laissant à Solange Françoise et son petit Laurent, âgé d'un mois.

— Ne parle donc pas si fort.

Colette referma les yeux. Après l'incursion de Sebastiani, elle s'était enfermée chez elle pendant deux semaines, incapable de prendre la moindre décision. Tout d'abord la jeune femme était restée pelotonnée sur son lit, recroquevillée pour chasser la souffrance, puis elle s'était traînée à la salle de bains pour vomir. La tête lui tournait. Elle revoyait le sourire de Sebastiani, son visage rond, ses tics répugnants. Il la guettait pour l'anéantir, mais elle n'était pas capable de fuir, seulement de tomber à genoux sur les carreaux de la salle de bains et de se cramponner à la cuvette des W-C. Janine l'avait forcée à réintégrer son lit et elle avait dormi d'un sommeil comateux, sans rêves. Un matin, elle s'était éveillée seule dans la maison. Une pluie fine, persistante, noyait ses vignes dans un halo grisâtre effaçant la mer. Tout avait disparu. Une sensation de néant l'avait poussée dans la cuisine. Elle s'était fait du café, du pain grillé. « Papa... c'est pour cela qu'il a pu choisir de me quitter, pensait-elle en achevant sa tasse. Toujours il m'a menti en faisant semblant de m'aimer. » La nausée l'avait reprise. Le visage de son père lui apparaissait si clairement qu'elle avait l'impression de pouvoir le toucher si elle tendait la main : les yeux noirs à l'expression tendre, la bouche ourlée soulignée par la moustache, la mâchoire carrée, le menton volontaire. C'était afin de lui ressembler qu'elle avait voulu se battre et réussir. Être une Fortier. Et aujourd'hui on la tirait dans une mare de boue où elle étouffait : une mère lesbienne, droguée, alcoolique, un père qui ressemblait à un vieux maquereau répugnant. Ce qu'elle avait de plus cher au monde, le souvenir de celui qu'elle avait cru être son père et de sa bonne-maman lui était arraché en un seul instant. Elle voulait partir, échapper pour toujours à Sebastiani, à ses souvenirs, à elle-même. Machinalement, Colette s'était dirigée vers la salle de bains pour s'emparer du flacon de pilules opiacées qui l'aidaient à s'endormir lorsque l'excitation ou la fatigue de son travail la submergeaient. Un, deux, dix comprimés avec le reste du café. La jeune femme avait regagné son lit. Elle avait l'impression de dormir dans une pièce humide et sombre. Des hommes s'approchaient d'elle, on la tirait de son sommeil, elle se débattait, suppliait, mais elle savait qu'elle allait mourir.

— Nous l'avons rattrapée *in extremis,* chuchota Janine, debout en face de Renée. Par chance, le médecin était au village pour un accouchement. Il a fait vomir mademoiselle Colette avec de l'eau tiède, lui a massé le cœur et lui a fait boire un litre de café. Bonne mère, j'ai cru avoir une attaque en la découvrant râlant sur son lit !

— Il faut qu'elle mange, s'inquiéta Renée.

281

Le médecin avait conseillé du bouillon de poule, des compotes, un peu de vin sucré, mais sa cousine s'était entêtée à tout refuser.

— Mademoiselle dort, remarqua la femme de journée. Allons manger un morceau à la cuisine. J'ai cuit à la broche un poulet et mis au four un gâteau aux amandes.

Renée suivit Janine. Elle était exténuée. Quoique Lanvin et Paul eussent tout tenté pour la dissuader de prendre la route, elle avait tenu bon.

— Tâchez de vous souvenir, insista Renée en se servant d'une cuisse de poulet. A-t-elle reçu une lettre, un coup de fil qui aient pu la bouleverser ?

— Rien, madame, assura Janine, seulement la visite de ce monsieur. Une visite très courte qui l'a irritée parce qu'elle avait le projet d'aller à Toulon dans l'après-midi. Un monsieur d'un certain âge. J'ai cru comprendre qu'il avait connu autrefois la maman de mademoiselle Colette.

Renée soupira. Pourquoi la visite d'une connaissance de la famille aurait-elle poussé Colette au suicide ? Sa bonne-maman avait maintes relations qui séjournaient sur la Côte d'Azur durant l'hiver. Ce qui avait causé un tel désespoir devait se trouver ailleurs. Une lettre, un appel téléphonique d'Étienne ? Sa cousine cependant semblait ne pas en vouloir à son ancien amant. Dans sa dernière lettre, elle lui avait même avoué avoir d'autres chats à fouetter qu'à se payer le luxe d'un chagrin d'amour. Et la perspective d'agrandir Colette Fortier Couture était une telle joie pour elle ! Cette brusque volonté de mourir était vraiment incompréhensible.

Le poulet achevé, Renée accepta une large part de gâteau aux amandes. Après son café, elle téléphonerait à la poste de Brières pour qu'on rassure Paul et Solange. Colette s'en tirerait.

— Je vais vous dire le fond de ma pensée, madame Renée, déclara Janine en mettant trois sucres dans sa tasse de café. Une jeune et jolie femme qui veut vivre comme un homme n'a pas tout son bon sens.

Sans le savoir, Janine avait-elle mis le doigt sur la véritable raison de la tentative de suicide de sa cousine ? se demanda Renée. Personne ne niait la fragilité mentale de sa mère, les excentricités de son grand-père. Se pouvait-il que Colette puisse porter en elle le même atavisme ? Elle devait parler au médecin, le mettre sur la voie pour qu'il prescrive un traitement et ramener Colette à Brières où elle serait nuit et jour entourée.

— Je guérirai ma cousine, affirma Renée. Rien ne résiste à la vraie affection.

Restée seule, Colette se redressa sur son lit. Elle allait s'habiller, se coiffer et réexpédier Renée dans sa Creuse. Elle ne voulait plus aucun contact avec les Fortier, il fallait les rayer de sa vie. Ensuite, elle aviserait.

Sous la pluie, le jardin était sinistre. Colette laissa errer son regard sur cet espace qui était un dernier refuge. Elle grelottait. Sans cesse lui revenait à l'esprit la figure ronde de Sebastiani : son attitude suffisante, la vulgarité de son rire, le costume mal coupé ; les mains à la peau trop blanche tachetées de brun, l'horrible chevalière à ses initiales. Avec un mari qui était le charme même, comment sa mère avait-elle pu prendre un tel homme pour amant ? Si elle l'avait détestée autrefois, aujourd'hui elle la méprisait.

— Déjà levée ! s'exclama Renée. Est-ce bien prudent ?

Elle venait de faire avec Janine la liste des courses indispensables et se proposait de conduire la femme de journée en voiture jusqu'à l'épicerie du village tandis que Colette sommeillait.

— Laisse-moi tranquille. Je n'ai pas besoin de nounou.

Renée qui allait embrasser sa cousine se figea. Une peine brutale lui serra le cœur avec le souvenir aigu des rebuffades de sa mère, de la trahison d'Henri.

— Je suis venue pour t'aider, balbutia-t-elle. Tu es ma cousine et je t'aime.

— L'amour n'est qu'un mot vide de sens.

— Comment peux-tu penser cela !

Le chagrin faisait trembler la voix de Renée. Mais Colette n'était pas dans son état normal.

— Boucle ton sac et repars dans tes terres.

Colette serrait les dents. En dépit de sa jalousie envers l'unique descendante des Fortier, le visage décomposé de Renée lui donnait mauvaise conscience. Mais si elle voulait survivre, elle ne pouvait plus s'accorder le luxe de s'apitoyer sur quiconque. Qui l'avait épargnée ?

Médusée, Janine observait les deux cousines. Des drames secrets qu'elle aurait bien voulu percer déchiraient cette famille. Colette Fortier, comme chacun le chuchotait au village, n'était pas une femme respectable. Quant à sa cousine, elle voulait trop jouer à la bonne dame pour être tout à fait sincère.

— Ce soir, je ne veux plus te voir ici, insista Colette.

— Laisse-moi t'expliquer, se défendit Renée.

— Je n'ai nulle envie de t'écouter. Retourne à

tes terres, à ton mari et tes chers enfants. Laisse-moi tranquille.

D'un revers de main, Renée essuya ses yeux. Devant Janine qui l'observait avec une moqueuse curiosité, elle devait garder sa dignité.

— Je vais partir puisque tu le désires. Mais tu n'as pas le droit de douter de mon affection. Si tu as besoin de moi, j'accourrai.

Un désespoir infini écrasait Colette. Ce qu'elle vivait était pire que la mort. Les êtres qui avaient fait sa fierté et son bonheur, son père, sa bonne-maman, Renée n'étaient que des étrangers. Dans ses veines coulait seulement le sang des Bertelin et des Sebastiani. Pour se débarrasser de l'affreux petit bonhomme, elle avait signé un chèque de cinquante mille francs. « Je ne veux plus jamais vous voir », avait-elle sifflé. Il avait empoché le morceau de papier, tendu une main qu'elle n'avait pas prise. Son petit sourire aux lèvres, il avait enfin consenti à sortir. « Au revoir ma fille », avait-il prononcé en passant la porte. C'est à ce moment qu'elle avait pensé à mourir.

— Ta cousine est devenue folle, assura Paul en rendant à Renée la lettre qu'il venait de lire. Mais légalement nous ne pouvons rien faire. Elle a le droit d'exiger la vente de ses parts.

— Te rends-tu compte de ce que cela signifie pour nous ! s'indigna Renée. Un étranger pourrait venir s'installer à Brières, occuper la moitié de notre maison, laisser en friche peut-être les terres que je me suis échinée à cultiver ? Comment peux-tu garder ta sérénité devant un tel désastre !

Paul hésita. La sagesse exigeait que Renée se raisonne et accepte ce coup du sort. Mais il savait sa

285

femme incapable de partager son cher domaine. Mieux valait renoncer à la persuader.

— Que proposes-tu ? interrogea-t-il d'une voix qu'il cherchait à rendre aussi neutre que possible.

Des mèches désordonnées flottaient autour du front de Renée que la contrariété crispait. Dans un coin du salon, Françoise, qui empilait des cubes en silence, levait parfois son petit visage pour observer gravement sa mère avant de reprendre sa laborieuse construction.

— Nous devons racheter les parts de Colette.

— Avec quel argent, grands dieux ! Tu n'as pas encore achevé de rembourser tes emprunts et la conjoncture politique actuelle ralentit dramatiquement les transactions notariées. Sans avoir en rien démérité, la clientèle dont j'ai hérité de papa a diminué de moitié. Tu le sais bien.

— Il y a toujours une solution. À nous de la trouver.

Le choc reçu à la lecture de la lettre expédiée par le notaire parisien de Colette laissait Renée dans un état d'excitation que Paul et Solange avaient renoncé à tempérer. Que Colette n'ait pas eu le courage d'annoncer elle-même sa décision ajoutait à l'affreuse nouvelle une profonde blessure d'amour-propre. Depuis son retour précipité des Lavandins, quatre mois plus tôt, elle avait en vain tenté de s'expliquer la conduite bizarre et malveillante de Colette. Sa cousine avait repris son travail et, d'après ce que Renée avait lu dans un magazine, préparait une collection d'hiver. Elle avait même admiré une photo d'elle déguisée en Ophélie lors d'un bal offert par le comte de Beaumont. Son joli visage affichait une gaieté forcée qui convenait au personnage et la chroniqueuse l'avait choisie comme reine de la soirée. Déguisé

286

en Hamlet, un homme l'accompagnait. Un nouvel amant ? Renée n'avait pas reçu un mot d'elle, nul télégramme ou appel téléphonique. Le silence, le vide, comme si la somme de tendresse et de solidarité accumulée entre elles au cours de leur vie n'avait jamais existé. Les lettres expédiées à Paris revenaient non ouvertes et si, par hasard, elle avait la chance de l'obtenir au téléphone, au simple son de sa voix, Colette raccrochait. Que lui avait-elle fait ?

— J'ai téléphoné à son notaire, précisa Paul, afin de savoir si la décision de Colette était irrévocable. Elle l'est. Il faut bien s'incliner.

— Jamais ! siffla Renée.

Paul inspira profondément. Il devait contrôler avec soin chaque mot, chacune de ses intonations afin de ne pas augmenter l'agressivité de sa femme.

— Peut-être pourrais-je prendre un emprunt à mon nom...

Une lumière d'espoir s'alluma aussitôt dans le regard de Renée. Depuis le premier instant, elle avait songé aux fonds notariés dont Paul était l'administrateur, des sommes importantes, sans nul doute, qui dormaient inutilement et qu'ils sauraient rembourser avant que les épargnants ne s'inquiètent.

— Combien détiens-tu de liquidités ? interrogea-t-elle.

— Que veux-tu dire ?

— Cet argent que les paysans te confient, leurs économies.

Le visage de Paul se décomposa. Ce que sa femme lui demandait était une grave malhonnêteté. Il ne pourrait l'envisager.

— Je ne peux disposer de ces sommes, ma ché-

287

rie, seulement contracter un emprunt avec la valeur de mon étude comme garantie.

— Cela prendra des mois ! s'insurgea Renée, et d'ici là l'irréparable aura eu lieu. Prends de l'argent et fais en même temps une demande d'emprunt. Aussitôt qu'il sera accordé, nous rembourserons les sommes dégagées. Qui s'en apercevra ?

Sa voix vibrait d'excitation. Paul baissa les yeux.

— C'est impossible.

La jeune femme s'immobilisa en face de son mari, les deux mains agrippées au dossier d'un fauteuil comme si elle voulait le briser.

— Si tu refuses de m'aider, nous vendrons Brières. Ensuite, j'irai m'installer dans une ferme quelconque avec les enfants. Notre mariage s'arrêtera là.

Les yeux écarquillés, silencieuse, Françoise observait les visages figés de ses parents. Elle aurait voulu qu'ils s'occupent d'elle, la cajolent pour dissiper l'angoisse qui lui serrait le ventre, mais ni l'un ni l'autre ne semblaient s'apercevoir de sa présence.

— Veux-tu faire de moi un voleur ? murmura Paul la voix tremblante.

Un couple de papillons dansait derrière la fenêtre ouverte sur le parc. La petite fille leur adressa un beau sourire. Elle aurait bien voulu pouvoir s'envoler elle aussi, voleter jusqu'au potager où mûrissaient les premières fraises.

— Agis comme bon te semble, déclara Renée. La solitude m'est familière, je la retrouverai sans trop souffrir.

— Il faut que je réfléchisse, murmura Paul. Donne-moi quarante-huit heures.

Un des papillons qui venait de pénétrer dans la bibliothèque s'empêtrait dans une toile d'arai-

288

gnée. Avec attention Françoise observait se débattre le joli insecte tandis que le guettait une minuscule araignée grise.

Renée lâcha le fauteuil, s'écarta d'un pas. Elle avait l'air lasse soudain, désemparée. Au loin par la fenêtre, elle aperçut ses moutons qui broutaient dans l'herbage. Au-delà de la statue de Diane, Gaston brûlait des branches et des tas de broussailles. Par instants, on apercevait des flammes, de la fumée dans une percée du grand bois. Renée imagina la forêt en feu, puis le château commençant à brûler, un brasier infernal, impossible à éteindre. Tout avait commencé et s'achèverait ainsi. Nul ne pouvait rien contre la fatalité.

— Agis comme bon te semble, répéta-t-elle.

26.

Sous les applaudissements ininterrompus de ses fidèles clientes, presque des amies, une Colette émue avança au milieu du salon, entourée de ses mannequins. La veille de cette ultime collection dédiée à *Porgy and Bess,* la jeune femme avait cédé sa boutique à un fourreur juif qui venait de fuir l'Allemagne nazie. Une décision aussi soudaine avait stupéfié amis et employés. Étienne de Crozet lui-même avait tenté une vaine démarche. De sa vie passée, Renée, son travail, son appartement parisien, Brières, Colette voulait faire table rase. Seuls lui demeuraient les Lavandins. Là-bas, elle vivrait en solitaire. Six mois plus tôt, Renée avait racheté ses parts du domaine. Comment sa cou-

289

sine avait-elle pu trouver l'argent ? Les tractations avaient eu lieu par notaires interposés et, à aucun moment, les deux cousines n'étaient entrées en relation.

Colette s'inclina et, du bout des doigts, envoya un baiser à l'assistance. En plein succès, elle se retirait la tête haute avec dignité et peut-être sagesse. L'Europe allait mal et les rumeurs d'une possible guerre se propageaient chaque jour un peu plus. Les Italiens avaient envahi l'Éthiopie, en Allemagne Hitler venait de faire voter des lois inacceptables sur la citoyenneté allemande, la Chine basculait dans le communisme. Le monde feutré, bien-pensant et paternaliste des Fortier avait cessé d'exister.

Le regard de Colette parcourut le grand salon qu'elle avait choisi et décoré avec passion, les murs laqués, les paravents coupant les angles, les miroirs donnant une impression d'infini.

— Ce que j'ai aimé et voulu vous faire aimer, une certaine idée d'indépendance et d'humour, continuera à faire son chemin, lança-t-elle d'une voix claire. Ce sera mon testament de couturière. J'ai toujours pensé que souvent les femmes prenaient la mode trop au sérieux. Enfiler une robe, passer un pantalon avec le sourire est la plus grande des sagesses. La mode est un oiseau, laissons-la chanter, colorer le conformisme de nos habitudes. Ne cherchons pas à paraître riches ou prestigieuses, cherchons tout simplement à être irrésistibles. Merci à toutes, je ne vous oublierai jamais.

À nouveau, la jeune femme envoya un baiser et d'un pas assuré quitta le grand salon. Sa valise était prête, les malles déjà expédiées à Toulon. Le soir même, elle prendrait la route pour les Lavandins.

Seule dans le petit salon privé tapissé de velours

290

pêche de sa boutique que décoraient des dessins de Paul Iribe, Colette alluma une cigarette. Par la fenêtre, elle voyait le marronnier de la cour que l'automne parisien avait jauni, le mur de l'immeuble qui lui faisait face où, de temps à autre, elle apercevait des visages devenus à la longue familiers. Une grande tristesse lui serrait le cœur.

— Votre voiture est devant la porte, Madame, annonça le portier.

La jeune femme écrasa son mégot dans une coupelle d'argent et jeta un dernier regard dans le miroir vénitien. Une certaine Colette Fortier disparaissait, une autre la remplacerait.

— Je viens, assura-t-elle.

Un soleil doux pénétrait par les fenêtres de la cuisine. Renée acheva son café à petites gorgées. Dans un instant, elle allait apporter du foin aux moutons, surveiller Francine qui barattait le beurre et donner un coup de main à Gaston pour achever de rouler les labours avant les gelées. Fiévreuse, Solange était alitée. Quoique son fils Victor soit parti tout joyeux chez sa grand-mère, elle se remettait mal de ce récent départ. La solitude de Brières l'étouffait.

Renée prit sur ses genoux Laurent, qui allait fêter sa première année, et lui tendit un biscuit. Lui aussi la quitterait un jour. Elle imaginait mal le dernier descendant des Fortier végéter dans une charge de notaire à la campagne. Peut-être aurait-il le sens des affaires de son oncle Raymond ou le talent littéraire de son grand-père ? Ou bien serait-il un combattant solitaire comme sa tante Colette ? Elle savait sa cousine cloîtrée aux Lavandins et n'essayait plus de lui écrire. Par Janine, elle recevait de temps à autre de ses nouvelles. Colette naviguait presque tous les jours sur le *Raymond*, jardinait, lisait, se promenait seule au milieu de ses vignes ou dans la campagne environnante. Elle parlait peu, ne répondait à aucun appel téléphonique, fumait trop. Renée avait renoncé à se torturer pour la comprendre. Grâce à Paul, elle était propriétaire de l'ensemble du domaine et devait mettre les bouchées doubles pour rembourser leurs involontaires créanciers. Quand l'effroi de ne pouvoir y parvenir l'étreignait, elle prenait ses enfants dans ses bras, les embrassait avec fièvre. Rien de mal ne pouvait leur arriver, les Dames ne veillaient-elles pas sur les femmes de Brières ?

Alors que Renée posait Laurent sur la couverture où Onyx sommeillait, Solange pénétra dans la cuisine, emmitouflée dans une robe de chambre taillée dans un molleton violet qui accentuait la pâleur de son teint.

— Il faut que je te parle. Marie-Thérèse Le Bossu sort d'ici. Elle était venue soi-disant me porter des pâtes de coing, en fait pour vider son sac.

Le tutoiement inhabituel alerta Renée. Depuis son mariage, il avait été convenu que Solange vouvoierait la châtelaine de Brières et elle ne revenait à ses anciennes habitudes que dans des accès de vive colère ou des moments dont la gravité rendait les conventions sociales superflues.

— Que t'a encore seriné cette vieille sorcière ?

— Que monsieur Paul avait volé l'argent de ses clients.

Une expression de terreur passa sur le visage de Renée.

— Comment ose-t-elle !

292

— Marie-Thérèse répète ce que tout le village murmure. Ce sont les Tabourdeau qui ont lancé la calomnie. « Comment les Dentu auraient-ils pu honnêtement racheter les parts de mademoiselle Fortier alors qu'ils n'ont ni sou ni maille ? »

Renée s'affaissa sur une chaise. En vendant une partie de ses terres aux Tabourdeau, c'était le diable qu'elle avait introduit dans sa demeure. Bouleversée, Solange observait sa sœur de lait. À la frayeur qu'elle lisait sur son visage, il était évident que les médisances avaient un fond de vérité. Ainsi les Dentu avaient volé pour conserver Brières !

— Il s'agit d'un simple emprunt, balbutia Renée.

— Avec quoi rembourserez-vous ?

La voix de Solange était blanche. Comment une Fortier avait-elle pu en arriver là ?

— En vendant des moutons, les oies, nos vaches, en abattant nos arbres.

— Si les clients veulent être remboursés, ils exigeront immédiatement le paiement de leur capital et des intérêts.

Les dents serrées, Renée s'était redressée sur sa chaise. Comment accepter la réprobation des Tabourdeau, des Le Bossu ? Quel droit avaient ces gens de s'ériger en juges ?

— Je n'avais pas le choix, déclara-t-elle d'une voix redevenue ferme. Les Tabourdeau veulent m'éliminer purement et simplement d'ici. Mais pas un pouce supplémentaire de mon domaine ne leur reviendra.

Les yeux de Solange s'attardaient sur les arbres roussis de l'allée.

— Que puis-je faire pour vous aider ? Je n'ai pas d'économies.

— Reste à mon côté. Je vais prévenir Paul à

293

l'heure du déjeuner. Lui seul jugera de la conduite à suivre.

— Qu'est-ce que cela signifiera pour nous ? s'inquiéta Renée.

Elle avait attendu le moment du café pris dans le salon pour parler. Pétrifié dans son fauteuil, Paul l'avait écoutée.

— La vente de mon étude. On ne survit pas au déshonneur. Avec ce que la charge me rapportera, nous rembourserons l'essentiel des dettes. Le reste sera épongé par la vente du bétail et du matériel agricole.

— C'est un arrêt de mort, balbutia Renée.

— Le prix de notre dignité. Les enfants n'auront rien à nous reprocher plus tard.

Le soleil d'automne répandait une lumière dorée sur les bibelots, les plantes, les confortables fauteuils. Seul le portrait de Valentine restait dans l'ombre. En levant les yeux sur le visage de sa mère, Renée n'y vit plus l'expression lointaine qui l'avait mise mal à l'aise autrefois, mais une lueur de sympathie, presque de tendresse.

— Nous nous en remettrons, crâna-t-elle. Pourvu que Brières nous demeure, il y a pas mal de choses auxquelles nous pouvons renoncer.

Paul avait l'impression d'être tombé à l'eau et qu'un être caché, maléfique et tout-puissant, l'agrippait pour le tirer vers les profondeurs. Quoi qu'en dise Renée, ils étaient au fond du trou. « La malédiction de Brières se transmettrait-elle indéfiniment ? » pensa-t-il. Le portrait de sa belle-mère semblait l'observer avec une joie méchante. Depuis longtemps, il aurait dû le décrocher, le jeter au feu.

— L'essentiel reste ma famille, soupira-t-il.

Toute sa vie, il avait subi sans mot dire la volonté de ses parents puis celle de sa femme. Jamais il n'avait eu le courage de se défendre ou d'attaquer, jamais il ne l'aurait.

Un court instant, Renée avait été sur le point de prendre Paul dans ses bras, d'implorer son pardon mais, au fond de son désarroi, une fierté obstinée l'empêchait de céder à l'émotion. Des sentiments complexes s'enchevêtraient en elle, indignation d'être jugée par des êtres qu'elle méprisait, honte de salir le nom des Fortier, amertume de voir s'évanouir son rêve de faire de Brières un domaine prospère et heureux.

— Nous nous en tirerons, assura-t-elle. C'est juste un mauvais moment à passer. Il nous restera les pommiers, les herbages. Nous pourrons très bien nous passer de Gaston et de Francine. Notre vie ne changera guère, après tout.

Tandis que, stimulée par ses propres mots, Renée allait et venait dans la bibliothèque, Paul, étriqué dans son gilet en tricot, paraissait ne rien entendre.

— Combien de pas faisait Bernadette, t'en souviens-tu ?

— Maman en comptait sept dans chaque sens. Puis elle se signait et allumait les trois bougies placées en triangle.

Renée reprit son souffle. Dès le lever de la lune, elle s'était hâtée avec Solange vers l'étang. Un vent glacial pliait les branches des saules où frissonnaient les minces feuilles.

— Ensuite, elle fermait les yeux. « Pour écouter,

affirmait-elle. Le monde invisible veut que l'on vienne à lui en silence. »

Renée était sur le point de faire demi-tour et de rentrer au château. La décision qu'elle avait prise de demander l'aide des Dames pour se venger de ses ennemis lui semblait par moments saugrenue. Le long processus de détachement des superstitions de son enfance pouvait-il être remis en cause pour une simple blessure d'orgueil ?

— Les Dames, poursuivit Solange, ne parlent pas. Elles s'emparent de vous et vous entraînent. Elles ont pris maman lorsqu'elle n'était qu'une fillette rebelle aimant se cacher dans le parc. Elle seule avait appris qui elles étaient et je suis sûre qu'elle s'est jetée dans le puits pour ne pas le révéler.

— Ma mère connaissait-elle le secret ?

— Elle l'avait deviné.

Renée fixait avec tant d'attention la surface du Bassin qu'elle avait l'impression d'être immergée au cœur de ses eaux glauques. Un sentiment de paix s'emparait d'elle. Se pût-il qu'elle ressemblât à Valentine ? Qu'un lien essentiel les soudât l'une à l'autre ? Était-ce cette réponse-là qu'elle était venue chercher auprès des Dames ?

Solange avait fait tourner les bougies autour du triangle avant de les entourer d'un cercle de gouttelettes puisées dans l'étang. La main droite levée, elle murmurait des incantations dont Renée reconnaissait quelques bribes. Mais les mystères qui l'avaient enchantée enfant ne soulevaient plus en elle que des questions brutales auxquelles il lui faudrait tôt ou tard répondre.

Tout juste arrivé dans sa nouvelle paroisse, le père Léopold Giron posa avec compassion sa main sur l'épaule de Paul Dentu. Le bureau était vide, les derniers livres rangés dans des caisses que Gaston allait venir enlever dans l'après-midi. Dès le lendemain, le nouveau notaire, un jeune homme de Châteauroux, prendrait possession de l'étude.

— J'ai ma conscience pour moi, prononça Paul d'une voix blanche.

— Avec l'aide de Dieu, toute faute trouve réparation, assura le curé de Brières.

— Ne parlez pas de faute, mon père. Me considérez-vous comme un voleur ?

D'un mouvement contrarié, le prêtre recula d'un pas.

— Dieu seul est juge.

Un instant, Paul s'appuya sur le grand bureau de chêne derrière lequel son grand-père puis son père avaient rempli leur charge avec compétence et honneur. Sa chute brutale était pire qu'un long déclin. Pourquoi Colette Fortier leur voulait-elle autant de mal ? Sa décision de vendre ses parts était arrivée comme la foudre, sans raison autre qu'un coup de folie, une des lubies sans doute qui avaient jeté sa mère dans l'alcool et la drogue.

Le vent avait chassé le brouillard matinal. Les yeux de Paul se posèrent une dernière fois sur le paysage familier mille fois aperçu à travers la fenêtre : la rue au bout du jardinet planté d'hortensias et de fougères avec la ligne des maisons, la pharmacie, un morceau de clocher. Oserait-il encore descendre cette rue où on le montrerait du doigt ?

D'un geste machinal, Paul s'empara de son chapeau et de son manteau pendus à une patère.

— Je vous accompagne, décida le père Giron.

297

Votre épouse et vous-même ne devez pas rester seuls aujourd'hui.

La pitié à peine contenue dans la voix accentua le désarroi de Paul. Le jeune curé craignait-il qu'il mette fin à ses jours ? Il n'aurait pas ce courage. Durant des années, il avait attendu Renée comme la compagne intelligente, douce et énergique, capable de le comprendre et de le soutenir. Jamais il n'avait pensé faire d'une autre qu'elle son épouse. Mais, loin d'accompagner une carrière sereine, elle brisait sa vie. Comment pourraient-ils vivre l'un à côté de l'autre enfermés à Brières ?

— Renée et moi désirons être seuls aujourd'hui, assura-t-il en saisissant la poignée de sa serviette de cuir, ne nous en voulez pas, mon père. Mais nous nous réjouirons toujours de vous recevoir.

— Le père Marcoux visitait souvent madame de Chabin, remarqua le prêtre d'un ton de feinte légèreté. J'ai retrouvé au presbytère quelques papiers concernant des sorcières, des fées, des morts mystérieuses, des animaux fantastiques. Sans juger le moins du monde ce bon père Marcoux, j'estime qu'il consacrait à des intérêts pour le moins païens un temps précieux réservé à ses paroissiens. La messe du dimanche n'est guère fréquentée comme vous le savez et je compte sur vous et votre famille afin de donner l'exemple.

— Parlons-en ! railla Paul.

Les moments qu'il venait de vivre, le mépris ouvert de ses concitoyens entamaient une foi jusqu'alors profonde. Pour le punir ainsi, Dieu ne voyait guère le fond des cœurs !

— L'exemple de la soumission à l'amour divin, précisa le prêtre. J'ai bien peur que l'esprit d'erreur ou de révolte ait habité Brières depuis trop

298

longtemps. Le fameux secret tant recherché par Marcoux n'appartient pas à un monde irréel, mais habite le cœur des hommes et des femmes qui y ont vécu. Sur les orgueilleux et les rebelles retombent le mépris et le bannissement.

— Je ne veux pas voir cet homme chez moi, affirma Renée. Nous n'allons pas ramper pour quémander l'indulgence des gens de Brières. Qui sont-ils après tout ? Gautier est un ancien cordonnier prêt à toutes les compromissions pour rester maire, les Le Bossu trafiquent leur vin et organisent des soirées cinéma où ils écoulent leurs friandises poussiéreuses pour s'en mettre plein les poches, ils n'en ont jamais assez. Quant aux Tabourdeau, ils maquignonnent leurs prétendus mérinos. Joseph vote socialiste tandis que Denise patronne des œuvres charitables comme une aristocrate de l'Ancien Régime. Elle rêve de se voir à Brières dans les pantoufles de la comtesse de Morillon. En dépit de ses jugements acerbes sur Marcoux, le père Giron me semble plus préoccupé par le diable que par le Bon Dieu. J'ai donné l'ordre à Solange de ne pas lui ouvrir notre porte.

— Refuseras-tu aux enfants une éducation chrétienne ?

— Nous leur apprendrons nous-mêmes ce qu'ils doivent savoir.

Paul s'attarda à tisonner le feu. Renée n'était plus la même, comme si l'adversité qui la frappait éveillait de vieilles rancunes, une agressivité trop longtemps refoulée. Jadis gaie, bienveillante, débordante d'énergie, elle semblait aujourd'hui vouloir se replier dans un isolement plein de mépris. Devait-il la raisonner ? Mais à peine se sentait-il la force de

299

garder lui-même une certaine sérénité face à ses enfants.

— L'hypocrisie des intentions est partout, poursuivit Renée. Je ne l'ai compris que trop tard et, à Brières, elle semble plus vivace qu'ailleurs. Maman et tante Madeleine le savaient.

Le ton de la voix de sa femme frappa Paul au cœur. Un mince filet de fumée montait dans le conduit de la cheminée. À l'horizon, un gros soleil rouge disparaissait derrière la ligne des bois. Le soir était triste. Paul aurait voulu prendre Renée dans ses bras, la serrer contre lui. Il aurait suffi d'un regard, d'un sourire, d'un geste pour qu'il reprenne espoir, mais les yeux baissés, les lèvres serrées, sa femme semblait l'ignorer. Le labeur acharné des derniers mois avait durci ses traits, donné à son regard une expression pathétique et dure qui le renvoyait à ses propres vérités.

Renée soupira. Elle ne craignait ni la solitude ni le travail. Brières était assez vaste et riche pour lui permettre envers et contre tout de survivre.

27.

— Ce sont les traces d'un loup, affirma Françoise.

— Il n'y en a pas à Brières, papa me l'a juré, rétorqua Laurent.

— Papa ne pense pas ce qu'il dit, il veut qu'on le laisse tranquille, c'est tout.

Sur une grosse branche de chêne, tout près du bassin, les enfants avaient construit une plate-

300

forme qu'ils appelaient leur observatoire. Souvent ils s'y attardaient au coucher du soleil, espérant apercevoir les Dames, ces fées qui habitaient leur étang et dont Solange parlait avec des mots mystérieux qui faisaient peur.

À huit ans, Françoise perdait les rondeurs de l'enfance, devenait féminine et jolie, conservant cependant une brusquerie que son caractère entier et impatient maîtrisait mal. Près de deux ans son cadet, Laurent avait la naïveté et l'enthousiasme des garçonnets de son âge, toujours en mouvement, prêt aux mille bêtises que le domaine de Brières semblait favoriser. Inscrits l'un et l'autre à l'école du village, ils étaient frappés d'ostracisme par les élèves et n'y comptaient pas d'amis. Leur univers était Brières. Au détour d'un chemin, au milieu d'une clairière, le long des joncs qui abritaient des colonies de grenouilles et de libellules, les histoires fantastiques de Solange devenaient réalité. Là, ils voyaient Beau Minou, le vieux chat mort avant qu'ils ne soient nés, se faufiler entre les taillis un oiseau sanglant à la gueule, ici le museau de Bel Amant qui, tapi sous une vieille souche, les épiait. Souvent interrogée, leur mère ne niait rien. Dans leur domaine sacré, tout pouvait arriver. Avec des gestes doux, elle caressait les cheveux de ses enfants, parlait de leur grand-mère Valentine, belle comme une fée, et de leur grand-père Jean-Rémy, un vrai poète, de leur tante Madeleine que Brières avait accueillie lorsque le monde extérieur l'avait bannie, de Robert de Chabin dont l'ombre occupait encore la maisonnette des métayers. Les nuits d'été, s'ils écoutaient bien, ils pourraient l'entendre jouer du piano, des mélodies d'une grande beauté qui faisaient monter les larmes aux yeux. Lorsqu'elle était plus disponible, Renée livrait des bribes de sa propre enfance, évoquait les étés où leurs arrière-grands-parents Fortier jouaient au tennis, pique-niquaient au bord de l'étang, des grandes battues où elle accompagnait son père, de son carré de potager, de mademoiselle Guyet, de Domino qui avait mordu Solange, de Loulou, l'épagneul, si habile à happer mouches, guêpes et même frelons, de Bernadette et de ses quêtes magiques. Françoise et Laurent écoutaient bouche bée, sûrs que leur mère, elle aussi, était un personnage fantastique de Brières, une fée de l'étang.

De sa plate-forme, Laurent examinait les traces laissées par la bête avec tant d'attention que le vertige le prenait. Au bord de l'étang, il ne se sentait pas en sécurité et, malgré son intrépidité, n'avait jamais consenti à s'y baigner. Les herbes aquatiques et la pâleur verdâtre des eaux lui paraissaient un monde étrange et hostile où des monstres pouvaient fort bien côtoyer les bonnes fées.

— Es-tu sûre que c'est un loup ? s'obstina-t-il.

— Sûre et certaine. Et un jour, nous le verrons.

Le petit garçon soupira. Il avait froid sur l'observatoire. Le soleil allait se coucher.

— Je vais te dire un secret, chuchota Françoise. Jure-moi que tu ne le répéteras à personne.

— Promis, balbutia le garçonnet.

— À Brières, ce sont les femmes qui gouvernent. Toujours tu devras m'obéir.

Tout en aimant leur père, les enfants avaient appris à ne pas en tenir compte. C'étaient Renée et Solange qui régnaient sur Brières.

Lorsqu'il ne pêchait pas à la ligne, Paul lisait le journal ou sommeillait devant le poste de TSF. Comme filtrées par les hauts murs qui cernaient le domaine, les nouvelles de l'extérieur perdaient de leur importance. Encore en zone libre, la Creuse ne voyait pas de mouvements militaires et n'avait pas à subir l'occupation de l'armée allemande. Cependant, l'envahissement de la Russie, le siège de Leningrad et le décret allemand forçant tout juif de plus de six ans à porter l'étoile jaune accentuaient son désenchantement.

— Dans les autres familles ce sont les pères qui commandent, protesta Laurent.

— Les autres enfants nous mentent, assura Françoise, parce qu'ils nous détestent. Et ils nous détestent parce que nous ne vivons pas comme eux.

— Ils affirment que papa est un voleur et tous les Fortier des gens méprisables.

— Parce qu'on se fiche d'eux. Alors ils sont jaloux.

Laurent dégringola de l'observatoire. Il avait peur du noir. Quoi qu'en dise sa sœur, il aurait aimé être un enfant ordinaire, avoir des amis, jouer aux billes devant le jardin de la mairie, se bagarrer entre garçons. Brières était trop vaste, oppressant, la maison froide et silencieuse. Quand il pleuvait, de l'eau tombait goutte à goutte du plafond. Sa longue natte pendant sur la chemise de nuit, Solange venait alors poser des bassines. Laurent comptait les gouttes avant de s'endormir. Il rêvait que, comme son oncle Jean-Claude, il poussait la petite porte du parc et s'évadait pour rejoindre un pays où les noms Dentu et Fortier étaient des noms comme les autres.

Avec une moue de dépit, Colette contempla le ciel à travers le pare-brise de sa Renault Juva. La

303

neige menaçait et avec elle l'impossibilité de poursuivre sa route comme elle l'avait prévu.

— Essayons de trouver un hôtel, suggéra son passager en uniforme de la Wehrmacht.

En dépit du fort accent germanique, le français était parfait, l'intonation élégante.

— Mal vu pour une Française de partager la chambre d'un officier allemand, mon chéri, plaisanta Colette. Je n'ai aucune envie de subir les airs condescendants d'un couple Thénardier. Mais j'ai une cousine qui se terre avec sa famille dans un château hanté à cinquante kilomètres d'ici. Quoique je ne l'aie vue depuis plusieurs années, elle ne nous refusera pas l'hospitalité.

— Je te croyais seule au monde.

— J'ai grandi avec cette fille que j'appelle ma cousine. Mariée à un notaire ennuyeux comme la pluie, c'est une cambroussarde très attachée à sa terre. Ils ont deux enfants, et il se trouve que je suis la marraine de l'aînée. Puisque tu as des engagements à Vichy, nous ne nous attarderons pas là-bas.

Venue brièvement à Paris consulter son homme d'affaires, la jeune femme avait rencontré Dietmar Heere dans un restaurant. Depuis qu'elle s'était enfermée à La Croix-Valmer, elle avait vécu dans une solitude complète, incapable de nouer des relations avec quiconque. Devenir la maîtresse d'un officier allemand était le genre de défi qui pouvait encore la stimuler. Ainsi elle se détachait tout à fait des Fortier, salissait leur honneur, coupait à jamais le lien encore trop fort l'attachant à cette famille. Avec Dietmar, elle devenait autre, une créature fabriquée pour survivre sur les cendres de l'ancienne Colette. Dans ses bras, plus que la volupté physique, celle d'arracher jusqu'à la dernière parcelle de son passé lui procurait une vraie jouissance.

— D'accord pour le château, acquiesça Dietmar. J'aime la campagne française.

Sa mission à Vichy, suivie d'une semaine de permission, le remplissait d'aise. Aux charmes permanents de sa maîtresse s'ajoutait un voyage d'agrément à travers un pays qu'il ne connaissait pas et quelques jours de repos au bord de la Méditerranée. Jolie, déroutante, provocante, Colette Fortier l'avait aussitôt séduit. Qu'elle lui cachât pas mal de secrets était évident. Une femme de son âge ne vivait pas seule sans motifs, mais lui-même n'avait-il pas une épouse à Dresde qu'il retrouverait aussitôt la guerre achevée ?

Emmitouflée dans un ample manteau de drap bleu marine garni d'épaisses épaulettes, la finesse de ses traits soulignée par le chapeau de feutre autour duquel s'enroulait la mousse d'une voilette, Colette contemplait vaguement le paysage. De chaque côté de la route s'étendait un paysage gris où se regroupaient des villages autour de leur clocher. Quelques bestiaux paissaient dans des herbages où s'arrondissaient des étangs aux eaux noirâtres. « Pourquoi revenir à Brières ? » pensa Colette. Des haies maintenant bordaient les champs, des ruisseaux cascadaient sur de gros rochers où s'accrochaient des bouquets de saules ou de frênes.

— Nous voici dans la Creuse, annonça-t-elle. Nous allons passer par Jarnages et Guéret. Avec un peu de chance la neige nous épargnera. Brières n'est plus loin.

— Et si l'on nous ferme la porte au nez ?

Colette éclata de rire. Renée capable de la jeter dehors ? C'était improbable.

305

— Je ne le pense pas. D'ailleurs, j'ai été chez moi à Brières autrefois, et j'y suis toujours d'une certaine façon. Ma mère y est enterrée.

La grille du château étant fermée, Colette dut se résigner à tirer sur le cordon de la cloche. Une pluie mêlée de neige commençait à tomber. Un instant, la jeune femme fut sur le point de faire demi-tour. Ce retour à Brières, une bravade d'abord, devenait angoissant. Entortillée dans un châle Solange remontait l'allée qu'elle éclairait avec une lampe à acétylène, la lumière qui se rapprochait ressemblait à une flammèche venant la happer. Colette se raidit.

— C'est moi, Colette ! annonça-t-elle dès que Solange fut à portée de voix.

Resté dans la voiture, Dietmar sentait croître son malaise. Ce château où ne brillait que des maigres lumières, l'immensité des bois qui le cernait n'étaient-ils pas un piège dans lequel sa maîtresse voulait l'entraîner ? Ce qu'il avait jugé comme les traces d'un caractère rebelle et secret n'était-il pas plutôt de la duplicité ? Mais Solange déjà avait entrouvert la grille et Colette se glissait au volant.

— Te voilà en famille, mon chéri.

— Comment osez-vous ? chuchota Paul. Ni l'un ni l'autre n'êtes les bienvenus ici.

D'un geste maternel, Colette tapota l'épaule du notaire.

— Nous ne sommes que de passage. Craignez-vous d'attraper la peste ?

Constater l'embarras de Paul ravissait Colette. Depuis qu'elle s'était volontairement affranchie de

306

toute appartenance sociale, familiale ou morale, les petitesses de ceux qui avaient été ses proches autrefois lui étaient ridiculement manifestes. Avec son cardigan marron sans doute tricoté par Renée, son pantalon avachi, Paul réunissait tout ce dont elle aimait se moquer.

Atterrée, Renée observait son mari, sa cousine et le jeune Allemand qui avait choisi de s'intéresser aux tableaux modernes de Valentine. Quoique partageant en sa conscience le refus catégorique de son mari d'offrir l'hospitalité à un ennemi, la joie de revoir Colette l'empêchait de le manifester. Venait-elle solliciter aujourd'hui l'aide autrefois refusée ?

— Restez pour la nuit, proposa-t-elle. Nous verrons demain.

Sur le point de lancer un trait ironique à sa cousine, Colette se retint. Renée n'avait pas l'air heureuse. Autrefois pleine d'entrain et de bonté, son regard était devenu désenchanté. Le tissu bon marché de sa robe et la coupe commune soulignaient la lourdeur d'un corps dont elle ne prenait plus le moindre soin. Non sans irritation, la jeune femme devait admettre que tout sentiment d'affection envers celle qu'elle refusait désormais d'appeler sa cousine ne s'était pas évanoui. Mais c'était pour s'endurcir qu'elle avait décidé cette halte à Brières, pas pour s'attendrir. En y amenant un officier de l'armée d'occupation, elle profanait ce qui avait été envers et contre tout un refuge.

— Nous servirais-tu un petit quelque chose ? demanda-t-elle d'un ton léger. Nous n'avons rien mangé depuis notre départ de Paris.

Renée résista au regard furibond de Paul.

— Il y a un reste de poulet et du fromage.

307

Solange peut faire une salade. Il fait meilleur à la cuisine, je vais y mettre le couvert.

Le repas achevé, Dietmar avait demandé à rejoindre sa chambre. La chaleur supposée régner à la cuisine était une métaphore et depuis son arrivée à Brières, il ne parvenait pas à se réchauffer. Dès le lendemain, il exigerait de reprendre la route. Dans ce château fantomatique, sa maîtresse lui apparaissait différente. Manifestement des souvenirs et des liens très forts la liaient à ses hôtes. Colette semblait chez elle et lui un importun.

Après le long voyage et l'émotion de revoir Brières, la jeune femme était épuisée. Le mépris moqueur qu'elle était décidée à afficher envers les Dentu lui sembla soudain sordide. Renée n'était responsable de rien.

— Maintenant que tu es seule maîtresse ici, comment t'en tires-tu ? s'enquit-elle.

— Tant bien que mal. Jamais je n'ai pu surmonter mes dettes. Mais ne t'inquiète pas, Paul et moi nous débrouillons.

— Lorsque ton mari prendra sa retraite, la vente de l'étude vous rapportera gros, nota Colette.

Renée, qui allait verser de l'eau bouillante dans un pot de tisane, s'immobilisa. Il lui était impossible de cacher la vérité à sa seule parente, presque sa sœur.

— Paul a dû vendre l'étude en catastrophe dans de très mauvaises conditions.

Avec des gestes appliqués, Renée disposait les tasses sur la toile cirée. Elle avait peur que les battements désordonnés de son cœur fassent trembler ses mains.

— Des ennuis de santé ?

— D'argent. Nous n'avions pas de liquidités pour racheter tes parts.

La jeune femme se mordit les lèvres. Elle devait se contrôler, ne pas évoquer l'emprunt, la dénonciation, le déshonneur. Paul ne lui pardonnerait pas.

— Quelle drôle de décision ! remarqua Colette en se réchauffant les mains au bol. Ne pouviez-vous obtenir un prêt ?

Une boule bloquait la gorge de Renée qui ne parvint pas à répondre. La cruauté de Colette ne pouvait qu'être involontaire. Que savait-elle des difficultés d'exploitation d'une terre ? Mais pourquoi la perturber avec ses propres ennuis alors que quelques années plus tôt sa cousine avait voulu mourir ?

— Les choses ne sont pas aussi simples, parvint-elle à articuler. J'aurais dû vendre la moitié de Brières, mais j'étais incapable de m'y résoudre.

Pendant un long moment les deux femmes restèrent silencieuses. Tout en refusant de se faire le moindre reproche, Colette n'avait pas envie de prolonger la conversation. Renée, de son côté, songeait à la solitude de sa cousine qui la murait dans un incompréhensible mutisme. En dépit de l'échec de sa visite à La Croix-Valmer après que Colette eut tenté de se donner la mort, de tout son cœur aujourd'hui elle était prête à lui tendre à nouveau la main.

— Nous repartirons demain matin, assura Colette. Je ne veux pas t'imposer plus longtemps un indésirable visiteur.

— Vous pourriez rester jusque dans l'après-midi. Ta présence me rend si heureuse ! Et ta filleule ne t'oublie pas, tu sais. Ta photographie, celle où tu es assise au milieu de ta maison de couture sur un fauteuil doré, comme une princesse sur son trône, est posée sur sa table de nuit. Elle te nomme « ma reine ». Françoise te ressemble, la beauté Fortier est passée de la tante à la nièce.

D'un mouvement brusque, Colette se leva.

— Bonne nuit, jeta-t-elle d'une voix sèche.

Le regard réprobateur, les lèvres pincées, Paul se déshabillait. À la vue de ses cheveux gris, son cou fripé, la peau de ses bras parsemée de taches brunes, Renée fut frappée par l'air usé de son mari. Quoiqu'il n'ait qu'un peu plus de cinquante ans, il ressemblait à un vieux. Sur le dos de la chaise étaient soigneusement posés les chaussettes, le slip, la chemise de pilou, le gros pull qu'elle avait mis des mois à tricoter. Se peut-il qu'elle n'ait d'autre avenir que de s'enfoncer à son côté dans la décrépitude ? La présence de Colette ressuscitait une infinité de souvenirs de jeunesse et finalement de bonheur : leur bonne-maman et sa tendresse protectrice, la maison de la place Saint-Sulpice, leurs confidences et fous rires, des démêlés aussi qui opposaient deux façons différentes de voir la vie dans un enthousiasme commun de réaliser leurs rêves. Qu'en restait-il ? Colette et elle vivaient en marginales, méprisant le reste des hommes et méprisées par eux. Était-ce la malédiction de Brières ?

— Qu'ils décampent demain à la première heure, exigea Paul. Nous avons eu assez d'ennuis avec les gens du village sans leur tendre à nouveau le dos pour nous faire fouetter.

Une par une, Renée ôtait les épingles de son chignon qu'elle jetait dans une coupe de porce-laine chinoise d'un blanc à peine bleuté. Valentine l'avait achetée lorsqu'elle était une petite fille et depuis toujours Renée avait adoré cet objet. Le miroir lui renvoyait un visage rond et ingrat, une peau marquée par le vent, le soleil et la pluie, déjà striée de rides.

— Ils partiront après le déjeuner. Je veux demain matin profiter de la présence de Colette.

— Et les enfants, y penses-tu ?

— Il y a école. Colette ne les verra qu'un instant.

Renée percevait la colère de son mari. Sans doute devraient-ils s'asseoir l'un à côté de l'autre, s'expliquer avec calme et affection. Mais elle ne supportait plus la moindre réprobation. Tout jugement sur elle, fût-il de Paul, la hérissait. Pour faire survivre sa famille, elle s'était plongée dans un travail acharné, levée à l'aube, couchée la dernière. Qui pouvait prétendre lui donner des leçons ?

28.

— N'emmène pas ton ami au cimetière, conseilla Renée. Qu'il se promène dans le parc à l'abri des murs. À ton retour, si tu le veux bien, nous pourrons y faire quelques pas, toi et moi.

Dans le cadre vieillot du château, l'élégance de la tenue de Colette semblait extravagante. Elle était apparue dans la salle à manger à l'heure du petit déjeuner dans un tailleur de tweed gris impeccablement coupé, fleurant un parfum léger à la citronnelle, chaussée de bas et de bottillons de feutre à semelles de liège, les cheveux tirés en

311

arrière et maintenus par de gros peignes d'écaille. En train d'achever leur bol de lait, Françoise et Laurent étaient restés bouche bée. Avec timidité, ils avaient accepté un baiser de cette dame extraordinaire, tendu la main à son compagnon qui parlait le français avec un drôle d'accent. « Je suis ta marraine », avait murmuré Colette à l'oreille de Françoise. Étonnée, la fillette l'avait considérée. La dame sur la photo affichait un sourire radieux, ses yeux pétillaient de bonheur, celle qui se tenait devant elle, quoique ravissante, avait un air dur. Si longtemps elle avait espéré revoir sa marraine et aujourd'hui elle ne trouvait pas un mot à lui dire ! Et cependant la fillette était fascinée. L'élégance du tailleur, le maquillage savant, la jolie coiffure semblaient venir d'un monde inconnu qui excluait sa mère.

— Pourquoi veux-tu que je me gêne pour complaire à tes villageois ? s'insurga Colette aussitôt que Paul eut appelé ses enfants pour les conduire à l'école.

— Nous sommes en guerre et la population souffre. Tu ne gagneras pas seule contre tous.

Le visage de Colette se crispa.

— Tu es prête, toi aussi, à me mettre au pilori ? Mais si tu veux tout savoir, ce que tu penses de moi m'est indifférent. Ni ton ex-notaire, ni toi n'avez à me donner d'ordres. Dietmar viendra avec moi au cimetière si cela lui chante. Quant à la promenade, pourquoi pas ? J'ai depuis longtemps quelques questions à te poser.

— C'est fermé, cria Le Bossu de l'intérieur du café-tabac. Nous ne servons pas aujourd'hui.

D'un coup d'œil, Colette avait aperçu quelques clients en train de vider un ballon matinal.

— Les gens de Brières sont tous des tarés, décida la jeune femme. Allons au cimetière et rentrons. Tandis que je me promènerai avec Renée, tu dénicheras bien dans la bibliothèque du château un livre intéressant. La dernière bouchée avalée, nous filerons.

Le regard torve du buraliste avait porté sur les nerfs du jeune officier, mais il s'était dominé. Ses consignes étaient strictes : pas d'affrontement avec la population civile.

Le ciel charriait de gros nuages poussés par un vent glacé. La rue principale du village était déserte. Des volets se refermèrent bruyamment sur le passage de Colette et de son compagnon.

Les tombes de Madeleine et de Robert de Chabin étaient parfaitement entretenues, les cailloux ratissés, les inscriptions des plaques funéraires fraîchement redorées. « Sainte Renée », pensa Colette. Sa générosité, son indulgence l'agaçaient. Elle aurait préféré des reproches, une franche explication à ce sourire bienveillant, ces paroles mesurées. Face à sa cousine, elle se sentait amère et méchante.

— Tu as perdu ta mère jeune, nota Dietmar. Étiez-vous proches, elle et toi ?

— Maman était une virago dénuée de cœur et toquée de féminisme, de communisme, d'idées prétendument généreuses. J'ai été élevée par ma grand-mère.

— Et ton père ?

Colette tressaillit. Il lui semblait qu'on la guettait derrière le mur du cimetière. Des villageois accourus pour constater de leurs yeux qu'une Fortier était la catin d'un Allemand ?

313

— Je ne désire pas en parler.

Colette ferma un instant les yeux. Les mots qu'elle venait de prononcer la torturaient. Comment en était-elle arrivée là ? Le visage de Raymond semblait si proche.

— Allons-nous-en, décida-t-elle. J'ai eu tort de venir dans ce cimetière, on y gèle.

Machinalement, elle fit un signe de croix. À côté de la tombe poussait un if que Renée probablement avait planté quelques années plus tôt. En prenant de l'ampleur, ses racines avaient mis à nu un coin de terre. On apercevait un bout de pierre plate, grise de poussière et de lichens, si proche de la sépulture de Madeleine qu'on aurait dit une tombe unique, l'une respectée et fleurie, l'autre venant du fond des temps, secrète et maléfique.

— Paul est parti à Guéret, s'excusa Renée. Il avait des courses urgentes à faire. Les enfants déjeunent chez la fille des Lanvin. Nous avons un vrai moment à nous.

— Françoise est charmante et Laurent a une bonne bouille, crut gentil de complimenter Colette. Tu as de beaux enfants. N'était-ce pas ce dont tu rêvais ?

— Mes rêves..., soupira Renée en serrant les pans de son châle. Faisons donc quelques pas dehors. Pour ne pas vous retarder, Solange servira le déjeuner à midi précis.

Un halo de lumière perçait les nuages et s'arrondissait sur la terre détrempée de l'allée de Diane. Au loin, la forêt restait sombre, fondue dans le ciel bas qui bouchait l'horizon.

D'un geste spontané, Renée s'empara du bras de Colette qui n'osa se dégager. La chaleur de sa

314

cousine, sa force, son pas régulier, le ton égal de sa voix apaisaient la jeune femme, entamaient ses défenses. En respirant avec bonheur l'air frais, chargé des senteurs de bois mouillé et d'humus, elle eut l'impression fugitive de s'éveiller après un cauchemar, de reprendre possession d'elle-même.

— Te souviens-tu de ta première visite à Brières ? demanda Renée. Tu étais tout enfant. Dès que tu es descendue de la voiture, je t'ai adorée.

— Oncle Jean-Rémy m'intimidait et Bernadette me faisait peur. Tu étais la princesse de ce domaine, j'étais jalouse.

Renée se mit à rire :

— Quand plus tard je suis venue te voir à Paris, je me sentais comme un oiseau en cage. C'était moi la jalouse. Tu as été finalement mon unique amie. C'est toi qui as semé en moi le seul germe d'amour-propre qui ait jamais pu y pousser. Souvent, je le sais, tu as été découragée parce que je ne semblais tenir aucun compte de tes conseils de beauté ou d'élégance, mais ils me faisaient du bien. Quelqu'un croyait en moi, m'imaginait mince et jolie. Dans tes yeux, même si je doutais que cette image puisse jamais devenir réalité, je me voyais comme tu me rêvais. J'ai toujours besoin de toi. Restons amies.

Sans brusquerie, Colette se dégagea.

— J'ai changé, jeta-t-elle après un moment de silence. Cela arrive d'aimer les gens et de s'en éloigner, n'est-ce pas ?

Renée ne répondit rien. Elle avait soudain l'impression navrante que Colette ne s'était à nouveau manifestée que pour provoquer une rupture définitive.

— Cela arrive aussi de revenir, prononça-t-elle

enfin. Pense à maman, à tante Madeleine, à Robert de Chabin. Tous sont revenus à Brières.

— Pour y mourir.

— Je ne le pense pas. J'ai eu le temps de réfléchir aux drames de nos enfances, à nos ressentiments. Ce que nous prenions pour des injustices du sort pourrait en réalité avoir un autre sens. L'exemple que nos mères nous ont donné, le souvenir qu'elles ont laissé ici est plus important que nos émotions de petites filles. Tant détestées, ces femmes étaient peut-être admirables. Pourquoi aujourd'hui ne pas le reconnaître et tenter d'être fières d'elles ?

— Admirables ? grinça Colette. As-tu l'esprit dérangé ? Ta mère était nymphomane, vaniteuse, la mienne tricheuse, menteuse et folle.

L'étang était tout proche. Avant de le découvrir, on sentait l'odeur de l'eau douce, celle de bois et d'herbes en décomposition. Un pivert frappait l'écorce d'un arbre avec une sèche régularité. Dérangée, une bête fila sous le taillis dans un froissement de feuilles mortes.

— Que t'a fait ta mère pour être jugée si durement ?

La voix de Renée était empreinte de détresse. Colette lui échappait. Pourraient-elles jamais se rejoindre ?

— Je sais des choses que tu ignores.

Des grappes de bulles grises s'accrochaient aux joncs que les froids avaient noircis. Longtemps Renée contempla la surface du Bassin. Il lui appartenait comme était à elle la terre de Brières.

— Je n'ai guère envie de connaître tes secrets.

— Cesse de te draper dans les bons sentiments, mon ange. Ta légendaire gentillesse tourne à la bêtise ou à la lâcheté. Ta chère maman a été la

316

maîtresse de Raymond Fortier avant d'être celle de Robert de Chabin.

Une expression d'incrédulité passa sur le visage de Renée.

— Tu mens !

— J'ai trouvé, il y a quelques années, dans le tiroir d'une commode un feuillet de poésie porno dédicacé « À Raymond ». Peu après, je dénichais un livre de la même veine dédié « À Robert » dans le cottage de ton cher beau-père. Qui aurait pu être la généreuse donatrice hormis ta mère ?

— As-tu pensé à tante Madeleine ?

— Bien sûr. Mais, manque de chance, quand maman est venue à Brières pour la première fois, papa n'y mettait plus les pieds depuis longtemps. Et quoique n'estimant guère ma mère, je ne crois pas qu'elle fût en état de séduire Robert de Chabin. Lorsqu'elle l'a rencontré pour la première fois, elle était déjà mourante.

— Pourquoi ne m'en avoir rien dit ? murmura Renée.

— À cette époque, j'étais vulnérable. Je refusais de souffrir davantage et ai tâché de ne plus y penser. Mais aujourd'hui je me fiche de tout.

— Tu cherches à te détruire, et en même temps tu veux me blesser. Ce qui a pu avoir lieu entre oncle Raymond et maman restera une simple conjecture.

— Tante Valentine portait malheur.

— À papa, à ton père et ta mère, à Robert de Chabin ? N'ont-ils pas été eux-mêmes les artisans de leur malheur ? Maman leur renvoyait une image d'eux sans complaisance. La lucidité, même cruelle, de son regard sur moi m'a débarrassée de bien des illusions entretenues par mon père.

Colette inspira profondément. Imaginer sa tante

Valentine dans les bras de son père n'était plus aussi douloureux. Il avait été un fils, un frère, un ami, un époux, un amant, pourquoi s'acharner à lui nier d'avoir été un père ? Et si c'était Sebastiani le menteur ?

— Brières efface tout, murmura Renée. Regarde cet étang. Il est immuable. Espoirs, amertumes, amours et haines sont tous venus mourir sur ses berges.

Il commençait à pleuvoir. En notes légères, les gouttes crépitaient sur les branches, les feuilles mortes, la surface du Bassin des Dames, rebondissaient sur les cailloux. Dans le clair-obscur, l'étang se faisait vaste comme un lac. La pluie avait trempé le joli manteau de ragondin de Colette, son chapeau de feutre, ses élégants bottillons.

— Rentrons, s'impatienta-t-elle. Dietmar veut reprendre la route pour être à Vichy avant la nuit.

Côte à côte, les deux femmes remontèrent en silence le chemin. Herbes, ronces, fougères dégouttaient de pluie. La queue battante, Onyx venait à leur rencontre.

— Reviens quand tu veux, seule de préférence, prononça enfin Renée.

— Les Allemands gagneront la guerre, persifla Colette. Tu n'auras plus la possibilité de jouer à la grande dame. Ici, ils seront chez eux.

En face de Dietmar en uniforme, Renée n'avait pu avaler que quelques bouchées de son repas. L'air pincé, Solange passait une tarte aux pommes, un bol de crème.

— À votre place, madame, prononça l'officier allemand en se servant, je cultiverais des pommes de terre et des betteraves. Les gens en auront toujours besoin. La terre est bonne, avec un peu d'engrais, elles pousseraient bien.

— Je suis seule à la ferme avec Solange, répliqua Renée d'un ton sec. Nous devons nous contenter de projets plus modestes.

— La guerre ne durera pas, affirma Dietmar d'un ton enjoué. Les Allemands sont les amis de la France.

— Paroles mal choisies, mon cher, intervint Colette. L'amitié est une valeur inconnue ici, tout sentiment y dégénère. Brières est un creuset de larmes et de grandes espérances qui jamais ne se réalisent.

— Parce qu'elles sont trop souvent illusoires, prononça Renée d'un ton égal.

Colette éclata d'un rire ironique.

— Profite quand même de tes utopies, ma chère Renée. Les Dames de Brières auxquelles tu crois si fort sont des êtres de passion. Le jour où tu vivras une telle passion, alors, et alors seulement, tu appartiendras à cette terre.

29.

« Pourquoi, pour qui l'élégance dans des temps difficiles ? » Signé Colette Fortier, l'article était illustré de photos de jolies Parisiennes flirtant avec des officiers allemands. Embarrassée, Renée replia le journal. L'exemplaire d'*Annabelle*, connu pour ses sympathies envers l'occupant, avait été déposé anonymement sur le perron, une croix gammée au crayon rouge dessinée sur la première page.

319

— Qui sème le vent récolte la tempête, constata Paul. Espérais-tu attirer les sympathies en recevant un ennemi en uniforme au château ?

Depuis quatre mois, sa famille n'essuyait que rebuffades et humiliations. À peine l'épicier du village consentait-il à servir Solange.

— Je n'ai pas reçu cet homme, corrigea Renée. Colette me l'a imposé.

— Pour te nuire encore !

En soupirant, Renée posa son ouvrage. Inactif, aigri, Paul ressassait ses frustrations.

— Colette est fragile, déséquilibrée. Elle ne parvient pas à lutter contre ses propres névroses. Là où tu soupçonnes une volonté délibérée de nuire, je vois d'inconscientes bravades. Elle est seule, souffre et tente par tous les moyens, y compris les pires, d'attirer l'attention. Un jour ou l'autre, elle finira bien par me confier le secret qui la mine.

Paul haussa les épaules et entreprit de bourrer sa pipe. Au lieu de se tourmenter pour sa cousine, Renée ferait mieux de s'occuper de sa propre famille. Françoise et Laurent vivaient en sauvages. Orgueilleux et volontaires l'un comme l'autre, ils devenaient provocateurs et anxieux. L'hiver, ils occupaient les pièces vides du château, explorant le grenier, le fruitier, la cave. L'été, ils couraient dans le parc dès le retour de l'école, Françoise nageait dans l'étang, parlait de serpents d'eau qui avaient frôlé ses jambes, de bêtes noyées que l'eau avait verdies et qui la regardaient de leurs yeux vides. Paul s'inquiétait de ces errances. À la bibliothèque de Guéret, il s'était procuré *Terre des hommes,* des œuvres de Bernanos, Francis Carco, Alphonse Daudet et pour Laurent qui n'avait que sept ans et demi les aventures des Pieds Nickelés, des *Bicot* que le petit garçon avait à peine ouverts.

Il aimait les grandes aventures, les histoires de conquérants, de justiciers. Plus tard, il serait soldat pour exterminer les méchants. Françoise tentait de le raisonner : mieux valait défendre les bons avec son cœur qu'avec un fusil. Elle serait avocate. À plusieurs reprises, la fillette avait écrit à sa marraine. Un jour, elle en avait reçu une carte que Solange avait pu soustraire à l'autodafé de Paul. « Pourquoi ne viendrais-tu pas me voir aux Lavandins pendant les prochaines vacances ? avait-elle suggéré. Nous pourrions mieux nous connaître et sûrement nous aimer. » Consultée, sa mère avait secoué la tête : Colette avait-elle la moindre idée des difficultés de circulation dans un pays en guerre ? On en reparlerait plus tard. Françoise n'avait pas insisté. Encore un an et elle demanderait à entrer en sixième comme pensionnaire chez les religieuses de Châteauroux. Si elle restait à Brières, elle deviendrait une tâcheronne étriquée, un être tronqué comme sa mère. En observant ses parents qui le soir lisaient sans s'adresser la parole, la fillette se demandait parfois s'ils s'aimaient. « Ont-ils été jamais amoureux l'un de l'autre ? avait-elle demandé un jour à Solange. Comment vivaient-ils au début de leur mariage ? » « Tout dépend de ce que l'on nomme amour, avait répondu Solange après un temps de réflexion. Ce que tu lis dans les livres n'a souvent que peu à voir avec la réalité. On ne doit pas aimer pour posséder l'autre corps et âme. La tendresse seule est importante. » « Pourquoi ? » avait insisté la fillette. « Parce que, dans les grandes passions, l'un peut abuser de l'autre, le forcer à aller au-delà de ce qu'il peut ou doit donner. » « Comme lorsque Laurent m'a obligée à voler des pêches dans le verger des Le Bossu pour lui prouver que je l'ai-

321

mais ? » « Un peu, reconnut Solange. Le mariage n'est pas facile. J'ai perdu mon mari avant de perdre mes illusions. Mais ne te tracasse pas, tu auras tout le temps pour découvrir ces choses par toi-même. »

À petites bouffées, Paul savourait le rude tabac gris de sa pipe. Quand Colette cesserait-elle de les harceler ? Dépouillé de son étude qui avait été la raison de vivre de trois générations de Dentu, il avait tenté de meubler son temps en classant des papiers, rangeant la bibliothèque, vérifiant les comptes de Renée. Mais la ferme tournait au ralenti, il n'y avait guère de travail. Quelques poules et lapins, un porc étaient réservés à leur consommation, les pommes vendues à une cidrerie de Bourganeuf, leur peu de blé et d'avoine à une coopérative. Parfois Renée parlait de reconstituer son troupeau de moutons mais, afin de satisfaire les exigences allemandes, le gouvernement de Vichy ne cessait d'augmenter leurs impôts. La guerre s'éternisait. Bien que quelques prisonniers de guerre, échangés contre des travailleurs volontaires, soient revenus au pays, tout végétait. Paul tapota nerveusement le fourneau de sa pipe sur le rebord du cendrier. La veille, le curé avait décliné son offre de prendre en main le catéchisme des garçons. « Le secrétariat, peut-être ? » avait-il hasardé. Mais le père Giron l'avait éconduit. Il lui restait de longues balades, quelques parties de chasse avec Renée et le vieux Lanvin, la propagande pro-allemande débitée à la TSF et deux enfants qui semblaient porter des masques en sa présence. Parfois il leur proposait de jouer aux cartes ou aux dominos, de leur raconter des his-

322

toires. Souvent ils se dérobaient. Trop actifs et indépendants, Françoise et Laurent le déroutaient. Lui-même avait passé son enfance à bouquiner ou à étudier dans sa chambre, à faire du vélo dans les chemins de terre et à assister aux offices religieux avec sa mère. Pensionnaire, il avait été un élève appliqué qui jamais ne faisait le mur ou n'acceptait de regarder les revues pornographiques que ses condisciples feuilletaient en ricanant. Livrés à eux-mêmes, à l'affût des ombres et des signes du domaine, Françoise et Laurent en avaient pris possession. Comme tous les Fortier, eux aussi étaient envoûtés.

— Avoir déposé ce torchon de journal devant notre porte est une saloperie. Nous allons mettre un cadenas à la grille, décida Paul. Personne n'a à s'introduire chez nous.

— Ils entreront par la petite porte donnant sur les champs ou escaladeront le mur, rétorqua Renée. Ce ne sera pas bien difficile, il y a des brèches partout !

— Mettons-y des tessons de bouteilles.

— Changerais-tu Brières en forteresse que la méchanceté humaine parviendrait cependant à s'y glisser. Quant à moi, je m'en moque. Agis de même.

— Tabourdeau se présente sur la nouvelle liste municipale, annonça Paul pour changer de conversation. Avec ses charolais qui prospèrent et les brebis dont le prix de la laine ne cesse de grimper, le voici devenu un notable.

— Jamais on ne les voit sur la tombe de leur clochard d'oncle, prononça Renée d'une voix sarcastique. Ils préfèrent oublier le mauvais côté Tabourdeau.

— Tout comme certains Fortier.

Renée quitta son fauteuil. En vieillissant, Paul se

323

complaisait à donner des leçons de morale, devenait parfois acerbe. Les enfants et elle en souffraient. À trente-neuf ans, sa vie ressemblait à celle d'une vieille femme. Lorsque le sommeil tardait à venir et que Paul ronflait à son côté, il lui arrivait d'imaginer un nouvel amour. Un homme la désirait, lui disait des mots tendres, la prenait dans ses bras et, comme dans les films, elle se laissait emporter, oubliait mari et enfants pour vivre sa passion. Immobile dans le lit, les yeux grands ouverts, elle revoyait le visage de sa mère, entendait sa voix. Ce dont elle rêvait, Valentine avait osé le faire et elle s'était montrée incapable de la comprendre. Son père avait-il trompé son attente comme Paul l'avait déçue ? Maintenant elle jugeait son père avec plus de lucidité : un solitaire, un écrivain ayant raté sa carrière, un homme qui se négligeait. Et, cependant, elle l'avait admiré, adoré. L'amour n'était-il que le reflet des aspirations de ceux qui voulaient aimer ? Une foule de sentiments enfouis au plus profond d'elle-même resurgissait en Renée avec une force qu'elle ne parvenait plus à maîtriser. Elle ne devait pas s'abuser, sa vie amoureuse avait été et resterait inexistante, et cette certitude lui serrait le cœur.

— Je déteste l'école, je hais les autres enfants ! se plaignit Françoise.
Comme à chaque rentrée scolaire, la fillette montait en larmes dans la voiture au gazogène de son père. Elle était bonne élève cependant, l'institutrice devait en convenir, mais les sarcasmes et brimades de ses condisciples la braquaient.
— Ta maman et moi t'avons promis qu'en sixième tu serais pensionnaire.

324

— Moi, je resterai ici, décréta Laurent. Quand un garçon se moque de moi, je lui flanque une raclée. On me laisse tranquille.

— Et tu trouves cela parfait ! s'insurgea Françoise. As-tu jamais pensé à avoir un ami ?

Le chagrin de Françoise, le stoïcisme de Laurent crevaient le cœur de Paul. Tout était de sa faute. Il aurait dû résister à Renée. Se séparer de la moitié de Brières aurait été mille fois préférable. Par faiblesse, il avait sacrifié l'honneur de sa famille, l'avenir de ses enfants. Il avait aimé Renée, l'aimait toujours mais, du jour où elle était devenue sa femme, le mauvais sort s'était acharné : fièvre de Malte frappant leur petite Françoise, décimant leur troupeau d'ovins, emprunts incessants, exigences absurdes d'une Colette devenue folle comme sa mère, jusqu'au désastre final. Et les nouvelles n'étaient pas fameuses : comme un rouleau compresseur, les Allemands écrasaient l'Europe, aujourd'hui devant Stalingrad, demain peut-être dans la zone libre si l'Afrique du Nord leur échappait. Occupée, la Creuse serait mise en coupe réglée, et le château sans doute réquisitionné. Que deviendraient-ils ?

— Je déteste ma maîtresse, confia Françoise à son frère alors qu'ils venaient d'achever leur goûter.

— Veux-tu qu'on fasse comme l'année dernière ? chuchota le petit garçon.

— On va essayer.

Laurent avala sa salive. Le souvenir du rituel magique auquel sa grande sœur l'avait contraint de participer l'hiver précédent frappait encore son imagination. Mais pour rien au monde il ne refuserait de recommencer. Si dans la cour de récréation il réglait ses problèmes à coups de poing et de pied, à Brières les rapports de force changeaient. Entre les murs du domaine, attaquer pour se défendre n'avait plus de raison d'être, s'y imposaient d'autres énergies.

— Cherche la glu dans la cabane à outils, moi j'irai chez maman prendre une aiguille à tricoter. Si tu parles, c'est toi que j'enduirai de colle de la tête aux pieds.

Plus que le châtiment infligé à son institutrice, le complot, le secret, la stricte obéissance de Laurent enchantaient Françoise. À Brières, elle l'avait compris dès la petite enfance, c'étaient sa mère et Solange qui régnaient. Un monde de femmes où elle aurait bientôt sa place tandis que son père sommeillait devant la TSF et que Laurent croyait tout régler en disant des gros mots, maltraitant Onyx et se bagarrant à l'école. Si le salon était dominé par le portrait de sa grand-mère Naudet, nulle trace ne demeurait de son grand-père Fortier, mis à part une petite photographie, prise de loin, posée sur la commode de ses parents.

— Après le dîner, je t'attendrai au grenier. N'oublie pas les clous et le marteau.

Rouge d'excitation, Laurent se mordit les lèvres.

— Et les mots sur le papier, c'est toi qui les écriras ? interrogea-t-il.

À peine le baiser du soir donné par sa mère, Françoise tendit l'oreille. Le bruit des pas de Renée décroissait dans l'escalier. D'un geste rapide, la fillette extirpa l'aiguille à tricoter de dessous son oreiller. Maintenant le plus difficile restait à faire, sortir de sa chambre sans faire de bruit, gravir l'escalier menant au grenier. Un sort non abouti retombait sur celui qui l'avait jeté, son jeune frère comme elle ne l'ignoraient pas.

Retenant son souffle, la fillette passa sa robe de chambre, s'empara d'une feuille de papier et, pieds nus, avança jusqu'à la porte qu'elle entrouvrit. Le couloir était désert. Venant de la TSF installée dans la bibliothèque, elle entendait une chanson de Tino Rossi. Des relents du chou-fleur que Solange avait servi au dîner traînaient encore dans la cage d'escalier. Dehors, il gelait. Une lune aux trois quarts pleine pétrifiait la silhouette des tilleuls. Le vent chuchotait. « La souffrance sauve les forts et perd les faibles », affirmait le père Giron au catéchisme. Voulait-il dire la souffrance de chacun ou toutes les souffrances réunies ? Un instant, Françoise s'adossa au mur du couloir et ferma les yeux : la chouette irait au paradis, ce serait mademoiselle Botte qui serait tourmentée et ce serait bien fait pour elle. Le matin, elle avait interrogé ses élèves l'une après l'autre : « Que fait votre papa ? » Lorsque son regard était tombé sur elle, l'institutrice avait esquissé un sourire : « Escamoteur retraité », avait-elle plaisanté sans lui laisser le temps de répondre. Tous les élèves avaient ri. De son pupitre, juste derrière le sien, Arlette Le Bossu avait même chuchoté : « Rien dans les mains, tout dans les poches et passez muscade... » Mais elle ne perdait rien pour attendre.

Françoise reprit sa marche précautionneuse, pressant le pas devant les portes des chambres que personne n'occupait. Solange prétendait que les anciens habitants de Brières, ceux qui étaient morts depuis longtemps, en défendaient l'accès dès la nuit tombée. En faisant bien attention, affirmait-elle, on pouvait percevoir de légers bruits,

327

renifler des odeurs étranges. Quoique n'ayant jamais rien entendu ni senti, les enfants imaginaient. Françoise humait des odeurs fades d'étang et de vase, Laurent du soufre, du bois brûlé, de la résine comme celle des grands sapins de la forêt dont avec son canif il incisait l'écorce.

Une à une, Françoise monta les marches de l'escalier du grenier.

— As-tu ce que je t'ai demandé ?

Le petit garçon entrouvrit sa veste de pyjama.

Entre le cordon bien tiré du pantalon et la peau, le manche d'un marteau et une pochette en papier kraft étaient coincés.

— Elle ne souffrira pas, assura Françoise.

La fillette ne voulait penser qu'à la victoire. S'apitoyer n'avait aucun sens. Qui au village éprouvait la moindre compassion pour leur famille ? Pas même le curé qui parlait de faute à expier et du doigt de Dieu désignant les pécheurs.

— Et si l'on ne peut pas l'attraper ? hasarda Laurent.

Les doigts fluets de Françoise serraient le tube de glu.

— Nous réciterons les mots qui la feront revenir.

Le grenier était glacial. L'odeur de poussière, de moisi et d'excréments d'oiseaux qui se glissait partout ajoutait au mystère des zones d'obscurité jouxtant les minces rais de lumière jetés par la lune.

— Elle s'est perchée sur la grosse poutre au-dessus des malles en osier, chuchota Françoise. Je l'ai vue la semaine dernière.

— J'ai peur qu'elle ne nous attaque, balbutia Laurent.

— Les chouettes n'attaquent pas les enfants.

328

Une latte du plancher de sapin craqua sous le pas de Françoise. Il y eut un bruit sourd d'ailes puis le silence à nouveau.

L'excitation faisait trembler la main de Laurent, la fillette s'empara de la lampe à acétylène.

— J'y vais, déclara-t-elle. Tiens-toi prêt.

D'un geste décidé, elle dirigea le faisceau de lumière sur un point précis de la charpente. Dérangée par cette soudaine clarté, la grosse chouette observait les enfants en clignant des yeux. Laurent ne pouvait en détacher son regard. Se pouvait-il qu'elle fût morte dans un instant ?

Soudain Françoise claqua des mains et, dans un bruissement d'ailes affolé, l'oiseau quitta son nid, voletant de poutre en poutre jusqu'à l'obscurité.

— Nous sommes maîtres des lieux, se réjouit Françoise.

Prestement la fillette tira un des coffres en osier où moisissaient dans les crottes de souris de vieux draps, des nappes déchirées, des fragments d'étoffes.

— Tiens la lampe pendant que j'étends la colle.

Laurent avait la gorge nouée. Et si la chouette comprenant le piège fondait sur eux les serres en avant pour leur crever les yeux ?

— Voilà, annonça enfin Françoise. Maintenant nous allons la rappeler.

Le silence et l'obscurité étaient si denses que les enfants avaient perdu le sens des réalités. La mort qu'ils s'apprêtaient à donner n'existait pas. Du sang pour que justice soit faite. Le malheur pour les méchants. C'était une cause équitable, une offrande afin de détourner la mauvaiseté sur celle qui la portait dans son cœur, mademoiselle Botte.

Les yeux clos, main dans la main, les enfants récitèrent d'une voix monotone des mots qu'ils ne comprenaient pas mais qui, l'affirmait Solange, dénouaient les forces, modifiaient les pouvoirs. La chouette n'était pas loin. On entendait de temps à autre le grincement des griffes sur l'appui d'une fenêtre, un court frôlement d'ailes.

Soudain Françoise aperçut ses yeux, deux globes verts lumineux tachetés d'or, du vert qui faisait peur aux paysans, celui des sorcières qui envoûtaient et des diables qui damnaient. Dans la poitrine de la fillette son cœur battait fort. Aurait-elle le courage ?

— Tais-toi maintenant, souffla-t-elle à son frère. Attendons.

L'un contre l'autre, les enfants s'accroupirent sur le sol, retenant leur souffle.

D'un vol brusque, l'oiseau fut de retour, cherchant le refuge du nid. Laurent ferma les yeux.

La blessure était humide encore. Du bout de son doigt taché de sang, Françoise inscrivit sur la feuille de papier : « Vincente Botte », appuyant bien fort pour que chaque lettre pèse. Puis, avec des gestes délicats, elle s'empara du cadavre tiède de l'oiseau, le posa sur la feuille. Le lendemain, il serait cloué sur le mur en face de la maison de l'institutrice et, avant la nouvelle lune, le sang de la chouette serait sur elle. Pieds nus dans son pyjama de coton, Laurent, qui retenait ses larmes, grelottait. Si quelqu'un devenait son ennemi, lui percerait-il le cœur ?

— Ne fais pas le couard, tenta d'ironiser Françoise. Tu sais bien que les bêtes mortes reviennent à Brières pour tenir compagnie aux Dames.

— Papa dit qu'elles n'existent pas, tenta de protester l'enfant.

330

— Papa n'aime pas Brières. Et je crois que les Dames ne l'aiment pas non plus.

— Pourquoi dis-tu cela ?

Françoise haussa les épaules.

— Parce que papa ne sait pas rêver. S'il s'en allait, rien ne changerait ici.

— Et si je partais, s'inquiéta le petit garçon, se souviendrait-on de moi ?

30.

Regroupés devant le poste de TSF, Paul, Renée, Françoise, Laurent et Solange n'osaient proférer un mot. Les nouvelles qui se succédaient étaient stupéfiantes : le Duce avait été exécuté avec sa maîtresse dans le nord de l'Italie, Hitler se serait suicidé dans son bunker, le maréchal Pétain se constituait prisonnier.

— La guerre est finie ! s'exclama enfin Renée. Nous allons revivre.

Quelques semaines plus tôt, les derniers soldats de la Wehrmacht avaient évacué le village. Par chance, le château n'avait pas été réquisitionné. Le carré de pommes de terre et de choux cultivés avec soin, la paire de chèvres achetée au début de la guerre, les quelques poules avaient fourni de quoi ne pas mourir de faim. Mais les enfants ressemblaient à des épouvantails et Renée elle-même flottait dans ses jupes.

D'un geste spontané, Solange serra Renée dans ses bras.

331

— Buvons le champagne, décida Paul. J'en ai caché deux bouteilles à la cave.

La nuit était belle. La cime des tilleuls qui reverdissaient ondulait dans la brise.

— Dans ma pension, on admirait le maréchal, s'étonna Françoise, et on priait pour lui.

— Il a fait du mieux qu'il a pu dans des temps difficiles, expliqua Paul. Si ce n'avait été lui, quelqu'un de pire peut-être aurait gouverné la France. Nous étions vaincus.

— Mais il a pactisé avec nos ennemis ! s'insurgea Laurent.

— Ne jugeons pas, décida Renée. Je déteste les meutes qui se déchaînent quand elles se sentent les plus fortes. Nous sommes bien placés, il me semble, pour savoir combien l'opinion publique peut être méprisable.

Françoise baissa la tête. Elle-même parvenait difficilement à pardonner. La vie, lui semblait-il, n'était qu'une lutte permanente et le bon droit des vaincus avait bien peu d'importance. Tout était rapport de forces.

Renée se hâta vers la cave. Le cauchemar avait pris fin. Elle allait pouvoir se remettre à l'ouvrage. Réprimée depuis longtemps, son énergie naturelle rejaillissait. Même Paul lui semblait soudain moins terne. Elle reprendrait tout de zéro. Laurent à son tour réclamait d'être pensionnaire. Il désirait rejoindre le Prytanée de La Flèche pour mieux se préparer à Saint-Cyr. Paul et elle retrouveraient des moments d'intimité, elle tenterait de l'intéresser à la culture et, puisque tous deux étaient chasseurs, pourquoi ne pas songer à ouvrir le domaine à des chasses payantes ?

— Quelqu'un sonne à la porte, dois-je ouvrir ? cria Solange depuis le vestibule.

À pas pesants, Renée remontait de la cave une bouteille de champagne à la main. Qui pouvait se présenter à la tombée de la nuit ? Hormis le facteur, aucun villageois ne se montrait plus au château. Quelque soldat allemand à la traîne, des résistants ?

— Garde les enfants dans la bibliothèque et demande à Paul d'aller voir, décida-t-elle.

Un instant, Renée attendit dans la cuisine. Nul bruit ne parvenait du vestibule.

— Maman, cria soudain Françoise en dévalant le petit escalier desservant le rez-de-jardin, c'est tante Colette !

Embarrassés, la jeune femme et Paul se tenaient dans l'entrée, à deux pas l'un de l'autre. Renée nota aussitôt le visage au sourire crispé, inquiétant de sa cousine. « Comme celui de tante Madeleine », se remémora-t-elle. Mais, à la différence de sa mère, surgie en haillons, Colette gardait toute son élégance.

— Que t'arrive-t-il ? interrogea-t-elle.

Colette laissa tomber sa valise. Un joli calot en panthère accentuait l'expression sauvage. La jeune femme semblait à bout de forces.

— On me cherche pour me fusiller.

D'un geste prompt, Solange poussa Françoise et Laurent, médusés, dans le salon. Paul les suivit.

— As-tu commis un crime ? interrogea Renée.

— Dietmar..., murmura Colette. On m'a vue cent fois avec lui.

Renée se mordit les lèvres. Comment faire comprendre à sa cousine que l'asile de Brières était peu sûr ? Au village, chacun les épiait. Mais il était impossible de lui fermer sa porte.

333

— Viens, déclara-t-elle d'un ton qu'elle s'efforçait de rendre optimiste. Tu vas m'expliquer tes problèmes dans ma chambre. Nous déciderons ensuite de la conduite à adopter.

En dépit d'un vieux poêle à bois, la vaste chambre restait humide. Renée avait supprimé les rideaux de perse choisis par Valentine pour les remplacer par une modeste percale à fleurs qui recouvrait aussi une paire de fauteuils crapauds. Devant une des tables de nuit, les pantoufles en feutre de Paul étaient méticuleusement alignées, sa robe de chambre posée sur le couvre-pied de satin matelassé.

— Assieds-toi, exigea Renée en désignant un des fauteuil, et raconte-moi.

— Des salauds recherchent les femmes qui ont été vues avec des Allemands pour les tondre ou les exécuter. Ils sont à mes trousses.

Renée soupira. Comment Colette pouvait-elle espérer braver l'opinion publique, bafouer sa propre famille et exiger une bénédiction générale ?

— Tu dramatises peut-être. Garde ton sang-froid.

— Pas de leçons ! hurla Colette. Ne vois-tu pas que je suis au bout du rouleau ?

Renée se leva. Malgré sa tendresse pour sa cousine, elle refusait d'affronter les psychodrames qui avaient empoisonné Brières lorsque sa tante Madeleine était venue s'y réfugier.

— Jusqu'à présent, tu t'es beaucoup occupée de toi-même et bien peu des autres, constata-t-elle d'un ton froid. Jamais tu n'as cherché à me ménager, à me faire la moindre concession. Je n'en ai pas demandé d'ailleurs. Parce que tu as peur

334

aujourd'hui, tu te souviens de moi. Je veux bien t'aider, mais ne tolérerai pas que tu me traites en quantité négligeable. Tu as le choix : partir immédiatement d'ici ou nous respecter moi et ma famille. N'oublie pas qu'à Brières je suis chez moi.

Tassée dans son fauteuil, Colette ne disait mot.

— Pardonne-moi, murmura-t-elle enfin. Je suis terrorisée.

Renée se pencha vers sa cousine, lui posa un baiser sur la joue.

— Solange va te préparer ton ancienne chambre. Elle te montera un plateau. Tu vas te reposer, dormir. Demain nous reparlerons tranquillement de tout cela. Mais notre aide est incertaine. Depuis ton passage au château avec cet Allemand, on nous traite en pestiférés.

Colette leva les yeux. Dans ses années de solitude, elle n'avait jamais rencontré une personne comme Renée.

— Tu as raison, murmura-t-elle, je vais me reposer.

Dans la bibliothèque, Paul allait et venait.

— J'ai expédié les enfants à la cuisine avec Solange, déclara-t-il aussitôt que Renée fut entrée dans la pièce. Nous avons à parler.

— Je sais ce que tu vas me dire : « Demain, Colette doit être partie. » Mais dans l'état où elle se trouve, je ne peux la mettre dehors. Elle est folle de terreur.

— Cette femme sème le malheur. Je n'en veux pas ici !

— Nous prendrons une décision demain.

— Elle est prise. Nous avons deux enfants, veux-tu les exposer à plus de mortifications encore ? Les

335

pauvres petits ont eu largement leur part. Si Colette ne décampe pas d'ici demain matin, c'est moi qui partirai !

Jamais Renée ne s'était sentie si seule face à Paul. Pourrait-elle se conserver la moindre estime si elle jetait dehors sa cousine, sa meilleure amie de jeunesse ?

— Colette est une Fortier et ce château est une demeure de famille. Elle en partira quand elle saura où se réfugier. Le temps que les rancœurs s'oublient, nous allons l'installer dans la maisonnette des métayers où personne ne vient jamais. Si tu n'acceptes pas cet arrangement, je ne pourrai te retenir de force. Mais j'ai besoin de toi, les enfants aussi.

Au lever du soleil, Renée trouva Colette à la cuisine devant un bol de malt et une tranche de pain tartinée de fromage de chèvre frais. L'expression hagarde de la veille avait fait place à de la tristesse. Dans sa robe de chambre de cachemire grège, ses superbes cheveux répandus sur les épaules, Renée fut frappée par la beauté fragile de sa cousine.

— Ne me mets pas dehors, supplia-t-elle.

Renée se pencha pour l'embrasser et vit des traces de larmes sur ses joues.

— Nous avons tous eu peur. Imagines-tu les cauchemars que j'ai eus moi aussi quand nous avons été accusés de vol ?

Avec étonnement Colette observa sa cousine.

— Que veux-tu dire ?

— Pour racheter tes parts de Brières, Paul a dû emprunter de l'argent confié par des clients. Nous avons été dénoncés. Voilà la raison pour laquelle il a dû vendre l'étude et prendre en catastrophe

336

une retraite prématurée. Je ne te fais aucun reproche, tout est de ma faute.

Sans se hâter, Renée se servit un bol du liquide brunâtre, coupa deux larges tranches de la miche.

— Nous sommes une drôle de famille ! tenta-t-elle de plaisanter.

Colette lança à sa cousine un regard étonné. Se pouvait-il qu'en dépit de tout, Renée et elle soient attachées l'une à l'autre par des liens indestructibles ?

La lumière emplissait la cuisine, le long de l'allée d'honneur, une volée de passereaux s'abattit sur les buissons à la recherche des dernières baies épargnées par l'hiver.

— Jamais je n'aurais dû douter de toi, murmura-t-elle.

— « Il y avait une fois, déclama Renée en riant, un beau château habité par des ânesses déguisées en dames qui se miraient dans un étang... » Te souviens-tu de cette histoire que nous racontait Bernadette lorsque tu étais venue un été à Brières ?

Colette tendit une main que Renée serra dans la sienne.

— Nous allons te cacher. Les choses s'oublient. Dans un mois ou deux, tu pourras prendre un train pour Toulon et retrouver ta chère maison. Tu as toujours aimé les situations impossibles.

— Née sous le signe du défi, nota tristement Colette, le signe d'une petite chèvre butée et agressive, d'une fillette passionnée et trop entière. Hélas, mon enfance s'est envolée et voilà mes cornes bien émoussées.

À nouveau une brève lueur de terreur passa dans son regard.

— Je ne veux pas mourir.

337

Nettoyé, aéré, le cottage avait pris un visage presque hospitalier. Un lit, deux fauteuils avaient été installés, le mécanisme de la pendule retrouvé au grenier avait été replacé et une paire de vieux rideaux extirpés d'une malle pendus aux fenêtres de la chambre. Sans mot dire, Colette acceptait tout. Elle n'allait jamais au château, restait dans la limite des murs de la propriété, n'avait aucun contact avec les enfants. Après la révolte et la peur, une sorte de torpeur s'était emparée d'elle. Son passé la harcelait. De quel droit un homme méprisable comme Sebastiani pouvait-il lui voler sa famille ? Avait-elle trahi Raymond Fortier en doutant de son amour ? Elle qui toute sa vie avait placé sa dignité dans son indépendance, s'était mise soudain sous le pouvoir d'un individu prétendant être son père. Que voulait vraiment dire le mot père ? Tout dans la bouche de Raymond Fortier, rien dans celle de Sebastiani. Forte de ce désespoir, elle avait systématiquement saccagé sa vie, jusqu'à bannir la délicieuse Renée, la maltraiter, la ruiner comme si toute générosité venant de sa cousine ne pouvait que l'enfoncer dans son état d'infériorité. Renée avait raison, elle n'était qu'une idiote, et sa fameuse indépendance un terrible égoïsme. Lorsqu'elle marchait jusqu'au Bassin des Dames, il semblait à Colette qu'une très longue histoire s'y était déroulée, dont elle faisait partie. Elle y restait jusqu'à la nuit, jusqu'au moment où s'allumaient les étoiles. Si elle échappait au châtiment, elle reviendrait ici de temps à autre pour retrouver Renée et ses enfants, tenterait de recommencer autre chose.

— Je sais que ta tante est chez vous, ricana Arlette Le Bossu. Le fils du maire l'a vue en regardant à travers une brèche de votre mur.

— Menteuse ! accusa Françoise.

À cette heure de la matinée, la boutique était presque vide. L'épicier, un gros homme portant une blouse grise et des chaussons, avait escaladé l'échelle pour atteindre les dernières boîtes de haricots blancs. Dans le maigre étal exposé sur la rue se côtoyaient quelques navets et carottes, des choux blancs et rouges, un cageot de pommes tavelées. Privées de charbon de bois et de vivres, les religieuses avaient accordé à leurs pensionnaires une semaine de congé supplémentaire, mais les vacances de Pâques s'achevaient. Depuis son emménagement dans le cottage, trois jours plus tôt, Françoise n'avait pas parlé à sa marraine, mais Laurent et elle l'avaient espionnée tandis qu'elle se promenait dans les allées, rêvait au bord du Bassin des Dames. Françoise n'avait jamais vu de femme aussi élégante, aussi belle. Se pouvait-il, comme chacun l'affirmait, qu'elle lui ressemblât ? Un soir, elle s'était observée dans la haute glace de l'armoire de sa chambre. Sa marraine était une femme pleine de séduction et elle une musaraigne, avec son visage mince, sa peau parsemée de taches de rousseur. Mais elles avaient les mêmes cheveux, les siens longs, épais, frisés, sauvages, ceux de Colette disciplinés, coupés à la hauteur des épaules et retenus par des peignes comme le voulait la mode. Plus tard peut-être lui ressemblerait-elle. C'était ce qu'elle souhaitait le plus au monde.

— Menteuse ! répéta la fillette, et Marcel Gautier est un menteur lui aussi.

Les yeux d'Arlette Le Bossu avaient une expression méchante qui donna à Françoise l'envie de lui tirer les nattes. Depuis que le café-tabac-pompe à essence de son grand-père prospérait, les trois fillettes Le Bossu prenaient au village des airs de princesses. Tout le monde savait que la famille avait fait en douce du marché noir pendant la guerre, mais comme elle était riche et donnait de l'argent au maire et au curé, chacun feignait de ne rien savoir.

— Marcel l'a dit à son père, ricana Arlette, qui a juré d'attraper ta tante.

— Ma tante n'a rien fait.

— C'est une putain qui a couché avec les Allemands !

Avec violence, Françoise poussa son ennemie contre le comptoir. Sans comprendre vraiment son accusation, elle en devinait la noirceur et avait envie, pour faire taire cette teigne, de la frapper jusqu'à lui mettre la bouche en sang. La fillette était devenue blême, ses yeux lançaient des éclairs.

— Tout le monde connaît les saletés des Fortier et des Dentu ! hurla-t-elle. Vous pouvez vous claquemurer dans votre château, un jour on vous aura, et même bientôt !

Françoise saisit Arlette par les nattes, la forçant à renverser la tête en arrière. Le cri aigu alerta l'épicier qui dégringola de l'échelle.

— Fiche le camp et ne remets plus les pieds ici ! ordonna-t-il à Françoise. Le temps de vos menteries, de vos traîtrises est fini.

Le froid montait au cœur de Françoise. Elle avait envie de vomir. Un jour, elle devrait être assez forte pour anéantir tous les méchants.

— C'est vous les menteurs ! crâna-t-elle en sortant. Jamais plus mes parents ne viendront se servir chez vous !

— Ce n'est pas compliqué, décréta Valentin Gautier. On se rassemble à cinq ou six, on débarque au château au petit matin et là on s'empare de la putain.

Dans son bureau, le maire avait convoqué Joseph Tabourdeau, Jules Brisson, le vieux Sylvain Le Bossu et le père Giron, qui s'était dérobé. Son rôle n'était pas de punir mais de pardonner. Mais il serait présent lors du châtiment, prêt à assister la malheureuse de la parole de Dieu.

— Et si la grille est fermée ?

Joseph Tabourdeau ricana.

— La serrure ne résistera pas à un bon coup de fusil.

— Marcel a vu que Colette habitait la cabane des métayers, celle où se terrait l'amant de la Fortier.

Sylvain Le Bossu émit un rire gras. Cette histoire de ménage à trois l'avait beaucoup excité. Il imaginait la froide et hautaine Valentine Fortier dansant lascivement devant son mari et son amant, nue dans le cottage au fond des bois ou sur les berges de leur étang hanté.

— On l'en débusquera, affirma-t-il. Même si elles mordent, les chiennes ne me font pas peur.

— Que fera-t-on des Dentu ? interrogea Brisson. Après tout, ils ont reçu ce Boche au château.

Le maire inspira profondément. Même s'il ne les aimait guère, il ne pouvait faire arrêter Paul et Renée. Après la vente de son étude, le notaire avait remboursé ses dettes jusqu'au dernier centime. Quant à Renée, rien ne pouvait ouvertement lui être reproché.

— Peut-être ont-ils été obligés de lui ouvrir leur porte. Si on les accuse de collaboration active, c'est un procès qu'il faut intenter et pour cela il faut

341

des preuves. Pendant l'Occupation, rappelez-vous, on ne les a pas vus une fois avec l'ennemi.

Les têtes s'inclinèrent. En dépit des rancœurs, médisances et jalousies, un certain respect subsistait pour les descendants des Fortier. Les vieux se souvenaient de Renée venant au village avec son père ou son institutrice, des belles manières des gens du château, de leur générosité envers les pauvres. Et même si Valentine avait fait scandale, on lui gardait envers et contre tout de la considération. Elle en imposait. Tout le village et ses alentours étaient venus à son enterrement.

— Pour eux, on verra plus tard, concéda Joseph Tabourdeau. Mais je me garde de Renée Dentu. Elle a le mauvais œil. Pour être franc, je la soupçonne de jeter des mauvais sorts.

Le maire haussa les épaules. Il n'y avait pas d'années où l'un de ses administrés ne vienne dans son bureau pour accuser voisin ou voisine d'avoir fait crever ses biques, rendu saumâtre l'eau de son puits ou lancé des sauterelles sur ses récoltes. Il avait renoncé à raisonner le plaignant, se contentant de l'expédier au curé. Loin de posséder le paternalisme indulgent de Marcoux, le père Giron les bousculait, ridiculisait leurs convictions et les laissait partir plus aigris encore.

— La pauvre femme a dû se tromper de maléfices car le mauvais sort ne l'a guère épargnée, tenta-t-il de plaisanter.

Tabourdeau jeta à Gautier un regard en coin. Aujourd'hui le maire pouvait jouer à l'esprit cultivé et y aller de son ironie, mais tout le monde se souvenait de son grand-père sabotier-cordonnier qui à l'occasion faisait le rebouteux et dénouait l'aiguillette. Ce n'était pas parce que les gamins allaient maintenant tous à l'école que le

342

Mal n'existait plus, et si les diables avaient renoncé à apparaître dans les clairières les soirs de pleine lune, c'était qu'ils avaient trouvé plus commode de se glisser dans l'esprit des hommes. À son avis, Renée Dentu et les soi-disant Dames de Brières étaient des émanations d'entités infernales. Pour avoir accepté de pactiser avec elles, son pauvre oncle en avait payé le prix.

— Laissons Renée, concéda Le Bossu. Je l'imagine mal se vautrer dans le lit d'un Boche. Son pauvre mari ne doit pas avoir souvent droit à la bagatelle. On la dit froide comme un glaçon !

— Elle ne ressemble pas à sa mère, pour sûr, commenta Jules Brisson. Celle-là avait le feu aux fesses !

D'un regard sévère, Gautier interrompit le début d'hilarité générale. Dans son adolescence, il avait rêvé en secret de Valentine Fortier. La ligne fluide de ses jolies robes, sa démarche, son sourire l'époustouflaient. Quand elle remontait la travée centrale de l'église le dimanche, il se dégageait d'elle une séduction, un mystère que nulle autre femme de la région ne possédait. On aurait dit une divinité païenne, libre, sensuelle et sereine. L'idée que des hommes la possédaient le rendait jaloux.

— Laissons les Dentu, exigea-t-il d'un ton sec. Nous sommes réunis aujourd'hui pour punir une femme reconnue coupable par tous, Colette Fortier. Nous devons agir vite. Au moindre soupçon, elle peut prendre la clé des champs.

— Demain, suggéra Tabourdeau. C'est le premier vendredi du mois. Les Dentu assistent à la messe de sept heures. Solange sera seule avec le gamin. On pourrait débarquer vers sept heures trente, enfermer Colette dans la resserre du maré-

343

chal-ferrant et faire justice l'après-midi quand l'annonce aura été criée à la population.

Le jour déclinait. Dans la grande pièce donnant sur un jardinet planté de marronniers et de buis, la silhouette massive du bureau faisait une tache sombre qu'égayait la rangée de fauteuils recouverts de velours rouge cerise. Le drapeau français, soigneusement rangé au grenier pendant l'Occupation, recouvrait le mur contre lequel s'appuyait le siège du maire. Depuis le retour des soldats au foyer, plusieurs mariages avaient déjà été célébrés. Brières revivait.

— Certains prétendent que Colette Fortier est folle comme sa mère, hasarda Jules Brisson. Lorsqu'elle est venue à Brières avec son Boche, je l'ai croisée sur le chemin du cimetière. Elle m'a paru hagarde.

— Vous voulez dire sournoise ! s'irrita Tabourdeau. Personne ne lui avait encore arraché son masque. Elle pouvait en toute impunité tremper sa plume dans la merde des Allemands pour écrire ses articles de mode et se vautrer comme une truie dans leur lit pendant que nos prisonniers trimaient en Allemagne sous la schlague, que nos résistants se faisaient torturer et que nous n'avions rien à nous mettre sous la dent.

— Personne ne conteste les faits, Joseph, temporisa le maire. Rendez-vous devant la mairie demain matin à sept heures. Nous prendrons deux voitures, la mienne et celle de Jules. J'aurai une sangle pour attacher la prévenue et un bâillon au cas où elle beuglerait de trop. L'exécution du châtiment aura lieu à midi, sur la place du marché. Le Bossu officiera avec de bons ciseaux et un rasoir. Bonne santé à tous !

344

En s'éveillant, Colette se sentit presque heureuse. C'était une sensation de légèreté qu'elle n'avait pas ressentie depuis des années. La veille, elle avait jardiné, dégagé le cottage des ronces et des hautes herbes qui l'encerclaient. Le travail physique l'empêchait de penser, de se laisser aller à la révolte ou à la mélancolie. Renée était venue la rejoindre à l'heure du thé avec un gâteau aux pommes. Évitant les sujets qui pourraient les heurter l'une et l'autre, elles avaient parlé de tout et de rien.

— J'ai tiré un couple de faisans ce matin, avait annoncé sa cousine toute joyeuse, je t'en apporterai un demain. Tu n'auras qu'à le mettre à la broche.

À pas lents, elle avait fait le tour de la salle, admirant les petites touches ajoutées çà et là : un châle sur le dos d'un fauteuil, un bouquet de branches et d'herbes sèches, un panier de pommes rouges posé près de l'âtre.

— C'est bien toi, avait-elle plaisanté. On mettrait Colette Fortier dans le désert, elle commencerait à en faire un décor de vitrine !

Colette se dirigea vers le meuble de toilette, tira ses cheveux en arrière, se lava le visage à l'eau froide. À quarante ans passés, elle restait belle en dépit des premières rides, de l'ovale moins ferme du menton, du contour un peu mou de la bouche. Elle allait faire du feu dans la cuisinière et se chauffer du lait. Au loin Onyx aboyait. Il était plus de sept heures et le soleil montait, jetant ses premiers rayons à travers les fenêtres. Colette soupira. Elle aurait voulu pouvoir s'éveiller dix ans plus tôt quand la vie lui semblait encore une aventure sti-

345

mulante et merveilleuse. Paris était une fête qui semblait ne devoir jamais s'achever. À la lumière des bougies, hommes et femmes étaient la séduction même, dans la légèreté égoïste et grisante de l'éphémère poussé au sublime. Tout cela semblait aujourd'hui éloigné, inquiétant même comme ces énigmatiques effigies asiatiques figées dans un éternel sourire. Qu'était devenu Étienne ? Avant la guerre, elle avait appris qu'il s'embarquait pour l'Amérique avec sa maîtresse. Y était-il enfin heureux ? Pressentait-il que, depuis un beau jour de printemps aux Lavandins, elle n'avait plus cherché qu'à se détruire ?

Comme les aboiements d'Onyx s'amplifiaient, une anxiété irraisonnée serra la gorge de Colette. Qui pouvait venir au château ? Paul et Renée étaient à la messe, Solange conduisait Laurent à l'école. Elle était seule.

Vivement elle passa un pantalon, un chandail. Une voiture approchait. Elle entendit le claquement des portières, puis des bruits de pas rapides. D'une poussée, la porte s'ouvrit. Un homme aux épaules larges, au visage carré la regardait, un petit sourire aux lèvres. Derrière lui, trois comparses se pressaient. La terreur arracha un léger cri à la jeune femme. Par où pouvait-elle fuir ? Les fenêtres étaient fermées, mais celle de la chambre, peut-être... D'un bond, elle courut vers le fond de la pièce. Elle allait l'atteindre lorsque deux bras l'immobilisèrent.

— Te voilà prise, ricana l'homme.

Il était fort encore en dépit de son âge et son haleine sentait la vinasse. « Le Bossu », pensa Colette. Elle se retourna. Sur le pas de la porte se tenaient le pharmacien et Joseph Tabourdeau.

346

— Espérais-tu que les catins des Boches puissent échapper à la justice ?

Colette, qui allait hurler, se mordit violemment les lèvres. Elle ne pouvait offrir à ses bourreaux la joie de la maîtriser de force. Elle pensa à Raymond, à sa dignité quand l'attendait une mort affreuse, à son silence. « Mon père », se dit-elle. Elle n'en aurait jamais d'autre que lui. Ils s'étaient passionnément aimés, et elle l'aimerait toujours.

Tabourdeau, qui l'avait saisie par un bras, l'entraînait dehors. Colette eut un vertige. Comme dans ses pires cauchemars, elle se voyait poursuivie, rattrapée, violentée. Les hommes la haïssaient parce qu'elle leur échappait. « Sorcière », avait ricané Le Bossu en lui attachant les poignets avec un lien de cuir. La jeune femme vit des flammes, un brasier. On lui crachait à la figure, on lui jetait des pierres. Elle vomit.

Jusqu'aux écoliers qui avaient bénéficié d'une heure supplémentaire lors du repas de midi. Tout le village s'était rassemblé autour de la place du marché. Au centre, une chaise paillée avait été installée près de laquelle plastronnait Le Bossu. L'air était léger. Sur les branches des tilleuls fraîchement élaguées entourant la place, les premiers bourgeons verdissaient.

— Le moment de punir les traîtres est arrivé, annonça d'une voix étudiée le maire qui portait son écharpe tricolore. Si la population a souffert durant cette guerre, elle a supporté ses épreuves avec dignité et courage. Aujourd'hui les traîtres, les collabos, les putains ont des comptes à lui rendre. Qui se déshonore, déshonore ses semblables. Nous ne permettrons jamais que le crime reste impuni.

347

Notre société est une société juste, chacun jouit d'un droit égal, d'une voix égale dans l'application de la justice. Et chacun reçoit ce qu'il mérite : aux héros les honneurs, aux traîtres les peines infamantes. Après tant de souffrances, de sacrifices et de courage, il n'y a pas de pardon possible.

Arlette Le Bossu observait son grand-père qui bombait le torse. Elle n'avait pas souvenir que sa famille ait tant souffert, ni fait de lourds sacrifices ou accompli le moindre acte de courage durant la guerre. Sa passivité silencieuse était-elle en réalité de l'héroïsme ? Prestement, au début de l'année, ses parents avaient dépunaisé du mur le portrait du maréchal Pétain qu'ils avaient fourré dans le tiroir du buffet de la cuisine entre deux vieux calendriers. C'était sans doute cette détermination à laquelle faisait allusion le maire.

Dans la foule courut un murmure d'approbation.

— Ne parlons pas de vengeance, mais de justice, tonitrua Valentin Gautier. D'une famille honorablement connue, Colette Fortier, qui se devait de montrer l'exemple à ses concitoyens, a choisi tout au contraire d'insulter les habitants de Brières et tous les Creusois. Si nous tolérons une telle décadence morale, elle deviendrait vite universelle. Nous allons punir qui nous a outragés, qui a bafoué la France !

Poussant la condamnée, Joseph Tabourdeau avança d'un pas triomphant. Justice contre ceux qui se croyaient au-dessus des autres allait être faite. Le temps des châtelains était terminé. Chacun dans ce pays avait droit à une part égale de biens, un droit égal au respect.

Tandis qu'on la ligotait sur la chaise, Colette ne pensait à rien de précis. Parfois, elle se voyait sur son bateau au large de La Croix-Valmer. Le vent était doux, elle filait le long des côtes, le visage offert au soleil, seule dans la paix et le silence, parfois elle était dans son petit lit d'enfant et sa mère lui chantait des chansons tonkinoises, parfois enfin elle était entre les bras de son père, au chaud, en sécurité, heureuse. Elle sentait le frôlement doux de la moustache sur ses joues, au creux de son cou, elle fermait les yeux, se blottissait plus étroitement encore contre sa poitrine. Il sentait l'eau de Cologne, l'odeur sucrée du tabac anglais. À l'abri de cette forteresse, rien ne pouvait l'effrayer. Les cloches de l'église sonnaient, le bruit sourd, lancinant bourdonnait dans tout le village, se répandait dans la campagne. Colette pensa soudain au Bassin des Dames ; une lumière en jaillissait, se mêlant aux ridules de l'eau, une lumière douce qui apaisait, donnait l'illusion que d'autres femmes l'entouraient, la soutenaient. Tout était fugitif et éternel.

À grands coups de ciseaux, Le Bossu sectionnait jusqu'à la racine les épais cheveux cuivrés. Fixement, Colette regardait cette partie d'elle-même au milieu de la poussière comme un reflet brisé, éparpillé à tous les vents. La tondeuse raclait son crâne. Elle sentit un filet de sang ruisseler sur son front. À trois pas, le visage mauvais, Tabourdeau ricanait. Croyait-il la déposséder de son orgueil et de sa violence ? Tous étaient des morts en sursis. Avec application, Le Bossu traça au goudron une croix gammée sur la peau du crâne. Il y eut un tonnerre d'applaudissements. La vengeance était accomplie. On allait trimballer un moment la Fortier dans les rues, puis chacun rentrerait chez soi. En mai, l'ouvrage ne manquait pas aux champs comme dans les potagers, sans parler des vaches qui vêlaient, des chèvres et des moutons à mener à la pâture. « Récitons tous ensemble un Je vous salue Marie », suggéra le père Giron. Mais l'attention n'y était plus. La vue de Colette chauve, droite sur sa chaise, les yeux grands ouverts, jetait même un certain malaise. Il n'y avait rien à voir. Même humiliée, déchue, cette femme leur échappait. Comme toutes les femmes du château, elle était un peu sorcière. Mieux valait ne pas croiser son regard.

31.

Le ciel gardait un bleu uni, plat, stérile. Renée contempla les bois qui déjà roussissaient, les parterres racornis. Dès l'aube, la chaleur pesait sur les épaules, chaque pas coûtait. Tout juste revenus à Brières pour les grandes vacances, Françoise et Laurent dormaient encore. Paul lisait son journal sur la terrasse. Par la fenêtre, Renée voyait le dos voûté, les cheveux clairsemés. Le drame qui avait frappé Colette, trois années plus tôt, avait accentué son déclin. Lorsqu'elle était revenue au château le crâne tondu marqué d'un svastika délavé par des rigoles de sang, il lui avait enfin ouvert les bras. Mais le soir même, Colette s'était sauvée. Renée la savait réfugiée chez elle, à La Croix-Valmer. De temps à autre, elle en recevait un bref message. Le dernier ne parlait plus de vengeance mais d'oubli. Choyée par Janine, elle ne voyait personne, naviguait presque chaque jour. La lutte contre le vent et les vagues absorbait sa violence. Repoussés plus drus, plus beaux encore, ses cheveux étaient désormais serrés, emprisonnés en un chignon retenu par une épaisse résille. Renée avait reçu une photographie d'elle prise par Janine sur la terrasse des Lavandins. Colette ne souriait pas, semblait ailleurs, mais sereine, détachée de tout. Elle portait une jolie robe noire, des pendants d'oreilles, un collier de perles comme pour une réception dont elle serait l'hôte d'honneur, une invitée en deuil qui gardait le silence.

Plusieurs fois, Paul avait conseillé à sa femme d'aller passer quelques jours à La Croix-Valmer, mais Renée devinait que Colette ne souhaitait la présence de personne. Il fallait attendre. Elle-même n'était guère heureuse. Sa jeunesse était-elle déjà derrière elle ? Qu'avait-elle fait de sa vie ? Tout ce dont elle avait rêvé si fort à vingt ans était devenu terne réalité, un mari, des enfants, un domaine à exploiter, de terribles drames, des joies discrètes, une routine que rien ne semblait pouvoir ébranler. Chaque soir, Renée se couchait harassée, se levait lasse. En silence, Paul prenait son petit déjeuner avant d'écouter la TSF, de lire la presse. Ensuite, il se traînait inoccupé ou sommeillait en attendant le déjeuner. L'après-midi, il se promenait dans le parc, le dos courbé comme s'il se préparait à encaisser de nouveaux coups du sort. Dès le dîner achevé, tandis qu'elle tricotait des pulls, des chaussettes et que Solange raccommodait, il se remettait à son puzzle. Avec un troupeau de chèvres, quelques moutons, des volailles et des lapins que Solange vendait au marché de La Souterraine, des pots de miel de leurs ruches, la ferme vivotait. Sans vouloir se l'avouer, Renée avait suivi le conseil de Dietmar et planté plusieurs arpents de pommes de terre. Intéressé par un procédé américain de frites déshydratées et mises en sachets, un industriel de Bourganeuf l'avait même contactée. Ce n'était plus la pauvreté mais une médiocre survie. L'ancienne batteuse avait pu être remplacée par un engin plus moderne. Mais l'emprunt qu'elle s'était juré de rembourser avant 1947 courait toujours.

Sans se hâter, Renée passa la blouse en cretonne qui lui servait de robe pour travailler aux champs, enfila des espadrilles, tordit ses cheveux en un rouleau embobiné autour de la tête. Françoise et Laurent s'étaient couchés tard, elle avait aperçu de la lumière jusqu'à minuit passé dans leurs chambres. Aujourd'hui encore, elle ne pourrait guère compter sur eux pour finir de repeindre les barrières, dégager le chemin menant à l'étang. Après la tragédie survenue à Colette, elle refusait de se promener le long de ses berges. Comme le pensait sa mère, le Bassin était maléfique, porteur de colère et de vengeance. Il attirait, retenait, prenait au piège. Si des âmes y demeuraient, comme l'avait prétendu Bernadette, c'étaient des esprits cruels qui ne pardonnaient rien. Ils s'insinuaient jusque dans les rêves pour tourmenter les habitants de Brières, se faisaient les doubles maléfiques des hommes, les complices empoisonnés des femmes.

— Gino Bartali va gagner le Tour de France, annonça Paul en posant son journal. Les Français ne brillent guère en sports en ce moment. Espérons que nous nous rattraperons aux Jeux olympiques de Londres !

— Espérons..., répéta Renée, l'esprit ailleurs.

À peine portait-elle attention maintenant à ce que Paul lui disait. Il ressassait, se perdait dans les tours et les détours d'une pensée superficielle,

352

obsédé par des détails insignifiants, des considérations philosophiques à trois sous. Un matin, il l'avait retenue presque une heure sur le père Giron et ses sermons communisants qui flattaient les bas instincts des pauvres gens. Que feraient ces malheureux avec l'argent des riches ? martelait Paul. S'acheter des dessous en nylon et des manteaux de vison ? Ce petit curé ne comprenait rien à rien. La valeur humaine ne se mesurait pas au montant de la fortune. La société n'était pas juste, insinuait Giron, mais ne serait-ce pas un désastre si elle l'était ? Le chef se pavoiserait comme étant le seul à mériter le pouvoir tandis que la masse ravalerait son humiliation. L'argent finirait par tout corrompre, transformer les êtres humains en machines à consommer. L'Église prenait un tournant dangereux et il espérait ne pas vivre assez vieux pour voir chambouler règles et rites de son enfance.

Renée ne prenait plus la peine de discuter. Sa propre enfance la hantait. Tant de choses à Brières avaient disparu pour toujours, une certaine élégance, la sécurité d'un ordre social que rien ne semblait pouvoir ébranler. Hormis dans son potager, jamais elle n'avait vu son père vaquer à des travaux salissants. En veste de tweed, il parcourait ses terres, gourmandant Émile Genche pour un parterre mal entretenu, une allée de chasse obstruée par les orties ou les ronces, montait Domino jusqu'au carrefour des Petites Chapelles ou celui de la Lanterne des Morts quand l'envie le prenait de sortir de Brières, tandis que Bernadette, impeccable sous sa coiffe bien amidonnée, débarrassait le couvert du déjeuner dans la grande salle à manger.

Avec sa peau laiteuse, la masse des cheveux

353

dorés, Françoise devenait séduisante. De sa mère, elle avait hérité les yeux noirs à l'expression secrète, la fausse douceur, de son père une bouche charnue à la lèvre supérieure un peu proéminente. Tout le reste rappelait Colette. Laurent, quant à lui, devenait le portrait de Raymond Fortier : gai, sensuel, un corps d'athlète, un goût modéré pour les choses de l'esprit, mais une réelle combativité. Pour réaliser son rêve d'être admis à Saint-Cyr, le jeune garçon travaillait avec zèle au Prytanée tandis que Françoise, toujours chez les religieuses de Châteauroux, restait tête de classe.

— Dieu merci, annonça Renée afin de ne pas quitter Paul sans un mot, le sucre n'est plus rationné. Enfin nous allons pouvoir confectionner des sirops sans saccharine. Et le café, le thé, le chocolat commencent à réapparaître dans les épiceries, un peu chers sans doute, mais bien tentants. Si nous n'avions pas à subir cette terrible sécheresse, les choses iraient plutôt bien.

— Il va pleuvoir, affirma Paul, le baromètre baisse.

D'un air désolé, Renée contempla une fois encore les champs de blé et d'orge, des touffes décharnées et brûlées par le soleil laissant apercevoir les craquelures de la terre desséchée. Et les pommiers n'avaient pas meilleure mine, déjà les feuilles se racornissaient, découvrant de petits fruits tavelés à la saveur âcre. Il faudrait se résigner à les donner aux cochons. Renée regagna le parc. Elle se sentait lourde, triste, comme si, tout autant que le soleil, une chape de spleen pesait sur ses épaules. Tout espoir de tendresse, d'amour charnel était-il mort pour elle ? Et cependant Brières

354

évoquait de troublantes images : les Dames du Bassin fluides comme des ondines avec leurs yeux verts de serpent d'eau, leur corps suggéré, sensuel et insaisissable, le lit des fleurs sauvages tapissant les sous-bois comme une invite à s'y étendre, les odeurs entêtantes d'humus. Quand elle avançait au hasard dans les sentiers du parc, Renée arrivait immanquablement au cottage. Les haies qui l'entouraient laissaient apercevoir une fenêtre, un pan de mur, les briques du conduit de cheminée où s'accrochaient des mousses et des arbrisseaux. Depuis l'arrestation de Colette, elle n'y était entrée que pour rassembler les quelques affaires laissées par sa cousine et les lui expédier aux Lavandins. Autour des volets clos, des abeilles, des mouches vrombissaient, cherchant à se glisser à travers les fentes. Si le diable habitait Brières, c'est là qu'il logeait. Qui pénétrait entre ces quatre murs devenait son hôte et sa proie.

À pas lents, Renée approcha de la porte, tourna le bouton, effrayant un lézard qui se chauffait sur une marche de pierre. Sur la table, à côté de livres soigneusement empilés, un bouquet de soucis et de menthe s'épanouissait dans un pot de confiture sur lequel, filtrant à travers les persiennes, tombait un rayon de soleil. Tout était propre, le coussin du fauteuil tapoté. Qui venait au bungalow ?

Françoise, sans doute, qui l'avait choisi comme repaire pour rêver ou nourrir son hostilité contre ceux qui avaient humilié sa tante.

Avec précipitation, Renée referma la porte. Il lui semblait que Colette habitait toujours cet endroit. Mêlée à celle de Valentine et de Robert de Chabin, son odeur l'imprégnait encore. Une sensualité maléfique émanait de ce lieu, des forces incontrô-

355

lables d'amour et de haine. Elle devait dire à sa fille de ne plus y aller.

À l'écurie, Tambour et Hardi, les deux percherons, donnaient du col pour chasser les essaims de mouches. Renée remplit un seau d'eau fraîche à la pompe et les fit boire. Il allait falloir changer leur litière, curer l'abreuvoir. Elle eut soudain le désir de tout laisser tomber, d'abandonner à jamais Brières, comme sa mère avait tenté de le faire. Mais nul amant, pas même un ami, ne serait prêt à l'accueillir. Le souvenir des promenades dans les jardins du Luxembourg à côté d'Henri du Four lui serra le cœur. Tout était si loin, beaucoup trop loin.

Colette acheva de lover les cordages et enfila ses espadrilles. Une chaleur étouffante tombait sur le ponton, effaçait la surface de la mer jusqu'à l'horizon dans une vapeur bleutée. Épaules et bras nus, la jeune femme vérifia le bon arrimage du *Raymond* et ramassa son sac de toile. L'ombre même éblouissait et l'eau salée brûlait sa peau. Colette se réjouit à la pensée d'un verre de citronnade bien fraîche, de la soirée sous le platane où elle avait fait construire une fontaine. Depuis quelques mois, elle parvenait à dormir plusieurs heures sans être réveillée par des cauchemars, adressait maintenant la parole à un homme sans avoir la gorge serrée.

En automne et au printemps, elle se rendait à Paris pour assister aux collections, ne manquant jamais celle de Dior qu'elle avait connu simple modéliste chez Lelong. En tenue sobre, ses cheveux dissimulés sous un chapeau de feutre masculin, nul ne reconnaissait la belle, la talentueuse

356

Colette Fortier. Elle n'adressait la parole à quiconque, prenait des notes, commandait un ou deux modèles classiques. Puis en flânant, elle refaisait le tour de son passé : la rue Raynouard, la place Saint-Sulpice, le boulevard Saint-Germain, la rue Cambon et celle du Faubourg-Saint-Honoré. Paris changeait. Les dernières voitures à chevaux disparaissaient ainsi que les petits métiers des rues. Gênant la marche des piétons, des automobiles toujours plus puissantes commençaient à stationner le long des trottoirs. Une foule d'autobus verts sillonnaient les rues avec leurs plates-formes où s'entassaient les jeunes gens. Place Saint-Sulpice, l'immeuble édifié à l'emplacement de leur hôtel avait déjà vieilli. Les pierres étaient sales, maculées de crottes de pigeons. Rue Cambon, Chanel était fermé et la grande demoiselle en fuite au bord du lac de Genève pour avoir fréquenté un officier allemand. Mais ses relations lui avaient évité la tonsure, la croix gammée, la honte. La justice, dont les hommes étaient si fiers, n'était que petite cuisine entre riches et puissants. Rue du Faubourg-Saint-Honoré, le fourreur qui s'était porté acquéreur de Colette Fortier Couture avait changé radicalement la décoration. Un jour où elle était déprimée, Colette avait poussé la porte. Une aimable vendeuse aux cheveux gris était venue à sa rencontre mais, absorbée dans la contemplation de ce qui avait été un des plus grands bonheurs de sa vie, elle avait été incapable de proférer un mot. Croyant avoir affaire à une toquée, la dame l'avait poussée dehors.

Rue Raynouard, Colette revoyait ses parents. Parfumée, maquillée, sa mère montait dans son automobile sous le regard admiratif des passants ; son père en manteau et chapeau gris marchait vers

357

le Trocadéro de son allure de conquérant. Elle tentait de le suivre, de le rattraper, mais il disparaissait au coin du boulevard Delessert. Elle s'immobilisait. Des passants la bousculaient. À petits pas, elle regagnait sa chambre d'hôtel, tirait les rideaux avant d'ôter son chapeau. Un jour, elle aurait le courage de se rendre au cimetière Montparnasse pour retrouver ses grands-parents, son père, les Fortier, sa famille.

Sur la table de pierre qui jouxtait la fontaine, Janine avait disposé un pichet de citronnade parfumée à la fleur d'oranger, quelques biscuits aux amandes. Colette se laissa tomber dans un fauteuil de rotin, dénoua ses cheveux qui, comme ceux d'une adolescente, tombaient en cascades de boucles sur ses épaules. « Tes cheveux reviendront, ma poule, avait ricané Le Bossu en dénouant ses liens. Sur le fumier, tout pousse. »

Trois fois par jour, Colette prenait un bain ou une douche, mais aucune eau ne parvenait à lui donner une impression de propreté. Seul le feu, pensait-elle, pourrait effacer la souillure. Sur son testament, elle avait demandé à être incinérée. Son corps volatilisé, peut-être pourrait-elle alors reposer en paix. Quelques jours plus tôt, elle avait écrit un mot à Sebastiani lui donnant un rendez-vous aux Lavandins. Le moment était venu de trancher à vif dans le mal afin d'en guérir. À maintes reprises, il avait osé un coup de téléphone, une petite carte toujours doucereuse, quémandeuse, faussement attendrie. Que représentait-elle pour lui, hormis une proie ? Durant son enfance, pas une fois il ne s'était enquis d'elle, jamais n'avait tendu une main à sa mère lorsqu'elle s'était trouvée démunie. Un père n'était pas le fruit du hasard, mais l'aboutissement d'une histoire d'amour, c'était une somme de forces, de certitudes, de générosité, un long apprentissage, des jours, des mois et des années de tendresse, d'attentions accumulées, de confidences, de promenades main dans la main, de complicité. Tout cela, seul Raymond le lui avait offert. Il était son père.

Colette vida son verre, grignota un biscuit. Pour se débarrasser à jamais de Sebastiani, le renvoyer au désert d'où il avait surgi pour la meurtrir et saccager sa vie, elle allait se faire belle.

Sa chambre donnait sur un patio planté de citronniers et d'orangers, d'un vieil olivier acheté à prix d'or à des paysans et qui, comme elle, par miracle, avait bien voulu survivre. De son placard, Colette extirpa le premier modèle de sa collection. En dépit des années, il restait encore élégant. Elle pouvait être fière de son talent. La robe de jersey, mince et fluide, lui allait à merveille. Colette ajusta son chignon, attacha la résille de velours avec de grosses épingles. Un long moment, elle se contempla dans le miroir de sa coiffeuse. En vieillissant, elle ressemblait de plus en plus à sa mère, une Madeleine marquée par la vie, mais belle encore en dépit de ses excès.

— Monsieur Sebastiani est au salon, annonça Janine.

Colette inspira profondément. De sa vie, elle n'avait ressenti une aussi grande paix.

Dès qu'elle aperçut le petit homme contemplant le paysage Colette fut surprise de ne plus éprouver pour lui que du mépris. Toute haine avait disparu.

— Notre entretien sera bref, annonça-t-elle aussitôt. Je ne vous ai demandé de venir que pour mettre fin à un malentendu.

359

D'un geste, elle désigna un siège, s'installa elle-même sur une simple chaise, un peu en retrait, prête à s'esquiver à tout moment.

— Sans le moindre égard pour mes sentiments, vous avez surgi dans ma vie, prononça-t-elle d'une voix égale. J'ai mis des années à me relever de ce viol.

— Aurais-tu honte ? ricana Sebastiani. Voilà qui pourrait également me blesser. Les Fortier ont toujours aimé jouer aux princes, des princes sortis de leur campagne et retombés dans la boue. Tu devrais plutôt te réjouir de ne pas être des leurs.

Colette se mordit les lèvres.

— Je ne vous permets pas de vous immiscer dans mes affections.

— Même si nous nous connaissons mal, j'ai pour toi de l'attachement. Comme moi, tu es débrouillarde et opportuniste. Je ne te demande pas de m'aimer, seulement de me voir de temps à autre et de me dépanner. Ce n'est pas trop exiger.

— Mon père est Raymond Fortier. Vous êtes arrivé dans la vie de ma mère par hasard et avez profité de sa fragilité. À tort, elle souffrait parfois d'être inférieure à mon père par la fortune et la réussite sociale. C'était une femme brillante qui n'a pas eu la chance de pouvoir s'accomplir comme elle le méritait. Votre médiocrité l'a un instant rassurée.

Sebastiani avait perdu son sourire. De sa poche, il extirpa un mouchoir et s'épongea le front.

— Madeleine était à la recherche d'aventures pour s'affranchir d'un mari qu'elle n'aimait plus.

— Maman aimait mon père plus qu'elle ne le pensait. Pour elle, vous n'avez jamais existé.

Dans le patio, la lumière était aveuglante. Un vent chaud agitait les branches des citronniers et

360

des orangers, faisait trembler les feuilles de l'olivier. Colette observait le teint rougeâtre de son interlocuteur, la sueur qui perlait sur le front, le crâne à moitié dégarni, trouvant un singulier plaisir à constater les signes de sa petitesse. Le drame qu'elle avait vécu s'achevait en dérision. Qu'était-il arrivé ? Se prétendant son père, un inconnu avait frappé à sa porte et, incapable de dompter ses émotions, elle avait douté de l'amour de sa famille, l'avait repoussé, offrant ainsi la victoire à Sebastiani.

— Nous ne nous reverrons plus, prononça-t-elle d'une voix calme. En sortant, vous trouverez une enveloppe sur la console de l'entrée. Prenez-la. Ainsi votre courte liaison avec maman n'aura pas été tout à fait vaine.

Sebastiani s'était levé. Les dents serrées, il cherchait en vain ses mots et, finalement, haussa les épaules et sortit. Longtemps Colette resta immobile, contemplant vaguement le patio où bourdonnaient des abeilles. Soudain, elle songea à Renée. Comment avait-elle pu la croire son ennemie et ruiner sa vie ? Bientôt elle aurait la force de revenir à Brières.

De la terre montait une odeur de broussailles calcinées. Le vent sentait l'eau. Enfin il allait pleuvoir.

32.

Le jeune homme avait des cheveux noirs et bouclés, un regard clair.

— Je n'embauche pas, répéta Renée. Avec la sécheresse, les récoltes sont foutues.

Retenue par une vague sympathie pour le vagabond, elle hésita cependant à refermer la porte.

— Je ne demande aucun salaire. Donnez-moi juste un toit et de quoi manger.

Renée fixa un instant l'allée d'honneur bordée de hautes herbes desséchées. Des chardons poussaient çà et là sous les tilleuls dont les formes étaient estompées par la brume de chaleur.

— Je peux vous préparer un café et une omelette, proposa-t-elle soudain. Ensuite, vous vous en irez. Les Tabourdeau qui possèdent la ferme voisine vous embaucheront peut-être.

— Ils m'ont jeté dehors.

— Suivez-moi, répondit simplement Renée.

Elle se dirigea vers la porte de la cuisine que Solange, dans l'espoir d'un maigre courant d'air, avait laissée grande ouverte.

Assis sur une des chaises paillées, l'inconnu observait Renée qui coupait des tranches de pain, battait une omelette. Les épaules et les bras nus étaient charnus, il devinait sous le corsage une forte poitrine. De toute la personne de cette femme se dégageait un charme sensuel puissant. En était-elle seulement consciente ? Des essaims de mouches tournoyaient au-dessus de l'évier, le papier collant qui pendait du plafond était noir de leurs cadavres englués.

— Connaissez-vous l'agriculture ? s'enquit Renée en surveillant l'omelette.

— Mon père possédait une ferme dans l'Ardèche. À sa mort, nous avons vendu.

Renée disposa une assiette, des couverts, deux tasses.

— Comment vous appelez-vous ?

Ce jeune homme l'émouvait. Son regard à la pureté un peu trouble lui faisait penser à un Henri figé dans sa jeunesse.

— Antoine Lefaucheux.

Elle tendit la main.

— Je suis Renée Dentu, la propriétaire de ce château branlant.

— Une belle demeure !

— Du temps de mes parents, c'en était une, corrigea Renée. Aujourd'hui, je n'ai pas de quoi faire repeindre les volets ou remplacer les ardoises endommagées.

— Je bricole, assura Lefaucheux.

Après avoir servi le café, Renée s'assit sur une chaise à côté du jeune homme. Elle ne savait plus très bien si elle devait se tenir à sa décision de le renvoyer ou tenter de le garder quelques jours. Peut-être pourrait-il se rendre utile. Les bras manquaient. Victor avait obtenu un poste de professeur dans un lycée alsacien et les travaux de la terre n'attiraient guère Laurent. Quant à Françoise, l'adolescence la rendait agressive ou lui mettait la tête dans les nuages. Du matin au soir, elle vadrouillait dans le parc, un bouquin sous le bras. Parfois, elle l'avait aperçue assise sur le tronc d'un arbre mort au bord du Bassin des Dames, lisant à haute voix des poèmes, comme son grand-père aimait à le faire. L'*Ode au Bassin des Dames* et *Le Roi des Cerfs* jaunissaient dans la bibliothèque. Pour empêcher le passé de la submerger d'émotions stériles, Renée ne les ouvrait plus. Quelque part au

363

milieu d'un rayonnage devait se trouver aussi le modeste recueil de sonnets produits par mademoiselle Guyet. Chaque année au moment de Noël, son ancienne institutrice, installée dans une maison de retraite de la région parisienne, lui expédiait une carte se terminant invariablement par : « Les souvenirs attachés à Brières ne peuvent mourir. »

Antoine Lefaucheux dévorait l'omelette, les tranches de pain beurrées. Renée observait les épaules carrées, les mains larges et puissantes, des mains de travailleur. Le désir incongru de passer maternellement ses doigts dans l'épaisse chevelure bouclée la mit mal à l'aise. La chaleur lui faisait perdre la tête, elle devait se reprendre.

— Quelle propriété magnifique, remarqua Antoine en s'essuyant la bouche d'un revers de main. J'ai fait le tour des murs avant de sonner. Vous avez bien une cinquantaine d'hectares ?

— Le domaine comptait autrefois une ferme. Je l'ai vendue mais il me reste une centaine d'hectares de terres, de pâturages et de bois en plus du parc, de quoi vivre chichement.

— Mon père n'en possédait que dix, observa Lefaucheux en se resservant de café. Cent hectares, c'est la richesse ! Je pourrais vous aider à en vivre bien.

Renée repoussa sa tasse. Et si elle acceptait ? Puisqu'elle n'avait à fournir que le toit et le couvert, le risque était minime. Même s'il n'y avait pas de récolte cette année, Lefaucheux pourrait réparer la grange qui prenait l'eau, s'occuper des gros travaux du potager, drainer les allées, dégager les berges de l'étang. L'ouvrage ne manquait pas.

— Quel âge avez-vous ? interrogea-t-elle.

— Vingt-cinq ans à la Saint-Michel.

364

Antoine acheva son repas en silence. En face de ce jeune homme, qui semblait la jauger avec effronterie, le sentiment aigu de sa médiocrité physique et des années enfuies embarrassait Renée.

— Nous pourrions faire un essai, jeta-t-elle d'une voix brusque. Vous comme moi resterions libres de nous séparer à tout moment. Il y a au fond du parc un logement dont vous auriez la disposition. Vous prendriez vos repas avec Solange, notre gouvernante.

Un bonheur confus l'envahit. Pour empêcher son imagination de battre la campagne, elle allait gauler les pommes du verger, puis changer la litière des chevaux. Une fois de plus, Paul lui reprocherait son initiative. Mais Françoise et Laurent, eux, seraient contents de compter un visage jeune à Brières. Ils venaient d'entreprendre de restaurer le tennis. Antoine pourrait leur donner un bon coup de main. Sa présence dans le cottage égayerait l'été. En dépit de la sécheresse, on pourrait même envisager de fêter la fin des moissons.

— Je vais vous mener chez vous. Solange vous portera du linge et vous disposerez de votre temps aujourd'hui pour faire un peu de propreté à l'intérieur. Il n'y a pas d'électricité là-bas, il faudra vous contenter de lampes à pétrole. Où est votre sac ?

— Tout ce que je possède est là.

Antoine désigna un baluchon posé derrière la chaise.

Renée demeura perplexe. Était-elle imprudente d'accorder si vite sa confiance à un vagabond ?

Le jeune homme se leva et attrapa son sac. Dans le clair-obscur de la cuisine, il semblait plus attirant encore.

Avant de se coucher, Renée se contempla devant la glace de son armoire. Dans cette forte dame au regard sévère, à la silhouette de matrone négligée, elle avait du mal à identifier la Renée d'autrefois. De la jeune fille sentimentale, pleine de fraîcheur et de rêves, le temps avait fait une femme dure à la peine, rude envers les autres. Cependant, au plus profond d'elle-même, demeurait intacte la soif d'aimer et d'être aimée. Il était trop tard sans doute pour tenter une nouvelle fois de maigrir, essayer une coupe de cheveux, se commander quelques robes. Seule Colette aurait pu la conseiller, mais sa cousine ne voulait plus quitter les Lavandins. Dans le cabinet de toilette, Paul passait son pyjama. L'installation d'Antoine Lefaucheux n'avait pas soulevé comme elle le craignait une violente réprobation. « Si tu ne le payes pas... », s'était-il contenté de grommeler. Hormis ses enfants, tout lui devenait à peu près indifférent. À bientôt soixante ans, il se sentait, se voulait vieux, montrant une minutie excessive dans le rythme et les exigences de ses journées. Parfois Françoise le secouait et, durant quelques jours, il tentait des efforts, participait aux conversations, envisageait de sortir la vieille Citroën du garage pour faire des excursions dans les environs. Mais vite la lassitude le reprenait et, faute de pouvoir parvenir à remplir ses promesses, il se réfugiait dans son fauteuil devant le poste de TSF ou à la bibliothèque avec ses journaux, éludant toute discussion. Les essais agricoles de Renée ne l'intéressaient plus.

De la fenêtre ouverte, la chaleur arrivait par bouffées étouffantes. Renée se détourna du miroir, dénoua ses cheveux qu'elle natta à gestes machinaux. Elle avait fait déposer chez Antoine une paire de draps, une serviette, un morceau de savon, un pot à eau en émail, une cruche d'eau potable et deux bouteilles de vin. Solange critiquait sa décision. Un ouvrier agricole ne demandant aucun salaire, ce n'était pas normal. « Et s'il était un repris de justice ? » avait-elle insinué. Elle s'en moquait. À travers les bois, Renée chercha à discerner une lumière indiquant la présence d'Antoine Lefaucheux dans le cottage. Le lendemain, elle lui indiquerait le travail à accomplir et tenterait un brin de conversation.

Avec des mouvements larges et réguliers, la faux abattait les herbes folles, les rejets des ronciers. Torse nu, Antoine transpirait.

— Vous devriez porter un chapeau, suggéra Renée. Le soleil est dur.

Sans interrompre son travail, le jeune homme la sentait s'approcher.

— Je vous ai préparé une collation, poursuivit Renée, et apporté une bouteille de cidre. Chez nous, on ne boit pas de vin pendant la journée. Le déjeuner sera servi à la cuisine à midi.

Antoine posa sa faux. Dans la lumière crue, le regard que Renée avait trouvé franc la veille lui sembla aujourd'hui insistant. Elle en fut embarrassée.

— Jamais la pluie ne tombera, annonça-t-elle.

— Je peux remédier à cela.

Le sourire avait disparu. Une expression inquiétante passa sur son visage.

— Je sais faire tomber la pluie, chuchota-t-il.

Renée recula d'un pas.

— Seriez-vous sorcier ?

— Celui qui a peur du surnaturel a peur de lui-même. La force que j'ai en moi, vous la détenez aussi bien.

367

Lefaucheux approcha, s'empara des mains de Renée. Ce contact physique la troubla.

— Vous êtes une femme de la terre. Elle vous parle, n'est-ce pas ?

— Oui, avoua Renée.

Les mains d'Antoine retenaient les siennes avec fermeté.

— Vous êtes la maîtresse de ces lieux, les gens d'ici disent la Dame de Brières.

Renée retira ses mains de celles du jeune homme. Le mystère avait fait place à une déplaisante fatuité.

— Vous n'êtes chez moi que pour quelques jours, ne l'oubliez pas.

Antoine ne cessait de la dévisager.

— Et si je faisais tomber la pluie, me garderiez-vous ?

La voix était douce, persuasive, le regard caressant. Renée se sentait laide, mal fagotée, inexistante.

Françoise observait Antoine Lefaucheux occupé à surveiller un feu de broussailles. Installé à Brières depuis une semaine, il semblait déjà chez lui, à la fois amical, entreprenant et familier. La veille, sous prétexte de lui apprendre à manier une faux, il l'avait tenue par les épaules, pris par la taille. Elle n'avait pas osé se dégager.

Derrière le rideau de fumée, Françoise devinait le torse musclé d'Antoine, ses épaules brunies par le soleil. Parfois elle lui trouvait l'air arrogant, parfois presque malheureux. Pourraient-ils devenir amis ? Mais pourquoi s'imaginer qu'elle lui plaisait ? C'était sa mère qui l'intéressait. Françoise avait bien remarqué qu'ils recherchaient la compagnie l'un de l'autre, que sa mère désormais se coiffait soigneusement, avait extirpé du placard d'anciennes robes portées pour des occasions spéciales, le mariage de Pauline, la fille des Lanvin, les fiançailles de Victor avec Josiane, une jeune comptable alsacienne, des robes ridicules pour les travaux des champs. Se pourrait-il que Lefaucheux cherche à la séduire ? La veille, cédant à une impulsion méchante, elle lui avait conseillé d'oublier ces toilettes qui la boudinaient. Renée n'avait pas bronché mais était apparue le lendemain portant son éternelle blouse de travail à fleurs. « Fiche le camp, Antoine Lefaucheux, pensa Françoise en se détournant. On n'a pas besoin de toi ici. »

— Il faut choisir un soir de pleine lune, assura Antoine en regardant Renée droit dans les yeux. Dans deux jours, nous nous rejoindrons à minuit au bord de l'étang.

Comme Paul la suivait de près, Renée s'abstint de répondre. Durant la dernière messe dominicale, le père Giron avait demandé à ses paroissiens d'adresser des neuvaines à la Vierge pour que tombe la pluie. Il ferait sonner les cloches à chaque angélus et, si la sécheresse persistait, on organiserait pour le 15 août des processions autour du village. Assise au premier rang de la petite église sur le banc des Fortier, Renée n'avait pensé qu'à Antoine Lefaucheux et à sa promesse. Son extravagante prétention la tracassait. Cet inconnu semblait appartenir à Brières. Dès le lendemain de son installation dans le cottage, il avait brûlé devant Solange outrée le matelas, les vieux rideaux. « Le feu purifie, avait-il simplement

369

déclaré. Dans cette maison, j'ai senti l'âme d'un mort. »

— Je regrette le père Marcoux, soupira Paul en glissant son paroissien relié de cuir noir dans le tiroir d'une des consoles de l'entrée. Giron ne peut s'exprimer sans avoir l'air de donner des ordres. Il aurait dû être sergent-major.

Déjà Françoise et Laurent grimpaient l'escalier pour se changer. Après des journées d'efforts, le tennis était redevenu à peu près praticable et ils projetaient de l'inaugurer aussitôt le déjeuner achevé.

— J'ai demandé à Lefaucheux de partager notre repas dominical, annonça Renée d'un ton détaché. Solange est partie voir sa belle-mère à Guéret, on pouvait difficilement le laisser seul à la cuisine.

— Pourquoi n'est-il pas venu à la messe ?

— Comment le saurais-je ?

— Il semble nourrir une grande admiration pour toi.

— C'est un bon ouvrier qui sait écouter et exécute avec conscience mes instructions.

Le trouble que levait en elle le simple énoncé du nom d'Antoine rendait nécessaire l'affirmation de sa prééminence.

— Nous déjeunerons dans dix minutes. Pourrais-tu monter une bouteille de vin de la cave ? le pria Renée.

Dans sa chambre, elle ôta son chapeau, rajusta quelques épingles de son chignon. Peut-être avait-elle eu tort, après tout, d'inviter Lefaucheux à leur table, sa présence allait embarrasser les enfants, Françoise surtout qu'Antoine aimait taquiner et qui réagissait avec excès. Il était évident qu'elle ne l'appréciait guère. Mais ses enfants avaient de trop solitaires vacances à Brières, pas un ami, jamais de distractions autres qu'un peu de bicyclette sur la route, des jeux de société et de longues errances dans le parc. Parfois, ils s'enfermaient dans le grenier, « sur la piste, chuchotaient-ils, d'un trésor perdu ». Ils en revenaient les cheveux couverts de poussière, le feu aux joues.

La nuit allait tomber mais Renée ne se décidait pas à rentrer. L'après-midi, elle avait applaudi les prouesses des enfants sur le vieux tennis puis, pour fuir l'agitation et surtout la présence d'Antoine, avait décidé une longue promenade solitaire. Onyx, mort deux ans plus tôt, lui manquait, mais elle n'avait pas voulu le remplacer. Petit à petit, sa faculté de s'attacher à autrui, de faire don de sa tendresse s'émoussait. Elle avait envie de se laisser aimer, qu'enfin quelqu'un la prenne entre ses bras.

Sous l'abri des arbres, la chaleur semblait moins étouffante. En évitant avec soin le Bassin des Dames et le cottage, Renée avait marché jusqu'au bout de l'allée de Diane puis emprunté au hasard de vieux sentiers de chasse n'offrant plus qu'un étroit passage. Si souvent lors de son enfance, elle avait erré dans le parc que chaque coin lui était familier. Mais en reprenant ses droits, la nature avait modifié le paysage. La clairière où, étendue sur un tapis d'aiguilles de pin qui embaumaient, elle avait si souvent rêvé ou ressassé ses rancunes, était parsemée de jeunes sapins, de hêtres déjà grands. Renée identifia des traces de gibier dans les fourrés. À l'affût dès l'aube sur l'étang, il lui

371

arrivait encore, lors des grandes migrations, de chasser le canard. Sans fusil, Paul l'accompagnait parfois, observant avec mélancolie la chute des gracieux oiseaux sauvages.

Il faisait presque nuit. On devait s'inquiéter au château. Renée fit demi-tour. Elle avait atteint les limites du parc, là où le haut mur se devinait derrière l'enchevêtrement de la végétation. En cernant son domaine, le comte de Morillon avait-il enfermé la malédiction ?

Renée remonta un sentier, franchit un ruisseau dont un filet d'eau cascadait encore sur les gros galets. « Dans deux jours », avait annoncé Lefaucheux. Irait-elle le rejoindre ?

Derrière les saules, l'étang avait une couleur d'encre. Arrivée la première, Renée regardait l'anse où, enfant, elle aimait se baigner nue. En coulant le long de son corps, l'eau la lavait de ses chagrins, avivait un plaisir diffus, comme une promesse. Un jour, pensait-elle alors, elle serait amoureuse elle aussi. Mais, contrairement à sa mère, elle saurait sauvegarder cet amour son existence entière. La vie en avait décidé autrement. Elle avait adoré Henri et épousé Paul que jamais elle n'était parvenue à aimer.

— Vous ressemblez à une divinité de l'étang, prononça une voix d'homme derrière elle.

En se retournant, Renée aperçut à quelques pas Antoine en pantalon de toile et maillot de corps. La sensualité qui se dégageait de lui était atténuée par le sourire presque enfantin.

— Une plantureuse divinité, tenta de plaisanter Renée.

372

— Les plus belles. Celles qui ressemblaient à des palais et faisaient rois leurs amants.

— Où avez-vous appris cela ?

— Il m'arrive de lire. Dans la maisonnette, il reste de vieux bouquins, des poèmes. Qui y vivait avant moi ?

— Un pianiste qui avait ensorcelé ma mère.

— Ne serait-ce pas plutôt le contraire ?

Renée s'adossa au tronc d'un saule. Sa mère, sa tante Madeleine, Colette avaient su sacrifier leur famille pour une certaine idée de la liberté et de l'équité. Qu'avait-elle fait, elle ?

— Autrefois, j'avais le désir de réussir ma vie par moi-même.

— Vous y êtes parvenue.

— Vous plaisantez ! Brières vivote. À cause de moi, mon mari est devenu un ermite, durant la majeure partie de l'année mes enfants sont au loin, chacun dans une pension.

— Regardez-moi.

Le jeune homme était si proche qu'elle sentait son souffle, la tiédeur de sa peau.

— Par timidité ou piètre estime de vous-même, vous n'avez jamais osé exprimer votre force. Libérez-la.

— Quelle force ? demanda Renée.

Elle allait reculer quand Lefaucheux tendit les mains, s'empara de ses poignets qu'il immobilisa fermement.

— La force païenne, celle de votre intelligence, de votre féminité, de votre sexe. Elle est là, toute-puissante. Si vous l'acceptez, la nature sera votre alliée et il pleuvra.

Renée tenta de sourire. Une émotion intense l'oppressait. Se donner à Antoine était-il de la folie ? La désirait-il seulement ? Mais elle avait envie de s'enfoncer dans son propre désir comme elle se plongeait autrefois dans l'étang pour se reconstituer, renaître.

— En niant votre féminité, vous avez perdu votre pouvoir, chuchota Antoine.

— Rendez-le-moi, balbutia Renée.

Avec des gestes lents, elle dégrafa son corsage. Immobile, le visage figé, Antoine la regardait. Sous la lumière de la lune, les seins lourds aux larges aréoles brunes prenaient une teinte laiteuse. Le jeune homme approcha. D'un geste, il défit le bouton fermant la jupe, ôta la combinaison, abaissa la culotte de coton. Renée tremblait.

— Ce n'est pas mon désir qui compte, mais le vôtre, murmura Antoine. En comprenant et acceptant cette force, vous régnerez.

Renée respirait avec difficulté. Comment osait-elle s'exhiber devant un garçon qui aurait pu être son fils ? Mais debout, immobile et nue sous la lumière de la lune, elle se sentait une autre, à la fois vulnérable et détentrice d'un immense pouvoir.

Des larmes ruisselaient sur ses joues.

— Je ne suis pas ton amant, tu n'es pas ma maîtresse, chuchota Antoine en pénétrant Renée. Je suis celui qui te révèle, te restitue la faculté de jouir et d'en tirer du bonheur. Ne t'attache pas à moi, je ne suis que de passage, aime-toi toi-même.

La tête de Renée était lourde, dans son corps fatigué, le plaisir s'insinuait. Elle se sentait ouverte et féconde, terre et eau, cause et principe, semence et source. Quand elle cria, un coup de tonnerre déchira le ciel. Le vent se levait, faisant frémir la surface de l'étang.

33.

Anéantissant les quelques récoltes épargnées par la sécheresse, des orages torrentiels avaient ponctué la fin de l'été. Mais le potager reverdissait, partout dans le sous-bois, le long des allées et des berges du Bassin, des fleurs surgissaient. Chaque nuit, Renée se rendait à l'étang dans l'espoir qu'Antoine l'y rejoigne. En septembre, elle renonça. Mais le souvenir de leur seule étreinte la hantait. Dans le plaisir, elle s'était enfin acceptée comme une femme, la fille de Valentine.

Souvent la nuit, elle quittait son lit, laissant Paul endormi dans la chambre voisine. Antoine l'avait-il rejetée ? Un appel, un signe cependant, et elle lui reviendrait. Durant la journée, elle le voyait torse nu sarcler, ébrancher, débroussailler, levant à peine les yeux vers elle. Rien dans son attitude ne décelait la moindre ambiguïté. Avait-elle rêvé ce moment au bord du Bassin des Dames ? Avait-elle été ensorcelée ?

Tandis qu'Antoine ratissait les pommes disper-sées sur le sol du verger, Françoise, debout sur une échelle, cueillait les quelques fruits mûrs restés accrochés aux branches. Elle avait chaud. Une coulée de soleil glissait le long de son cou, sur ses épaules, faisait étinceler sa chevelure cuivrée. Les pommes étaient tièdes, leur odeur moelleuse eni-vrante. Françoise devinait qu'Antoine l'observait. Tout se mêlait dans son esprit, une peur encore enfantine de son propre corps et l'attrait que celui d'Antoine exerçait sur elle. Si sa mère lui portait la moindre attention, sans doute aurait-elle deviné

375

son trouble, mais depuis quelque temps Renée restait inaccessible. Françoise se savait seule.

— Je vais tendre une toile, déclara Antoine à deux pas de l'échelle. Vous n'aurez qu'à y jeter les pommes.

Dans le rai de soleil, Françoise détacha un fruit de l'arbre. Lefaucheux avait la gorge nouée. La beauté acide, lumineuse, de cette toute jeune fille éveillait en lui un désir simple et brutal.

Un silence étrange, presque magique sourdait de la terre mouillée, du ciel où couraient des nuages gris. Antoine s'était figé. Françoise le regardait. Elle avait des yeux noisette tachetés d'or, ceux des jeteuses de sort. Sa bouche était ronde, fruitée, son teint velouté. La main de Lefaucheux se posa sur un barreau de l'échelle puis lentement remonta jusqu'à la jambe de la jeune fille, nue sous la légère robe de cretonne. Françoise se crispa.

— Viens, implora Antoine.

Lentement la jeune fille descendit l'échelle et il la reçut dans ses bras. Antoine n'entendait plus rien, sentait simplement le léger tremblement de ce corps gracile contre le sien, la caresse des seins ronds et souples sur sa propre poitrine.

— Va-t'en ! se défendit soudain la jeune fille en tentant de se dégager.

Son cœur battait si fort qu'Antoine avait l'impression qu'il était un écho du sien.

— Tu m'as envoûté.

Françoise cessa de lutter et Antoine fut sur elle, bouleversé par l'imperceptible sanglot qui gonflait sa gorge, croyant y entendre un appel, l'expression d'un désir égal au sien.

Sans savoir si cette victoire n'était qu'un leurre, la jeune fille éprouvait un sentiment trouble à évincer sa mère, à la remettre là où était sa place, dans l'ombre de son père. Mais elle avait peur et mal. Le sang glissait le long de ses cuisses, tombait en minces filets sur le drap de coton blanc au milieu des pommes vermeilles. Elle ferma les yeux. Tout était irréparable. Comme une malédiction.

Sans un mot ni un regard pour Antoine, Renée posa sur la table de la cuisine la cafetière, une tranche de pâté et du pain. Elle sentait son odeur familière, entendait le bruit léger de sa respiration. Sur la toile cirée fleurie, la lumière jetait des ombres mouvantes. Derrière la porte-fenêtre, entre les troncs des tilleuls qui jaunissaient, Renée apercevait l'allée d'honneur, les hautes gerbes d'or et de lupins devant le mur de l'écurie. Cette nuit encore, elle avait rêvé de lui, de leur unique étreinte. C'était une douleur sourde et déchirante. Sans cesse, elle repensait au Bassin, à ses eaux opaques engloutissant les visages, les corps, jusqu'à son nom.

Du poêle à bois montait une odeur de pain chaud. Renée s'efforça de ne pas détacher son regard de la cafetière, de l'assiette de faïence bleutée.

— Vous êtes belle, ce matin, prononça Antoine.

Le souvenir de son père fit monter les larmes aux yeux de Renée. Si souvent, au réveil, il chuchotait ces mots : « Tu es belle. » Pourquoi les hommes mentaient-ils tous ?

Dans deux semaines, Françoise et Laurent regagneraient leurs pensionnats. Ce serait l'automne, les pluies et les brumes, les longues soirées aux côtés de Paul dans le silence. Antoine aurait disparu.

377

— Le premier octobre, annonça-t-elle d'une voix calme, je conduirai Françoise à Châteauroux. À mon retour, je ne veux plus vous voir à Brières.

— Je n'y serai pas.

Tous les jours ou presque, Françoise le rejoignait au cottage. Parfois, elle acceptait de faire l'amour, le plus souvent elle jouissait de son désir insatisfait. Il s'asseyait à côté d'elle sur le lit, la serrait contre lui. Elle sentait l'eau douce, comme les magiciennes du Bassin. Toute proche, elle restait cependant inatteignable, presque irréelle.

— Je vous paierai.

— Comme vous voudrez. Mais l'argent ne fera pas disparaître ce qui s'est passé entre nous.

— Il n'est rien arrivé.

Antoine baissa la tête. Maintes fois, il avait cherché le moment propice pour une explication, convaincre Renée qu'elle était séduisante, que le moment d'amour physique qu'ils avaient partagé avait été sa façon de le lui dire. Mais il n'avait pas su, ou pas pu. À cause de sa maladresse, ce qu'il avait voulu lui offrir resterait sans doute lettre morte. Jusqu'à sa passion pour Françoise, tout était malentendu. À Brières, les femmes se donnaient pour mieux se reprendre, comme si le désir qu'elles inspiraient aux hommes n'était qu'une arme pour mieux les meurtrir. À seize ans, Françoise maîtrisait déjà ce pouvoir. Dans le cottage, des heures durant, il l'attendait, hanté par son corps et son impuissance à la contraindre de l'aimer.

Avec les pluies, l'humidité suintait le long des murs de la maisonnette. Ce pianiste qui y avait vécu avant lui ressentait-il aussi ce froid qui le glaçait, celui des hommes qu'on n'aimait pas ? À coup sûr les esprits maléfiques de l'étang s'étaient emparés de lui.

Françoise compta les heures égrenées à l'horloge de l'église. Décidée un instant plus tôt à partir pour sa pension de Châteauroux sans revoir Antoine, elle n'était plus aussi sûre de sa détermination. Depuis deux semaines, la jeune fille passait de la joie au désespoir. Son propre corps lui devenait étranger, rebelle. Seul Laurent avait semblé deviner son secret. « Que se passe-t-il, lui avait-il demandé la veille, es-tu malade ? » Elle s'était forcée à rire. « Que pourrait-il se passer ? Tout est si morne ici. » Longuement Laurent l'avait dévisagée.

Son père et sa mère dormaient. Dans sa chambre, Laurent rassemblait des livres, de menus objets qu'il voulait emporter à La Flèche. Françoise admirait la tranquillité d'esprit de son frère. Officier, il serait expédié dans quelque garnison de province ou dans une ville coloniale, un milieu social fermé, conventionnel, rassurant. Dans sa pension, elle n'avait pas d'amies. Les autres filles lui paraissaient animées de préoccupations dérisoires : parvenir à dénicher un mari aussi diplômé ou fortuné que possible, fonder une famille, s'intégrer dans un cercle mondain où elles pourraient faire valoir leurs talents. Son enfance dans la magie de Brières, l'ostracisme que subissaient ses parents, leur pauvreté accentuaient le ridicule de ces ambitions. Comme sa tante Colette, elle travaillerait, vivrait seule et choisirait ses amants. À pas feutrés, elle longea le corridor, descendit l'escalier. Plus qu'un plaisir, aller retrouver Antoine au cottage était un défi. Mais l'angoisse lui serrait le ventre, la sensation d'être poussée par une force qu'elle ne maîtrisait pas.

Au bout de l'allée de Diane, la jeune fille emprunta le sentier menant à l'ancienne maisonnette des métayers. La nuit était obscure et douce, trouée par le point jaune de la lampe à pétrole. Antoine ne dormait pas. Que faisait-il ? C'était un homme étrange, fort et naïf, généreux mais susceptible. « Comment maman a-t-elle pu espérer qu'il s'intéresse à elle ? » s'irrita la jeune fille.

Devant le cottage, Françoise retint sa respiration. Il était encore temps de faire demi-tour et de regagner sa chambre.

— C'est toi ?

Antoine avait ouvert la porte. Il ne portait qu'un pantalon de toile, avait les cheveux ébouriffés et la regardait avec douceur, une douceur qui la mêlait à lui.

— Je suis venue te dire au revoir, balbutia la jeune fille.

— Je ne t'attendais plus, chuchota Antoine. Demain, moi aussi je serai parti.

En hâte, Renée passa une robe, attacha ses nattes avec de grosses épingles et enfila ses chaussures. Elle avait les mains moites, la bouche sèche. Longtemps elle s'était torturée avant de prendre la décision d'aller retrouver Antoine une dernière fois. Il lui devait une ultime étreinte pour les souffrances infligées, le silence, le rejet.

Un vent tiède agitait les branches des arbres, ployait les hautes tiges des marguerites et des dahlias. De gros nuages dissimulaient par intermittence les étoiles. D'un pas régulier, Renée remonta l'allée de Diane. Autant que son désir, c'était son chagrin qu'elle portait à Antoine, ses frustrations, sa solitude. Éveillés dans leur repos, des oiseaux voletaient maladroitement autour des buissons. Renée sursauta. Quelqu'un l'épiait-il ? Il lui semblait avoir aperçu une silhouette, entendre un léger bruit. Était-ce le vent ou l'ombre des Dames qui la suivait, ces étrangères liées par un pacte terrible et secret ?

Le cottage était tout proche. Dans la chambre, la lampe à pétrole répandait une clarté jaune que découpait l'ombre des fenêtres. Venait-elle se venger de trop d'années de soumission ? Elle revoyait la silhouette de son père sur la terrasse. Le signe protecteur qu'il lui adressait lorsqu'elle partait au potager ou allait se baigner dans l'étang, sa mère dans le soleil auréolant ses cheveux blonds, son regard dominateur où elle n'avait pas su déceler la tendresse.

Renée poussa la porte. Quelqu'un parlait dans la chambre. Une voix douce et légère. Sur la blancheur du drap, Antoine et Françoise semblaient enroulés l'un à l'autre. Renée aperçut les cheveux cuivrés, la peau nacrée de sa fille, le dos d'Antoine bruni par les travaux des champs.

Sur le moment, Renée n'éprouva rien d'autre qu'un vide immense. Sa force lui demeurait cependant, une impitoyable détermination. Ce n'était pas Françoise qui était nue, mais elle-même face à Antoine. Lui demeurait immobile, figé, vision déjà lointaine appartenant au passé.

— Rhabille-toi et rentre à la maison ! ordonnat-elle d'un ton glacial.

Sans prononcer un mot, la jeune fille prit sa robe, enfila ses espadrilles. Elle aurait voulu se révolter, crier à sa mère comme à Antoine qu'elle n'était pas un pion poussé par l'un ou l'autre, mais l'émotion lui nouait la gorge. Un dernier espoir la fit se tourner vers son amant, quêtant un mot de soutien. Incapable de croiser son regard, il gardait la tête basse.

Avec des gestes lents, Antoine passa son pantalon, une chemise.

— Allez-vous-en immédiatement ou je vous fais jeter en prison ! menaça Renée.

Elle se détourna. Était-ce ce sentiment de détachement, de puissance absolue, qu'avait éprouvé sa mère dans ce cottage face à Robert de Chabin ?

Dehors la nuit, le bruissement du vent l'enveloppèrent. D'un pas machinal, Renée se dirigea vers l'étang. Elle avait besoin de se calmer, de réfléchir. De la gloriette autrefois bâtie par Valentine subsistait un soubassement de brique sur lequel elle s'assit. La surface de l'eau ressemblait à un gouffre. Autour du Bassin, rien ne changeait dans l'étrange irréalité. Renée ferma les yeux. Il lui semblait que Valentine était toute proche, qu'elle l'attendait, la protégeait. Le vent agitait les herbes sauvages et les feuilles rousses des arbustes. Sa colère peu à peu s'apaisait. La petite fille sage, l'adolescente solitaire, la jeune fille empruntée, la femme trop raisonnable qu'elle avait été n'étaient donc qu'apparences. Devant Antoine, elle n'avait pu dissimuler sa vraie personnalité. Aussi totalement, aussi définitivement que sa mère avait abandonné le sien en suivant Robert de Chabin, elle avait quitté son mari. Elle n'avait plus le droit de la juger.

Renée se leva. Elle devait rentrer avant que Paul, s'il venait à se réveiller, ne s'inquiète. Le lendemain, contrairement à ce qui était prévu, c'est elle qui conduirait Laurent à La Flèche tandis que Françoise rejoindrait Châteauroux avec son père. Elle ne voulait pas revoir sa fille. Dans le malheur,

Françoise serait seule, comme elle-même l'avait été.

34.

À travers la vitre arrière de la vieille Citroën conduite par son père, Françoise aperçut une dernière fois la silhouette figée de sa mère, debout sur le perron. Après avoir beaucoup pleuré, elle s'était révoltée. Puisque sa mère était venue le rejoindre la nuit au cottage, Antoine avait donc été son amant. Cette certitude la meurtrissait bien davantage que le désastre sentimental de leurs brèves amours. Dans le cœur de la jeune fille, tout était confus. Les choses étaient arrivées sans qu'elle ait pu les contrôler, sans même qu'elle les ait vraiment voulues. C'était sa mère la coupable. Était-elle prête à briser sa famille ? Avec l'application qu'il mettait en toute chose, Paul conduisait la voiture. « Papa ne s'est posé aucune question, pensa Françoise. Il n'a rien vu, rien compris. » Sa femme et sa fille avaient été la maîtresse de leur journalier et, comme si de rien n'était, il avait continué à faire ses mots croisés, lire, observer les oiseaux. À quel moment de sa vie avait-il renoncé ? Enfant, elle avait le souvenir d'un père attentif, plein de tendresse et de bonne humeur, d'un homme respecté au village. Était-ce parce qu'il avait emprunté abusivement de l'argent à ses clients qu'il avait tant changé ? Ou parce que, après son grand-père, Jean-Rémy, et son jeune oncle, Jean-Claude, les Dames du Bassin avaient décidé de l'anéantir ?

383

La jeune fille se rejeta en arrière sur le siège. Rien ne serait plus jamais comme auparavant. Revenue dans sa pension, parviendrait-elle à se mettre chaque matin et chaque soir à genoux dans la chapelle au milieu de ses compagnes, à se confesser sans avouer sa faute ? Qui la comprendrait, la défendrait si elle livrait son secret ? Ni un prêtre, ni une religieuse, aucune de ses compagnes.

— Nous nous arrêterons à midi pour déjeuner, annonça Paul. J'ai repéré sur un guide un petit bistrot pas trop cher qui semble sympathique.

Françoise ne répondit rien. Elle avait froid, un peu mal au cœur et quand, d'un mouvement affectueux, son père posa sa main sur la sienne, elle la retira avec brusquerie.

Je viendrai te chercher quelques jours avant les vacances de Noël. La mère supérieure est prévenue. Des Lavandins, nous appellerons tes parents. Ne te tourmente pas, les événements les plus cruels un jour ne blessent plus. On découvre que loin d'être inutilement insupportables, ils aident à progresser. Nous avons beaucoup à nous dire toi et moi. Jamais je ne t'ai avoué que je t'aimais, ce mot me vient difficilement aux lèvres mais, sois-en sûre, je t'attends avec tendresse dans ma maison. Ensemble, nous prendrons la décision qui te conviendra le mieux. Quelle qu'elle soit, je serai à tes côtés.

Françoise froissa la lettre dans le creux de sa main et la fourra dans la poche de son tablier de pensionnaire. Aussitôt qu'elle avait eu la certitude d'être enceinte, l'idée d'écrire à sa tante Colette, sa seule alliée possible, lui était venue. La réponse était arrivée par retour du courrier.

Incapable de penser à autre chose qu'à sa détresse, Françoise travaillait mal, mangeait à peine. Inquiète, la mère supérieure avait écrit à Renée qui avait laissé à Paul le soin d'expédier un mot rassurant.

Il pleuvait. Françoise longea le long corridor glacial, se dirigea vers la bibliothèque où enfin elle pouvait être seule, n'avait plus à dissimuler. Avec angoisse, elle voyait chaque jour ses seins gonfler un peu plus, son ventre se bomber. Durant d'interminables nuits, sans cesse elle imaginait le moment où sa tante viendrait la chercher. « La décision », avait-elle écrit. Que voulait-elle dire ?

La tête dans les mains, la jeune fille resta prostrée. Ce qui lui arrivait était au-dessus de ses forces. Le jour où sa tante Colette avouerait la vérité à son père et à sa mère, les portes de Brières se fermeraient. Elle ne verrait plus Laurent ni Solange, plus le domaine qu'elle aimait si fort. S'adapterait-elle à sa marraine ? Sa mère la disait égoïste, un peu folle. La pluie cinglait les vitres. Une fois encore, la jeune fille imagina ce bébé qui grandissait en elle. Pouvait-on détester son enfant ? Le souvenir de la silhouette rigide de sa mère sur le perron alors qu'elle quittait Brières l'obsédait. De la cour de récréation venaient des bruits de conversations étouffés, quelques rires. Françoise repoussa le livre posé devant elle. À peine commencée, son adolescence était achevée.

— Évasion réussie ! se réjouit Colette alors que la voiture quittait les faubourgs de Châteauroux. Un chèque pour ses œuvres et une fausse lettre de Renée ont abusé la mère supérieure. Mais jusqu'au

385

bout, j'ai eu peur qu'elle n'ait la mauvaise idée de téléphoner à Brières.

En dépit de sa détresse, Françoise ne put s'empêcher de sourire. La situation n'était plus entre ses mains et elle en éprouvait un soulagement triste, une sorte d'indifférence envers l'avenir. Et sa tante la subjuguait. Tout dans sa personne exprimait une féminité raffinée, séductrice.

— Sans vous, je me serais laissée mourir, murmura Françoise.

— Ne dis pas de bêtises. Moi aussi, j'ai voulu mourir mais la vie finalement a décidé de me reprendre et je l'en remercie chaque jour. Et puis zut, tutoyons-nous. Avant de jouer au rôle de tante et de marraine, je désire être ta meilleure amie. Jamais je n'ai été très bonne, tu le sais, dans le respect des conventions ou des hiérarchies familiales.

La Dyna-Panhard filait sur la route bordée de platanes, traversait des villages aux maisons regroupées autour de l'église, passait des rivières. Un soleil pâle répandait une clarté monotone. Il faisait doux. La voiture doublait parfois un train entouré d'une guirlande de fumée. Françoise apercevait des silhouettes derrière les fenêtres. Ces voyageurs anonymes lui semblaient faire partie d'un autre monde, leurs joies ou leurs espoirs n'étaient plus les siens.

— Et si maman venait me rechercher ? interrogea-t-elle.

— Ta mère ne fera rien. Je la connais. Sous des aspects brusques, elle est bonne, sensible. Elle comprendra que pour un temps tu es mieux auprès de moi.

— Elle me déteste.

— Pourquoi donc ? Les choses dans la vie ne

386

s'expliquent pas toujours. Elles arrivent. C'est ainsi, et ta mère le sait. Aux Lavandins, je te dirai bien des secrets de famille. Tu comprendras que les Dames de Brières, bien qu'on les juge dominatrices ou rebelles, ont eu leur part de misères.

— Pourtant Solange prétend que le domaine détruit les hommes.

— Qui sait ? Les morts ne sont pas toujours les plus malheureux. La vérité est que Brières nous survivra à tous.

Françoise observa sa tante. Bien que sa voix soit restée enjouée, le visage avait pris une expression sérieuse. Déjà la jeune fille éprouvait pour cette femme une grande attirance. Enfant, on lui affirmait qu'elle lui ressemblait. Les cheveux peut-être, l'éclat du regard ou leur identité rebelle ?

Aux tuiles plates, aux ardoises succédaient les tuiles romaines, quelques ifs, des pins parasols émergeant derrière les murs de pierres sèches.

— Nous coucherons à Toulouse, annonça Colette, et nous nous lèverons demain de bonne heure. Je veux être dans l'après-midi aux Lavandins. Là-bas, tu pourras te reposer et, aussi tôt que possible, nous aurons toi et moi une vraie conversation. Tes parents, j'imagine, t'ont élevée dans la plus stricte ignorance des réalités. Ensemble, nous tenterons de les cerner. Quel que soit ton choix, je le respecterai.

Un instant, Françoise tenta de se concentrer sur les propos de sa tante, mais des questions plus impérieuses, plus violentes hantaient encore son esprit : la duplicité de sa mère, la lâcheté d'Antoine, son départ définitif de Brières, cette grossesse qu'elle ne parvenait pas à admettre. Pour couper la conversation, la jeune fille ferma les yeux et fit semblant de dormir. Tout était raté, perdu.

La terre ocre, les vignes, la mer d'un bleu dur aperçue derrière l'exubérante végétation du jardin séduisirent Françoise aussitôt. Dans ce milieu nouveau pour elle, son anxiété s'apaisait. De la salle de bains d'amis dont le raffinement l'émerveillait, elle saisissait quelques bribes d'une conversation téléphonique entre sa tante et sa mère. Colette n'élevait pas la voix. Une ou deux fois, celle-ci avait même pris une intonation presque gaie. Que se disaient-elles ? Si sa mère venait la reprendre, elle s'enfuirait.

— Puis-je entrer ?

Sans attendre de réponse, Colette pénétra dans la salle de bains et s'installa sur le rebord de la baignoire. Aussitôt arrivée aux Lavandins, elle avait passé un pyjama d'intérieur en souple cachemire grège, laissé libres ses cheveux simplement séparés par une raie sur le côté.

— Ne te cache pas dans la mousse comme une petite souris, plaisanta Colette. Il n'y a pas de mal à montrer ton joli corps. En fin de compte, il n'appartient qu'à toi.

Elle se mit à rire.

— As-tu tout ce qu'il te faut ? s'inquiéta-t-elle. Sinon, demande à Janine. J'avoue ne pas savoir ce qu'apprécient les filles de ta génération.

Françoise émergea un peu de l'eau savonneuse, arrangea ses cheveux mouillés de chaque côté de son visage. D'un geste tendre, Colette y passa les doigts.

— Tout est arrangé. Renée accepte que tu passes

une année avec moi aux Lavandins à la condition formelle que tu ailles au lycée de Hyères.

— Qu'a-t-elle dit à mon sujet ? balbutia la jeune fille.

— Je ne lui ai parlé de rien. Aucune décision n'a été prise, n'est-ce pas ? Inutile de mettre sens dessus dessous tes pauvres parents. Le plus urgent, ma chérie, va être de régler ton avenir immédiat. Lorsque tu seras habillée, viens me retrouver au salon, nous dînerons devant le feu.

Colette se leva et, un court instant, considéra sa nièce. Comme elle lui ressemblait au même âge ! Une enfant qui fuyait...

— Et je te reconstituerai une garde-robe, remarqua-t-elle en passant la porte de la salle de bains. Ce que j'ai extirpé de ta valise n'a ni queue ni tête. Seule ta mère pouvait choisir ce genre de nippes. Elle a toujours été fagotée comme l'as de pique. Lorsque enfant, elle venait me voir à Paris durant les vacances, bonne-maman la traînait au Bon Marché. Mais, en vérité, rien ne lui allait. Sur elle, les robes les plus harmonieuses se métamorphosaient en sacs.

— Et pourtant maman pourrait être jolie ! s'insurgea Françoise.

N'ayant jamais considéré sa mère comme une femme capable de plaire, elle fut étonnée par la spontanéité de sa remarque. Quel attrait avait pu lui trouver Antoine ? Sa mère avait donc à offrir quelque chose qu'elle n'avait pas su déceler. Son intelligence ? Son énergie ? Une mystérieuse féminité ?

— Que sais-tu exactement de la vie ? interrogea Colette.

389

Un feu de sarments pétillait dans la cheminée ouverte sur un mur blanchi à la chaux. Les deux femmes avaient dîné de veau froid et d'une salade de riz au safran.

Françoise s'efforça de sourire.

— Ce que je sais, je l'ai appris à mes dépens.

— Tu n'ignores plus, c'est vrai, comment se font les enfants. Mais as-tu la moindre idée de ce que représente la maternité pour une fille de seize ans ?

— J'aurai dix-sept ans.

Colette extirpa une cigarette américaine d'un étui en lézard bleu, la glissa entre ses lèvres.

— Il va falloir, ma chérie, que tu grandisses. Très vite. Quelle que soit la décision que tu prendras, elle te fera sortir à tout jamais de l'enfance.

Le regard insistant, à la fois inquiet et méfiant, de sa nièce serra le cœur de Colette.

— Je vais être un peu brutale, poursuivit-elle en rassemblant son courage, mais nous n'avons guère le temps de tourner autour du pot. Ne doute pas de moi. Depuis longtemps, j'ai maîtrisé mes révoltes comme mon caractère autoritaire. Renée me juge sans doute un peu piquée, disons que nous n'avons pas la même façon de réagir aux agressions de la vie. Quand elle courbe l'échine, moi je relève la tête. Mais, à bien considérer le fond des choses, nous sommes étrangement semblables.

Les yeux fixés sur sa tante, Françoise ne disait mot. Avec frayeur, elle attendait.

— Tu as le choix entre trois solutions, poursuivit Colette d'une voix neutre : garder le bébé, le donner à l'adoption ou considérer cette grossesse désastreuse comme un mauvais souvenir.

390

La jeune fille haussa les sourcils. Elle n'était pas sûre de comprendre.

— Un avortement, précisa Colette. Je prendrai alors rendez-vous dans une clinique marocaine et la semaine prochaine, nous serons de retour aux Lavandins.

— Mais je ne veux pas tuer ce bébé ! se révolta Françoise.

Sa voix tremblait, déjà elle avait les larmes aux yeux.

— On ne met pas un être au monde pour le faire souffrir, prononça doucement Colette. On ne devient pas mère pour se détruire. Cette réunion de deux malheurs ne fera jamais un bonheur. Le sacrifice n'est pas un idéal. Tu es sur cette terre pour tenter de progresser. En cédant à la brutalité de la nature, tu ne fais pas preuve de courage mais de morne résignation. Ma mère s'est battue pour une certaine idée de la dignité féminine, j'ai repris son flambeau sans le savoir. Mais aujourd'hui, je sais qu'aucun mâle ne me dictera jamais ma conduite.

La tête basse, Françoise écoutait avec attention. Elle n'avait pas envie d'être mère, de cajoler, d'éduquer un enfant, d'être responsable.

— Maman ? suggéra-t-elle sans conviction.

— Tu n'as pas le droit de faire subir à tes parents les conséquences de tes propres erreurs. Ton père et ta mère ont eu à supporter beaucoup d'hostilités et d'humiliations durant leur vie. Leur en infliger de nouvelles achèverait ton papa. Il ne le mérite pas.

Sur la terrasse, le vent chassait quelques feuilles. « Je leur ressemble, pensa la jeune fille. La vie décide pour moi. »

— Tu as raison, murmura-t-elle. Il y a eu assez de naufrages comme cela dans notre famille.

Françoise ne perçut pas le léger sursaut de sa tante. Mais déjà Colette s'était ressaisie.

— Il faut se résigner à accepter le passé, en tirer de la force pour l'avenir.

La jeune fille n'écoutait plus qu'à peine. Qu'allait-on lui faire ? Fillette, lorsqu'un événement désagréable sur lequel elle n'avait aucun pouvoir risquait de se produire, elle allait s'asseoir au bord du Bassin, inventait une petite chanson pour attirer l'attention des Dames et solliciter leur aide. Que pouvait-elle tenter dans ce lieu inconnu ?

— Qu'arrive-t-il à celles qui doivent avorter ? balbutia-t-elle.

— Quand elles ont la chance de pouvoir se payer les services d'un bon médecin, rien de tragique. On t'endormira. Lorsque tu te réveilleras, tout sera terminé.

— Terminé, répéta Françoise machinalement.

Elle voulait en effet qu'on l'endorme, que tout soit fini.

Colette se leva. D'un doigt, elle força sa nièce à relever la tête pour que se rencontrent leurs regards.

— Ne me témoigne aucune reconnaissance ni maintenant ni jamais. Autant que tu as besoin de moi, j'ai besoin de toi.

392

35.

— Pour la première fois de ma vie, je vais boire un peu de champagne, annonça Colette. À ton succès, ma chérie !

Françoise leva sa coupe. La mention « bien » au baccalauréat l'avait heureusement surprise.

— J'ai parlé à papa et maman. Ils m'attendent à Brières pour l'été. Mais je n'ai pas pris de décision.

La table avait été préparée par Janine sur la terrasse. Dans le jardin, derrière le patio, un grenadier épanouissait ses fleurs écarlates, des bouquets de lavande s'accrochaient aux rocailles, escaladaient les murets de pierres sèches. Un vent doux apportait des odeurs de romarin sauvage et de jasmin d'été. Les deux années passées à La Croix-Valmer avec sa tante avaient transformé Françoise. À la fillette agressive, sauvage, avait fait place une jeune fille épanouie, sportive et ambitieuse, beaucoup plus proche de sa tante qu'elle ne l'avait jamais été de sa mère. Le cauchemar de son arrivée aux Lavandins et le voyage à Casablanca lui avaient donné une maturité au-dessus de son âge. Peu liée avec ses compagnes de lycée, elle travaillait avec acharnement, naviguait sur le *Raymond* seule ou avec Colette, se promenait dans la campagne suivie par Bel Amant, un chien errant que les deux femmes avaient adopté.

— Je suis fière de toi, la complimenta Colette. Après de brillantes études de droit, tu seras une avocate de grand talent. Hier j'ai parlé à Marie-Noëlle Vigier, ma vieille amie. Elle t'ouvre une chambre de son appartement rue de Rennes durant l'année universitaire. C'est une femme délicieuse avec laquelle tu devrais bien t'entendre.

393

Un lézard sortit d'une fente et fila vers le muret qui cernait le patio.

— J'aurai du mal à te quitter.

Colette tendit une main, s'empara de celle de sa nièce.

— Il ne faut jamais regarder derrière soi. Ce n'est pas une preuve de dureté de cœur, mais tout au contraire la protection des âmes sensibles. Si j'avais passé ma jeunesse à ressasser l'abandon de ma mère, la mort de mon père, puis celle de bonne-maman, je serais aujourd'hui une vieille radoteuse neurasthénique.

— Cependant, tu as voulu mourir.

Le champagne donnait à Françoise le courage d'enfin interroger sa tante sur cette décision dont les motivations étaient restées obscures à sa mère.

— Parce que j'ai douté de l'amour, avoua pensivement Colette.

Elle posa sa coupe à moitié pleine, laissa un instant son regard errer sur le paysage familier qui, brièvement, lui avait semblé hostile le jour où elle s'était sentie irrémédiablement arrachée aux Fortier. Sans état d'âme, elle avait assisté à l'enterrement de Sebastiani trois ans plus tôt à Menton. Une poignée de personnes le suivaient jusqu'à sa dernière demeure. Elle avait payé la concession au cimetière, une pierre tombale, les frais des obsèques, accompli son devoir.

— L'amour n'est pas une réponse à tout, murmura Françoise.

— C'est un cadeau que l'on reçoit, une lumière discrète mais qui éclaire pour longtemps. Ne pense pas à un brasier qui te happera et te dévorera mais à un accord de musique, une harmonie, quelque chose d'essentiel, de simple et de vital. J'ai mis beaucoup de temps à le découvrir. Dans notre famille, les femmes sont indisciplinées, volontaires, généreuses, un peu cruelles. Nous voulons arracher aux hommes ce qu'ils ne peuvent ou ne veulent nous donner, les dépouiller. Ta mère pense que ce trait de caractère vient d'un lointain passé, qu'une parenté mystérieuse nous unit à des femmes qui, au cœur de son domaine, ont beaucoup souffert à cause des hommes. Maman le croyait aussi. En elle, il est vrai, existait une volonté de provoquer, de semer le trouble. Elle a rendu malheureuse sa famille, mais ce pour quoi elle s'est battue jusqu'à l'extrême limite de ses forces a été finalement un don d'amour. Les femmes votent aujourd'hui, peuvent prétendre à une carrière politique, elles divorcent, ont l'audace d'échapper au carcan des traditions, à la domination absolue des mâles. Si j'ai pu travailler, m'imposer, avoir des amants au lieu d'un mari, si on m'accepte en tant que femme indépendante, même dans ce village, c'est un peu grâce à maman.

— Et grand-mère ?

— Tante Valentine était différente, mais tout aussi indomptable que maman. Aucun homme ne lui a imposé sa volonté. C'était une femme libre dans ses choix, même si ceux-ci étaient discutables.

Des nuages bas s'étiraient au-dessus des vignes. Le vent se levait.

— Il va pleuvoir, nota Colette d'une voix redevenue gaie. Hâtons-nous de dîner.

Le menton posé sur une main, Françoise avait écouté avec ferveur sa tante. Elle lui devait tout.

L'appel téléphonique de sa fille envisageant un possible retour au cours de l'été bouleversait encore Renée et elle ne pouvait compter sur aucun appui moral venant de Paul. L'obsession que les communistes avec la cinquième colonne stalinienne complotaient une guerre civile en France occupait le plus clair de son temps.

Nommé dans un lycée de Mulhouse et marié à une jeune comptable, Victor ne venait à Brières que pour aider aux moissons. Par manque de main-d'œuvre, Renée ne conservait que deux vaches, quelques poules et lapins, ses deux chevaux de trait, Tambour et Hardi, dont les Tabourdeau, fiers de leur tracteur flambant neuf, ricanaient. Les pommes de terre, les pommes, quelques hectares de blé assuraient un maigre revenu que l'entretien du château sans cesse engloutissait. Il avait fallu restaurer la terrasse dont les dalles disjointes deve-naient dangereuses, remplacer les tuyaux d'éva-cuation des eaux encombrés par des racines, consolider quelques poutres de la charpente. Et la nature avait repris possession du parc. À peine pouvait-on parvenir jusqu'au Bassin des Dames désormais cerné par un rideau inextricable d'ar-brisseaux, de buissons et de ronces. Durant ses vacances d'été, Laurent s'éreintait pour y suggérer, à coups de serpette, un sentier, tandis que Victor, la moisson achevée, nettoyait l'allée de Diane.

— Je file au village, annonça Solange. Il nous faut du sucre et de l'huile.

Renée posa le panier lourd de légumes qu'elle ramenait du potager. La pensée de la lettre qu'elle allait écrire à sa fille occupait son esprit depuis le matin. Le passé devait être oublié. La souffrance morale qui, des mois durant après le départ de Françoise, l'avait torturée, avait fait place à une simple tristesse que seul Laurent avait le pouvoir de dissiper lorsqu'il la serrait dans ses bras. À bien-tôt dix-sept ans, grand, costaud, son fils avait hérité

396

du charme sensuel de son oncle Raymond, mais il ne semblait pas encore s'intéresser aux filles et se consacrait à ses études. Le bac passé, il préparerait le concours d'entrée à Saint-Cyr et déjà parlait avec enthousiasme de sa future carrière d'officier. « Tu me quitteras, toi aussi », soupirait Renée. Quel avenir l'attendait sinon de vieillir à côté de Paul dans un château à l'abandon ? Solange la secouait. Pourquoi tant de morosité ! Ses enfants étaient en pleine santé, heureux, elle vivait dans le domaine hérité de sa famille, n'avait rien à reprocher à son mari, bien des femmes l'envieraient ! Songeait-elle parfois à sa propre mère qui avait enterré deux maris et un fils, à la pauvre Madeleine n'ayant plus un sou vaillant et survivant de la charité d'autrui ? « Françoise reviendra à Brières, assurait-elle, comme vous y êtes revenue. N'oubliez pas qu'elle est la troisième Dame », ajoutait-elle en souriant. Renée hochait la tête. Les vieilles légendes la touchaient. Aujourd'hui la conviction que Valentine avait été une mauvaise mère l'avait quittée, remplacée par une certaine tendresse. C'était elle qui lui avait enseigné à ne jamais renoncer en dépit du malheur, à se battre pour Brières. « Ne te range jamais du côté des médiocres, lui répétait-elle, regarde toujours au-delà des apparences, là est la réalité. »

Renée reprit son panier. Le dîner mis en route, elle écrirait sa lettre. Si elle s'était montrée plus attentive envers sa fille, elle aurait compris qu'elle cachait quelque chose. Mais elle-même était alors privée de raison. Renée poussa la porte de la cuisine. Tout dans la vaste pièce était à moderniser, cependant les cuivres reluisaient et, dans l'arrière-cuisine, s'alignaient conserves de légumes et pots de confitures confectionnés par Solange. Dans

397

quelques jours, elle irait chercher Laurent à la gare de Guéret. Comme chaque année, il s'armerait d'un pinceau et d'outils pour rafistoler une étagère branlante, rafraîchir un meuble ou un pan de mur. De sa grand-mère Naudet, son fils avait hérité le goût de leur histoire régionale, compilant de vieux papiers sur la Creuse, découvrant des faits historiques mineurs qui l'enthousiasmaient. La fuite de sa sœur n'avait pas semblé l'étonner. Que lui avait-elle avoué avant de partir ? Sans nul doute, ils étaient restés en relation car, au détour d'une phrase, son fils livrait quelques nouvelles : Françoise se plaisait à La Croix-Valmer, barrait seule le bateau de sa tante Colette, avouait une fervente admiration pour Gérard Philipe, lisait Giono et Roger Nimier. Jamais Renée ne risquait une remarque ou ne demandait d'explications. En abandonnant sa fille à Colette, elle avait accepté ce qu'impliquait leur séparation. Mais le chagrin d'imaginer Françoise s'épanouir loin d'elle lui déchirait le cœur.

À la TSF, Paul écoutait les informations.

— Le maréchal Pétain est mort, annonça-t-il d'un ton morose.

Renée ne fit aucun commentaire et s'empara de la corbeille où était empilé le raccommodage. Elle ne partageait pas pour l'ancien chef d'État déchu le respect de son mari. En dépit de la monotonie de sa vie, son cœur allait vers les contestataires, les rebelles. Et toujours le souvenir de sa cousine tondue, conspuée, humiliée, la révoltait contre la lâcheté, la servilité.

— Les Tabourdeau songent à vendre, déclara soudain Paul en éteignant le poste.

De stupéfaction, Renée lâcha son aiguille à repriser. L'hostilité qu'elle nourrissait envers

398

Joseph et Denise occupait souvent ses pensées. Jamais elle n'avait imaginé les voir partir un jour.

— Pour aller où ?

— En Algérie. Les terres y sont fertiles et bon marché. Mon ami, Bernard de Barland, prétend qu'ils ont en vue une exploitation de cinq cents hectares près de Constantine.

Renée baissa la tête. Racheter sa ferme resterait un rêve impossible.

— J'espère que les nouveaux propriétaires feront de meilleurs voisins qu'eux, se contenta-t-elle de répondre.

— Les agriculteurs creusois n'étant guère aisés, les terres risquent d'être morcelées. Qui pourrait se porter acquéreur ? À moins que les Le Bossu ne soient intéressés ? Ils sont riches et chacun prétend qu'ils cherchent une propriété pour jouer aux bourgeois.

— Jamais ! s'exclama Renée.

Paul haussa les sourcils. Il en venait parfois à souhaiter que Renée voie enfin ses prétentions réduites à néant. Elle n'avait cessé d'être un sujet de réprobation et d'irritation pour les autres et il en avait pâti lui aussi. À tort, elle l'imaginait en bon chien fidèle. Il se contentait de la supporter. Le jour où Françoise, sa fille chérie, avait fui sa mère et Brières, il avait cessé d'aimer sa femme. Elle avait fait le malheur de sa famille. Tout ce que Renée touchait se transformait en tragédie.

Le soleil se couchait au bout de l'allée de Diane tandis qu'un croissant de lune montait derrière le grand bois. Quelques martinets volaient haut dans le ciel. Paul alluma sa pipe. Il se sentait prisonnier de Brières, empêtré dans la toile tissée par Renée, incapable de fuir.

Assise à son bureau, Renée relisait sa lettre. Elle l'avait écrite d'un jet, laissant parler son cœur. Avec clarté maintenant, elle voyait son erreur. En séduisant sa fille, Antoine seul était coupable. Il avait bafoué l'hospitalité de Brières et le domaine l'avait rejeté. Parfois Renée tentait de deviner quelle était son existence. Était-il demeuré un marginal ou expiait-il en prison de nouveaux forfaits ?

Mon enfant,

Ne crois pas que je juge la décision prise par toi voici deux ans. À ton âge, j'avais moi-même fui ma mère et Brières pour me réfugier auprès de ma grand-mère. Je la jugeais alors sévèrement, comme tu m'as sans doute condamnée. Sous la routine paisible de Brières, la beauté de notre demeure, le mystère du parc se cache une force brutale qu'à défaut de comprendre j'ai fini par accepter. Ici rien ne semble pouvoir se passer d'une manière normale. Loin du domaine, on se croit délivrée. Mais tu reviendras à Brières et je t'y attends.

Pourquoi te mentir ? La présence d'Antoine Lefaucheux ici ne m'a pas été indifférente. Dans la solitude où je vivais, sa jeunesse, un certain mystère, ses attentions m'ont séduite et j'ai eu l'illusion qu'il éprouvait pour moi de la tendresse. Si mon utopie était une faute, cent fois je l'ai expiée.

Antoine était-il amoureux de toi ? Je n'ai aucun moyen de le savoir. Disons que je lui étais utile et que tu le flattais. Mais peu importe maintenant. Le passé est le passé et nous devons l'une et l'autre entamer le chemin qui nous réunira. On ne peut séparer les Dames de Brières...

400

Renée releva la tête. Un dernier rayon de soleil pénétrait à travers la fenêtre ouverte, se posait sur un bouquet de roses thé qui se fanait. La vie lui avait apporté le meilleur et le pire, mais aujourd'hui venait le temps de la réconciliation. Elle allait écrire aussi à Colette, lui demander de reprendre sa place au château. L'appartement occupé par elle autrefois, que Paul le veuille ou non, restait le sien. Elle y était chez elle comme sa mère était demeurée maîtresse absolue du domaine en dépit de la volonté de son père de l'en spolier. À Brières, tout se répétait inexplicablement comme le martèlement du passé, un arrêt sur image dans un film jamais achevé.

Lorsque nous nous sommes parlé au téléphone, je t'ai demandé de t'arrêter dans la Creuse avant ton installation à Paris. Prends ta décision en toute liberté. Lorsque Robert de Chabin est mort, j'ai refusé de venir à son enterrement. Pour moi, le temps n'était pas venu de prendre la route du retour. Chez les Fortier, les femmes sont toutes indépendantes, mais un lien mystérieux les unit. Je sais que le domaine t'a envoûtée, toi aussi. Sans doute as-tu senti cette force singulière qui t'aliène, cette communication étrange et inexprimable entre fantastique et réalité. L'étang, les bois, les champs et sources de Brières sont notre héritage. De là nous venons, là nous devons revenir et reposer. Plus je vieillis et plus fort je ressens cela. Sois fière d'être une Dame de Brières.

Bientôt nous commencerons les moissons avec Solange, Victor et Josiane, sa gentille épouse, sans oublier Laurent qui demain rejoindra Brières. Avant qu'il ne reparte fin septembre,

401

nous ferons la récolte des pommes. Elles viennent bien. Le verger que tu as connu en enfance est parvenu à sa plénitude. Je sais par Colette que tu es heureuse et épanouie. Rien ne peut me procurer plus de joie.

Ta maman qui t'aime.

Renée reposa la lettre. Comme sa mère, elle restait debout dans leur domaine inviolé tandis que le malheur frappait leurs ennemis. Atteint d'un cancer, Jules Brisson avait été contraint de vendre sa pharmacie, battu aux dernières élections municipales, Valentin Gautier ruminait sa défaite. Le nouveau maire, un jeune médecin installé depuis peu à Brières, était venu rendre une visite de politesse au château. Natifs de Lyon, sa jeune femme et lui se tenaient à l'écart des clans villageois. Et les Tabourdeau vendaient leur ferme pour tenter de s'enrichir davantage encore. Quel destin les guettait en Algérie ? Ne restaient de ses vieux adversaires que les Le Bossu toujours prospères. Mais ils ne s'empareraient pas d'un arpent de ses terres. Jusqu'au bout, elle garderait le rêve de reconstituer le domaine. « J'ai semé et récolté, pensa Renée, aimé avec une passion dont je me croyais préservée. À Brières, les forces de vie sont inséparables. »

402

36.

En prenant tout son temps, le notaire rassembla quelques feuillets épars sur lesquels il jetait un coup d'œil au hasard tandis que, raides sur leur chaise, un peu inquiets, Renée et Paul se consultaient du regard. Renée savait que cette visite, la première dans son ancienne étude, bouleversait son mari. Hormis le papier peint, rien n'avait beaucoup changé. Sur les étagères s'alignaient les mêmes volumes. Des gravures représentant des paysages creusois étaient toujours accrochées aux murs. Par bouffées, des souvenirs remontaient à la mémoire de Renée. Jeune notaire, Paul l'accueillait en souriant, s'attardait dans une affectueuse poignée de main, cherchait discrètement à la guider quand une décision à prendre la tracassait. Toujours il avait été mêlé à sa vie. Pourtant, mariés, parents de deux enfants, ils n'étaient guère plus intimes qu'au temps de leur jeunesse.

— Je vous ai fait venir à la demande de mademoiselle Fortier, annonça enfin le notaire.

Paul sursauta.

— Mademoiselle Fortier, poursuivit le notaire, a acquis voici un mois la ferme de monsieur et madame Tabourdeau.

— C'est impossible, interrompit Paul. Que peut-elle encore mijoter ?

Imperturbable, le notaire continua :

— Elle désire faire don à sa cousine Renée Dentu, vous chère madame, des bâtiments, des terres et du matériel agricole qui en dépendent. C'est pour signer cette donation que je vous ai aujourd'hui convoqués. L'acceptez-vous ?

403

L'émotion nouait la gorge de Renée. Un tel bonheur était-il possible ?

— Comment les Tabourdeau ont-ils pu accepter de vendre à ma cousine ? balbutia-t-elle.

— Se doutant que son nom empêcherait cette transaction, mademoiselle Fortier a acquis leur propriété sous son deuxième prénom, Marie, et le nom de jeune fille de sa mère, Bertelin. Mais ne vous inquiétez pas, la chose est signée, irrévocable. Comme vous le savez, Joseph et Denise embarqueront fin octobre pour l'Algérie. J'aurai les clefs d'ici une semaine et, si vous acceptez la donation, vous les remettrai aussitôt.

Renée ne retenait plus ses larmes. Fébrilement, elle fouilla son sac à la recherche d'un mouchoir, s'essuya les yeux.

— J'ai mal jugé Colette, admit Paul d'une voix grave.

Il aurait voulu entourer les épaules de sa femme de son bras, la serrer contre lui, mais la présence d'un étranger l'arrêta.

— J'accepte, bien sûr ! s'écria Renée.

L'émotion lui fit lâcher son sac dont le contenu se répandit sur le tapis. Ce qu'elle éprouvait était extraordinaire. À nouveau elle était maîtresse de Brières. Paul, qui s'était levé, contemplait vaguement par la fenêtre le paysage autrefois si familier. Les nuages bas annonçaient de la pluie. En dépit de tout, le bonheur de Renée le touchait. La ferme réunie au domaine, elle retrouverait son enfance, ses grands projets, ses rêves. Mais Françoise et Laurent partis, que lui resterait-il à lui ? « Les Le Bossu ont planté un pin parasol à côté de leur bistrot, remarqua-t-il pour lui-même. Quelle idée saugrenue ! »

404

Bouleversée, Renée fit le tour de la ferme tout juste libérée par les Tabourdeau. Du bout des doigts, elle promena la main sur le vieux buffet des Genche que Denise n'avait pas cru bon de déménager. L'horloge ne sonnait plus les heures. Une paire de chaises à la paille crevée avaient été abandonnées. Enfant, elle venait presque chaque jour à la ferme pour aider au ramassage des œufs, caresser les jeunes lapins ou assister à la traite. Des traces de sa jeunesse demeuraient pourtant, senteurs, ombres et lumières. Derrière ses volets clos, la cuisine était sombre. Elle ouvrit toutes grandes les fenêtres pour laisser pénétrer le soleil. Qu'allait-elle faire des bâtiments ? Ils seront pour Colette, résolut-elle.

Au-delà de la générosité de sa cousine, c'était leur affection retrouvée qui la remuait. En sortant de chez le notaire, elle avait écrit une longue lettre à laquelle Colette avait répondu par un appel téléphonique. Maintenant que Françoise était installée à Paris chez Marie-Noëlle Vigier, pourquoi ne viendrait-elle pas finir le mois d'octobre à Brières ? avait suggéré Renée. La Creuse était si belle en automne. « Je t'attends. Les Dames de Brières doivent enfin être réunies », avait-elle insisté.

Renée ferma la porte, poussa le loquet. Avec son imagination et son talent, Colette n'aurait pas de mal à transformer l'ancienne cour de ferme en jardin d'agrément et à rendre aux bâtiments de granit le cachet des vieilles métairies. Quant aux terres, elles allaient être labourées et semées dès l'automne. Avec le matériel moderne des Tabourdeau, les choses se feraient sans trop de mal. Émerveillée, Renée avait essayé le tracteur. Sur un engin pareil, elle n'aurait besoin de l'aide de journaliers que durant la fenaison et la moisson. Le reste de l'année, Solange et elle se débrouilleraient. Renée remonta l'allée plantée de hêtres qui rejoignait la route longeant le mur du parc. Les couleurs d'automne resplendissaient. Dans les buissons, des passereaux sautillaient. Renée se sentit remplie de bonheur. Tout regret, toute jalousie ou convoitise l'avaient abandonnée. Seule demeurait sa terre.

L'étang était sombre, blafard, irréel.

— Rentrons, le voyage m'a un peu abrutie, demanda Colette.

Retrouver le domaine était une épreuve qu'elle redoutait depuis des années. Mais en passant la grille, aucun sentiment d'angoisse ne l'avait envahie. Avec son cortège d'illusions, de bravades et de naïves prétentions, sa jeunesse avait cessé. C'était Françoise, désormais, qui allait apprendre la vie, forte des années qu'elle-même avait estimées invincibles. Arrivée aux Lavandins en oiseau blessé, terrorisée, sa nièce, presque sa fille, s'était envolée deux semaines plus tôt pour Paris, libre et joyeuse. En retour, elle lui laissait la paix du cœur.

— Françoise n'est pas venue à Brières cet été comme je l'espérais, confia Renée sur le chemin du retour. M'en veut-elle toujours ?

— Elle désirait et redoutait de revenir dans la Creuse. Alors je lui ai conseillé de suivre ma suggestion et d'attendre le moment propice. Mais, puisque notre petite Françoise est la troisième Dame, tôt ou tard elle rentrera à la maison.

Colette éclata de rire. Pour l'attirer et la retenir, les Dames du Bassin devaient posséder une séduction peu commune. Tout d'abord, elle s'était irritée de cette fantasmagorie chère à sa tante Valentine et à Renée puis s'en était moquée. Aujourd'hui, elle

406

éprouvait de la tendresse pour ces envoûteuses qui dépassaient l'ordre des réalités ordinaires. Le sens du merveilleux, de l'immortel suggéré par les Dames obligeait à lever le regard vers le ciel. Ni mythe ni religion, leur pouvoir, venu de la nuit des temps, était à la mesure des rêves.

— T'a-t-elle confié pourquoi elle avait fui Brières ?

La voix de Renée ne tremblait pas. Depuis longtemps elle était décidée à crever l'abcès, expliquer à Colette ce qui s'était vraiment passé durant cet été où la pluie ne tombait pas.

— Si Françoise s'est enfuie, poursuivit-elle, ce n'est pas seulement parce que je l'ai découverte dans le lit d'Antoine Lefaucheux.

La tête un peu penchée, Colette écoutait comme si les confidences de Renée avaient le pouvoir en quelques mots de résumer leurs deux vies.

— J'étais moi aussi amoureuse de ce garçon, avoua Renée, un amour physique qui m'obsédait.

Avec douceur, sa main se posa sur celle de sa cousine.

— Ne te moque pas de moi. Souvent tu m'avais parlé de passion, de désirs assez puissants pour aliéner. J'en doutais. Ce que j'avais éprouvé pour Henri était une flamme intellectuelle très sentimentale. Comment une telle folie pouvait-elle s'emparer d'un corps de femme ? Mais la réalité m'a rattrapée. Par sa seule présence, Antoine me possédait. L'attendais-je depuis toujours ? Il me proposait une évasion, un difficile arrachement à l'image que je me faisais de moi-même. L'amour physique que j'ai partagé si brièvement avec lui était un acte presque rituel, une initiation. Et j'ai accepté de payer le prix de cet envoûtement. Ainsi sont les Dames de Brières. Ainsi m'ont-elles offert la plénitude.

— Des femmes de lumière et de ténèbres, murmura Colette.

Elle n'avouerait pas à Renée le secret de la grossesse avortée de Françoise, il ne lui appartenait pas.

— Au milieu de nos larmes, nous avons compris que l'amour est un don, continua-t-elle. Moi qui ne pensais à ce terme que pour définir l'amour physique, je suis passée à côté de sa plus belle expression, celle du cœur. C'est pour cette raison que j'ai voulu mourir et te rejeter de ma vie.

Renée observa longuement sa cousine.

— Lorsque j'ai débarqué en catastrophe à La Croix-Valmer, je me suis demandé si tu n'avais pas eu un chagrin d'amour.

— C'en était un. J'avais perdu mon père pour la deuxième fois.

Colette cueillit une herbe sèche qui poussait le long du banc où elles étaient assises. Prononcer ces mots ne la blessait plus. Elle imagina Raymond, son canotier sur la tête, marchant aux côtés de Valentine dans l'allée de Diane, tous deux beaux, élégants, sensuels, hors du temps.

— Lorsque maman est descendue sur la Côte d'Azur avec ta mère pour prospecter quelques terrains, un homme d'affaires, Armand Sebastiani, leur servait de cornac. Maman a couché avec lui et en a eu un enfant. Moi.

Colette lut l'effarement dans les yeux de sa cousine et d'un geste tendre lissa de ses doigts l'épaisse chevelure parsemée de fils blancs.

— Tout cela appartient au passé désormais. Tu devais trouver ton épanouissement de femme. Toujours j'avais vu en toi ce potentiel d'amour fou. Il te hantait et te blessait. Un jour ou l'autre, tu devais le vivre. Quant à moi qui acceptais les

408

preuves de tendresse sans guère me poser de questions, j'ai enfin compris que sans le rayonnement du cœur, le mot amour était vide de sens. Tout ce que mon père, Raymond Fortier, m'a donné autrefois je le lui rends aujourd'hui, tout ce dont tu m'as comblée, tes attentions, ta tendresse, je veux te l'offrir en retour.

Renée retenait son souffle. Colette vit des larmes dans ses yeux.

— Tu m'apprends aujourd'hui que nous ne sommes pas cousines et pourtant nous n'avons jamais été aussi proches.

— Comme l'étaient nos mères, remarqua Colette d'une voix gaie. Cent fois fâchées et réconciliées, tante Valentine et maman étaient inséparables quand nos pères ne trouvaient rien à se dire.

Déçu, Laurent referma derrière lui la porte du cottage. Il avait fouillé pouce après pouce la maisonnette sans rien découvrir. Cependant, il en était sûr, Bernadette n'avait pas détruit les feuillets arrachés au journal intime de la comtesse de Morillon et sans doute avait-elle découvert le livre. « Je te confie Brières, tu es celui qui connaîtras le secret », avait affirmé Françoise en venant lui faire ses adieux deux ans plus tôt. Déjà elle avait bouclé sa valise pour rejoindre le lendemain son pensionnat de Châteauroux. Savait-elle alors qu'elle ne reviendrait pas ? Avec le fil du temps, peu à peu, il avait tenté de comprendre sa sœur. Bien qu'il n'en ait jamais dit un mot à personne, sa brève liaison avec Lefaucheux ne lui était pas inconnue. Les choses devaient s'achever ainsi. Trop excessive, trop intense, Françoise était à l'étroit à Brières.

Seul désormais durant les petites vacances

comme les interminables étés, Laurent attendait d'incorporer Saint-Cyr et de quitter à son tour le domaine. Mais auparavant, il s'était juré de retrouver le livre offert par le curé de Brières à Angèle de Morillon. Avec méthode, il avait fouillé la ferme Genche libérée par les Tabourdeau. Solange lui avait assuré qu'en vendant sa propre ferme, elle avait déménagé elle-même la chambrette occupée par sa mère et n'y avait rien découvert. C'était Solange qui leur avait livré l'histoire de Brières : le guillotiné, le noyé, l'abbé attaqué par des loups, et surtout ce petit livre disparu offert par un curieux prêtre qui avait terrorisé la comtesse en lui révélant une histoire venue du fond des temps. « Je suis sûre que maman l'avait retrouvé », s'entêtait Solange.

Afin de ne pas manquer à la TSF le discours du pape clôturant l'année sainte à Fatima, Laurent, d'un pas vif, se dirigea vers le château. Le lendemain, il regagnerait La Flèche et ne reviendrait à Brières que lors des vacances de Noël où il comptait inviter un camarade vietnamien. La guerre faisait rage en Indochine. C'était un sujet de conversation qui exaltait les élèves du Prytanée. Beaucoup d'entre eux rêvaient de s'engager sous les ordres du lieutenant Leclerc, le fils du grand général, de patrouiller eux aussi dans la jungle, de se battre, et peut-être de mourir pour que ce coin de terre au bout du monde puisse demeurer français.

Devant l'antique poste de bois clair, Paul était déjà installé. Laurent se faisait du souci pour son père. Le jour de ses soixante et un ans, il avait glissé sur les marches du perron et s'était cassé un bras. Rechignant à se faire soigner correctement, à peine pouvait-il maintenant garder la maîtrise de sa main gauche. Il en plaisantait, se traitait de vieux débris, de grand blessé civil, mais dans l'ironie du ton, son fils décelait du désespoir.

— As-tu des nouvelles de ta sœur ? interrogeat-il comme chaque jour après le passage du facteur.

— Pas aujourd'hui, papa, mais nous lui téléphonerons avant mon départ.

— Ne le dis pas à ta mère, tu la connais. Elle s'emparera du récepteur et ne me laissera pas ouvrir la bouche. Ensuite ce sera Colette qui accaparera Françoise, et tout le monde m'oubliera.

D'un geste tendre, Laurent effleura la main impotente de son père.

Il pleuvait. Sans se presser, Laurent marcha jusqu'aux premiers arbustes du bosquet et s'engagea sur le sentier du Bassin des Dames que recouvrait un épais tapis de feuilles mortes. Les branches grêles des jeunes frênes qui poussaient anarchiquement dans le sous-bois tremblaient au vent. Des feuilles voltigeaient. Une muraille encore verte séparait l'étang de la forêt. Laurent s'y fraya un passage. Près des berges, l'observatoire s'était effondré, seules quelques cordes pendaient encore à la branche maîtresse du chêne, un bout de planche disloquée. Les grands roseaux bruissaient dans la brise. D'un vol brusque, une corneille quitta leur ancien refuge. Laurent avança jusqu'à la rive. Tôt ou tard, il retrouverait ce livre et connaîtrerait le secret de Brières. Sans cesse l'affirmation de Françoise : « Ce sont les femmes qui règnent ici », avait martelé son esprit. Il avait fait le bilan : le comte de Morillon, son fils, le père Firmin Gautier, son grand-père, son grand-oncle,

411

son oncle. Qui serait la prochaine victime des Dames, son père ou lui-même ? Très pieux, Laurent avait prié. Mais la sérénité n'était pas venue.

Le soleil se couchait, étendant l'ombre du jeune homme sur l'étang, une ombre démesurée et immobile qui semblait sourdre des profondeurs de l'eau. « Bientôt je serai en possession du livre », lança-t-il d'un ton de défi.

Dans un flamboiement de brasier, le disque du soleil plongea à l'horizon.

Du même auteur

Aux Éditions Albin Michel

LES DAMES DE BRIÈRES

Chez d'autres éditeurs

LE GRAND VIZIR DE LA NUIT
Prix Femina 1981
L'ÉPIPHANIE DES DIEUX
Prix Ulysse 1983
L'INFIDÈLE
Prix RTL 1987
LE JARDIN DES HENDERSON
(Gallimard)

LA MARQUISE DES OMBRES
UN AMOUR FOU
Prix des Maisons de la Presse 1991
ROMY
(Olivier Orban)

LA PISTE DES TURQUOISES
LA POINTE AUX TORTUES
(Flammarion)

LOLA
L'INITIÉ
L'ANGE NOIR
(Plon)

LE RIVAGE DES ADIEUX
(Pygmalion)

Composition réalisée par NORD COMPO

Imprimé en France sur Presse Offset par

BRODARD & TAUPIN

GROUPE CPI

La Flèche (Sarthe).
N° d'imprimeur : 7115 – Dépôt légal Édit. 11393-06/2001
LIBRAIRIE GÉNÉRALE FRANÇAISE - 43, quai de Grenelle - 75015 Paris.
ISBN : 2 - 253 - 15073 - 8

31/5073/7